当我飞奔向你

竹已 —— 著

九州出版社

图书在版编目（CIP）数据

当我飞奔向你 / 竹已著. — 北京：九州出版社，
2023.8（2025.6重印）
　　ISBN 978-7-5225-1920-3

　　Ⅰ．①当… Ⅱ．①竹… Ⅲ．①长篇小说－中国－当代
Ⅳ．①I247.5

中国国家版本馆CIP数据核字(2023)第106780号

当我飞奔向你

作　　者	竹已 著
责任编辑	周红斌
出版发行	九州出版社
地　　址	北京市西城区阜外大街甲35号（100037）
发行电话	（010）68992190/2/3/5/6
网　　址	www.jiuzhoupress.com
电子邮箱	jiuzhou@jiuzhoupress.com
印　　刷	三河市中晟雅豪印务有限公司
开　　本	880毫米×1230毫米　32开
印　　张	12.25
字　　数	377千字
版　　次	2023年8月第1版
印　　次	2025年6月第14次印刷
书　　号	ISBN 978-7-5225-1920-3
定　　价	49.80元

★版权所有　侵权必究★

CONTENTS

目录		SUN
001	第一章	人群中多看了他一眼
033	第二章	我喊的是"男神……经病！"
067	第三章	Susu，酥酥，苏苏
111	第四章	比吃了一百个果冻还有用
155	第五章	我们一起考Z大吧
195	第六章	决不让他逃
241	第七章	从未虚度过
285	第八章	主动点
319	第九章	幸运也来找我了
357	完结章	365 番外

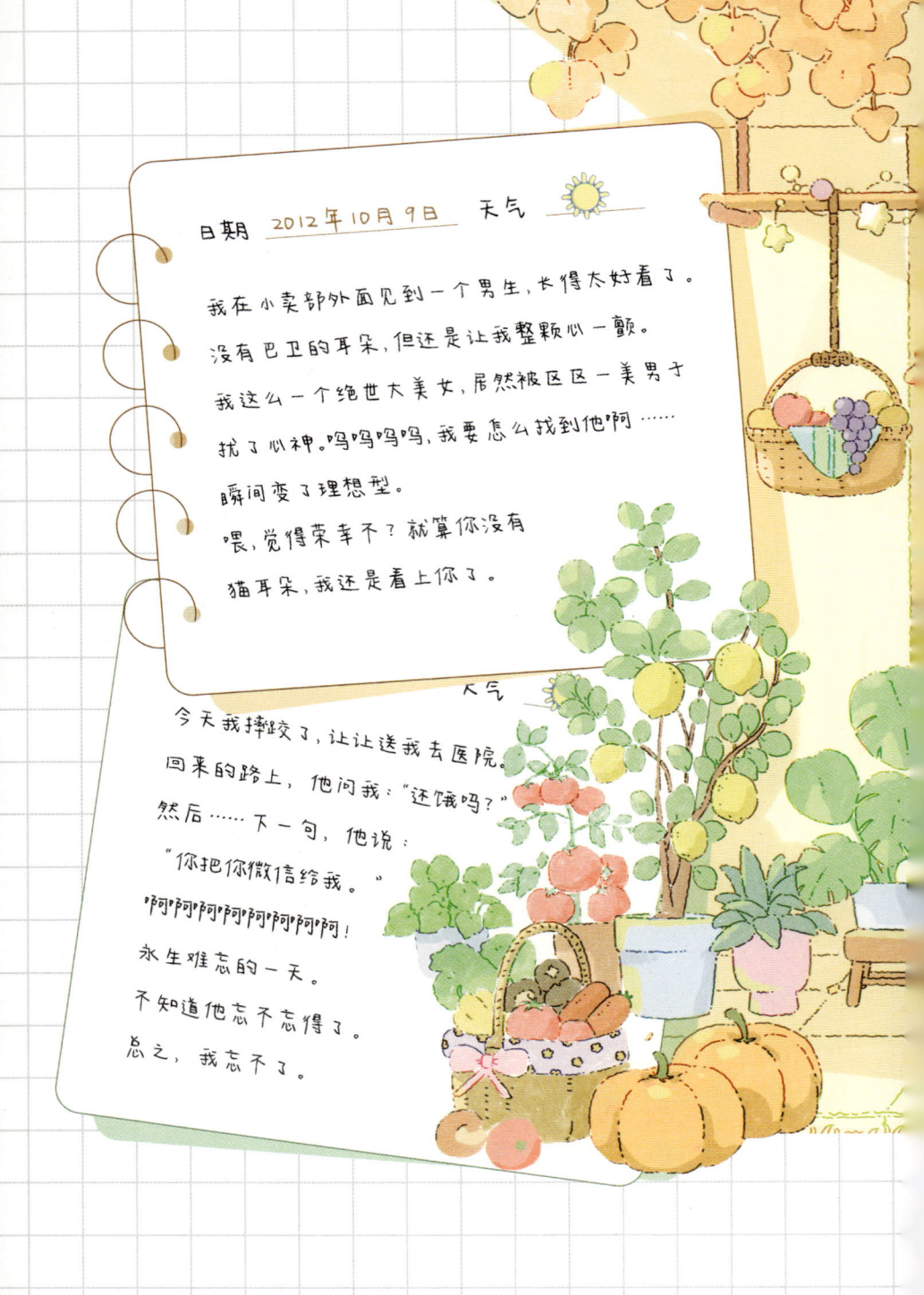

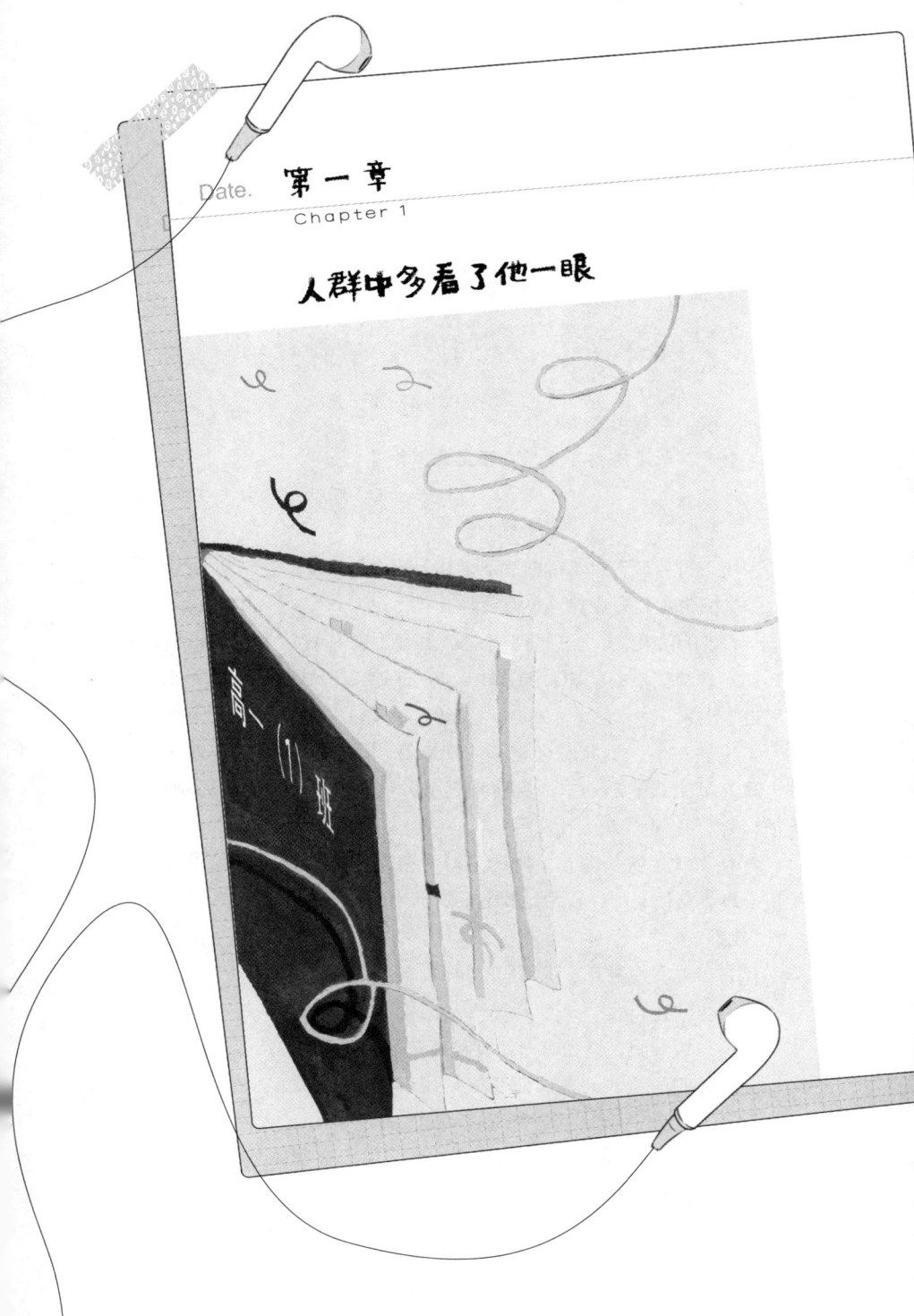

1.

喂，觉得荣幸不？

就算你没有猫耳朵，我还是看上你了。

——《苏在在小仙女的日记本》

国庆节过后两天，Z市连续下了几天的雨，淅淅沥沥，却无几分凉意，空气中仍旧带着几分燥热。

下课期间的校园，总是热闹的。走廊上回荡着学生的笑声以及打闹声，还附着着浅浅的雨声。嘈杂中，苏在在抱着一大沓英语练习册从办公室里走了出来。

走进教室后，她咬着牙把练习册放在门旁边的课桌上，伸手擦了擦汗，拿起最上面的那一本。身后响起了脚步声，姜佳猛地扑到她的身上，笑道："在在！走啊！去小卖部！"

苏在在吹了吹刘海儿，对她晃着手中的练习册："你等会儿，我去实验班一趟，英语老师让我帮她找他们班的一个男生。"

"找谁？"

闻言，苏在在翻开了练习册的封面。

——张陆让，高一一班。

字迹一板一眼，遒劲有力，看起来整齐而又张扬。

姜佳凑过来看了一眼，眼睛立刻瞪得老大："我去，张陆让啊！我也要去！"

她这么大的反应让苏在在愣了一下，但苏在在很快就反应了过来："这张陆让长得很帅？"

"对啊！虽然我没见过，哈哈哈！不过我对另外一个男生比较有兴趣，据说超级帅，痞痞的帅的那种！"

"呵呵。"苏在在轻笑。

"你干吗？"

"我这笑够痞不？"

"……"

很快便到了实验班的门口。

苏在在在后门喊住里面的一个人，把练习册递给他："同学，帮我把这个给你们班的张陆让，顺便跟他说一下英语老师找他。"

她转头，看着还在伸头往里头张望的姜佳，也忍不住朝着她视线的方向瞅了瞅。

"哪个啊？"

"好像不在……"

"那走吧。"

回去的路上。

姜佳有些失望，对着苏在在翻了个白眼："你居然对帅哥一点热情都没有！实验班的两个帅哥我到现在一个都没见过，啊啊啊啊！刚刚你就应该亲自把练习册递给那个张陆让好不好？为什么要让别人转交！你这个没有责任心的女人！"

"我怎么没有责任心了？"

"呵呵。"

"我又没有看上他。"

"……"

"而且你不是去看另一个男的吗？"

"看不到就将就一下看张陆让啊！反正也是帅哥。"

苏在在轻嗤："我对帅哥没兴趣。"

姜佳撇了撇嘴，一脸不屑："少吹牛。"

苏在在表情很认真："真的，我只对巴卫那样的感兴趣，有双可爱的猫耳朵，说话的时候还会一动一动的，想捏。"

"你做梦吧，人家那是狐狸耳朵好吗，大哥！而且巴卫不帅？！"

苏在在打了个哈欠，懒洋洋地说道："帅不帅不是重点，重点是有对可爱的耳朵呀。"

"……我再怎么想，都觉得帅才是重点。"

趁着大课间，两人回教室拿了伞，下楼往小卖部走去。大部分学生都趁着这个时间段出来买东西吃，所以小卖部那里的人并不少。

在里头转了一圈，没看到想买的，而且空间很小，排队的队伍长得吓人，空气闷得难受。苏在在抿了抿嘴唇，顿时没了买东西的欲望，缓缓地挤开人群，走了出去。

小卖部外檐的帐篷下也站了很多人，她犹豫了一下，将伞打开，往外头走了些。

这个位置刚好能看到校门口。

有个学生从那头走了过来，没撑伞，步子大而迅速。

幸好雨势不大，让他看起来没有那么狼狈。

迟到？

这也太迟了吧，都第二节课下课了。

苏在在垂头，揉了揉发困的眼睛。她百无聊赖地用鞋尖点着地上的水坑，忍不住低声道："蠢货，要是我就干脆下午再来了。"

反正迟两节课和迟一个上午都是迟到。

苏在在抬起了头，瞬间发现那个学生已经走到自己斜前方 2 米处。

两个人的视线对上，他的眼神意味不明，瞳孔是深邃的黑色，带了点威慑力，清清冷冷，灿若星辰。

苏在在："……"

……他是飞过来的吧。

明知道他肯定没听见，而且就算听见了也不知道自己是在说他，但是苏在在还是很心虚地移开了双眼。

少年的步伐很快，与她擦肩而过，拐到前面的那条小路上。

苏在在转头，看着他的背影，恍了神。

后劲儿一下子就上来了。

她飞快地收回了眼，颊边渐渐烧了起来。

刚才的画面重新出现在脑海中。

少年的双眸像是被雨水冲刷过，湿润清澈，仿佛带了电，刺到心脏，酥酥麻麻的感觉从心头涌了起来，传至指尖，握伞的手发颤。

发丝沾水，漆黑如墨，鼻骨挺直，嘴唇莹润泛红，肩宽腿长，细腰窄臀。

苏在在舔了舔唇。

从小卖部出来的姜佳打断了她的思绪，将她从这莫名的意淫中拉扯了出来。

"苏在在！滚过来！我没带伞！"

苏在在舔唇的动作一顿，回过神，抬脚走了过去。

回教室的路上，姜佳在旁边叽叽喳喳地说着班里的八卦，苏在在随口应了几声，完全听不进去。

脑袋像是装了一团糨糊，昏昏沉沉的。

姜佳很快就注意到她的不对劲，忍不住拍了拍她的手臂，调笑道："你干吗啊，还在想你的理想型？猫耳朵男朋友？"

苏在在摇了摇头，神情稍滞，没说话。她想起了自己刚刚说的话。

——"帅不帅不是重点，重点是有对可爱的耳朵呀。"

打、打脸了……

苏在在真的没想过，这世上竟然会有这样的男生存在。

没有猫耳朵，看起来却更诱人。

地理老师敲着黑板讲着课。

苏在在状似很认真地听讲，捏着笔将黑板上的内容一一抄在自己的书本上，内心却噼里啪啦地想着刚才的事情。

她第一次在地理课上走神。

往那条小路走，那他大概是高一或者高二的……

高三在另外一个方向。但高一高二那么多个班，也猜不出是哪个啊。

烦死了。

早知道就不去小卖部了。

005

不对，不关她的事情……

都怪他！干吗看她！不知道长得好看不能随便看别人吗！

一点都不矜持！

苏在在心情不好的时候，表现得很明显，姜佳一下就能感受到她的低气压："喂，你干吗？没吃饱？"

苏在在没理她，心情烦躁得很。

外头的雾气将景色染成一团团的，色彩斑驳。她的眼睑低垂，浓密卷曲的睫毛轻颤，眼角上扬，折射出琉璃色的光芒。

那景色顿时成了背景，被衬得黯然失色。

姜佳欣赏了一会儿，赞叹道："唉，在在，你要是不说话，我还以为你是从天上掉下来的仙女。"

听到这话，苏在在顿了顿，心中的烦躁一消而散。她的眼睛立刻溢满了笑，弯成漂亮的月牙儿。

心里带了点窃喜。

如果能当仙女，一辈子当哑巴都成。

"但是你一说话，"姜佳叹了口气，"那种感觉就像是，那个仙女突然往我嘴里塞了一口屎。"

她痛心疾首地拍着胸："不是别的东西啊，是屎啊！满满的一口屎！"

苏在在转头看她，眼神有些微妙："那还不够堵住你的嘴？"

"……"

苏在在拿起课本，将第一段念了出来："大气中的一切物理过程都伴随着能量的转换，太阳辐射能是地球大气……"

姜佳觉得很莫名其妙："你干吗？"

"最重要的能量来源。"她坚持把这段读完，才回答了姜佳的话，"我不介意让你吃多点。"

姜佳："……"

张陆让走上楼。

雨势不大，但身上也被淋得半湿。

"喂，张陆让。"一个男生从后头拍了拍他的肩膀，咋咋呼呼地，"你干吗去了？班主任找你！"

张陆让看了他一眼，扯了扯嘴角，算是回应。他抬脚往自己的座位走去，从抽屉里拿出一包纸巾，扯出两片，慢腾腾地揉搓着头发，嘴角抿得发紧。

前桌的女生叶真欣转过头来，好奇地问："喂，你怎么全身都湿了？淋雨了？"

张陆让低头，又扯出几张纸巾擦着身上的水，神态漫不经心。

"嗯。"

而后他便走到教室角落的垃圾桶旁，把纸巾扔了进去。

旁边的男生窝在一团，看着其中一个人的手机笑骂："蠢货！这关我几百年前就过了，你居然还在玩！"

张陆让的脚步顿了一下。

少女软糯的嘟囔声如同回放那般，一字一句地在耳边回荡。

——"蠢货，要是我就干脆下午再来了。"

他的眼睛黑亮深邃，晦暗不明。望过去时，她眼神不定，心虚地别开了眼。

果然。

是在骂他。

2.

看他迟到了还那么淡定，大概是个惯犯。

我可以守株待兔几天，一定能抓到他。

——《苏在在小仙女的日记本》

下课铃响了起来。

讲台上的老师将粉笔扔进粉笔盒里，视线在班级里扫了一圈："没交作业的自觉来办公室找我。下课！"

学生们立刻站了起来，懒懒散散地鞠躬："谢谢老师，老师再见。"

知道张陆让上课的时候不喜欢被打扰，叶真欣一直忍到下课才敢回头问他:"张陆让,你同桌干吗去了?"

他将身子向后靠,手上还拿着笔,骨节明显,弯起的弧度美好。

"请假。"

声音清越低沉,不带情绪,像是深夜里闷声下的雨。

叶真欣瞪大了眼,羡慕地嘟囔着:"啊?干吗请假……国庆才刚过两天就请,也太爽了吧。"

等了一会儿,没有得到回答。

张陆让稍稍抬了抬眼,将桌面上的那本英语练习册拿了起来,翻到上次布置的那一页,看着十五道题错了十三道的完形填空。

眼神终于有了一丝波动。

前面的女生继续开口:"怎么突然就请假了?语文课上还好好的。"

他下意识般地用手中的笔敲了敲桌子的边缘,平直的嘴角向下弯了些,眼里燃起烦躁的火。

浅浅的,几乎看不出来。

反应过来后,他看向叶真欣,轻声道:"不知道。"

她还在说话,话题已经扯到了另外一个方向。

张陆让站了起来。

叶真欣一愣:"你去哪儿?"

他眉眼淡淡,没有回答,拿着英语练习册往门外走去。

另外一边,苏在在被姜佳揪着往厕所的方向走去。

路上,姜佳突然想起一件事情。

"对了,在在。"

苏在在从口袋里拿出一包纸巾,扯出最后一片,然后将纸巾袋扔进了洗水台旁边的垃圾桶里。

擦着手,她应了声:"嗯?"

"校运会快到了,你要不要参加什么项目?"

"有什么项目?"

"很多啊,跳高、跳远、1分钟跳绳、十人十一足……"

苏在在正想回答,余光注意到一个少年从办公室旁的楼梯走了上来,转身往办公室的方向走。

背影高瘦，发尖滴水。

她的瞳孔一紧，心中燃起不确定的紧张与惊喜，还未等她走过去，便看到那个少年手中的练习册掉到地上。

他弯下腰，露出侧脸。

……不是。

苏在在有些失望，在心里默默地骂了句脏话。想她竟然被一区区美少年扰了心神。

奇耻大辱。

见她没反应，姜佳还以为她是没有听到感兴趣的项目，便继续道："还有100米、200米、800米，还有铅球什么的。"

苏在在怏怏的，懒洋洋地问道："最多就800米了吗？"

听到这话，姜佳有些反应不过来，不解地问："啊？你还想要更长吗？我觉得800米就能让我要死不活了。"

临进教室前，苏在在不死心地转头再看了一眼。

办公室的门大开着，旁边的桌椅上，两个女生一站一坐，弯着眼笑嘻嘻地聊着天。雨水敲打在碧蓝色的栏杆上，走廊上几个男生正在打闹。

她收回了眼。

与此同时，一个少年从楼梯口走了出来，右转走进办公室。

苏在在坐到自己的位置，趴在桌子上，半张脸都埋在臂弯里，只露出一双明亮清澈的大眼睛："我觉得，800米太埋没我的体育细胞了。"

姜佳嘴角一抽："你明明……"

"没有10000米不要叫我参加。"

"放屁！"姜佳大吼。

吼声太大，原本还在吵闹的班级顿时被震得鸦雀无声。

随后，一个男生凑了过来，调侃道："谁放屁啊？"

姜佳表情严肃："绝对不是苏在在。"

关瀚眉心一抬，眼里带了几分调笑："那是你啊？"

"是你。"姜佳说。

苏在在摊了摊手："的确是你。"

关瀚："……呵呵。"

他过来的目的不是为了背锅的好吗？

姜佳一只手捂住自己的鼻子，另一只手捂住苏在在的半张脸，嫌弃道："关瀚，你能不能不要在公共场合放屁啊。"

关瀚拍了拍她的脑袋，横眉竖眼："你找死啊。"

姜佳手上的力道没一点减弱："找死也不闻！"

"……"

很快，铃声响起，堆成一团的同学立刻散开来，回到自己的座位。

沉默了片刻后，姜佳将话题重新扯回刚刚那个："我记得你上次体育课跑了50米就喘得跟狗一样，你跟我说10000米？"

苏在在无辜地眨了眨眼："喘得跟狗一样？"

"你别一副不懂的样子，想让我给你示范？做梦！"

然而苏在在从来不按常理出牌……

她伸出舌头快速地喘了几下，献宝似的问道："这样？"

姜佳："……你够了，别发神经。"

没过多久，语文老师走了进来。

苏在在收起了玩闹的心思，听着语文老师的话摊开了课本。

她转头看向窗外。

树枝依然被大雨拍打着，稍稍弯了腰。细细小小的水滴顺着树叶的脉络往下滑动，下坠，掉落到地上。

还在下雨。

他没带伞，是不是又该淋雨了。

还没下课，姜佳就已经收拾好了书包，与宿舍另外两个人——筱筱和小玉对好了眼色，一副蓄势待发的模样。

这样还不够，看到没有任何动静的苏在在，姜佳急躁地扯起她挂在桌子旁的书包，替她随便塞了两本书。

铃声一响，四个人就像是饿狼一般冲向了饭堂。迅速地打了饭，找到个位置坐下，有一搭没一搭地聊着天。

小玉突然想起了件事情，问道："话说，你们有兴趣参加校园之夜的节目吗？我们班还没准备啊，就剩两个星期了。"

她是班里的文艺委员，这些都归她来筹划。

校运会持续两天一夜，白天是运动项目，晚上是校园之夜，即每个班各出一个节目举办的晚会。

筱筱接了话："啊，你有想法了吗？"

"就是没有才问你们啊。"

突然间，苏在在有了个念头。

要不她去表演吧，然后在末尾做个寻人启事……

不过要怎么说啊？！

说那人长得很帅很帅，今天大课间的时候迟到，路过小卖部吗？！

或者是说，那人淋雨的样子格外帅气？

她自己都觉得有病。

吃完饭后，筱筱和小玉先回了宿舍，苏在在陪姜佳一起去小卖部。

走到小卖部门外，苏在在没有什么想买的，便在外头等着姜佳。身旁的人很多，小卖部外的三张桌子坐得满满当当的，大家聊着天，吃着桌上的泡面。

人来人往，不免有肩膀与肩膀间的摩擦。

苏在在向角落的方向挪了挪。

远处传来了两个人的对话。

那个男生的声音粗犷又嘹亮，十分引人注意："张陆让，你淋雨过来的？一起回去吧。"

张陆让……

不就是实验班的小帅哥吗？

苏在在顺着声源望去，被面前熙熙攘攘的人群挡住了视线。

"——嗯。"

音色格外清冽，比雨后的空气还要清爽。

她心神一荡，又想起了今天早上看到的那个少年。

他安静地从她身边经过，发尖好像还滴着水，鬓角处的发丝粘在了脸颊上。

水珠从那漆黑的发丝上一滴又一滴地掉落，让苏在在瞬间觉得，那流出来的水也会是黑的那般。

双眸黑漆漆的,衬着净白的脸,格外亮眼。

苏在在低头看着手中的伞,眼睛有些失神。

恼怒的心情一下子就上来了,伴随着荒诞的想法。

他一定是故意的,他一定知道自己长得有多勾人,所以他故意淋雨,故意从她面前经过。

故意……勾引她。

3.

哈,抓到了。

——《苏在在小仙女的日记本》

隔天大课间,苏在在准时拿着伞跑到昨天的位置蹲点堵人。

她不再垂头用鞋子玩着地上的水坑,而是抬头望着校门口的方向,神态认真得不行,甚至还把只在上课时才戴的眼镜戴上了。

远处是一片郁郁葱葱的树木,被细雨和浓雾晕染成一团,色块儿大而浅,景色宜人,美如画。

出乎她的意料,他不是爱迟到的人。

那为什么那天那么淡定!

看来他是一个处变不惊的人,她很欣赏。

苏在在蹲点的第三天,天气放晴了。

大课间的广播体操重新开始了……

她决定改变策略。

他那天从校门口那边走过来,那大概是走读生,那以后她早点起来蹲点好了,这样总能堵到人吧。

最后一个动作做完后,教导主任在前面拿着话筒,组织着学生回班级,但学生向来不听,听到"有秩序带回"那几个字,便搭着肩一哄而散。

姜佳被小玉扯去了小卖部。

姓名 张陆让

昵称 zlr、让让、"教导主任"

微博 无

生日 4月26日

星座 金牛座

特长 跑步

喜欢的科目 物理

讨厌的科目 /

喜欢的动物 酥酥、小短腿

最喜欢的事情 看芥在在讲笑话的样子　喜欢的颜色 黑色

喜欢的食物 果冻、咖啡

想去旅游的地方 听芥在在的

个人爱好 跑步、计算机相关

心中小小的梦想 和芥在在一直在一起

口头禅 好好学习、芥在在

姓名 苏茬茬

昵称 茬总
（Z中第一大女神）、szz

微博 很苏的小仙女

生日 12月12日

星座 射手座

特长 腿、骑单车

喜欢的科目 英语、政治、历史

讨厌的科目 物理、化学、数学　　喜欢的动物 酥酥、小短腿

最喜欢的事情 让让　　　　　　喜欢的颜色 粉色

喜欢的食物 草莓果冻、牛奶、鲜虾肠、红豆包……

想去旅游的地方 想环游世界，和让让一起

个人爱好 猫耳朵、让让、听歌

心中小小的梦想 永远和让让在一起

口头禅 呵呵、哈哈哈哈、嘿嘿嘿

烈日当空，水泥地滚烫发热，空气闷热得如同凝固，操场周围没有绿荫，苏在在被晒得晕乎乎的，只想赶紧回教室。

苏在在从人群中挤过，她垂着头，双眼盯着前方的地面，步伐小心轻慢，怕一个不小心踩到别人的脚了。

然后……

她的头撞到一个人的下巴了。

那一刻，她听到了对方的下颌发出了"咔"的一声，犹如骨头移了位，与上颌骨分离。

苏在在："……"

她连忙抬起头，脸上满是歉意，道歉的话同时脱口而出："对不起啊！人太多了……你没事……吧……"

越到后面，声音越低。

因为，她看到了对方的脸。

那张……她想了七十二个小时的脸。

少年的眉头皱了起来，右手揉着下巴，额间渗出了点汗，脸颊被晒得发红，眸子微垂，冷淡地看着她："没关系。"

说完他便绕过她，往小卖部的方向走去。

苏在在原本还在为这天上掉下来的馅饼震惊中，一看他要走，立刻精神了，热得要眩晕的脑袋也清醒了。

她连忙跟了上去，扯住他的手腕。

少年停下脚步，回头看她，剑眉冷眼，侧脸曲线紧绷，看得出心情不悦。

苏在在立刻像是触了电般地松开了手，她咽了咽口水，紧张得手心一片濡湿，周围那嘈杂的人声也犹如断了线，耳边一片宁静。

他的气息像是放大了那般，清透凛冽，缠绕在她的周边。

苏在在的手在校服裤上抹了抹，蹭去手中的汗。

眼前的人突然注意到了什么，眉眼间的冷漠稍稍缓解，表情变得若有所思。

也因为这个，她鼓起了勇气，觍着脸问："……你叫什么名字？"

苏在在觉得很绝望。

013

超级绝望，绝望到生无可恋。

姜佳跨坐在椅子上，放了罐可乐在苏在在的桌子上，笑嘻嘻地问："喂，你干吗呀，我就离开了你一小会儿，你就这副死样。"

苏在在瞟了她一眼，眼神放空，没答话。

姜佳想了想："你大姨妈来了？"

对方是姜佳，苏在在干脆直接交代，表情忧伤："我看上了一个男生。"

"……"姜佳口中的雪碧差点喷了出来。

"唉。"她用手指触碰着可乐罐上的小水珠，郁郁寡欢道，"这些水滴，就像是我心中那流不尽的眼泪。"

姜佳咳嗽了几声，伸手揉了揉她的脑袋："……啥情况，什么男生啊，我见过吗？什么样的？你以前的同学还是啥？"

苏在在很诚实："我不知道你有没有见过，但我是第一次见，前几天在小卖部外面等你的时候见到的。"

"啊？一见钟情啊？"

苏在在点头，想了想，又叹着气补充："我刚刚回教室的时候又碰到他了，然后问了他的名字。"

听到这个，姜佳的眼睛亮了："够有缘的啊，这都能碰到，叫啥名？我说不定认识呢！"

"蠢货。"

"能不能好好说话，莫名其妙骂我干吗！"

苏在在垂眸："他就是这样说的。"

她当时听到的那一瞬，确实蒙了，怎么一上来就骂人……

有点幻灭的感觉。

但很快她就反应了过来，反应过来后的感受……比幻灭还惨。

蠢货……

他的意思大概是：我叫作蠢货，这不是你之前喊的吗？

她还敢继续追问下去吗……

苏在在真的完全没想到他能听到那句话，而且还能准确地发现她就是在说他！

姜佳火了，重重地拍了拍桌子，怒道："他骂你干吗啊！就问个名字有必要吗！神经病！"

她的反应让苏在在顿了顿，抬眼看她，欲言又止。

"你干吗！我说错了吗？你还想替他说话？你说你什么眼光！你绝对是一个只看外表不看内在的人，还说对帅哥没兴趣？！"

见姜佳情绪那么激动，苏在在清了清嗓子，语气有些小心翼翼："那啥，我……就是，有可能是……之前他听到我骂他蠢货了……"

沉默了一瞬。

姜佳："……当我刚刚的话没说。"

又沉默了一瞬。

姜佳忍不住问："你骂他干吗？"

苏在在也想不起当时自己是怎么想的了……

"我感觉，如果他只说了'蠢货'两个字，别的什么都没说，估计是对你印象不太好……"姜佳的语气有些小心翼翼，"他完全没留下能让你再找到他的线索。"

好像是这样……

苏在在哀号了声："我后悔了，我是不是应该单刀直入跟他要联系方式？啊啊啊！我当时紧张得根本想不到。"

先拿了联系方式，别的再慢慢解释就是了！

"你要了更后悔。"

"……为什么？"

"因为他不会给你。"

"……"

"可能还会因此被他再羞辱一次。"姜佳摸了摸她的脑袋，半开玩笑地补充道。

苏在在微笑，用力地掰了掰她的手指，骂了一句。

姜佳正想反击，铃声就响了起来。

见苏在在还是一副萎靡不振的模样，她也失了兴致，安慰道："没事儿，肯定还能遇到啊，这学校才多大。"

苏在在欲哭无泪："嗯，高一高二加起来也才几十个班。"

姜佳语塞："……喝可乐吧。"

英语老师走了进来，班里顿时鸦雀无声。

苏在在整理了下心情，双手拍了拍脸颊，准备化悲愤为学习的力量。

喊了"上课"后，英语老师边说着话边在讲台上翻着资料。

一会儿后，她抬头望向苏在在："课代表，我的教案落在一班了，就一个蓝色的文件夹，应该在讲台上，去帮我拿过来。"

苏在在点头，起身，走出教室，大步往实验班的方向走。

怕老师和同学们等太久，后来她干脆小跑了起来，一路跑到实验班的门口，发出"嗒嗒嗒"的声响，伴随着风。她小喘着气，头发有些松散凌乱，喊了声："报告。"

见老师招了招手，她才走到讲台旁边，小声地说着："老师，我来拿陈老师的教案，她说放在讲台上了。"

老师翻了翻，递给她一个蓝色的文件夹："这个吧？"

"嗯嗯，谢谢老师。"

苏在在转身，目光不经意地扫视了大半个教室。突然，她注意到第一组的第三排外侧坐着一个男生。

他头颅低垂，很认真地在纸上写着东西，完全没有被她这外来的人吸引注意。这个角度能看到他的大半张脸，鼻梁白皙高挺，嘴角微勾，背脊挺得笔直，气质硬朗。

灯光打在他的睫毛上，在眼睛下方呈现出扇形的阴影。

苏在在若无其事地收回了眼，淡定地走出了教室。

回教室的路上，她激动得几乎想直接滚着回教室。

苏在在忍不住在原地蹦跶了两下，暗自想着，要不是因为现在已经上课了，她大概可以连续尖叫一个小时，不间断的那种。

到底是什么狗屎运啊！

她太感谢英语老师了，啊啊啊啊啊！

坐到位置上后，苏在在给姜佳传了个字条。

——上次你说的，实验班有两个帅哥，一个叫张陆让，另一个叫啥？

姜佳看了她一眼，有些疑惑她为什么突然问这个问题，但还是乖乖地在字条上写出了个名字。

——周徐引。

苏在在舔了舔唇，把字条捏成一团，小声地问道："哪个更帅？"

姜佳捏住苏在在的手，因为英语老师在，她不敢太放肆，声音很小，但语气却很激动："虽然我没见过，但是听形容绝对是周徐引啊！"

"周徐引……？"

"对啊！听说长得惊为天人啊！"

惊为天人。

他一个淡淡的眼神，确实……就惊为天人了。

4.

今天……

崩溃到不想说，呵呵。

——《苏在在小仙女的日记本》

下午第一节下课后，苏在在立刻站了起来。

正想往教室外走时，广播里响起了眼保健操的前奏音乐。

苏在在立刻坐了回去，哀号了一声。

姜佳有些无语："你干吗？"

她面不改色地撒谎："膀胱要爆了。"

眼保健操结束后，苏在在立刻往高一实验班所在的三楼奔去，假装去那里上厕所的样子，可惜没遇到她的"大美人"。

她没赶着回去，特地在走廊那里逗留了好一会儿。

然而直到上课铃响了都没碰上。

但就算没碰上，苏在在依旧紧张得要死……

她觉得心脏几乎都快要从身体里蹦出来了，呼吸短暂又急促，像是氧气不足无法呼吸，脸颊涨得通红。

第二节课下课的时候，她死皮赖脸地扯着姜佳一起去。

两人走下楼，到三楼后，左转。

一眼就看到了从走廊尽头往这边走的"周徐引"。他迎面走了过来，抬眼的时候稍稍扫了她俩一眼，很快就挪开了视线。

苏在在呼吸一滞，挽住姜佳手的力道加重，如同落荒而逃般地转头看向她，没头没脑地转了话题："今晚吃什么？"

姜佳有些反应不过来，脑袋里全是被她灌输的那三个字，下意识地就吐了出来："周徐引？"

张陆让望了过来。

苏在在的脸瞬间涨得通红，扯着姜佳加快了步伐。

走到女厕里，苏在在一脸崩溃："怎么办啊，你说他是不是听到我们说要吃他了……啊啊啊啊，好想哭！"

姜佳不可置信："他刚刚路过了？我咋没发现。"

苏在在把姜佳扯了出去。

这个时候，张陆让刚好走到转角处，他转了个弯，露出了半个侧脸。

姜佳眯了眯眼，很快就摇了摇头："太远了，看不清……我刚刚就顾着听你说话了，没注意别的。"

两人又走回了厕所内。

苏在在打开水龙头洗了把脸，神情郁闷："天哪，我感觉他只要一在我的视线范围内，我就好紧张……"

"你春心荡漾了。"姜佳盯着她的脸，像是发现了新大陆，"第一次见你脸红，突然觉得好可怕。"

苏在在顺了顺呼吸，抬头看了看镜子中的自己，摸了摸脸，认真道："我倒是觉得挺娇俏的。"

姜佳："……"

周末回来两天后，苏在在对于自己这种一看到"周徐引"就紧张的反应感到很不满，她琢磨了一下，终于想到了个吸引他的对策。

上午第三节下课后，她拿着水瓶对着姜佳说："走，去打水。"

姜佳翻了个白眼："以后我们一天就去三回，成吗？"

"你就再陪我去两回，以后我靠自己。"

姜佳妥协地跟了上去。

路上，苏在在很认真地反省："我觉得像我之前那样是不行的，见到他就立刻转移视线，这样完全不可能吸引他的注意。"

姜佳翻了个白眼："所以你要做什么？"

"一会儿看到'周徐引'的时候，你就大声地喊我，全名那样喊，知道吗？"

"……哦。"

从楼梯走到三楼的饮水机处要路过实验班的教室，两人走到实验班的时候，张陆让刚好从里头走了出来，拿着水瓶。

两人立刻加快步伐，跟在他的后头。

姜佳很配合地大喊："苏在在！"

苏在在接着大声地说："我觉得那道题不是这样子的。你看，汽车刹车过程是匀减速直线运动，采用逆向思维将其看作反向的由静止开始的匀加速直线运动……"

她噼里啪啦地说出了一大堆，姜佳震惊得下巴都要掉了。

苏在在很骄傲："所以答案应该等于12米每秒。"

嘿嘿嘿，学霸肯定会对成绩好的女生有好感！

前面的张陆让打完水后，苏在在也没急着跟上去，眨着亮晶晶的双眼问姜佳："我刚刚表现得怎么样？"

姜佳的表情有些不忍："……你这道题背了多久？"

被戳穿了，苏在在也不介意，诚实道："昨晚一直在背。"

"你刚刚代入数据的时候，加速度的单位背错了，你一直背的米每秒……"

听到这话，苏在在蒙了："不然单位是什么？"

"米每二次方秒……"

她沉默了。

良久后她才说："佳佳，咱们绕路回去吧。"

苏在在实在没勇气路过实验班了。

装了个大的，却一下子被人发现是假的。

"佳佳，我觉得，我应该去挽回我的形象。"苏在在坐在椅子上，冷静地分析，"刚刚是我太冲动了，我应该拿我的英语或者文综来炫耀才对。"

019

姜佳极其无语:"……所以你到底为什么要说物理题啊,你上次物理才考40分你不记得了吗?"

"我觉得他长得像理科生……"

"大哥,都还没分文理好吗!"

苏在在弯腰,崩溃地在桌子上磕了几个头:"那你觉得我要不要去背篇英语作文挽回一下我的形象?"

姜佳摸着下巴想了想:"我觉得还是别了吧,你还不如好好地跟他道个歉,去跟他解释一下你上次不是骂他什么的……"

苏在在的眼睛一亮:"你说得对!你说得太对了!我一会儿就去!"

看到她这副模样,姜佳失笑。

下课后,苏在在决定自食其力,没有让姜佳陪她。

她一边为自己打气一边往实验班走。

不断地在心中重复着一会儿要说的话:你好,我是九班的苏在在,就是上次在操场问你名字的那个……

还要说啥好?

苏在在还没想完,就走到了实验班的门口。她深呼了口气,从前门的位置能看到他正坐在椅子上,靠着椅背,单手拿着一个本子,脸上没什么表情。

坐在他前面的女生跟他说着话。

苏在在收回了视线,喊住往前门这边走的一个男生,小声地说:"同学,能帮我叫一下你们班的'周徐引'吗?"

听到这个名字,那个男生立刻就往张陆让那边看,然后马上反应了过来:"啊,他请假了。"

请假?!

苏在在石化了……

什、什么啊!

他不就坐在那儿吗!他们都看不到吗?!

苏在在抬起手,惊慌失措地指着张陆让:"他、他……"

坐在第二组第一排的一个男生猛地笑出了声,转头看向张陆让:"喂,张陆让,你不行了啊,这周有三个来找周徐引的,你才两个!"

听到他的声音,张陆让抬起头,瞟了前门一眼。

正好看到苏在在指着他,他的眉峰微不可察地皱了一下,很快就重新垂下头,轻轻地"哦"了一声。

张陆让……

原来,整整四天,她都想错了人——把她真正的目标想成了假想敌。

……她要回去杀了姜佳。

5.

如果我一味地矜持和害羞,我会与他失之交臂。

——《苏在在小仙女的日记本》

"姜佳,我觉得我们的友谊走到了尽头。"苏在在从书包里翻出一张一毛钱,拍在她的桌子上,"这是我们的分手费。"

姜佳把钱叠好,放到自己的口袋里,随口问:"哦,怎么说?"

"他根本就不叫周徐引!他是张陆让啊!"苏在在越想越绝望,"他一定会觉得我是个水性杨花的女人,是见到帅哥就双眼发光的庸俗女人,呜呜呜……"

倒是没想到这个,姜佳眨了眨眼:"真的是张陆让啊?"

"怎么感觉你一点都不惊讶。"

"因为我就觉得他是张陆让啊,看气质就像一朵高岭之花。"

"那你怎么不跟我说?"

"你那天把我扯过去就一口一个周徐引,而且还一副那么肯定的模样,我还能说什么!指着他说他是张陆让吗?!我又没见过!"

苏在在瞬间蔫了:"那……那不是你跟我说,周徐引更帅的吗?"

"听形容我肯定喜欢周徐引啊!"姜佳理直气壮,"我对高冷的一点兴趣都没有。"

"不行!"苏在在掐住她的脸,怒道,"就算你喜欢周徐引那种类型,你也必须觉得张陆让是最帅的!"

"凭什么！"

"因为这是事实，你不能否认。"苏在在更理直气壮。

"别想改变我的审美。"姜佳拍了她肩膀一下，"我跟你说，你说不定见了周徐引你就移情别恋了呢，颜狗。"

"不可能。"

"为什么不可能？"

苏在在很认真："就是不可能。"

姜佳没再逗她，笑了笑："倒看不出来，痴情的可爱在在。"

场面突然安静了下来。

苏在在趴在桌子上，枕着手臂，叹息："唉，你说得对，我就是一个没有责任心的人，我得改改我这个毛病。"

"啊？我什么时候说你没责任心了？"

"就上次给张陆让拿英语练习册，你说我不亲自把练习册递给他，让别人转交。"

姜佳立刻想起来了，调笑道："哈哈哈，我想起来了，你不是跟我说你看不上他吗？"

"我现在看上了。"

"……"

"突然想起来，你当时居然说将就看看张陆让！"

"……小姐姐，我错了。"

提起英语练习册这个，苏在在捶胸顿足："天哪，早知道他是张陆让，我就应该背英语作文才对，背什么物理题啊！"

姜佳好奇了："为什么？"

苏在在后悔莫及："英语老师让我帮她把练习册给张陆让的时候就跟我稍微提了一下，张陆让的英语超级差，老师怀疑他会因为英语被分出实验班，所以最近都在督促他的英语。"

"哈哈哈，这个我倒不知道啊！"姜佳捧腹大笑，"不过我听说他成绩很好啊，英语居然这么差。"

"所以我就应该在他面前卖弄英语才对。"

姜佳摇了摇头："你这样反而会招来他的嫉妒心。"

她这话如同醍醐灌顶，苏在在连忙感激地握住她的手："有道理，谢谢大佬的提点。"

"不过到底是有多差啊，让英语老师那么费心……"

苏在在想了想："满分 135 分，听说他大概零头都考不到，也就 30 分左右吧……"

"选择题蒙也能蒙到 30 分吧。"

"这样想想他也很厉害啊！英语居然能考 30 分！"

"……"

"天啊，莫名觉得好萌啊！实验班的大学霸英语比我低了 100 分，哈哈哈哈，太可爱了。"

"……你有毒。"

虽然苏在在的心态已经调整过来了，但接下来的两天她还是没有勇气去找张陆让，怕印象分被拉得更低。

她还在想对策中。

大雨在她思考的时候来临，气势汹汹。

苏在在望着窗外大颗的雨点，迅速而又剧烈地砸在地上，发出一阵又一阵巨大的响声，哗啦啦的。

雨天总是让人莫名惆怅。

苏在在转头看向姜佳，叹息了声，而后很认真地说："佳佳，我觉得我太矜持了。"

她这还矜持？！

姜佳对她的脸皮厚度感到震惊，忍不住吐槽："你想多了……"

"我真的觉得我太矜持了。"

"我也真的觉得你想太多了……"

苏在在难得没跟她耍嘴皮，思考了一下，而后道："你不觉得吗？我虽然前几天都一直去三楼，特地从他周围路过想让他看到我，特意在他周围放大音量想让他听见，但我根本没做什么实际行动。"

这不叫实际行动吗……

姜佳突然有些不懂她的脑回路。

023

"我和他对视的时候,从来不敢跟他连续对视3秒,而且见到他就紧张得说不出话来,只知道害羞,立刻假装完全没看他,假装一直认真地在跟你聊天。"

"正常啊,因为你喜欢他嘛。"

"可是害羞有什么用。"苏在在舔了舔唇,眼神很认真,"我喜欢他,却什么都不做,这样的我,他怎么可能注意到?"

姜佳顿时不知道该说什么。

"就举一个例子好了。"

"你说。"

苏在在想了想:"比如说,有两个男生喜欢你,一个是看到你就立刻脸红跑开的小帅哥,另一个是见到你就欺负你、骂你的丑男,十年之后,你会对哪个的印象更深刻?"

姜佳半秒都不用考虑:"小帅哥。"

"……"

苏在在盯了她好一会儿,直接无视:"是吧,我觉得是丑男,这就证明了行动比颜值更重要。"

"我真的不开玩笑,真的是小帅哥。"

"当然,我虽然这样说,但不代表我认为我颜值低。"

"……"

"行吧。"苏在在妥协,"那就欺负你的那个丑男的设定也改成小帅哥,这样你会对哪个印象更深刻?"

姜佳一个都不想选:"所以为什么非要欺负?对我好不行吗?"

"你不要太贪心了。"苏在在皱眉,"长得好看还要对你好?你做梦。"

"……"

玩闹过后,烦躁的心情再度袭来。

苏在在想,就算张陆让不喜欢她,她也不希望未来的他,在想起她的时候,连名字都想不起来。

这样太不甘心了,一点儿也不。

"佳佳,你相信像电视剧里那样,女主角什么都不做就能得到男主角的青睐吗？"苏在在喃喃道，"反正我是不信的。"

她转头看向窗外。

"如果我只知道矜持和害羞，那他只会被不矜持不害羞的人抢走。"

"帮你问到了，实验班今天下午第三节上电脑课。"

苏在在笑嘻嘻地捧着她的脸亲了一口："么么哒！果然是我的小仙女！美丽动人，温柔可爱，善良可人。"

姜佳嫌弃地用手擦了擦脸："按你今早那样说的，干吗不直接当面送给他，给他的印象更深啊！"

"这不行。"苏在在很认真地分析，"我去他教室找他还好，送伞的话好像太显眼了，他们班的人肯定会起哄，我怕会引起他的反感。"

"……好像有点儿道理。"

"主要是我怕他没带伞，不想让他淋雨。"苏在在郁闷道。说完她便拿着伞站起身，走到前门旁边的窗户，把伞放在窗沿上。

上课铃刚好响起。

20分钟后，苏在在举起手："老师，我想去趟厕所。"

出教室门，拿起窗沿上的伞，直接下了楼。

实验班的前后门果然都被锁上了，苏在在思考了下张陆让坐的位置，推了推靠那头的窗户，意外地打开了。

她嘴角勾起，往内探了探身子，将伞放在桌子的正中央，伞柄上贴着的字条向下，除非被人拿起来，否则注意不到。

突然想到那天那个男生说的话。

——"喂，张陆让，你不行了啊，这周有三个来找周徐引的，你才两个！"

才两个。

竞争没想象中的大啊。

苏在在笑出了声，拍掉手中的灰尘，把窗户关好。

转头走回教室。

雨势渐渐小了下来，乌云也缓缓地散开，被遮盖住的太阳显现了出来，发出浅浅的光，洒在湿润的大地上。

苏在在回到位置。

姜佳转头看她:"放好了?"

"嗯。"苏在在用手托着下巴,笑着,"佳佳,我下午不回去洗澡了。"

"啊?你要干吗?"

不干吗。

就是,假如他来还伞了……

那还能见一面呢。

6.

暗恋太孤独。

我不是一个能忍受孤独的人。

——《苏在在小仙女的日记本》

10月下旬,天气变化迅速,雨来得快去得也快。

下午放学到晚修上课的这段时间,教室里虽然人少,但是吵得很。离得远远的,他就能听到教室里的吵闹声,以及广播传出的那清脆温婉的女声。

张陆让走进教室里。

还未走到自己的位置时,他便看到了桌子上有一把暗红色的折叠伞,大大咧咧地放在正中央,似乎就是想要引起他的注意。

拿起来一看,发现伞柄上贴着一张字条,为了防水还在上面多粘了几层透明胶。

上面写了一句话,不知被什么蹭到,有些模糊了,但还是能看清楚上面的字。

——高一九班苏在在借给高一一班张陆让的。

"借"字的字号比别的字大了一倍。

他垂眼,表情很淡,将伞放回桌子上。收拾了几本书放在书包里,背上,出教室,走之前还不忘把伞带上。

上两层楼,右转直走绕到另外一栋楼,走到离高一办公室最近的教室。

可能是离办公室太近,又或许是因为人少,这个教室很安静。

特别安静。

张陆让只看到了一个女生在里头，坐在靠窗那组的内侧，鼻子上架着一副大框的眼镜，戴着耳机翻阅着手中的书。

窗外，夕阳无限好，洒在密层的树叶中，碎光穿透一切，随着清风晃动，在书本上圈出几点光晕，也在那个女生的手上折射出莹白的光。

有些刺眼。

张陆让的双眸微眯，启唇道："苏在在。"

她没听见，手上的动作连一丝停顿都没有。

张陆让没再喊她，直接走了进去。

余光看到一人站在同桌桌子的旁边，苏在在翻书的动作一顿，下意识地把其中一只耳机扯了下来。

广播的声音传入耳中，少女的声音婉转动人。

"韩寒的《一座城池》里有这样一句话。"

"人世间的事情莫过于此，用一个瞬间来喜欢一样东西，然后用多年的时间来慢慢拷问自己为什么会喜欢这样东西。"

苏在在抬起了头，看向他。

少年的嘴唇轻抿着，弧度平直，眼睛润泽明亮，无半点儿情绪，黑发半湿，整个人显得慵懒又纯净。他抬手，将雨伞递给她，不发一言。

苏在在没接，只是定定地看着他。

见状，张陆让倾身，将伞放在了她的桌子上，而后转身就走。

苏在在连忙喊住他："张陆让。"

少年脚步一顿，转头看她。

"你认得我？"苏在在放下手中的书，拿起桌上的雨伞晃了晃。

张陆让点点头，没答话。

仿佛有什么东西从内心深处膨胀了起来，让苏在在感觉心情又雀跃又难控，她克制住自己的紧张，站了起来，厚颜无耻道："你在默默地关注我吗？"

似乎完全意想不到这样的问题，张陆让的眉头皱了下，没有再继续跟她交谈的欲望，抬脚往门外走。

她跟了上去，自顾自地说："我不应该拆穿你的，你别生气，当我没说刚刚的话。"

张陆让的嘴角扯了扯,实在忍不了,低嘲:"加速度12米每秒。"

"……"

看来那天确实太浮夸了,又大喊名字又大声背题……

突然觉得好丢人。

不过她还是能承受住。

而且,之前做的事情看来没有白费,他还是对她有点儿印象了。

苏在在眨了眨眼,飞快地转换了个话题:"那什么,就是我那天确实骂的是你,所以借你伞算是给你赔罪了……"

"不用。"

苏在在摆了摆手:"这可不行,我不是那种人。"

"我也骂回去了。"语气漫不经心。

苏在在蒙了。

他什么时候骂她了……

那天说的"蠢货"?

没想到居然真的是在骂她……

高岭之花对任何事情都斤斤计较,莫名的反差萌,啊啊啊!

不过她要怎么回复才好?

如果她气急败坏地回复类似"你居然敢骂我"这种凶狠泼辣的话,张陆让以后不敢骂她了怎么办。

虽然被骂了,但是她还是很享受这种滋味的。

感觉受到了他的特殊待遇。

不然就直接拍拍他的手臂说:"哈哈哈,干得漂亮!我就是喜欢你骂人!"

他会把她当作神经病的吧……

算了,她再换个话题吧。

"对了,那天我不是去找周徐引,我以为你叫作周徐引……我是去找你的。"

她真的不是水性杨花的女人!她很专一的!

"嗯。"

好冷漠,嘤嘤嘤。

苏在在再接再厉:"你怎么不问问我为什么去找你?"

"不想知道。"

不想知道……

好，不想知道那她就不说。苏在在决定屈服。

再换个话题好了。

"还有那个，加速度那个，我不是不知道加速度的单位是什么！我就是当时脑子一抽把单位想错了。"苏在在恬不知耻地解释。

"哦。"

"你知道说'哦'是冷暴力吗？"

"……"

"你对我使用了暴力。"

"……"

"家暴。"

张陆让的脚步一顿，转头看她，眼神微妙。

苏在在淡定地改口："校园暴力，一时口误。"

张陆让："……"

之后便是一人不断地说话，另一人坚定地保持沉默。

但下了两层楼梯之后，张陆让还是忍不住开口，语气有些低沉："你跟着我干什么？"

正好到实验班那层，再走几步就到教室的后门了，从这儿就能听到教室的喧嚣声，他背着书包来还伞……

随便猜一个好像也不吃亏。

苏在在无辜地眨了眨眼："我没跟着你啊，我要去阅览室。"

他没再说什么，也没走进教室，转了个弯，继续往下走。

看来没猜错！

苏在在喜滋滋地跟上。

虽然得不到他的回应，但苏在在胜在天生话多脸皮厚，嘴巴一直讲个不停，场面也不算尴尬。

就快要进阅览室的时候，苏在在突然扯住他的衣角，很快就松开。

张陆让侧头。

她舔了舔唇，小心翼翼地解释："我刚刚说冷暴力那个是开玩笑的……

你应该听得出来吧?"

瞟了她一眼,收回视线,他说:"嗯。"

还是好冷漠。

字数少得像是夹杂着冰,但就这么一个字,却在苏在在的心底,快速地将那些冰块化成了水。

温柔的水,在空气中挥发,扩散开来。

两人走进阅览室。

张陆让不紧不慢地绕过几个书架,往角落的一张桌子走去。

苏在在跟在他的后头。

那张桌子旁放着四张椅子,此时都空着,没有人坐。

张陆让轻手轻脚地拉开一张椅子,坐了下来。他将书包里的课本和练习册拿了出来,拿起笔便开始做题。

苏在在原地站了一会儿,转头往门口的方向走。

余光注意到她离开的背影,张陆让拿笔的手一顿,浅浅地抬了抬眼,很快就重新将视线放在课本上。

在心中松了口气。

……终于走了。

性子太闹腾,他实在不知道该怎么应对。

但苏在在倒不是真走了,主要是她什么都没有带,总不能坐在他旁边一直盯着他看吧……

虽然她挺想的。

但她还是不敢尝试。

苏在在转了个弯,在外国文学那个分类区绕了一圈。

手指在图书的书脊上虚滑过,她心思散漫,确实没有想看的书,纠结了半天,将中间那本《一个陌生女人的来信》抽了出来。

就这本吧,语文老师的推荐读物里好像有这本。

拿着书走回那个角落。

张陆让对面的两个位置已经坐了人,苏在在有些失望,本来想坐他对面的,这样的话,一抬头就能看到他的脸。

也罢，那就坐他旁边吧。

距离还更近呢。

苏在在轻轻地把椅子拉开，坐了上去。

旁边的张陆让恍若未闻，连眼皮都没动一下。

苏在在看了他一眼，很快将视线从他身上挪开，翻开书，将注意力全部放在这个故事当中。

外头的天空是暗红色，云朵被染成淡淡的粉色，隐隐透出背后那碧蓝的底，看起来娇美又阴沉。

张陆让低头看了眼手表，差不多到晚修时间了。

周围的人大多也走光了。

他将练习册和书本一一合上，叠在一起，放入书包中，而后站了起来。

一旁的苏在在毫无动静，继续安静地看书。

她的侧脸白净，五官小巧，头微微垂着，棕栗色的发遮住了小部分脸，红润的唇抿着，弯起一个小小的弧度，纤细嫩白的手指翻阅着书。

张扬开朗的气质一下子就变得恬静了不少。

张陆让在原地站了一下，最后还是微微弯了背脊，用食指的骨节在桌子上轻敲了下，小声地提醒："晚修。"

看向他的时候，苏在在的眼神还有些迷茫，很快就反应了过来，对他点了点头。

说完后，他便抬脚往外走。

苏在在也没指望他能等她，慢腾腾地将书放了回去之后，思绪混乱地往教室的方向走。

有时候，喜欢上一个人，好像就只是一瞬间的事情。

苏在在清楚地记得那个瞬间。

是那个雨天，他望过来的那一刻。

两人视线对上的那一刻。

可她，却实在搞不懂喜欢的缘由。

后来，就算是过了很多年，苏在在绞尽脑汁，拷问了自己多次，也不知道她到底为什么会喜欢上张陆让。

不过，很幸运的是，她从未后悔过。

从未后悔过那天去了小卖部,从未后悔过逛到一半就走了出来,从未后悔过选择撑伞站在外面,从未后悔过莫名其妙地骂了他。

从未后悔遇见他。

然后,对他一见钟情。

第二章
Chapter 2

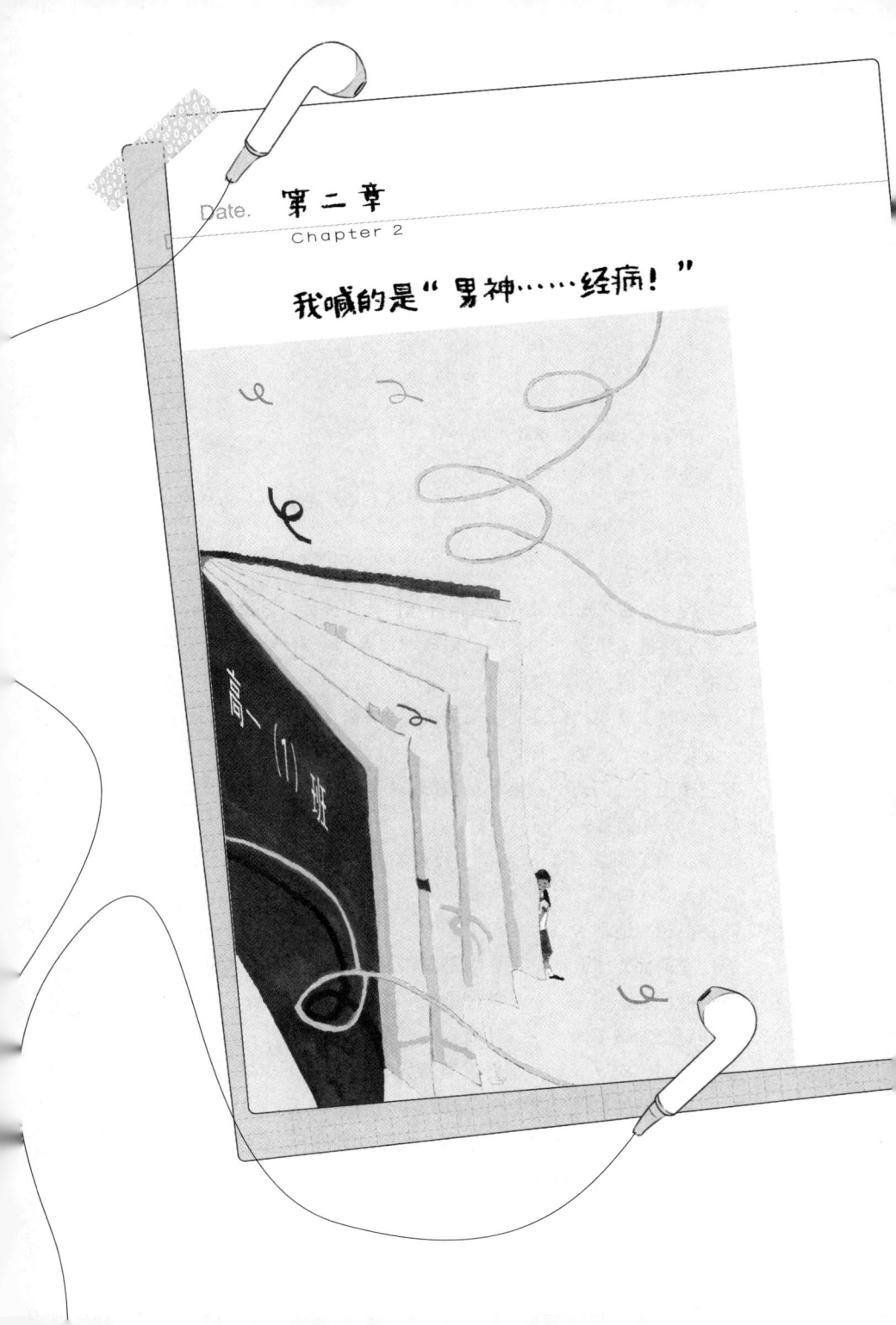

我喊的是"男神……经病!"

1.

不管何时何地,不论心情如何,
都觉得他长得太好看了。

——《苏在在小仙女的日记本》

隔天便是周五。

放学后,苏在在磨磨蹭蹭地收拾好东西,跟姜佳一起走出校门。

Z中虽然是Z市最好的高中,但地理位置却偏僻得很。它坐落在一片绿地之中,空气清新,景色宜人,宁静又舒适。

缺点就是,从校门口走到车站都要走半个小时,所以一般周五放学的时候,会有不少学生家长来接人。

苏在在走下校门前的台阶,抬头的时候,刚好看到张陆让上了一辆黑色的私家车,伴随着关门的闷响。

车子没有立刻发动。从这个角度能看到他将书包扒拉下来,扔在一旁,整个人陷入椅背当中,合上眼。

苏在在在原地站了一会儿。

姜佳在前面走了几步之后,突然觉得不对劲,往后看,恰好看到她站在人群中央,定定地往一个方向看。

姜佳疑惑地喊了声:"在在!"

与此同时,车子开始往前开。随着移动,光和影从他的脸上掠过,忽明忽暗,最后消失在视野当中。

苏在在愣了一下,很快就回过神,跑到姜佳跟前,给了她一个大大的拥抱,表情乐呵呵的,像个傻子。

姜佳有些无语:"你干什么?"

她笑得肆意,毫不掩饰自己的愉悦,可也只是摇了摇头,什么都没说。她这副模样让姜佳更好奇了:"你到底干啥了?你这样无缘无故地笑让我觉得毛骨悚然啊,小姐姐!"

"让让。"苏在在突然开口。

"这路就这么宽,你让我让哪儿去?"

"让让。"

"……"

阳光毒辣,隔着太阳伞的那层黑胶依然能感受到它的滚烫。周围是来来往往的人,地面上是来回穿梭的光影。

那一刻。苏在在看到了,他的睫毛颤了颤,而后睁开了眼。

在车子发动的那一刻。

在姜佳喊出"在在"两个字的那一刻。

暗恋的时候,巧合也能令人心生极大的愉悦,那种满足感是瞬间冒起来的,瞬间就能充盈你的整个心脏。

甜丝如蜜,渗入心间。

周六中午。

苏在在一个人待在家里,嘴里叼着袋牛奶,小口地喝着,手里拿着遥控器,百无聊赖地换台。

沙发上的手机振动了下。苏在在扫了一眼,拿了起来。

姜佳发来两条消息。

——我问我同学要到了张陆让的微信。

——134……4329。

苏在在嘴里的那袋牛奶从口中脱落,洒了她一身,她哀号了一声,连忙扯了几张纸巾擦了起来,回房间换了套衣服。

几分钟后,苏在在走回客厅拿起手机,盘腿坐在沙发上。纠结了一会儿,她的手指在手机屏幕上快速地敲打了起来。

苏在在:你觉得我要加吗?

姜佳:加啊,为什么不加?

苏在在：感觉他不会同意……

苏在在：而且我挺想自己跟他要的。

姜佳：试一下啊，万一他同意了呢？你们就有机会可以聊天促进感情了啊！不然就你那样要追到何年何月。

好像说得没错……苏在在又纠结了一会儿，焦灼地咬着食指的指节。

很快就下定决心，将那串号码复制了下来，点击添加好友，粘贴，屏幕里出现了他的详细信息。

头像是一条萨摩耶犬，吐着舌头对着镜头欢快地笑。

画风好像不太对……

苏在在紧张的心情瞬间消了一大半，疑惑地点开大图，突然注意到图的右下方，也就是那条萨摩耶犬的脖子上，有两根手指入了镜头。

准确地说，是半截食指和半截中指。

苏在在眨了眨眼，立刻收起自己那股怀疑的情绪。

连两根手指都这么好看，这不是张陆让还能是谁！

苏在在瞅了眼昵称：zlr。

她狠下心，闭上眼，一咬牙，戳了下"添加到通讯录"，验证申请什么的也不想写了，直接按了"发送"。

按好后，她像是摸到了滚烫的开水那般，连忙把手机扔到一旁，拿起抱枕盖住脸"嗷嗷"地叫了几声。

许久之后，苏在在才把抱枕从脸上放了下来。眼睛因为激动盈满了水润的光泽，整张脸都是红的，额间也渗出了几滴汗。她的表情紧张又激动，看着被扔在沙发角落里的手机，想拿又不敢拿。

苏在在干脆放弃，走回房间去写作业。

没写几个字就心烦意乱，苏在在焦躁地站了起来，重新回到客厅，破罐子破摔般地拿起了手机，点开一看——

果然。

没有任何消息。

虽然在预料之内，但还是有点儿失望。不过很快她就恢复了心情：如果张陆让那么轻易就同意了别人的好友申请，那他估计早就被抢走了。

苏在在对着他的头像做了个鬼脸，嘟囔着："以后我要你求着加我。"

周日下午。

苏在在收拾好东西,看着窗外的烈日炎炎,感觉周身都要出一层汗。她抓起一根纯黑的橡皮筋,随手将头发扎了起来,而后便背起书包往外走。

苏母在客厅看电视,看到她走出来了,懒洋洋地抬了抬眼,问道:"东西收拾好了没有?生活费跟你爸要了没?"

刚从苏父那里拿了两百块的苏在在果断道:"收拾好了,没拿生活费。"

"我知道你拿了。"苏母喝了口水。

"……"

"跟你爸说同意养狗,我就再给你两百。"

提起狗,苏在在突然想起了张陆让的头像,她很快就回过神,立刻拒绝:"算了,不就两百块。"

"可以啊,还挺有原则。"

苏在在走到玄关去穿鞋:"这是你们两个之间的战争,别扯上我。"

"什么叫我们两个的战争,你爸都说了以票数决定,家里就三个人!"苏母瞪了她一眼,"要不要我送你去?"

"送什么啊。"苏在在在玄关旁的镜子前理了理头发,笑着说,"一周就一天假,好好休息吧。"

苏母也没强求:"那你路上小心点儿,到学校给我打个电话。"

"知道了。"

10月下旬,阳光还是如初夏那般炽热,柏油路的地面几乎要被烤化,道路旁的草坪散发着浓郁的气息。

苏在在最怕热了,连忙到附近的便利店里买了一瓶冰镇的矿泉水,贴在脸上降降温度。她走到车站,收起伞,折好,放进书包里,然后坐到椅子上,拿出手机,打开公众号查了查71路公交车的实时定位。

还有十几个站才来……苏在在立刻开始懊恼,她也太蠢了吧!应该在还有五个站的时候再下来的,后悔死了!

坐了一会儿,苏在在猛地站了起来,往站牌那个位置走。

不行,她实在等不了了。看看有没有别的能坐的车,然后中途再转车吧……

走了两步,她就停了下来,神情有些发愣。

站牌的旁边站着一个少年。他站在阴影处,戴着一副纯黑色的耳机,中规中矩地背着书包。神情很淡,定定地望着往来的车。

几秒后,似乎觉得有些热,他拿起手中的矿泉水喝了两口,喉结随之滚动了两下,随后他用拿着瓶盖的那只手的手背抹了抹唇。

苏在在的视线随着他的动作而挪动,最后停在了他的唇上。

她忍不住咽了咽口水。

"咕咚"一声,格外响亮。

2.

在他面前,
　我像是我,又不再像是我。

　　　　　　——《苏在在小仙女的日记本》

苏在在连忙退后了几步,拧开矿泉水喝了几口。

先解解渴。不然等会儿在他面前咽口水,感觉太羞耻了……

苏在在拧好瓶盖,对着手机的黑屏看了看自己现在的模样,随后从包里扯出一张纸巾擦了擦额头的汗,弯起嘴角。

嗯,可以。

笑得很自然很漂亮。

苏在在将手机放进裤兜里,深吸了口气,掩去所有紧张的情绪。她走了过去,歪着头跟他打了声招呼:"嘿,张陆让。"

听到声音,张陆让望了过来,眼底没有丝毫诧异,如同那夜里的湖水,水波不兴,无半点儿起伏。他浅浅地点了点头,算是对她的回应。

苏在在下意识地捏紧手中的矿泉水瓶,眨了眨眼,好奇地问:"你家在这附近吗?我怎么之前都没在这个车站见过你。"

"嗯。"

"你住哪个小区呀?"

这是一片住宅区,周围的小区很多,苏在在实在猜不出他住在哪个小区。

闻言，张陆让看了她一眼，垂下头，含混不清地回道："就这附近。"

那个眼神……

好像在防洪水猛兽。

苏在在想，一定是她看错了。

她也不再过于纠结这个，突然想起昨天微信的事情，苏在在在心底斟酌着用词，想了个委婉的问法："你有微信吗？"

"……"她看到张陆让犹豫了一下，摸了摸后颈，然后答道，"没有。"

他想必是觉得撒谎不好，但比起加她的微信，张陆让更愿意撒谎。

呵呵。

早知道就直接问他为什么不通过自己的好友验证，现在怎么办？拆穿了他的谎言还怕他会尴尬。

她从来不知道自己是这么一个舍己为人的人。

苏在在强颜欢笑："没打算申请一个？"

"没有。"

"哦。"

冷场。

苏在在胡乱地想着，张陆让这种人肯定很慢热，她进一步他估计要退两步，那……唉，为了她的未来，她就先退一步吧。

她清了清嗓子，随口胡诌："你可以申请一个，微信有个公众号，可以实时查询每路公交车所在的站，然后你就可以算准时间从家里出来，就不用在外面等那么久了。"

似乎没想过是这个原因，张陆让的眼里闪过一丝窘迫，他挪开了视线，轻声道："好，谢谢。"

"不用。"苏在在摆了摆手。

两人均沉默了下来。

苏在在将书包背在前面，将手机掏了出来，再度看了看71路公交车的实时定位，还有十个站左右。

晚点儿来吧，路堵死最好，苏在在在心中暗自窃喜。

气氛有些尴尬，想了想，她再度扯了个话题："对了，下周四不就校运会了吗？你有要参加的项目吗？"

"嗯。"

"校运之夜呢？你要表演吗？"

"……嗯。"

这个倒出乎苏在在的预料，她愣了一下，语气有些不可置信："啊？你要表演啊？你表演什么？"

这次的问题张陆让没有回答。

苏在在抬头看了他一眼，瞬间气笑了："你那什么眼神？一副我要抄你们班的创意的模样。"

张陆让没看她，也没解释。

"哼，你也别想我告诉你，我们班的节目可厉害了，表演者又漂亮又有气质，我都快被她迷倒了。"

见他没反应，苏在在继续道："听说她长得漂亮，成绩好，家境不错，性格开朗，被誉为Z中第一大女神呢。"

张陆让有些无言以对，良久后才说："……你说的不会是你吧？"

如果真的是的话，那他真的，从未见过如此厚颜无耻之人。

苏在在一副诧异的模样，眼睛稍稍睁大了些："你猜得没错，就是我。"

"……"

"没想到我在你心目中有那么多优点。"

"……"

"其实我也没你想的那么好啦。"

"……"

张陆让的眉心一跳，忍无可忍地把另外一只耳机也戴了起来。

见他戴上了耳机，苏在在小心翼翼地看了看他的表情，好像没生气……

见状，她松了口气，眼皮垂了下来，情绪藏在那后面。

两人没再聊天。71路来了之后，两人同时往那边走，苏在在排在张陆让的后面，手里准备着学生车卡。

刷卡的时候，她突然注意到他用的不是学生车卡，而是直接投的零钱。

张陆让把其中一只耳机摘了下来，站在车后门附近的位置，单手抓着上面的吊环。苏在在走过去站在他的旁边，也伸手抓住头上的吊环。

想了想，苏在在问他："你吃晚饭了吗？"

"没有。"

"那一起去茂业大厦那儿吃呀！"

茂业大厦是一会儿他们要下的站，下了站之后再走半个小时才到学校。

"不用了，我在学校饭堂吃。"

"你怎么知道我其实更想去学校饭堂吃。"她扬起眉，半开玩笑。

张陆让又安静了下来，没有回答。

苏在在的心里"咯噔"一下，正想说些什么补救一下，公交车突然急刹车，她重心不稳，下意识地抓住一旁的东西。

而她的旁边，只有张陆让……

苏在在的脸瞬间涨得通红，立刻将手松开，车还没停稳，她整个人晃晃悠悠的，差点儿摔跤，她没有心思去顾虑那些，着急地开口："对不起啊，我不是故意的……我站得不太稳。"

张陆让张了张嘴，还没说出话来，她又继续补充道："而且我刚刚跟你开玩笑的，我没打算去饭堂吃。"

公交车停了下来，有几个人到站下了车，苏在在垂着头往后面走，在后排找了个位置坐下。

张陆让往她的方向看了一眼。她今天将平时散在背后的头发全数扎了起来，看起来比平时清爽了不少，巴掌大的脸被刘海儿衬得越发小，眼神黯淡，嘴角耷拉了下来。

公交车重新发动。

与此同时，张陆让收回了视线。

后头的苏在在心情越发焦虑不安，她揉搓着手指，转头望向窗外，破天荒地生出了想掉眼泪的情绪。

忍了忍，还是没哭出来。她不敢再看张陆让，郁闷地拿出手机玩游戏。

打开游戏界面的时候，手机短暂黑屏了一下子，那一瞬，她透过屏幕的反射看到了自己的嘴唇。

心情越发郁闷。真想把自己这张嘴抽得稀巴烂。

下车后，苏在在立刻往茂业大厦旁边的小吃街走去，随便找了一家店

041

吃晚饭，随后起身回学校。

其实她也不想在外面吃，但如果她和张陆让一起走，被别人看到的话，他大概会不高兴吧。

路上，苏在在反复在想一件事情。

张陆让到底喜欢什么类型的女生啊？他性子那么沉默，不应该找个话多的来互补一下吗？

不过感觉他比较喜欢安静，可能会觉得她挺聒噪的。

真的好奇怪啊，为什么一跟他说话就停不下来，她真的不是这么自来熟的人啊，她也控制不住自己啊！感觉在他面前做什么都是错的。

想不到结果，苏在在换了件事情想：她今天在车上不小心碰到张陆让的时候，他脸上是什么表情？

直到走到校门口，她才记起来了。她当时太紧张了，根本，连看都不敢看他。

不过苏在在想起那天扯住张陆让手腕的那一刻，他的眼神里闪过的情绪是不耐烦和……厌烦。

太难攻略了。

她的颜值在张陆让的眼里，大概一文都不值。

那她只能，靠着自己的人格魅力去征服他了。

……如果她有的话。

苏在在到教室的时候，才17点不到，但教室里已经坐了10余人，几个人围在一起聊天，其余的都在学习。她休息了下，很快便拿起物理练习册，万分痛苦地做着作业。

最讨厌物理了。写到一半，姜佳从前门走了进来，坐到位置上，兴奋地凑到她旁边问道："哎，在在，加到没有？"

苏在在看着物理题，头都要炸了，听姜佳提到这个，更是要炸。笔尖顿了一下，表情隐晦不明。她叹了口气，随口敷衍着："等我写完再说。"

见她在写物理题，姜佳同情地拍了拍她的肩膀，也没继续打扰她，默默地掏出手机出来玩。突然间，她注意到苏在在微信的昵称，奇怪地问："咦，你微信名怎么改了？"

姜佳没有给苏在在备注，一下子就能看到她的昵称变了。

苏在在"啊"了一声，没解释。

"你犯什么神经，原本的小仙女多好，改成苏智障干啥。"

"……我明明只是改成szz。"

"那不就是苏智障吗？"

被她这样一闹，苏在在也没了写作业的心情。

她想了想，跟姜佳稍微提了一下今天发生的事情，然后问道："你觉得他是不是不算讨厌我？毕竟我跟他说话他基本都会回答……"

"我也不知道。"姜佳想了想，"不过我听我同学说，张陆让就是那种性格，虽然看起来很高冷的样子，但是别人跟他说话他基本都会回，不会让人觉得难堪。"

"噢。"苏在在有点儿失望。

"周徐引看起来那么闹腾，但他反倒是那种不想搭理你就绝对不会搭理你的人，所以对比起来，其实他们班的女生都比较喜欢张陆让。"

这样想的话，张陆让真的挺招人喜欢的，苏在在觉得有点儿疲惫。

想得越多，苏在在情绪越发低落："好怕他讨厌我。"

姜佳犹豫了一下，安慰道："应该不会啦。"

"怕我做得不对，怕我太过热情，也怕他觉得我过于冷淡。"苏在在揉了揉眼睛，什么都听不进去，只是喃喃道，"可我有什么办法，我又没追过其他人。"

苏在在没有经验。

所以那个度，她把握不好。

她对张陆让，只有满腔的热情。

一遇上他，所有的热情，都找到了宣泄的出口。

苏在在控制不了。

对他热情，不由自主地表现出对他的喜欢。

苏在在一点儿都控制不了。

3.

　　我把我的英语成绩卖给你。
　　赠品是我，要不要？
　　　　　　　　——《苏在在小仙女的日记本》

　　一个晚上过去，苏在在便恢复了精神。
　　毕竟她不是杞人忧天的性子。反正不管怎样，先看看再说。
　　抱着这样的念头，苏在在开始极其频繁地在张陆让周围找存在感。
　　下午吃完饭，她跟姜佳告了别，回到教室里。算好时间后，苏在在写了15分钟的作业，然后拿了今天剩下的作业直奔阅览室。
　　找到上次的那个位置，一眼就看到了正低着头写作业的张陆让。他的对面还是坐了人，苏在在十分干脆地坐在他旁边。张陆让连眼皮都没抬一下。他似乎根本就不在意他旁边坐了谁，注意力一点儿都不会分散在这上面。
　　苏在在瞟了一眼他的练习册。
　　英语完形填空。
　　她眨了眨眼，不再把精力放在他的身上，转头看着自己练习册里的化学式，烦躁得几乎要崩溃。
　　她明明英语那么好，为什么这些字母组合起来她就不认得了！
　　第三题，电子数相等的粒子叫等电子体，下列粒子不属于等电子体的是……
　　苏在在决定不再抱怨，飞快地提笔在草稿本上涂涂画画了10多分钟。
　　被英语折磨着的张陆让莫名地分了神，听着一旁的人掰着手指用气音在背："氢氦锂、锂铍硼，碳氮氧氟氖，钠……钠……不对不对，镁铝钠硅磷，钠，十三。"
　　张陆让："……"
　　把答案算出来的时候，她的神情顿时放松了下来。
　　解决了一道难题，简直太有成就感了。精神一松懈，苏在在立刻注意到了张陆让看过来的视线。那眼神很诡异，透着一种无法理解的情绪。
　　苏在在被他盯得有些不好意思，飞快地垂了眼。直到他把视线收了回去,她才松了口气,随后小心翼翼地瞟了他的练习册一眼。

居然还在那道完形填空那儿。而且这个她好像做过,苏在在好奇地凑过去看了几眼,思考了下答案,欲言又止。

很快她就收回了眼神,又写了10分钟,转头看到他还在做那道完形填空,她急得恨不得抢过来帮他做。

再过10分钟,注意到张陆让已经做到语法填空了,苏在在的呼吸莫名畅快了不少。18点20分的时候,张陆让把第一篇阅读理解的最后一个答案写了上去后,便开始收拾东西走人。

苏在在连忙将东西塞进书包里,忙不迭地跟了上去。

走出阅览室,她站在他旁边,忍不住小声地提醒道:"你完形填空也做得太慢了,你差不多做了半个小时呢,太浪费时间了。"

提到英语,张陆让也挺烦躁,他沉默了下,很快就开口,语气闷沉:"没看懂的话我就不想继续往下做。"

闻言,苏在在有些震惊:"你看懂了?"

"⋯⋯"显然是没看懂。

"你只对了三道题啊!你真的看懂了?!"

"⋯⋯"她也不用这么当面羞辱他吧。

旁边的苏在在依然在噼里啪啦地吐槽,张陆让破天荒地有些恼了,沉声道:"你的化学选择题也才对了三道,你想了15分钟的那道题写的答案还是错的。"

第一次听他说那么长的话,苏在在有些蒙了,随后不甘心地为自己辩解:"我那是因为没有听过课。"

每节英语课都认真听讲却依然考30分的张陆让沉默了。

苏在在立刻反应了过来,强行将话改成:"我那是因为没有写过这类型的题,我这次做了下次就会了。"

张陆让还是沉默。苏在在挠了挠头,继续补救,强调:"我每节课都超级认真听讲的,但就是学不懂,唉,好苦恼啊。"

她绝对不是那种上课不听讲的学生,她很上进的!

见张陆让没有继续说话的欲望,苏在在也不再开口。

走廊很安静,周围是呼呼的风声,嗒嗒的脚步声,两人呼吸的气音,以及苏在在……加速的心跳声。

两人很快就走到三楼。

张陆让默不作声地往教室的方向走。

"张陆让。"苏在在站在楼梯间的位置，节能灯那暗淡的光线打在她的身上，衬得她那张白净的脸越发容光焕发。

他回头，神情寡淡，安静地等待着她的话。

黑黢黢的天空，夜色如同雾气般地笼罩了下来。

苏在在不再开玩笑，细声提醒："你不要死做题，好好背单词更有用。"

"啊？所以你还教学霸怎么学习吗？！"

苏在在被姜佳的话噎到了，讷讷地反驳："他英语一点儿也不学霸好吗？"

"可他上次月考加上英语成绩还是排年级前五十。"

"……"苏在在无法辩驳，她想了想，还是很认真地回道，"反正他肯定没背单词，那篇完形填空就几个生词，全是第一单元的单词，他都看不懂。"

"学霸也有难过的关啊。"姜佳叹息。

"其实我也知道我那样提醒他挺可笑的。"苏在在翻开化学练习册，看着那道选择题，"不过感觉他好像真的因为英语挺困扰。"

"毕竟朋友都在那儿嘛，如果被分出实验班又要重新认识人了。"

啊，这样吗……

苏在在没再为此纠结，指着那道题问："你帮我看看这道题哪儿错了？"

姜佳按着铅笔，拿出草稿纸给她讲解了起来，讲完后突然觉得有些神奇："哎，你居然问化学题了，你不是说要跟化学绝交吗？"

"和好了。"苏在在托着腮，有些郁闷，"啊，钠镁铝啊……我怎么老是背反啊。"

他应该没听见吧……

好丢人。

晚修最后一节课下课后。

张陆让拿出英语答案对了一下完形填空的答案，果然只对了三道，语法只对了两道，阅读理解倒是意外地都对了。

这也让他心情瞬间好了不少。

可他还是不想看解析，瞟了一眼便直接把答案丢回了抽屉里。

叶真欣站了起来，将书包背到身后，看到他练习册上的一片红色，忍不住道："你怎么又错那么多？"

张陆让没回答。

她想了想，又坐了回去，侧头看他："要不要我教你？"

"不用。"

他这么干脆的回答让叶真欣有些尴尬，但也没说什么，只是道："啊，那你也别气馁，好好做题，成绩总会提高的。"

"嗯。"张陆让将练习册合上，也放进了抽屉里。

见他这样，叶真欣也觉得有些无趣，跟他道了别便往外走。

张陆让拿出数学书开始预习，直到快到宿舍门禁时间了，他才开始收拾东西回宿舍，将需要用的书从桌子上或者抽屉中抽了出来。最后，他的目光停在了那本英语必修一上，拿了起来。

脑海里响起了苏在刚刚的话。

——"你不要死做题，好好背单词更有用。"

他也没太在意，漫不经心地把书扔回桌上那一摞书的最上面，随后走到门旁边把电闸关掉。

从前门走了出来，把门关上，转身走到后门的位置，关门的动作一顿，张陆让莫名地想起了今天苏在在背元素周期表时的样子。

……难不成他在做英语题的时候，在别人眼里也是那副模样？

不会吧。

张陆让抓了抓头发，在原地站了一会儿。

最后还是走到自己的位置上，利用走廊照射进教室的灯光重新拿起最上面的那本书。

……还是背吧。

4.

> 他一点都不高冷,
> 只是话少罢了。
> ——《苏在在小仙女的日记本》

周二下午,苏在在照旧去阅览室。出乎她的意料,没有遇到张陆让。

苏在在慌了。

不会生气了吧?她也没说什么啊,只不过是当着他的面说了他完形填空只对了三道题而已……

可能学霸的自尊心比较强……

不过想起他因为自己骂了他一句"蠢货"之后还要骂回去的行为,也能看得出他这个人有点儿小心眼儿,但她也不能去问他为什么不去阅览室了啊!不然她的动机不就很明显了吗!

不管怎样。

……先去试探一下好了。

周三的课间操后,她立刻跑回教室,拿起自己的水瓶往三楼跑去。时间久了,她已经能摸清张陆让平时的作息了。

规律得不能再规律。

早上第一、第三节下课去上厕所,第二节下课去打水;下午第一节下课去打水,第二节下课去上厕所;下午放学后,先去饭堂吃饭,吃完后回宿舍洗澡,洗完回教室拿书,然后去阅览室学习;晚修第一节下课打水,第二节下课上厕所。

果然,一到三楼就看到张陆让拿着水瓶从教室里走了出来。苏在在连忙跟了上去,排在他的后面。

在心底纠结了一番,苏在在终于咬着牙喊了他一声:"张陆让。"

张陆让没理她,头也没回。

苏在在急得抓耳挠腮,一时间也不知道该说什么。一着急,话还没经脑便脱口而出:"对了,你背英语单词了吗?"

前面的人更沉默了。

苏在在一下子就反应了过来。

不！她不是要说这个的啊！她绝对没有再羞辱他一次的想法……

不对，她从来都没有过想要羞辱他的想法啊！

正当她还在想怎么补救的时候，前面的人已经装好了水。

张陆让转过头看了她一眼，闷闷地应了声："……嗯。"

那一刻，脑海中的那根紧绷的线猛地被点燃，烟花在她脑中炸开，在她眼前乱坠，惹得她头晕目眩。

苏在在原地呆了半响。直到后头的人不耐烦地催促，她才猛地回过神，道了声歉，连水都没打便怔怔地往回走。

刚刚，张陆让是承认他在背单词了吗？

听了她的话所以背单词了吗？

应该不是她幻听吧？

天啊。苏在在停下脚步，扶着墙平稳着呼吸。

激动得快炸了。

下午放学之后，苏在在兴冲冲地往阅览室跑。

还是没遇到张陆让。

她开始不懂了，一点儿都猜不透他的心思。

到底为什么不来！他今天那样不算是对她示好了吗！

得问清楚，不然她今晚睡不着了。

苏在在强行想了个见他的理由。

晚修的最后一节课后，苏在在直奔实验班。

此时实验班还有十几个人在学习，苏在在在外头等了一会儿。

10多分钟后，教室里终于只剩下张陆让一人。苏在在深吸了口气，走了进去。她犹豫了一下，坐在张陆让前面的位置，转头看他。

听到声音，张陆让下意识地抬起头，似乎没想到是她，他愣了一下，呆呆的，看起来有些可爱。很快他就变回了平时那般淡然冷漠的模样。

"呃，好热，进来吹下空调。"苏在在此地无银三百两地说。

张陆让："……"

049

教室里一下子就回归了安静。

过了一会儿，苏在在一副"我就是随口问问"的样子，开口问："对了，你今天怎么没来阅览室呀？"

"排练节目。"他眼都没抬，淡淡道。

噢。

苏在在松了口气。

扫了眼他桌子上的练习册，苏在在眨着眼道："你在写英语啊？我教你啊。"

"不用。"他把练习册合上，丢在一旁。

似乎早就想到他会这样说，苏在在连忙从书包里拿出物理练习册，翻了一页，指着一道题："那你给我讲下这道题吧。"

张陆让抬眼，下意识地摸了摸脖子，轻声道："我不会。"

"不会？不会就要问啊，不问怎么能会！"苏在在皱着眉谴责他，话锋立刻一转，"我来给你讲吧。"

"……"

他真的从来没见过哪个人的脸皮能比她厚。

苏在在掏出一支笔和一本草稿本，磕磕绊绊地开始讲解："呃，这道题因为说了是匀速运动，然后，呃，所以平均速度……"

张陆让听了一会儿就忍不下去了。漏洞百出，胡说八道，物理盲。

他抿着唇，拿起笔，直接在她的草稿本上写出简单的解题过程。

苏在在拿起来看了看，虽然他写得少，但是简单明了，她稍微想了想就理解了。

苏在在摆出一副感激的模样："我懂了！谢谢啊！"

张陆让点头，没说话。

"我来教你英语吧，报答你。"

"……不用。"

"那我换种方式报答？"

"……"张陆让沉默了下，"你讲吧。"

苏在在高兴地弯了弯眼，翻出他刚刚做的那一页："这道题吗？"

"嗯。"他敷衍道。

得到他的回答后，苏在在看了看题目，流畅地解释："这道题，因为'Not only'位于句首，所以句子要部分倒装，这样的话，就可以排除A和B……"

讲完后，见他没有任何反应，苏在在奇怪地问道："喂，这道题你听懂了没有？"

"嗯。"他继续敷衍。

"那你讲一遍给我听。"

"……"

"不懂吗？"苏在在歪着头，继续道，"那我再讲一遍。"

"……"

"因为'Not only'位于句首，所以句子要部分倒装，倒装，知道什么是倒装吧……这次听懂了吗？"

"……嗯。"

"那你给我讲一遍。"

"……"

"还是不懂？那我再讲一遍。"

张陆让忍无可忍，终于妥协般地开口："因为'Not only'位于句首，所以句子要部分倒装，再根据后面的'went'知道是过去时，所以选D。"

苏在在兴奋地鼓了鼓掌，笑嘻嘻地说："我讲得是不是很好？简单明了，通俗易懂。"

"……"他真的不想跟她说话。

"你别觉得我成绩不好。"看他这样的反应，苏在在死皮赖脸地为自己辩解，"我就物理、化学还有数学不好，政史地加起来250多呢！"

张陆让难得出声怼她："我只有英语不好。"

"……哦。"苏在在还是不死心，继续问，"那你上次月考政史地加起来多少分？"

见他不打算回答，苏在在瞟了一眼公告栏，走过去看着上面的成绩表。

她瞪大了眼，双眸璀璨如星辰："让让你太厉害了吧！除了英语你完全不偏科啊！"

张陆让顿了下，而后问："你喊我什么？"

苏在在："……啊，张陆让啊。"

张陆让盯了她一会儿，默不作声地开始收拾东西。

苏在在也将她的物理练习册放回书包里，随口问道："那你准备选文科还是理科呀？"

张陆让目标很明确："理科。"

苏在在："……"

理科啊。她也没纠结多久，继续问："对了，明天你参加什么项目？"

"100米。"

"我去给你送水吧？"

这话让张陆让抬了抬眼，眉梢稍微扬起，似乎觉得有些好笑："我可能会跟你们班的人比。"

苏在在想了想，也感觉这样好像不太好："那不送了。"

"嗯。"他懒洋洋地将书塞进书包里，随口应了声。

"要不我偷偷给你送？"

"不用。"

"那就光明正大的吧。"苏在在嬉皮笑脸。

"……"

张陆让站了起来，关好教室没关上的窗户。

"走啦？一起走呀。"

"……"

一路上，张陆让一直很沉默。

苏在在在他旁边叽叽喳喳地说着话。张陆让的脚步渐渐加快。

很快便到了女生宿舍的区域。

张陆让松了口气，继续向前走，步伐明显放慢了下来。

苏在在站在原地，喊他："张陆让。"

他停下了脚步，回头看。银光倾洒了下来，树影婆娑。

苏在在的身后是光亮的灯，她背着光，大半张脸被阴影覆盖住，那双眼却被衬得越发明亮。她笑了起来，眼睛弯如天上的新月，晶莹透亮。

"明天比赛加油。"她说。

张陆让的眼睑垂了下来，似乎在思考着什么。

过了一会儿,他抬眸。他的眼神清明,喉咙里吐出了一句冷静自持的疑问。

"你喜欢我?"

5.

他跑得好快,怪不得那么难追。

——《苏在在小仙女的日记本》

苏在在的笑意僵在嘴角。她的手指不自觉地捏在了一起,绞成了一团。

张陆让静静地站在那儿。

晚风在吹,迎来了夜的氛围。

苏在在张了张嘴。

她想说,是啊。

喜欢你,很喜欢。

因为你,下雨天不再只是下雨天,而是一个第一次遇见到你的、值得纪念的日子。也因为你,那么平淡的青春,倏忽间就变得鲜活了起来。

——沉默。

宿管阿姨走出宿舍大门,大吼着:"同学!快点儿回来!要关门了啊!"

张陆让的眉头皱了起来,语气有些不耐烦:"苏在在。"

苏在在被这一声吓得全身一抖。

那些情话在脑海里转了一圈,那些坦白都到口中了。

却因他这不耐烦的一声,立刻被吓成了别的话:"我没想过这些,真的,从来就没有,我发四……"

"发、发誓……"音都不准了。

苏在在的脸涨得通红,生硬地辩解。她的声音软绵绵的,在此刻因为紧张有些含混不清。

张陆让:"……"

见张陆让那冰冻的脸上终于有了几丝情绪变化,苏在在有些窘迫,却什么都说不出来。

她怂了。

她真的怕一开口得来的答复，会是认真而又残忍的拒绝。

下次吧，等他下次再问，她绝对会承认的。

张陆让看了她一眼，脸颊莫名也红了起来，浅浅的痕迹，而后转身就走，脚步有些凌乱。

像是落荒而逃。

苏在在几乎是冲着回宿舍的。

姜佳已经上床了，看到她这副莽撞的模样，纳闷道："你怎么了？"

快到熄灯时间，苏在在也来不及跟她说，匆匆忙忙地拿着衣服便往淋浴间里跑，边跑边喊："我出来跟你说！"

5分钟洗了个战斗澡。

出来的时候，宿舍已经熄灯了。

苏在在快速地到阳台把衣服洗完，这才顶着一头湿发回了床。她掏出手机，给姜佳发微信。

苏在在：我刚刚想不动声色地跟张陆让拉近距离。

姜佳：哈哈哈，那你怎么做的？

苏在在：我喊他"让让"了，他名字里那个"让"，然后他一下子就发现了。

苏在在：突然觉得他好精明。

姜佳：……

姜佳：你当他傻的吗？这都发现不了？！

姜佳：你这叫不动声色？！

苏在在盯着屏幕看了一会儿。

然后诚实地说：好吧，我想说的不是这个。

苏在在：刚刚他问我是不是喜欢他……

姜佳秒回：那你怎么说的？

苏在在：我觉得我很奇怪，我也不知道我为什么会说那样的话。

姜佳：哈？

苏在在：我跟他说我没想过这些。

那边这次不再立刻回复。

苏在在听到了上头传来了一阵爆笑声。

姜佳：哈哈哈哈，不过这样也挺好啊！学霸肯定不早恋啊！我觉得如果你承认了的话，他说不定立刻就回绝你了，而且以后估计看到你还要躲着你。

看着这行话，苏在在若有所思。

苏在在发了一个哭脸：那我不承认怎么追他？

姜佳：……这就看你了，我也没追过人。

苏在在：可我如果不承认喜欢他还去追他……

姜佳：？

苏在在：有种占着茅坑不拉屎的感觉。

姜佳：你这啥比喻……

姜佳：我挺想知道你现在到底是怎么想的，想追到他然后跟他在一起？

看到这句话，苏在在放下手机，眼神空洞。

不知在想什么。

过了一会儿，她回：想等毕业再说，我不想影响他学习。

发完之后她又觉得心虚，补充了句：……但就是忍不住。

想见他，想靠近他，想跟他说话。一天到晚都在想他，一天见不到他，她就心痒痒。明知道这样不好，但就是忍不住。

校运会的开幕式结束后。

苏在在窝在九班的帐篷里，百无聊赖地玩着手机。

她还在纠结要不要去给张陆让送水。

感觉昨天两人算是不欢而散了……如果她现在又去给他送水算什么样子，像是把脸凑上去给人打一样。

苏在在还没纠结完，耳边就响起了她等待已久的广播声。

"请参加高一男子组100米初赛的同学马上到检录处检录。"

苏在在立刻站了起来，从书包里拿出相机包，把单反拿了出来，挂在脖子上，顶着大太阳往检录处跑，完全忘了刚刚的纠结。

苏在在到检录处的时候，张陆让刚好检录完。

检录员带着他和几个人往跑道比赛的起点那边走。苏在在鬼鬼祟祟地对着张陆让拍了几张照片，却不料，一下子就被他发现了。

　　被发现了，苏在在反而松了口气。她把相机放了下来，露出整张脸，扬声道："笑一个呀。"

　　张陆让淡漠地收回了视线。

　　苏在在也不介意，低头看了看刚刚拍的照片，满意地弯起嘴角。

　　不一会儿就到了跑道的起点，张陆让被安排在一号跑道。他身上穿着一班的白色班服，裤子换成了一条及膝的黑色运动短裤，看起来比平时阳光了不少，眼神却依然冷淡如冰霜。

　　高一有三十个班，跑道有八条，分四组跑，取时间最短的前八名进入决赛，在下午再比一次。九班也因此刚好跟一班错开，被分在了第二组。

　　很快，比赛就要开始了。

　　选手各自就位。张陆让弯下腰，两手撑地，后膝跪地，颈部放松，头部自然下垂，一副起跑的预备姿态。随着裁判员的一声"预备"响起，他的精神越发集中，一副蓄势待发的模样。

　　一声枪响后，选手全数拼尽全力向前跑。

　　苏在在提前站到了终点的位置，站在原地捧着相机开始录像。

　　周围是拥挤的人群，加油声与尖叫声在耳边响彻。

　　张陆让虽然没比其他人快多少，但还是领先在前，先一步撞开终点线。

　　欢呼声轰响。她看到他因为惯性依然向前跑了小段路，然后缓缓地在跑道上走动着，呼吸稍微有些急促，脸颊泛着红晕。

　　苏在在毫不犹豫，连忙走了过去，将矿泉水塞进他的手里便往外走。

　　走了几步后，她回头，看到他盯了一会儿那瓶水，没过多久就拧开，仰着头将水灌入口中，喉结滑动着，汗水顺势落下。

　　旁边是他们班的女生，脸上挂着崇拜的表情，此时正激动地说着什么。

　　张陆让手中的水一下子就没了大半瓶，他拧好瓶盖，用手背擦了擦额间的汗，眼睛稍眯，看向她。苏在在笑嘻嘻地对着他这个表情拍了张照。

　　他表情一僵，立刻收回了眼。

　　苏在在完成了送水的任务，正想转身回班级的帐篷的时候，张陆让突然叫住她。

"苏在在。"

没有预想过张陆让会喊她，苏在在措手不及，转头呆呆地看他。

张陆让从一个女生手里拿过一瓶未开盖的水，朝她的方向走来。他站定在她的前方1米处，伸直手，将水递给她，轻声道："你的水。"

看着那瓶水，苏在在的心情一下子就不好了。

苏在在没动弹，张陆让也保持着姿势不动。

两人僵持了一会儿。

苏在在也不想让他太为难，她皱了皱鼻子，决定妥协："你要还我水也行，我不要这瓶，把我刚刚给你的那瓶还我。"

"……"

"就是你喝过的那瓶。"

张陆让将手放了下来，表情变得有些难以形容："你要做什么？"

苏在在其实也没想太多，就是不想要别的女生的水而已。

但张陆让这反应……

苏在在眨了眨眼，来了兴致："我也不知道我会做什么啊。

"可能会舔……"

他浑身一僵。

"啊不，是添、添点水进去。"

"……"

"我语文不太好。"苏在在厚颜无耻地说。

张陆让的脸颊泛着红，不知是因为刚运动了还是别的什么。他下颌僵直，嘴唇动了动，却不知道该说什么。

半晌，张陆让终于憋出了三个字，语气硬邦邦的。

"神经病。"

苏在在一愣。

她的反应让张陆让的心情莫名好了些。

3秒后，苏在在反应了过来，眨着星星眼，激动地说："你再骂一遍。"

张陆让："……"

"你再骂一遍吧，求你了。"

这一刻，张陆让的原则瞬间化为乌有。

一瓶水而已……

不还也罢。

他板着脸,转头就走。

6.

  张陆让,让让,男神。
——《苏在在小仙女的日记本》

  下午是高一男子组 100 米决赛。

  张陆让和九班的一个男生王南都进了决赛。

  一听到检录的广播,苏在在立刻往跑道那边奔去。

  跑道周围已经围了不少人。到那儿后,她看到很多张熟面孔,一下子就蒙了。全是班里的人。

  ……她还想给张陆让加油,怎么办?

  筱筱看到她,笑着跟她打了声招呼:"在在!来这边!"

  苏在在强颜欢笑:"来了。"

  "姜佳呢?"

  "她去看关瀚的跳高比赛了。"苏在在答。

  小玉看到她手中的单反,笑道:"欸,在在,你一会儿给南神多拍几张照片吧,他说要给他爸妈看。"

  王南是数学课代表,每次数学考试都能拿满分,班里的人就给他起了个这样的外号。

  南神。苏在在若有所思。

  她点了点头:"好啊。"

  反正早上拍得也不少了。

  "快开始了!"人群中有人大喊。

  预备姿势的时候,苏在在捧着相机拍了一张,让张陆让和王南都入了镜头。

  枪响后。苏在在被一片呐喊和尖叫声笼罩,她不由自主地放下了单反，望着张陆让的身影。

筱筱和小玉，还有班里的其他人都在激动地喊着："南神！加油啊！"

苏在在深吸了口气，也开始大喊了起来："男神！加油！"

张陆让，你一定要懂我啊！我是在给你加油啊！

苏在在喊得面红耳赤。然后，她看到王南比张陆让先一步撞开终点线。

苏在在："……"

班里的人欢呼声轰响。筱筱高兴地搂着她的手肘蹦了几下。

苏在在再度强颜欢笑，象征性地也欢呼了几声。

小玉笑了半天："哈哈哈，在在，你喊得也太起劲了吧，不知道的还以为你是南神的粉丝。"

"……"她觉得她喊得挺小声的。

一行人走过去给王南送水。

王南直接将一瓶水全部灌下，大大咧咧地笑道："苏在在，你嗓门够大，隔着茫茫人海我都能从中找到你的声音。"

苏在在："……"

"说吧，暗恋我？"王南笑得爽朗。

苏在在下意识地往张陆让那边看了一眼，刚好对上他的视线。

她一愣。

下一秒，张陆让便收回了眼。

他不会以为自己喊王南"男神"吧……

别、别误会啊！张陆让！

颁发奖牌的时候。

苏在在纠结了半天，最后还是拿着相机过去给他们拍照。一看到她，王南立刻道："苏在在，来，给我多拍几张。"

苏在在："……哦。"

王南："我换个姿势。"

苏在在："嗯。"

王南："这样帅不帅？"

苏在在："……"

连拍了几次后，苏在在直接无视他的话，将相机的镜头转移到张陆让的身上。张陆让看都没看她，下了颁奖台便往一班的帐篷那边走。

原本在前方帮他拍照的几个女生也立刻跟了上去，围在他的旁边。

苏在在急得抓耳挠腮。今早"调戏"他就算了。现在还让他误会了自己对别的男生有好感，这样印象分一下子就成负数了啊！

不行，她得解释。

一下子就被判了死刑，她不服。

但直接这样过去找他好像……

不对！

今天他当着他们班的人的面就过来还她水，让她的名声受损……

那她现在应该也能过去找他吧。苏在在有条有理地分析着。

这样一想，她的底气就足了些，但开口出来的语气还是弱弱的："张陆让。"

张陆让脚步一顿，缓缓回头。

因为刚运动完，他的鬓角处全是汗珠，一颗又一颗地往下砸。

白色的衣服被汗水打得半湿，隐隐能看到腹肌曲线，胸膛坚硬，因为呼吸不断地起伏着。

苏在在的血气立刻往上涌，整张脸唰的一下就红了个彻底。

苏在在深吸了口气，不断地在心中叫自己冷静下来。

"你过来一下。"

张陆让嘴角一扯，低嘲："不。"

苏在在被拒绝惯了，觍着脸继续道："你不用回答得那么快，我有的是时间等你。"

他直接转头继续走。

苏在在连忙跟了上去。

他旁边站着几个女生，苏在在也不好意思跟他解释。

她小跑着跑到他的面前，倒退着走。

后头是拥挤的人潮，还有学生在奔跑打闹。

张陆让立刻停下了脚步。

看他停下了脚步，苏在在下意识地也停下了。

苏在在纠结了一会儿,很委婉地解释道:"那什么,你知道吗?拿第一的那个男生叫作王南。"

所以她就算叫了"nan神",那个"nan"也是"王南"的"南"啊!

张陆让,你一定要懂啊!

张陆让垂头看她,低低地"哦"了一声。

看来没懂……她真想直接坦白。

苏在在憋屈得要死。他这样的反应,苏在在也不知道该说什么。

只想拖久一点时间,让他旁边的女生自觉地先走。

她看着他脖子上的银牌,一时抽风,瞎扯道:"哎,你挂着这个银牌,看起来真像系着一条红领巾。"

张陆让:"……"

然而她们依然很耐心地在一旁等着。

……好吧。

下次再说吧。苏在在垂下眼,有些郁闷。

她刚想走开,眼前的张陆让突然抬了抬手。

他沉默着,像是在思量着什么,而后把银牌从脖子上扯了下来,随手套在苏在在的脑袋上。

见她一副呆滞的模样,他抿着唇,说:"要就给你。"想了想,继而强调:"别再跟着我。"

7.

我发现了一个秘密。

他好像一撒谎就会摸后脖子。

——《苏在在小仙女的日记本》

苏在在蒙了。所以,他以为她给他送水外加拍照录像都仅仅是觊觎他手中的那块银牌?

让让的思维就是与众不同。

苏在在舔了舔嘴角。看着他的背影,很听话地没有跟上去。

她在原地站了一会儿,转身缓缓地往班级帐篷的方向走去。

边走边回忆着刚刚的场景。

他往前走了一步,脸上没带任何情绪。身上有阳光的味道,夹杂着些许的汗味。

特别好闻。

将奖牌套在她头上时,指尖还不经意地触碰到了她的发丝。

说话的时候,淡淡的气息扑面而来。

苏在在捏住那块银牌,脸上突然传来火辣辣的感觉,灼得她的心脏都开始加速跳动。

另外一边。

叶真欣的表情不太好看,开玩笑似的问道:"张陆让,那是你朋友?"

张陆让没回答。

另一个女生立刻接着问:"你怎么把银牌给她了啊?"

张陆让顿了顿,淡淡道:"她想要。"

不给的话会被她缠死。就当是还她那瓶水吧。

但几个女生明显曲解了他的意思。

叶真欣的脸色难看到了极点,直接转头往别的方向走。

其中一个女生跟了上去。

剩下的两个女生尴尬地笑了笑,将话题转到了今晚的校园之夜上。

下午的比赛结束后,苏在在跟姜佳一起去饭堂吃了饭。

因为晚上还有活动,她怕会出一身的汗,没有回去洗澡,直接回到班里。苏在在要参加的并不是班里出的校园之夜的节目,而是科技节的环保服装展览。每个班做两套服装,并派出一男一女两个模特在上方走秀,是校园之夜的第一个节目。

苏在在去厕所把做好的裙子换上。

连衣裙刚及大腿中部,整体是米色的,上边是用纸折出来的花,点缀其上,形成碎花的模样。中间用一条白色的带子绑着收腰,裙摆缝了几层白纱上去,显得蓬松俏皮。

她还想照照镜子,就被文艺委员黄媛娟扯回了班里化妆弄头发。

黄媛娟在替苏在在化妆的时候，姜佳在后面将苏在在的头发全部挽了起来，编了个鱼骨辫，从耳后垂到胸前。

然后在上面夹了十几个碎花夹子。

她的动作很快，一下子就弄好了，而后坐在一旁看着黄媛娟给苏在在化妆："对了，在在，你有带高跟鞋吗？"

苏在在点了点头，趁黄媛娟的手从自己脸上离开的时候开口："拿了一双黑色的，我妈给我买的，我感觉我穿上之后都要一米八了。"

姜佳叹息："高也不好，找不到男朋友。"

苏在在觉得被羞辱了。

她轻嗤了一声，不服气地说道："说得好像你矮就找得到一样。"

"……"

因为是第一个节目，所以苏在在直接到舞台后方候场。

跟她一起走秀的是关瀚，他的衣服就没她的那么精致了。跟她原本预想的一样，是一套用黑色塑料袋随手做出来的衣服。

关瀚看到她的时候几乎要气炸："这也太区别待遇了吧？"

苏在在昧着良心夸他："没事，你这样穿也很帅。"

"呵呵。"

"突然发现我们两个有点儿像在演舞台剧。"

"……什么？"

"《拯救乞丐的小仙女》。"

"……"

距离走秀开始还有10分钟。

苏在在百无聊赖地凑到后台的工作人员旁边，盯着他手中的节目顺序单。

1. 《环保服装秀》
2. 高二（13）班独唱《暧昧》
3. 高一（1）班舞台剧《当你被抢劫的时候》

苏在在："……"

所以张陆让要饰演的角色是什么？一个被劫色的人吗？

苏在在在脑海里幻想了一下张陆让被蹂躏的模样，立刻捂住了鼻子。她深呼了口气，挥去那股腥涩的味道。

漫长的发言完毕后，耳边响起了动感的音乐。

走秀是根据班级的顺序上的，年级从低到高，班级从一到末。

所以第一个上的就是高一（1）班。

一男一女分别从左右上台，相对着直走，走到距离1米远的时候转身，朝观众的那个方向走去，而后分别走到一侧站好。

走起来也花不了多长的时间，很快就轮到了苏在在。

除了鞋子，她的整个装扮都是偏于淡色系的，这样淡雅的服装却完全没将她张扬的气质收敛半分，整个人显得越发艳丽。

两人提前排练过。

走到最前方的时候，苏在在要稍稍侧身，整张脸对着观众席。

关瀚则单膝跪下，握住苏在在的手，作势在亲吻。很快两人便分开，找了个位置摆好造型站好。

好不容易熬到了下台的时候，苏在在松了口气，按照原本的路线往回走。一走到后台，她立刻看到站在一侧准备上台的张陆让。

苏在在眼睛一亮，喊了一声："张陆让。"

张陆让没理她，他靠着墙，表情有些懒散，不知道在想些什么。

苏在在凑了过去，趁机解释："今天跟你比赛的那个男的，我们班的人都叫他'南神'，'南瓜'的那个'南'。"

张陆让抬了抬眼。

苏在在想了想，补充道："但我从来不这样喊他。"

他漫不经心地问："那你喊谁？"

听到这话，苏在在的心怦怦直跳。

他听到自己那时候喊"男神"了？

他真的听到了？苏在在咽了咽口水，下意识地别开了眼。

一到关键时刻，她就怂了。

想说，却又不敢说。

……不行，不能这样。

苏在在咬了咬牙，狠下心说出了口："你啊。"

张陆让沉默不语。

说出口后，那股紧张的劲儿立刻就过去了。

苏在在的勇气瞬间爆满，她抬起头，认真地重复一遍："我喊的是你。"

场面一下子安静下来。

那一刻，苏在在似乎什么都听不到，一心一意地在等待他的反应。

可等待的时间多难熬啊。勇气像是气球里灌满的空气。那塑料做的气球本就不堪一击，被他的一个眼神就戳破。

"嘭"的一声，烟消云散。

张陆让的嘴巴轻启，刚想说些什么，就被苏在在打断了。

她焦灼地掐住指尖，话还未经过脑就直接脱口而出。

"但你跑步的时候可能没听全，我喊的是男神经病。"

张陆让："……"

越描越黑。苏在在懊恼地垂下头，顿时也对自己无语。

她假装什么都没发生，指了指自己，转了个话题："好不好看？"

"……"张陆让完全不想理她。

"是不是美翻了！我出场的时候尖叫声可大了呢！"

苏在在只想让他忘掉刚刚的话，脑子里像装满了糨糊那般，胡说一通。

张陆让："……"

苏在在小心翼翼地抬头，看了看他的表情。

看着不像生气了。苏在在松了口气。

但同时也注意到他始终不把目光放到自己的身上，苏在在顿时有些郁闷。

她不满地嘟囔："看我一眼我又不收你钱。"

听到这话，张陆让忽然觉得有些好笑。

他终于垂头，认真地看她。

视线从她红润的唇瓣、小巧的鼻梁滑过，最后停在了她那双黑亮澄澈的眸子上。

明澈又张扬，像是嵌了琉璃。

湿润带笑，宛若会说话。

心脏倏地一麻。他猝不及防地挪开了眼。
　　见张陆让不回答，苏在在改了个问法："不好看吗？"
　　几秒后。
　　"嗯。"张陆让的喉咙里发出沉闷的一声。
　　苏在在也不介意，扬起头笑："你品位真差。"
　　张陆让没理她。他垂下了眼，浓密的睫毛掩去他的情绪。暗沉的光线让人看不真切他的表情。
　　影影绰绰。
　　但动作却清晰明了，让人无法忽视。
　　苏在在看到他抬起了手。
　　动作很缓，自以为泰然自若地摸了摸后颈。
　　一触即离。

第三章
Chapter 3

Susu，酥酥，苏苏

1.

　　我希望他能来"打劫"我。
　　往死里"劫"。

　　　　　　　　　　——《苏在在小仙女的日记本》

脑海中顿时涌进了两个画面。

……

高一一班的教室里。
张陆让垂着头做题，苏在在坐在他的前面，侧身看他。
而后拿出一本练习册，弯唇笑："那你给我讲下这道题吧。"
他的动作一顿，摸了摸脖子，轻声道："我不会。"
……
家里附近的车站，等车的时候。
苏在在的表情有些纠结："你有微信吗？"
张陆让犹豫了一下，抬手摸着后颈："没有。"
……

此时此刻，同样的动作。
那么他要表达的意思是……

——不好看吗？
——嗯。

苏在在的脸瞬间像是被火燎那般地烧了起来,红了个彻底。

沉默了片刻。

两人面对面站着,却都不看对方,但却透着一种其他人怎么都打扰不了的气氛。

周围并不安静。

耳边除了传来后台人员压低了的聊天声,还回荡着舞台上的少女深情的歌喉。

一声又一声。

像是暧昧在周围蔓延。

始终不愿离去。

苏在在鼓起勇气,抬头。

刚想说话,却突然注意到张陆让右手边还站着几个他们班的同学。

此时正饶有兴致地看着他们两个人。

苏在在脸上的热度更高了。她实在受不了了,什么都没说便直接往观众席那边走。

后头立刻传来了男生八卦又兴奋的声音:"喂,张陆让,她是谁呀?"

张陆让沉默着。

舞台上的女生恰好唱到副歌部分。

灯光一下子亮起,从帷幕中透了进来。

他依然垂着眼。侧脸暴露在灯光之下,显得另外一面隐晦不明。

见他不回答,几个男生也没继续问。

依然大大咧咧地笑道:"大美女啊!"

听到这话,张陆让终于抬起了眼。

暗自松了口气。

看来不是只有他一个人不正常。

那一瞬。

居然……会觉得苏在在长得很好看。

苏在在坐到自己的位置上。

姜佳在她旁边说着话。

她从书包里拿出水，接连灌了好几口。

姜佳这才注意到她的异常，有些奇怪。

"你怎么了？跟没喝过水一样。"

苏在在垂下头捂住脸，闷闷地说："让我冷静一下。"

"哦。"

姜佳等了一会儿。

1分钟后，旁边幽幽地传来一句："张陆让想要我死。"

姜佳："……别发神经。"

"我说真的。"苏在在呼吸平稳了下来，但脸颊依然染着红晕，"他刚刚说我漂亮，我感觉我都快窒息了。"

姜佳刚喝进嘴里的水差点儿被喷了出来："哈哈哈，我的天啊！完全无法想象张陆让夸你漂亮是什么模样啊。"

苏在在给她讲了讲当时的过程。

姜佳："……你确定他是在说你漂亮？"

虽然大美人的回答是在否认。

但是他的动作……

苏在在想跟她说，却又只想一个人独享这个秘密。

很多关于张陆让的事情，她只想自己一个人知道。

不过关于他撒谎会摸脖子这个，还只是她猜的。

……明天去试探一下好了。

姜佳同情地看她："你想必是因为张陆让被王南超过，一下子接受不了……"

闻言，苏在在立刻看向她。

"你大概是疯了吧。"姜佳得出结论。

苏在在："……去一边去还是死，选一个。"

在她们聊天的时候，耳边传来了主持人的声音。

"接下来，请欣赏高一（1）班给我们带来的舞台剧，《当你被抢劫的时候》。"

苏在在立刻闭上嘴，连忙从书包里拿出眼镜戴上。

观众席陷入一片暗沉的光当中。

红色的帷幕渐渐被拉开。

一个男生站在舞台的正中央。他的手中举着一张白色的大卡纸,上面写着四个巨大的字:我很有钱。

姜佳在一旁吐槽:"还我很有钱……他怎么不直接写个'求抢劫'。"

苏在在眨了眨眼。

让让估计很快就出来了吧。

果然。

不久后,张陆让上台了。

他的身后跟着五六个男生,一副气势汹汹的样子,裸露在外的皮肤都贴满了文身贴。

苏在在:"……"

这几个好像是刚刚站在张陆让旁边的男生。

她刚刚怎么没注意到他们贴了文身贴……

苏在在挪了下视线,盯着张陆让。

张陆让在白色班服的外面套了件迷彩图案的黑色薄外套,松松垮垮的。黑色的碎发松散地垂在额前,双眸黑亮,嘴角慵懒地勾着。

莫名多了种浪荡的气质。

他抓了抓头发,回头看了一眼身后的几个"手下",抿着唇没开口。

苏在在暗自脑补:这里大概有台词,但是张陆让说不出口。

与此同时,男生们同时从口袋里掏出用纸做的刀,异口同声地大喊:"打劫!"

苏在在:"……"

她脑补了那么多,就没想过他居然是……抢劫的那个。

而且还是头头,大佬风范。

此时,耳边突然传来了旁白,女声悦耳婉转,又清又脆。

"当你被抢劫的时候,不能盲目地逃跑。"

舞台上的人的动作同时停了下来,如同时间静止了那般。

"如果你这样做了,下场就会变成这样。"

拿着大卡纸的男生有了动静,举着牌子就跑。

几个男生追了上去,将他押到张陆让的面前。

张陆让面无表情地看着他，抬起长腿虚踢了他一脚。

男生立刻滚到地上哀号。

动作再次停了下来。

"你应该在保证自己人身安全的情况下，与抢劫犯智斗，千万不要惹怒他。"

在地上躺着装死的男生立刻坐了起来，拿着麦克风说道："你想要什么，我都给你，求你别伤害我。"

张陆让轻笑："你说呢？"

苏在在的脑海里宛若有什么东西被炸开，让她忍不住想尖叫。喉咙却又像是被掐住了那般，激动得无处发泄。

好、好苏，呜呜呜。

苏在在忍不住了，趁着人多，她扯开嗓子大喊："张陆让！"

随后立刻怂了，缩在前排的椅背后面。

周围的同学弯着腰大笑，姜佳也忍不住给她竖了个大拇指。

苏在在捂着脸想。

她刚刚喊的时候都破音了，张陆让大概听不出是她吧……

苏在在沉醉在自己的世界当中。

没有注意到，张陆让讲台词的时候，陡然停顿了一下。

校园之夜结束后，学生从礼堂的各个出口一拥而出。

密密麻麻的黑色脑袋挤成一团，看起来格外闷热。张陆让在位置上坐了一会儿，等人少了才起身往外走。

他回到教室。

座位旁空了两周的椅子上终于有了人。张陆让走了过去，拿起水瓶喝了几口水。

周徐引在整理抽屉里的试卷。

过了几分钟，他转头看向张陆让，轻声问："你知道我为什么请假不？"

那天是张陆让送周徐引到校门口的。

结果在回去的路上，遇上了苏在在。从此开始了被缠着的日子，还是不知道原因的那种。

"不知道。"他答。

张陆让注意到他拧着的眉心终于放松了下来。

按照他那天的反应,大概是生了什么病吧。

至于是什么病,张陆让没有兴趣去想。

因为他知道,每个人都有不想让别人知道的事情。

回到宿舍。

张陆让先去洗漱,而后走到他的柜子旁边,打开柜门。他打开手机看了看。

看着未接来电,张陆让犹豫了下,拨了过去。

响了几声后,那头才接了起来。

"阿让。"

"嗯。"

"我听你舅舅说,你是不是下周就要期中考试了?"

张陆让走到阳台,关上落地窗,低低地应了一声。

"你怎么也不给妈妈打个电话。"

"……"

"你上次月考考年级多少?"

张陆让沉默了下,轻声道:"三十二。"

那边叹息了一声。

他的心脏被这一声握紧,闷到喘不过气来。

过了一会儿。

女人温柔的声音再度传来。

"还是因为英语吗?你怎么跟阿礼一个样……我一会儿给你舅舅打个电话,让他帮你找个补习班,好不好?"

"不用。"张陆让立刻回绝。

那头沉默了下来。

张陆让抬眼,看着远处的天空。

像是认了命:"我学不好。"

"你……"

张陆让打断她,重复了一声:"我学不好,别浪费钱了。"

他挂了电话,抿着唇抓了抓头发。

周徐引有不想让别人知道的事情,因为他太过骄傲。

可张陆让不一样。

他的自卑,深到了骨子里。

他挣扎过。

但最终,也只是认了命。

2.

希望他开心点。

——《苏在在小仙女的日记本》

校运会的第二天。

苏在在坐在自家班级的帐篷下,暗戳戳地盯着远处30米左右的张陆让。帐篷是绕着跑道按班级顺序安置的,所以一班的位置刚好在九班的十点钟方向。

远远望去。

张陆让坐在男生堆中,其他人都笑着在聊天。只有他垂着头,手里拿着一本书。

从这个角度看去,只能看到他黑碎的发,以及微抿着的唇。身上已经换回了蓝白条纹的校服,看起来清爽又明朗。

一个小时后,张陆让终于有了动静。他站了起来,把书放进书包里,往厕所的方向走。

苏在在连忙起身,边跑边捋顺头发。

很快就跑到他的旁边。苏在在一下子跳到他的面前,嬉皮笑脸:"嘿!"

张陆让看了她一眼,没理。

她跟他并肩走了一会儿。

一跟他站在一起,苏在在的大脑就一片空白。原本准备好的话顿时一句都想不起来。

这么安静……

先随便扯点儿话好了。

"我觉得你这样特别好。"

"什么？"

"你这习惯挺好的，不用别人陪你去上厕所。"

"……"

这样好像更尴尬。

苏在在干脆乱来了："张陆让，你说过谎吗？"

"嗯。"张陆让随口应了声。

苏在在再接再厉："你英语考过30分吗？"

"……嗯。"

听出他犹豫了一下才应答，苏在在心里顿时"咯噔"了一下。

好像戳到他的痛处了……

她舔了舔嘴角，有些慌乱地补充道："其实考低分也没什么，我跟你说，我物理和化学加起来就没超过100分。"

"……"

"元素周期表我从初中背到现在都背不顺。"

"……"

"加速度的单位我是真的不知道是什么。"

张陆让眉心一动，疑惑道："你想说什么？"

"你听不出来吗？"苏在在有些郁闷。

"嗯。"

苏在在挠了挠头，着急得几乎要跳起来。

"为了夸你衬托你，我都把自己说成一个智障了，你还听不出来。"

"……"

"你真的相信我连这么简单的东西都不懂吗？天方夜谭！"

张陆让有些忍不住了，沉声道："你就是那样的。"

不是为了夸他才瞎掰的话。

事实就是那样。

苏在在:"……"

两人又开始沉默。

苏在在被拆穿了也没觉得尴尬。

她还没忘记自己这次来的目的,继续问。

"你骗过我吗?"

"嗯。"

苏在在:"……"

用不用那么诚实!

到底怎样才能让他说谎!

苏在在摆出一副不赞同的样子:"张陆让,你不能老这样。"

"……"

"你老是就只回一个'嗯',太敷衍了。"

"……"

"热情点儿啊,如果不想说太多,你可以只加一个字。"

"……"

"比如,嗯啊。"

"……"

苏在在说完之后突然觉得有些不对劲。她连忙捂住脸颊,闷闷地说:"……突然觉得好羞耻。"

张陆让的脸色沉了下来,冷声道:"你一天到晚都在想什么。"

一跟他开玩笑就炸毛。

用冷酷来伪装自己。

苏在在装作没听见。

想了想,她决定干脆点儿。她深吸了口气,重新问了一遍昨天的问题:"你觉得我漂亮吗?"

张陆让还因刚刚的事情有些不悦。闻言,他几乎没有考虑半分,毫不犹豫道:"不。"

听到这个回答,苏在在乐了。

然后期待地盯着他。

等了 30 秒。

……没动作。

苏在在想,他大概有些迟钝。

再等个1分钟好了。

1分钟后。

认清事实的苏在在有些恼羞成怒:"张陆让!你居然!"

太过分了吧!卸了妆就不认了!

害得她期待了一晚上呢!

她这么激动的语气惹得张陆让侧头看她。

他眼神淡淡的,看不出情绪,却又带着若有若无的勾人的意味。

苏在在瞬间弱了,连忙挂起笑脸。

"你居然……长得那么好看,你觉得我长得不漂亮是正确的,有对比嘛……"

张陆让:"……"

不过苏在在还是有些不甘心,厚颜无耻地问:"不过你不照镜子的时候看我,不觉得很赏心悦目吗?"

听到这话,张陆让的脚步停了下来。他回忆了下昨天在舞台上听到的喊声。

眉头稍蹙。

"苏在在。"他喊。

猝不及防地得到张陆让的召唤,苏在在有些受宠若惊。她连忙把脸凑了过去,愉快地应了声:"在在在!"

他忽略了她的回应,面无表情地问:"昨天是你喊的我?"

听到这话,苏在在全身一僵。

脑袋飞速地运转着,额间开始冒冷汗。

冷场。

几秒后,苏在在灰心丧气,破罐子破摔:"好吧,是我在喊你。"

张陆让:"……"

"你不开心吗?"苏在在有些委屈。

"……"他真的不知道有什么好开心的。

原本委屈的神情蓦地收了回来,有些尴尬。

她换上一副严肃的表情，随后指着不远处的厕所，说："你快去吧，别憋坏了。我还有事，就先走了啊，改天聊。"

说完之后，也没等张陆让的回答，直接灰溜溜地跑了。

张陆让在原地站了一会儿，盯着她的背影，很快便转头往男厕走去。

走了几步后。

他突然扯了扯嘴角，向上扬。

被她这么一闹，压抑的心情瞬间轻松了不少。如果是平时，他大概要调整很久。

那样烦闷的心情，就被她用这小段时间，轻而易举地挥散开去。

闷气瞬间变得比羽毛还轻。

被风一吹，随之飘走。

飘散到很远很远。

想起苏在在，张陆让突然有些羡慕。

人蠢一点儿也有好处。

没有烦恼。

校运会结束后，各班开始清理现场。

苏在在搬着自己的椅子往教学楼那边走。王南在后头喊着："喂！苏在在！我帮你搬吧！"

她装作没听见，继续往前走。

走出体育场，苏在在突然注意到前方的张陆让。

单手拎着一张椅子，看起来格外轻松。

她加快了步伐，走到他的旁边，殷勤地说："让让，我来帮你搬吧？"

张陆让闻声望去，皱了眉："你喊我什么？"

这次苏在在没怂了，坦然道："让让啊，如果你觉得不公平你也可以叫我在在呀！"

张陆让："……"

"让让，我来帮你搬呀。"

"……"

"让让，你怎么不理我？"

"……"

"张陆让,我来帮你搬吧。"

"不用。"

果然。

苏在在眨了眨眼,突然觉得特别好玩。

张陆让忍无可忍,一把将她手中的椅子扯了过来,大步地向前走。

苏在在蒙了,愣愣地追上去:"你抢我椅子干吗?"

"苏在在。"

"是在在。"苏在在纠正他。

"……"他安静了一阵,叹息了声,语气有点儿挫败,"回教室,我帮你搬。"

听到这话,苏在在看了他一眼,喃喃道:"我真的是想帮你搬。"

"嗯。"

苏在在在他旁边走着,用鞋尖踢了踢地上的小石子,低声问:"张陆让,你是不是不开心啊?"

"……"

她指了指自己的眉心:"你刚刚这里一直皱着。"

张陆让没答。

过了一会儿。

苏在在弯了弯眼,继续道:"不过现在看起来跟平时差不多了。"

两人走进教学楼,开始上楼。

张陆让沉默着,见她被人挤得凑了过来,他下意识地将椅子侧了侧。随后听到她说:"果然,我在你身边能使你快乐。"

"……"

见他还是不说话,苏在在有些懊恼地挠了挠头。

想了想,她说:"让让,我请你吃果冻呀,别不开心了。"

她的语气像是在哄孩子,话里仿佛掺了糖。

可他还是很安静。

苏在在也沉默了下来。

她减慢了速度,跟在张陆让的后面。

像个影子。

两人走到三楼。

苏在在看到他把她的椅子放在了门外,然后搬着另外一张走进了教室。

不打一声招呼,像是无视她的存在。

苏在在站在原地。

忽然有些难过。

她刚想走过去把椅子搬回来,里头的人去而又返。

张陆让单手抬起她的椅子,看了她一眼。

苏在在张了张嘴,想说什么。

就见张陆让抬脚往楼上走。

苏在在连忙跟了上去,嘴角弯了起来。

"让让。"她清脆地喊了声。

"……"

"张陆让。"

"嗯。"

好喜欢你。她在心里说。

两人走到九班门口。

苏在在刚想从他手中接过椅子,就听见他说:"你坐哪儿?"

闻言,苏在在下意识地指了指第一组的倒数第二排:"换到那儿了。"

张陆让走了过去。

苏在在立刻跟了上去。

坐在位置上跟前桌说着话的姜佳立刻噤声,八卦地盯着他俩。

张陆让把苏在在的椅子放好。

苏在在以为他放完之后肯定立刻就走了,可他却静静地站在原地,像是在等待着什么。

她捏紧了手,突然有些紧张:"你怎么了?"

张陆让转头看了她一眼,随后轻声道:"没事。"

说完之后,他便抬脚走出了教室。

看他走了,姜佳才激动地扑了上去:"啥情况?!追到手了?!"

苏在在摇了摇头,解释:"他觉得我烦人,才帮我搬的。"

"不是吧!那能亲自帮你搬进教室来?"

"真的。"

姜佳还在耳边帮她分析着状况,苏在在却什么都听不进去了。她的表情有些呆滞,带了点儿困惑。

暗自在思考。

刚刚他在等什么?

3.

　　希望我是不一样的。

——《苏在在小仙女的日记本》

苏在在想了半天,实在想不出来,也不再纠结。她开始收拾东西,准备回家。

姜佳分析完之后,越想越兴奋,在一旁激动地摇着她的手:"在在,我太替你欣慰了。"

"啊?"

"你说得果然没错,行动比颜值更重要。"

"……你可以闭嘴了。"

"有生之年,我居然真的能看到癞蛤蟆吃到天鹅肉。"

"……"

过了一会儿。

苏在在想了想,还是低声解释道:"真的不是。"

虽然她真的很想让所有人都觉得张陆让是她的,但是她还是不想莫名其妙地就给他冠上了"早恋"这样一个罪名。

姜佳也不扯这个了。她边收拾东西,边跟苏在在说:"听说昨天一班有个女生因为张陆让,在教室哭了一下午,夸张得要死。"

"啊?"苏在在蒙了。

"好像是因为他给你送的那个银牌的关系。"

081

"这有什么，他是在打发我走。"

"我也不太清楚。"姜佳想了想，说道，"那个女生就坐在他前面，然后他们班的女生都去安慰她，有几个女生让张陆让劝几句，他理都没理。"

苏在在完全搞不懂状况："所以为什么哭？"

"你这都猜不到？那女生喜欢张陆让啊！"

苏在在若有所思地摸了摸下巴："我觉得挺好的，哭完就获得新生了啊。"

"……"

"而且让让没理那个女生，我觉得很正常，他一直都很无情。"

姜佳："……"

两人背起书包，往门外走。

姜佳垂头看着手机，突然说："你不觉得张陆让对你特别不同吗？比如把银牌送给你，还有刚刚帮你搬椅子。"

苏在在的脚步一顿，诚实地回答："不觉得。"

"你想想啊，张陆让那个前桌都那样了，他一点儿反应都没有。我听我朋友说，真的是完全没受影响……"

"是啊，他有自动屏蔽外界的能力。"

姜佳炸了："你能不能听我说完！"

"哦。"

"反正我觉得，张陆让对你做的事情，绝对不会对别的女生做。"

这次，苏在在沉默了很久。

很久很久之后，她才开了口："如果是这样，那有多好。"

可她不敢再进一步。

苏在在觉得现在这样就很好。

她活在她一个人的世界里。

那个世界，张陆让也很喜欢苏在在。

只要她不否认，就没有人能否认。

周日，苏在在比平时早了一个小时出门。

为了在车站堵张陆让。

从太阳高挂天空,等到了夕阳渐渐下山。

苏在在点亮手机,看了看时间。再等下去就要迟到了。她将手中的单词本放进了书包里,最后望了一眼站牌的方向,这才上了车。

苏在在走进教室的时候,晚修的铃声刚好响起。

见她来了,姜佳抬起头,低声问:"在在,你今天怎么这么晚?"

苏在在把书包里的书掏了出来,放在桌上。她叹息了声,有些绝望:"守株待兔,没有一次能成功。"

"啊?"

"我还是不能太刻意了,太刻意反而遇不到。"

"啥玩意儿?"

苏在在看向姜佳,头头是道地分析:"我跟让让的缘分是命中注定的,我这样太过刻意,反而会改变了命运原本的轨迹。"

姜佳有些无语:"你被人附体了吧。"

苏在在抽完风之后,心情开始低落:"你觉得他是不是故意的。"

"故意什么?"

"怕再遇到我,然后也提前了时间出门,或者是去别的车站坐车了。"

"别想太多。"姜佳摸了摸她的脑袋。

苏在在从抽屉里摸出最后两个果冻,放了一个在姜佳的桌子上。随后她便拿出数学作业开始做题。

第一节晚修下课后,苏在在直奔三楼。

一到那儿,她就看到张陆让跟一个男生从教室里走了出来。苏在在鬼鬼祟祟地跟在他们后面。

前面传来两人聊天的声音。

"今天叶真欣是不是帮你打包饭了?"

"……"

"可以的,真牛!说真的,我真心欣赏你这种不以貌取人的人。"

"……"

男生继续八卦:"我还以为你是跟九班那个大美女……"

张陆让皱了眉,立刻打断他:"都不是。"

过了一会儿。

男生继续说:"喂,那你把九班那女生的微信给我吧,反正你也没兴趣。"

苏在在不敢听张陆让接下来的回复,猛地开口:"给什么啊?"

两人均望了过来,停下了脚步。

苏在在笑:"他也没有啊。"

见刚刚八卦的对象突然出现,男生有些尴尬。

苏在在指了指张陆让:"你有他的微信不?"

"有……"男生立刻诚实道。

苏在在立刻兴奋起来:"我跟你换啊。"

听到这话,张陆让脸色一僵,沉声道:"苏在在。"

注意到他们两个微妙的气氛,男生很自觉地走人。

"让让。"

"……"

"张陆让。"

"嗯。"

他什么时候才能承认这个可爱的叠字称呼。

苏在在决定这次直接点:"你不是说你没微信吗?"

"嗯。"

"……"

"那个男生说有你的微信。"苏在在穷追不舍。

张陆让面不改色道:"他骗你的。"

然后,淡定地摸了摸脖子。

苏在在:"……"

一提到微信一定说谎,是有多不想让她加。

过了一会儿。

苏在在幽幽地说:"我知道你有。"

张陆让:"……"

苏在在噼里啪啦地吐槽:"咱俩都认识那么久了,给个联系方式怎么了,我又不会怎么你,你怕什么啊。"

张陆让抿着唇,手指轻轻敲打着刷着蓝色油漆的栏杆。

哐哐作响。

像是在思考着怎么回答。

半分钟后。

"你老跑来三楼干什么?"

他扯到了另外一个话题上。

"你啊。"苏在在答。

张陆让:"……"

注意到他的表情,苏在在立刻反应了过来。

"啊,不、不是,我的意思是见你,说少了个字。"

"……"

"毕竟我就你这么一个男性朋友嘛,联络一下感情。"

张陆让垂头。

漆黑的碎发,剑眉黑眸,双唇轻抿着。

苏在在突然别开了眼,结结巴巴地说:"你、你别这、这样看我。"

张陆让拧了眉:"我怎么看你?"

"你对我抛了个媚眼。"苏在在红了脸。

张陆让:"……"

他真的完全想象不到自己抛媚眼是什么样子的。

可他居然也下意识地挪开了眼。

张陆让抓了抓脸颊,沉着脸道:"我跟你不熟。"

苏在在眨了眨眼:"哪有人是一开始就很熟的呀。"

听到这话,张陆让想说,我不想跟你熟,可看到苏在在的表情,那句话就哽在喉咙中,半天都出不来。

晚修的铃声在此静谧中响了起来,周围只有几个慢慢地从厕所回教室的学生。头顶上的灯泡坏了,一闪一闪的,令两个人的脸忽明忽暗。晚风轻轻吹,摇曳着树枝。

张陆让突然有些无力,他叹了口气,说:"回去复习。"

"哦。"

苏在在转身,往回走。

走了几步后,她又回了头,不甘心地看他。
"你真的不想加我的微信吗?"

4.

> 暗恋能让人情绪波动得厉害。
> 动不动就睡不着,动不动就吃不下东西。
> 动不动就笑得像个神经病,动不动就……想哭。
> ——《苏在在小仙女的日记本》

张陆让也抬脚往回走,听到她的话,他眉眼一抬,疑惑道:"我为什么要加?"

苏在在一时也不知道怎么回答。想了想,她觍着脸道:"因为我想啊。"

"……"

苏在在真的超级郁闷:"你怕什么啊?"

加个微信号也一副宁死不屈的样子。

"你看,那么多人想加我的微信,我都不给。你能得到我的微信,不高兴不兴奋不激动吗?不觉得荣幸吗?不觉得天上掉馅饼了吗?"

"……"

见他这样,苏在在决定用压迫的方式。

"给你3秒,不拒绝的话,你今晚就得通过我的好友申请。"

"苏在在。"他眼里毫无情绪。

"3。"

"……"

"2。"

"……"

"1。"

她这完全霸王似的态度让张陆让有些无可奈何。

思忖了片刻,他终于吐出了个字:"好。"

烟花在脑海里炸开,噼里啪啦地响着。苏在在还没来得欢呼,就听到他再度开口。

"如果你期中考物理和化学都及格了的话。"

一瞬间，苏在在经历了从天堂到地狱的感觉。

"让让，你这就有点儿过分了吧。"

"……"

"张陆让！"

"那算了。"

苏在在一下子就尿了："我不是那个意思……"

闻言，张陆让低下了头。眼里闪过星星点点的笑意。

苏在在舔了舔唇，可怜巴巴地问："两个加起来 100 分行吗……"

这次他很好说话。

毫不犹豫地就应了下来："嗯。"

巡逻的老师从那头走了过来。

得到他的答应，苏在在也没多高兴。走了几步，她突然回头，郁郁寡欢地跟他说："那我回去了。"

说完便心情沉重地继续往上走。

张陆让在原地站了一会儿。

直到老师过来提醒了，他才反应过来。

走进教室。

想到苏在在刚刚的表情。

他失了神。

突然有些后悔。

感觉自己太为难人了。

……是不是说得太过分了？

虽然还有两天就考试了，但是苏在在还是决定垂死挣扎一下，以至于她这周都没怎么去张陆让面前找存在感。

一到下课时间就捧着物理书或者化学书看。

上课的时候也破天荒地十分认真听讲。

姜佳趴在桌子上看着她写题。

过了几分钟,看着她错得一塌糊涂的题,姜佳有些看不下去了:"别写了,你考不到100分他肯定也会加你微信的,赌不赌?"

苏在在停下了笔,眼睛依然盯着那道题,纤细卷曲的睫毛轻颤。

"他不会的。"她低声说。

张陆让知道她考不到,所以才会那样说的。他一直觉得她很烦,所以不会给她更多烦他的机会。

苏在在很清楚。

可她就算考不到,也想努力一把。她只能抱着他守承诺的这么一个渺小的期望,才能更近他一步。

"佳佳,你说我那么执着干什么呢?"苏在在托着腮,闷闷道,"就算加了,我找他他肯定也不会理我。"

也就和一个摆设一样。

但想到有了一点点的机会,却莫名成了无法抗拒的诱惑。

期中考完后的那个周六。

苏在在在床上睡得正香,猛地被苏母揪了起来。她哀号了一声,拼死反抗,挣扎着将自己埋入被子当中。

周围安静了下来。

但苏在在还是能很清晰感觉到苏母的压迫感。

忍了忍,她把被子从脸上扯了下来。满脸的委屈,她说:"我在学校每天6点就起床了,你就不能让我多睡会儿!"

苏母坐在她床边,理直气壮:"我怎么没让你多睡会儿了?现在7点。"

苏在在:"……"

"快起来,妈妈今天想吃许记的艇仔粥,你去给我买。"

苏在在满腹的起床气,却又不想跟苏母发火。

因为刚睡醒,脑袋还昏昏沉沉的。过了一会儿,她才反应了过来,瓮声瓮气道:"你自己去买嘛,或者让爸给你买,我懒得动。"

"你爸懒得动,我也懒得动。"

"……"

"两碗艇仔粥,记得快点儿回来,我和你爸9点还要出门。"

……亲爹妈。

不过苏在在也挺想吃许记的鲜虾肠。她在床上纠结了一会儿,最后还是起身,乖乖地去洗漱。

换好衣服,走出房门。苏父正坐在客厅的沙发上看报纸。

苏在在走了过去,拿起茶几上的杯子接了点儿水,喝了一口,而后故作随意地嘟囔着:"不知道怎么当人家爸爸的,一大早就支使自家亲爱的女儿去买早餐。"

"……"

"别人的掌上明珠都是捧在手心里宠的。"

"我们家特殊点儿。"苏父翻了一页报纸,开了口。

"啊?"

"我们家是踩在脚底的。"

苏在在:"……"

她愤愤地拿着单车钥匙出了门。

早晨的空气格外好。湿润的风扑面而来,带着青草的味道。金灿灿的阳光洒了下来,却又不刺眼。

苏在在从单车棚里把单车推了出来,骑上之后,便往小区大门口的方向去。

大概是因为周末,一路上的行人很少。到小区的一个交叉路口的时候,苏在在突然注意到一侧的草坪上站着一个少年。

穿着黑色的T恤、及膝的暗色牛仔裤,黑发蓬松,有些凌乱。手上还拿着一条黑色的绳子。

苏在在看得都入了神,没注意到旁边有个白色的影子一晃而过。等她回过神的时候,才发现一条白色的大狗跑了过来。

差一点儿撞上了。

苏在在连忙转了个弯,一时控制不好,单车一倒,整个人摔到地上。

"砰——"

一声巨响。

听到动静,少年望了过来。他眸子一紧,似乎有点儿不敢相信现在的状况，很快他就反应了过来，往这边跑。

苏在在的眼泪"唰"的一下，疯狂地涌了出来。

夏天穿的短袖短裤，裸露在外的大片皮肤，都被水泥地蹭出了血丝。

苏在在想着只是买个早餐，穿了双拖鞋就出了门，所以她现在就后悔了，因为她看到自己的右脚的大脚指甲盖稍稍掀起。

伴随而来的，是红色的血从里头缓缓地涌了出来。

苏在在被这场景刺激得号啕大哭。

虽然说苏在在有很多怕的东西，但最怕的还是痛。

按姜佳的话来说，就是拔了她一根头发，她也能哭一个小时。

张陆让很快就跑到了她的旁边，看她这样，有些不知所措。他伸手，想把她扶起来。

苏在在疼得脾气都出来了，哽咽着："别碰我！呜呜呜，你讨厌我就算了，你家狗也讨厌我……才第一次见它就想害我。"

萨摩耶犬在他们旁边摇着尾巴，歪头，伸出舌头。

张陆让蹲了下来，表情不太好看："去医院。"

苏在在突然想起姜佳说的话。

那个女生在教室里哭了一下午，张陆让都没半点儿反应。

苏在在似乎能想象到接下来的场景。

张陆让对着她砸了一大笔钱，让她一瘸一拐地滚蛋。

周身的痛让她没有理智去考虑如何去做。

像个缠人的孩子。

她伸手揪住张陆让的衣角，放了狠话。

可声音却软软糯糯的，毫无威慑力。

一抽一噎的。

"张陆让，你要是敢丢下我，我要你命。"

5.

永生难忘的一天。

不知道他忘不忘得了。

总之，我忘不了。

——《苏在在小仙女的日记本》

张陆让的嘴角抿得僵直，像条平直的线。目光扫视着她身上的伤口，仔仔细细，却又是一扫而过，不敢再看。他眼眸一闪，有什么情绪在涌动着。

听着苏在在的哭声，张陆让有些心烦意乱，像是胸口中塞了什么东西，又闷又难受。

张陆让轻轻地碰了碰她的手臂，眼里带了点儿小心翼翼："能站起来吗？"

苏在在立刻摇头，像个拨浪鼓，她胡乱地说着："我站起来之后，那脚指甲会不会'啪嗒'一下，直接就掉了。"

苏在在想象着那个画面，哭声加剧，仿佛想引来整个小区的人。

听到这话，张陆让的脸色越发地沉重了起来，可他也不知道该怎么办。

几秒后。

"你爸妈在不在家？"他问。

苏在在正想点头。

可突然，有一股力量驱使着让她摇头。她犹豫了一下，还是顺着那股力量，红着眼说了谎："不在。"

张陆让想打电话找他舅舅，却又瞬间想起他舅舅在出差。

"我帮你把单车停好，然后送你去医院。"张陆让做了个决定。

苏在在抓住他衣角的手半点儿没松，眼眶红红的，带着警惕。

"你要偷我单车。"

张陆让："……别发神经了。"

苏在在指了指一旁的萨摩耶犬，抽噎道："你的狗在我手上。"

言下之意就是，你敢偷我的单车，我就抢你的狗。

他忽略了她的话，声音带了点儿安抚："我很快就回来。"

"不行！"苏在在任性地喊。

他垂下眼，盯着她："那你单车不要了？"

苏在在吧嗒吧嗒地掉着泪，说："你真的想偷我单车。"

张陆让："……"

半分钟后。

"松开。"张陆让冷声道。

苏在在一点儿安全感都没有，攥得更紧。

张陆让那冷淡的眉眼开始瓦解。他叹息了声，把口袋里的手机拿了出来，放到她的手里。

"在你这儿押着。"语气带了点儿哄意。

苏在在犹豫着松了手。

张陆让松了口气，把单车停在不远处的单车棚，小跑着回来。他弯下腰，低声问道："是不是站不起来？"

苏在在根本不敢动，立刻点了点头。

闻言，他背对着她蹲下了身子，低沉的声音从前面传来："我背你去。"

苏在在的哭声止了下来，吸了吸鼻子，改了口："算了，我觉得我应该能站起来。"

张陆让侧头，皱着眉看她："快点儿。"

她非常犹豫："我大概、可能有一点儿重。"

"嗯。"他敷衍般地应了声。

苏在在也没犹豫太久，小心翼翼地凑了过去，稍稍地站起了身，将双手钩在他的脖子上。

张陆让托住她的大腿，一个使劲便站了起来。

这是他们最亲密的一次。

苏在在想起了在操场见到他的那次。

那时候他还那么不喜欢她的碰触。

到现在，居然会自愿地背她。

苏在在突然有了点儿成就感。

他稳步地向前走。

苏在在想了想，很小声地解释。

"我重不是因为我胖，是因为高，我这个身材比例很好的。"

"嗯。"

听他承认了，苏在在又有些不高兴。

"我哪重了？我差一点点才一百斤。"

"嗯。"

"嗯什么？"

1分钟后。

"不重。"他轻声道。

苏在在没听清，好奇地问："你刚刚说什么了？"

张陆让沉默下来。

苏在在也没在这上面纠结，她盯着手上的手机，突然问："让让，我能玩你的手机吗？"

"……"他嘴唇动了动，还是没答。

钩住他脖子的手抬了起来，将手机在他面前晃了晃，苏在在换了个叫法："张陆让，我能玩你的手机吗？"

这次他回答得很快。

"嗯。"

这回答让苏在在猝不及防。

她舔了舔唇，细声道："我开玩笑的……"

张陆让沉默了片刻，然后说："你玩吧。"

但苏在在还是没碰他的手机，只是紧紧地握着。手心觉得有些灼热，渗了汗。

她垂头，突然注意到乖乖地跟在旁边的狗。

来了兴致。

苏在在问："你家狗叫什么名字？"

他下意识地回答："酥酥。"

Susu。

酥酥"汪"了一声。

苏在在突然笑了，厚着脸皮应了一声："我在。"

张陆让："……"

她不知廉耻地补充道："我的小名就叫苏苏。"

这副嬉皮笑脸的模样像是没有任何烦恼，也像是没了疼痛。

张陆让侧头看了她一眼，低声问："不疼了？"

093

"疼啊。"她诚实地说。
但有你在,那些疼痛就显得微不足道了。

走了一小段路。
苏在在看着旁边的那一大团白色。
她的声音带了点儿鼻音:"那酥酥怎么办,医院不能带狗进去。"
"放小区保安亭那儿。"张陆让想了想,继续解释,"他们认识。"
苏在在又笑出了声:"你家的狗可真威风,连保安叔叔都认识。"
张陆让:"……"
苏在在想起了刚刚喊他"让让"依然没得到回应,但今天他好像对她格外好。
苏在在玩心顿起,喊他:"让让。"
"……"
她笑嘻嘻的,眼睛弯得像个月牙儿:"让让,你怎么不理我了?"
"……"
"让让。"
张陆让终于妥协:"……嗯。"
苏在在难以形容那一刻的心情。
像是守得云开见月明。
但其实并没有。
如果每天都是今天就好了,她想。
今天虽然受了伤,但是感觉,好像整个世界都在放烟花。
就算是在庆祝她受伤。
……她也认了。

很快就到了小区门口。
张陆让把苏在在放在保安亭上的椅子上,蹲下来给酥酥系狗绳,随后转头对一旁的保安说了几句话。
说完之后,张陆让刚想把苏在在背起来,却听她开了口。
"不用了,我不是很疼了,也不远,走过去就好了。"

他的动作顿了顿，但还是弯了腰，说："上来。"

苏在在乖乖地"哦"了一声。

后面的保安叔叔还在感慨："年轻就是好啊。"

苏在在的脸莫名有点儿热。

小区附近50米左右就有一家社区医院。

到那儿后，张陆让先去给苏在在挂了号。

这次苏在在说什么也不让他背，她单手抓着他的手肘，慢慢地往外科那边走。

走进那个带着外科标签的小单间里，苏在在走了过去，坐到医生前面的椅子上。因为来得急，苏在在也没带病历本。

张陆让就出去给她买了一本。

回来的时候，就见原本已经止住哭声的苏在在再度号啕大哭。

张陆让："……"

他走了过去，把病历本放到了医生的面前，然后弯腰，跟苏在在平视，双眸黝黑深邃，低润的嗓音从口中出来："怎么了？"

苏在在连忙抓住他的手腕，像是找到了救星："张陆让，医生说要拔掉，脚指甲要拔掉……"

想到那个画面，她立刻摆出一副宁死不屈的模样。

"我死也不拔，死也不。"

双眼与张陆让对视。

眼里全是"你难道想要我死吗"的质问。

张陆让也有些无措，想了想，他转头看向医生，轻声问："一定要拔掉吗？"

医生又扫了一眼苏在在的脚指甲，考虑了一会儿："也不一定，她趾甲掀起来的部分还没超过二分之一，但不拔除可能会感染。"

听到这话，张陆让还是想让苏在在拔掉，但一转头，看到她那双泪眼蒙眬的眼睛，他的心脏莫名一颤。他收回了眼，瞬间改了口："那就不拔了。"

闻言，苏在在的哭声渐渐停了下来。她松开了张陆让的手腕，有些不好意思地低下头擦眼泪。

"那就处理一下伤口吧。"医生开始在病历本上写字，边写边说，"回去记得每天用碘伏消毒。"

一听到不用拔趾甲了,苏在在的精神立刻回来了。

听着医生说的注意事项,她还能乖乖地应几声。

突然有些分神,苏在在往张陆让那边看了一眼,见他垂着头,表情似乎有些懊恼。

处理完伤口后,苏在在一瘸一拐地走了出去。

张陆让跟在她的后面,看着她手臂和腿上的擦伤。他刚想说些什么,就听到苏在在的手机响了起来。

苏在在接了起来。听到那头的声音,她有些心虚地瞟了张陆让一眼。

苏在在压低了声音。

"妈。

"我、我遇到了个朋友,没去买早餐。

"明天给你买嘛。

"钥匙带了,你跟爸去忙吧,路上小心。

"好。"

她挂了电话。

见张陆让似乎没察觉到,苏在在才松了口气。

苏在在又往前走了几步,转头催促他:"让让,快点儿呀。"

张陆让看了她一眼,长腿一跨,几步就走到她的旁边。

两人沉默地并肩走。

过了一会儿,苏在在主动开口:"刚刚花了多少钱啊,我回学校还给你。"

他没答。

苏在在耐心地再问了一遍:"多少钱啊?"

张陆让抿了抿唇,突然问:"你早上出来干什么?"

"买早餐啊,想吃许记的鲜虾肠。"苏在在下意识地回答。

一提起吃的,她瞬间就感觉到饿了。

"好饿。"苏在在摸了摸肚子。

"……"

"好饿好饿。"

"……"

"好想吃鲜虾肠。"

"……"

"超级想吃。"

张陆让叹息了声："那家店在哪儿？"

"就文化广场那边，公交车不直达，我只能骑单车。"

他应了声。

不知道他为什么问，但苏在在还是要将厚颜无耻做到彻底。

"你要给我买？"她笑吟吟的。

意想不到的是，他很直接地承认了。

"嗯。"

前方有辆单车过来。

张陆让下意识地把她扯了过来，提醒："过来点儿。"

苏在在还沉浸在他刚刚的回答中，思绪挣脱不开。反应过来后，她说："不用，我就随便说说。你家酥酥还等着你回去接它啊，再不回去它会以为你不要它了。"

说出"你家酥酥"那四个字的时候。

苏在在突然弯了弯唇。

张陆让没再说话。

苏在在想了想，又补充道："其实跟你家酥酥没什么关系，是我骑车技术不好。"

张陆让侧头看她。

苏在在毫不心虚："真的。"

所以别愧疚了。

"苏在在。"他突然喊。

"啊？"

"不会骑车就别骑。"语气有些沉。

苏在在："……"

到底是怎么得出这个结论的？不应该说她心地善良，非常顾虑别人的情绪吗!

苏在在觉得自己有些抑郁。

每次她为了他才说出来的话,他都听不出来。

上次的结论是说她智障,这次说她不会骑车。

……她要说什么好。

两人走到保安亭,把酥酥领了回来。

苏在在突然记起来,张陆让的手机还在她这儿。她摸了摸口袋,把他的手机拿了出来,递给他。

张陆让慢条斯理地接了过去。

走了一会儿。

张陆让突然开口:"你家住哪儿?"

苏在在很诚实地指了指其中一栋楼:"13栋9楼B座。"

他低低地"嗯"了一声。

又过了一阵。

张陆让用舌头抵着腮帮子,莫名其妙地问:"还饿吗?"

苏在在全身无力:"……饿。"

张陆让肯定已经吃了早餐,只有她一个人独自承受着饥饿带来的痛苦。

苏在在的心底有些不平衡,刚想问他是不是想刺激她。

就见张陆让挠了挠头,轻声道:"你把你微信给我。"

苏在在:"……"

她这副惊吓的模样,让张陆让的耳根有些发烫,可面上却半分不显。像是在说一件再自然不过的事情。

很快,苏在在反应了过来,垂下头,心情低落。

"这次两科加起来,我肯定也考不到100分。"

张陆让动了动唇。

还没说出话来,苏在在又继续道:"你再给我一次机会啊,这次太突然了,期末考试我肯定能考上100分,成吗?"

"……"他该怎么说?

"好不好?"苏在在满脸期待。

张陆让挪开了视线，重复了一遍："你把你微信给我。"

这下苏在在才真正地反应了过来，她激动得超级想跳起来给他一个亲亲。

可莫名其妙的，她想起了张陆让的那句话。

——"如果你期中考物理和化学都及格了的话。"

想起了自己之前那没有回应的好友申请，也想起了张陆让每次提到微信就说谎的态度。

她不怀好意地笑了，说："你求我。"

张陆让："……"

"你求我呀。"

见状，张陆让侧头看了她一眼，似乎也不太在意，漫不经心地说："那算了。"

苏在在立刻怂了，讨好道："……我就开个玩笑。"

苏在在快速地给他报了自己的手机号码。

故意刁难他。

可他依然正确又快速地在手机上输了出来。

苏在在戳了一下手机屏幕上的"通过验证"，而后低声控诉他："我每次跟你开玩笑你也不配合配合我，这样我们之间的友谊很容易就破裂的，你不知道吗？"

走了几步后，张陆让突然扯了扯嘴角，说："好。"

苏在在还没反应过来，就听到他继续说：

"求你。"

张陆让把苏在在送到了她家楼下。

苏在在没拿钥匙，直接按了几个数字键单元门就开了。

余光注意到张陆让一副疑惑的样子，苏在在立刻解释："这个是密码，先按'#'号，然后再按'1245'，就能直接开。"

张陆让点了点头，叮嘱她："记得涂药。"

苏在在高兴地朝他笑："让让真是贤惠。"

张陆让扫了她一眼，转头就走。

苏在在盯着一人一狗的背影，弯了弯唇。她一瘸一拐地走到里面等电

099

梯。苏在在拿着钥匙开了门，看着身上的伤口，忧愁地想着要怎么跟苏父苏母解释，想着想着，莫名就偏了思绪。

苏在在突然想起刚刚张陆让说的话。

——"求你。"

她激动得在沙发上滚了一圈，忘了自己身上还带着伤。

苏在在吃痛地"嗞——"了声，眼泪蓦地又冒了起来。她咬了咬牙，然后站了起来，走到电视柜的旁边，打开柜门，从里面拿出一排未拆封的果冻。

被疼痛和饥饿折磨得心情不好，只能吃这个了。

她吸了吸鼻子，单脚跳着回到沙发上。

拆了一个下来。

草莓味。

果肉特别多，咬起来爽。

吃完一个之后，苏在在百无聊赖地打开了电视，看了半小时。

正当她准备回房间补觉的时候，手机响了一声，她点亮一看。

让让发来一条消息。

——开门。

与此同时，门铃响了起来。

苏在在完全不敢相信，她慢腾腾地走了过去，顺着猫眼向外看。

……真的是。

确认好之后，苏在在连忙开了门。

他依然是早上那身装扮。

只不过外头太阳已经高升，闷热又燥。

张陆让的额间冒出了几滴汗，发丝也有些湿润。他垂头看着她，眼睛黑亮，让人挪不开眼。

这突然的状况让苏在在完全不知道该怎么反应，想了想，她突然猜到他到来的目的："你来找我拿钱的吗？"

张陆让："……"

他眉角抽了抽，将手中的袋子递给她："拿着。"

苏在在接了过来。

她看了一眼,是许记的鲜虾肠。

苏在在蒙了:"你怎么去买了?"

张陆让从口袋里拿出她的单车钥匙,抬手递给她,然后说:"我走了。"

苏在在看着手中的钥匙,突然有些高兴。

"你骑我的单车去的吗?"

张陆让脚步一顿,回头看她。

"不是。"

"那你怎么去的?我骑单车来回都要20分钟。"

张陆让抓了抓头发,说:"出租车。"

苏在在瞪大了眼:"这肠粉才八块,你路费还要二十。"

"……"

她觉得有些憋屈,不高兴地问:"你为什么不骑我的单车,别人我都不让碰,你居然还嫌弃。"

"我不会。"为了堵住她的嘴,他实话实说。

苏在在以为自己听错了,疑惑地问:"什么?"

张陆让看着她,淡淡地重复了一遍:"我不会。"

"你不会骑单车吗?"苏在在问。

"嗯。"

他的表情很无所谓。

可苏在在的心脏却莫名有些堵。

隐隐作痛。

她不知道为什么。

其实不会骑单车也没什么,挺正常的,但看到张陆让现在的表情,苏在在突然很难过。

她站在原地,沉默。

张陆让刚想开口说他要走了,眼前的人开了口。

苏在在低喃着:"可爱的小让让。"

张陆让:"……"

她对他眨了眨眼,轻声说:"你等我一下。"

苏在在走到沙发旁边,将刚刚那排果冻拿了起来。她再度走到门旁,将那排果冻递给他。

她胡乱地扯着话:"我跟你说,如果是平时,我摔成这样,我肯定要吃一排果冻心情才会好……但今天你给我买了早餐,我只吃一个就好了……"

张陆让没说话,也没动弹。

苏在在一副很大方的模样:"吃果冻能让人心情好呀,我把剩下五个给你,就当是把我的好心情都送给你了。"

张陆让终于有了点儿动静。他抬了抬手,刚想接过的时候,就听到苏在在再度开了口。

她嬉笑着,眼睛又弯又亮,嘴里发出清脆又悦耳的声音。

"作为报答,你要让我教你怎么骑单车。"

晚上,苏母比苏父先回到家。

在房间里的苏在在听到动静后,立刻扑到床上,将自己裹在被子里。

要怎么说好?就直接说自己骑单车的时候不小心摔了吧。

只能这样说了。

苏母走过来敲了敲她的房门:"在在,你吃晚饭了吗?"

反正早晚都得发现……

苏在在起身,走过去开了门。

看到她满身的伤痕,苏母的音调一下子就扬了起来。苏母抓着她的手臂看着她身上的伤口,声音着急慌乱:"怎么回事?伤口怎么弄的?啊?你怎么不跟妈妈说啊?"

苏在在声音低低的:"我、我骑车不小心摔了。"

她的心里有些忐忑不安。

怕母亲说她骑车不看路,怕被骂。只想躲起来,假装自己没受过伤。

意外的是,她没被骂。

"你去医院没有?"

"去了。"

"伤口处理好了?带药回来没有?"

"好了,也带了。"苏在在乖乖地一一回答。

沉默了片刻后。

苏母摸了摸她的脑袋,说:"以后骑车小心点儿,还有,受伤了记得跟爸妈说,你不说你是要吓死我。"

"我没有。"苏在在嗫嚅着,"也不是很严重……"

苏母喃喃道:"要不要请假几天?等伤口好些再去学校。"

苏在在有些蒙,是不是太夸张了……

两人说话期间,苏父也从外头回来了。他从玄关走到沙发,余光看到站在房门前的苏母和苏在在,一眼就看到苏在在身上的伤口。他的脸色沉了下来,问道:"怎么回事?"

苏母:"摔了。"

一瞬间,苏在在觉得救星来了。

她怎么能请假!请假怎么见让让!

爸爸一定会说妈妈大惊小怪的!

苏父拧了眉,盯着苏在在身上的伤口:"去医院了吗?"

苏在在低眉顺眼:"去了。"

可没想到,苏父更夸张。

苏父转头看向苏母:"这样不用住院?这就回家了?"

苏母的表情有些忧愁:"我是想,想给她请几天假。"

闻言,苏父一脸反对:"几天哪够?请一周。"

苏在在:"……"

看到苏母已经拿起手机准备打电话了。

苏在在有些着急地喊:"不用请吧……"

听到她的话,苏父和苏母望了过来。

苏在在捏了把汗:"就看起来伤口多,但没多严重。"

她磨了半天,终于得到两人的同意。

但苏父说周日要送她去学校。

苏在在又磨了半天,终于让他打消了这个念头。

吃完饭后,她回到房间。拿起手机,点开和张陆让的对话框,里面依然只有上午他发来的两个字。

——开门。

苏在在弯了弯唇,手指飞快地在上面敲打着:让让。

103

那边没回应。

苏在在想了想,撇着嘴重新打:张陆让。

张陆让:?

苏在在:明天我怎么去学校?

张陆让:……

苏在在:怎么去?

张陆让:你几点出门?

苏在在在心里偷笑。

却又装作听不懂的样子:你想跟我一起去啊?

张陆让:嗯。

苏在在忍住打滚的冲动:那15点车站见吧。

张陆让:好。

过了一会儿。

苏在在继续问:让让,果冻好吃吗?

其实她也没想过他会回复,毕竟"让让"那两个字在那儿。今天大概是自己的哭声把他吓到了,不然按他那坚贞不屈的态度,绝对不会应的。

现在……大概也会直接忽略吧。

发完之后,她就丢开手机,准备去洗澡。

在衣柜里翻衣服的时候,苏在在听到后头的手机响了声,她回头看了一眼。

……让让吗?

虽然可能性不大,苏在在还是抱着期待走了过去,她点亮了手机。如她所愿,是她想到的人。

"嗯。"他说。

苏在在的胸口一阵酥麻。

像是被他隔空放了电。

周日。

苏在在走到玄关处,看了看自己的运动鞋。她不敢穿袜子,直接穿了拖鞋就出门。

出了楼下的大门,她一下子就看到站在一旁的张陆让。

苏在在走了过去:"让让。"

听到声音,张陆让转过头,下意识地伸手,想接过她手中的东西。

苏在在将袋子塞入他的怀里,好奇地问:"你怎么知道是要给你的?"

"……"他不知道。

"你看看呀。"苏在在催促他。

张陆让犹疑地看着她。

袋子有些沉。

他打开一看。

六排果冻。

"你不是说好吃吗,我把我的存货都给你。"

"……"

"有没有感觉我对你至高无上的宠爱。"

"……"

苏在在走路的速度有点儿慢,张陆让也放慢了步子。她的话尤其多,像是一辈子都说不完。

"跟我当朋友是不是很幸福,我能把你宠得没有生活自理能力呢!"

张陆让:"……好好走路。"

"让让,你住哪儿呀?"

"……"

"张陆让。"

"就这小区。"张陆让随口道。

苏在在:"我的意思是,哪栋哪单元。"

两人走出了小区。

张陆让想蒙混也蒙混不过去,只能答:"25栋。"

苏在在有些不高兴了。

他问的问题,自己全部一字不落地回答他。而问他的时候,还要一点一点地挤出来。

"哪个单元?"

苏在在突然反应过来:"25栋?那不是独栋吗?"

105

"嗯。"

张陆让拦了辆的士,对着她说:"走吧。"

苏在在有点儿蒙,但还是乖乖地上了车。

除了一开始张陆让对司机报了目的地,两人没再说话。

苏在在这么安静,张陆让以为她睡着了。

他转头,恰好撞上她的视线。

苏在在舔了舔唇,终于开了口。

"你是个有钱的让让。"

张陆让:"……"

6.

> 一步一步,
> 突然跨了一大步。
> 好满足。
>
> ——《苏在在小仙女的日记本》

张陆让别过头,没理她。

苏在在死皮赖脸地凑上去,跟他聊天:"让让,你一个星期的生活费有多少呀?"

张陆让正想开口。

眼前的苏在在一脸好奇,继续道:"我想知道有钱人的世界是怎样的。"

"……"他突然不想说了。

随后,她开始掰着手指算:"如果不算压岁钱的话,我现在有两百四十七块五。"

张陆让:"……"

"平时我吃饭才用一百,剩下的……"

还没说完,她突然注意到张陆让的表情。

苏在在皱眉,改了口:"让让,你不能这样。"

突然被指责,张陆让有些愣了:"什么?"

"现在是二十一世纪了,你不能还有'阶级意识'这种东西。"

"……"

"如果你现在敢嫌弃我……"

张陆让静静地看着她,等待着接下来的话。

苏在在想了想,决定威胁他:"以后我当上大老板了,咱们就断绝来往吧。"

张陆让收回了眼,沉声道:"现在就断。"

苏在在:"……我跟你开玩笑呢。"

过了一会儿,苏在在换了个说法:"以后我会赚很多很多的钱。"

"……"

她嬉皮笑脸地说:"然后全部用来给你买果冻。"

全部。

闻言,张陆让转头看向窗外。

烈日炎炎,路过的街道人头攒动。景色飞快地向后移动着。

张陆让不知道该说什么。心跳漏了一拍,他回不过神。

他没回答。

没等到他的回应,苏在在干脆换了个话题:"你一直住在菁华吗?我初中就住在这儿了呀,没见过你。"

菁华是两个人住的小区。

"不是。"他回过神,淡声说。

苏在在"哦"了一声,继续没皮没脸地开口:"你是因为我住在这里,所以才搬过来的吗?"

张陆让:"……"

"那我跟你说,我周末一般都不出门。"

"……"

"如果你要跟我偶遇的话,可以提前跟我说一声。"

"……"

张陆让不想理她。他从书包里拿出手机,插上耳机,戴上,然后靠在椅背上,闭目养神。

借此机会,苏在在毫不掩饰地盯着他看了10分钟。注意到他眼皮动了

107

动,她才立刻收回了眼。

苏在在向前探了探身子,问司机:"阿叔,开到Z中要多少钱?"

司机想了想,说:"大概五十吧。"

她突然有点儿心痛。

坐公交车才三块钱,两个人加起来也才六块钱。

苏在在想了想,说:"那阿叔,一会儿到了的时候……"

"苏在在。"

听到喊声,苏在在下意识地转过头。

张陆让耳朵上的耳机不知道什么时候被摘下来了。他皱着眉,低斥:"别影响司机开车。"

"哦。"苏在在缩回了身子,坐好。

车里恢复一片宁静。

苏在在百无聊赖地拿出手机玩了起来。

一旁的张陆让没再戴上耳机,心情有些烦躁。

……刚刚语气太重了吗?

他犹豫着、思考着怎么开口,还没来得及说话。

苏在在突然有些好奇,转头问张陆让:"让让,你微信给我备注的什么?"

张陆让心下一松。他手里攥着手机,抬了抬眼,认真地答道:"苏在在。"

苏在在沉默了下,然后说:"你把我改成'仙女在',怎么样?"

张陆让:"……"

"我给你备注的'让让'呢。"

"……"

苏在在义正词严地说:"关系好就得彼此有爱称嘛。"

张陆让忍无可忍:"苏在在。"

苏在在连忙凑过去,应了声:"仙女在!"

"……"随便她吧。

张陆让沉默下来,苏在在也没再说话。他转头,见她低头摆弄着手机。

再度来临的安静让张陆让有些压抑。

他叹息了声。

然后把手机递给她,低声道:"要改自己改。"

苏在在没接，嘴角扬着笑，说："不改了。"

随后，她举起手机，给他看。

是他的资料卡。

备注赫然显示着——

张让让。

张陆让："……"

张让让。

苏在在。

她一个人的小心思。

就算他不懂，也想给他看到。

车开到了学校门口。

张陆让付完钱后，两人一前一后地下了车。

苏在在站在他旁边，突然说："让让，你手机借我下。"

两人并肩走着。

闻言，张陆让看了她一眼，从口袋里把手机拿出来，递给她。

苏在在拿起自己的手机，给他微信转了五百块，然后点亮他的手机。

没密码。

苏在在直接点开了微信，聊天记录那儿只有几个人。

苏在在、舅舅、爸、阿礼……

苏在在没再往下看，戳进和自己的对话框里，点击"确认收款"。弄好后，她才松了口气，把手机还给他。

张陆让接回手机，下意识地垂头看了一眼，注意到转账的数目，他拧了眉。转头看她。

苏在在笑嘻嘻的，毫不心虚："怎么样？感受到我的宠爱了吗？"

张陆让抿着唇，没说话。

"提前让你感受一下我当大老板的时候，你是什么待遇。"

张陆让："……"

说完之后，苏在在再度提醒他。

"所以你千万别跟我绝交，会很吃亏的。"

他站在她的旁边，忽然有些疲惫。

"苏在在。"

"啊？"

"正常点儿。"

"……哦。"

张陆让低头摆弄着手机，点开支付宝，点击"转账"。回忆着她的手机号，输入进去。注意到后面的实名是"在在"，他直接将钱转了回去。

手机响了一声，苏在在低头看了一眼，随后转头，愣愣地看着他。

张陆让也看了过来。

突然怕她不高兴。

张陆让开了口："苏在在。"

"啊？"

张陆让的嘴角弯了弯，半开玩笑。

"你的朋友很有钱。"

苏在在更蒙了，她的反应让张陆让的表情变得有些不自然。

半分钟后，苏在在才小声地"哦"了一声。

……他跟她开玩笑了。

而且还第一次承认了，是她的朋友。

就算离她想要的答案少了个字……

苏在在突然低下头，心怦怦直跳。

两人走进了教学楼。

张陆让半扶着苏在在，上了五楼。送到了门口，他才转身，往回走。

后头的人突然开口喊他："让让。"

他脚步一顿，犹豫了一下，还是回了头。

随后，听到她说："我现在脚不方便，不能去三楼找你了。"

张陆让淡淡地点了点头。

正想转头继续走的时候，身后的苏在在厚颜无耻地补充道："那你就来五楼找我吧。"

第四章
Chapter 4

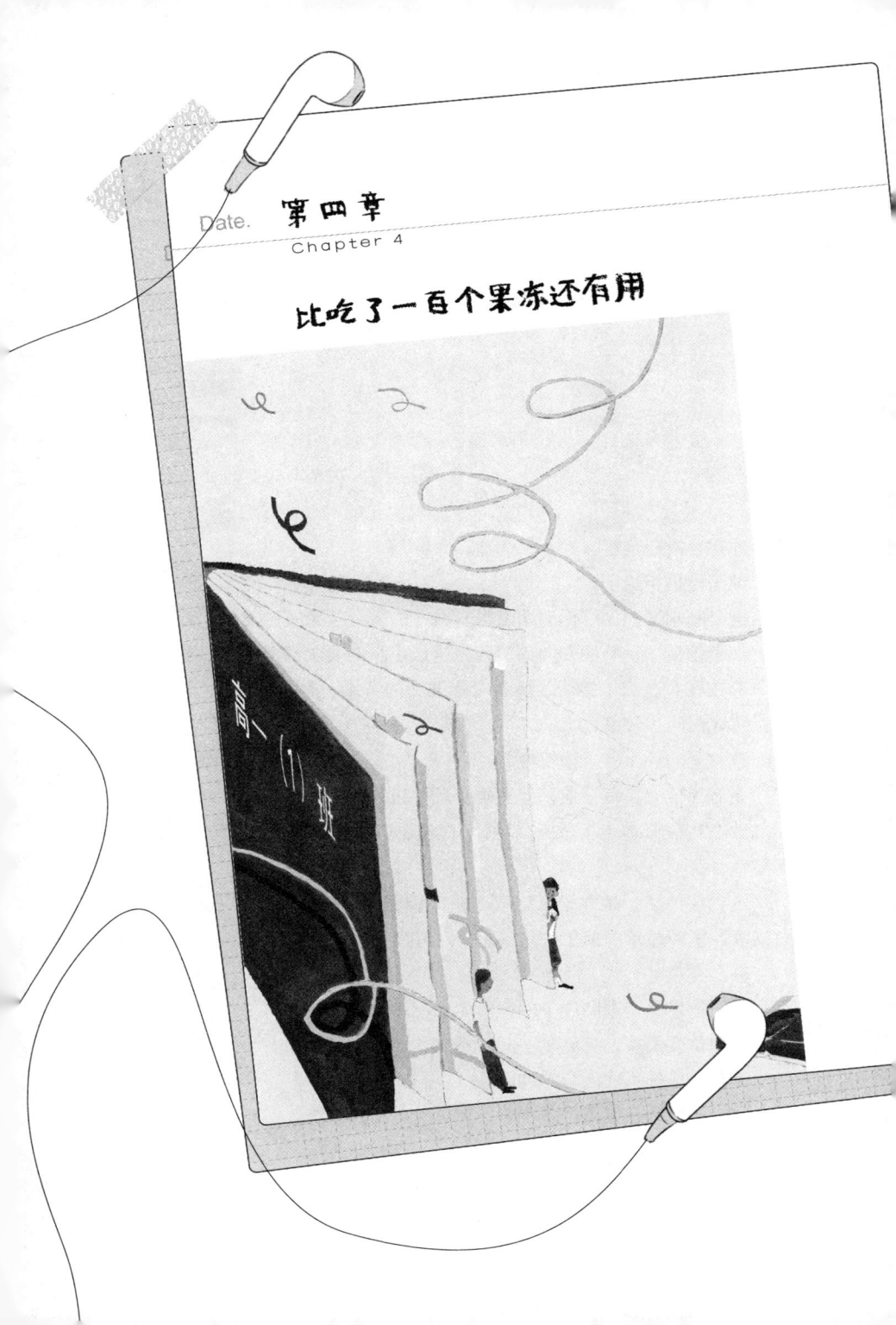

比吃了一百个果冻还有用

1.

只想对他好。

——《苏在在小仙女的日记本》

苏在在被拒绝了。

她居然被拒绝了。

一个刚刚还在说"你的朋友很有钱"的人,拒绝了她。

一个承认了是她朋友的人,连她这点小小的要求都拒绝了。

苏在在有些难以接受,她看着张陆让的背影,在原地站了一会儿,然后忧伤地走回了教室。

教室里人还不多,很安静。

要么正低着头写作业,要么垂头玩手机。

苏在在慢慢地走了过去,动作有些蹒跚,不过倒是没有人注意到她的不妥。

走到座位后,她才松了口气。从口袋里拿出手机,打开了跟张陆让的对话框。里面显示的最后一句话是,对方发来的一个"嗯"。

苏在在莫名火大。

平时就老是"嗯嗯嗯"的,一句话都不愿意多说。

一到重要关头,就立刻——"不来。"

苏在在压抑不住内心的冲动。

手指飞快地在键盘上敲打着,重重地敲出三个字。

——张陆让。

那头没有立刻回复。

苏在在觉得自己是时候该爆发一下了,不然就算以后跟他在一起了也会被他压得死死的。

想了想,她继续输入。

——我发誓,我再找你我就是吃狗屎长大的。

发送成功后,那边立刻回复了:……

他的回复,就像是让苏在在隔空感受到了他的气息。

……瞬间后悔。

另外一头的张陆让也在犹豫着怎么回复。

她看起来好像很生气的样子……

还没等他想好。

那头又发来一句话。

苏在在:我饿了。

张陆让顿了顿,想不通她为什么情绪能变得那么快。

但还是抿着唇在对话框里输入:你想吃什么?

他还没发出去,手机再次振动了一下。

苏在在:有狗屎吗?

张陆让:"……"

他真的不懂苏在在每天到底都在想些什么。

张陆让把刚刚打的字一一删掉。

随后认认真真地敲打了六个字上去。

——没有。好好吃饭。

苏在在:"……"

张陆让不来。

苏在在只能拖着满身的伤痕出了教室。

她没辙。

山不来就我,我便去就山。

追男人就是要有这样的毅力。

后头的姜佳抬头看了她一眼,摇着头叹息:"身残志坚。"

苏在在慢慢地往前走,路过办公室,刚想转弯下楼梯,立刻注意到了

113

从楼下往上走的张陆让。

张陆让也看到她了,他的脚步一顿,很快就再次抬起脚,向上走。

苏在在停下了动作,嘴角扬起一个大大的笑容。

"让让,你来五楼干吗呀?"她明知故问。

张陆让看了她一眼,然后回答:"找班主任。"

苏在在厚着脸皮接话:"我什么时候改名叫作班主任了?"

张陆让:"……"

"而且陈老师不在啊,她周末不值班的。"

闻言,张陆让立刻停下了脚步。

"嗯。"然后转身走。

苏在在立刻蹦跶几下跟上他。

听到身后的动静,张陆让还是忍不住回了头:"苏在在。"

苏在在下意识地停了下来:"啊?"

他沉默了下,说:"我会过来的。"

苏在在还没反应过来,就听到他继续说:"就这个时间。"

随后,他叹息了一声,又道:"别乱跑。"

苏在在乖乖地"哦"了一声。

她想问。

你是不是吃了我的果冻之后,才跟我说的话。

也不对。

威力没那么大。

她想知道。

为什么你只说了三句话。

却比我吃了一百个果冻还有用。

周一下午出了期中考试的成绩。

苏在在从宿舍回到教室的时候,匆匆地看了一眼。

去掉理综,总成绩还是不错的。

苏在在挺满意。

第一节晚修结束,苏在在立刻往门外跑,站在楼梯口等张陆让。很快,他的身影就出现在了苏在在的视野当中。

苏在在清脆地喊了声:"让让。"

张陆让抬眼看她,低低地应了声。

两人走到一旁。

他看起来心情好像不是很好。

苏在在眨了眨眼,直接问:"你心情不好吗?"

"没有。"他答。

"那你吃果冻了吗?"

"……"

"吃了吗?"

"……嗯。"

"吃果冻也没用?"

张陆让沉默了一下,还是点了点头。

"你真是不容易满足。"苏在在指责他。

张陆让:"……"

苏在在犹豫了下,说:"那我给你讲个笑话吧,我之前在网上看到的。"

"……"

苏在在清了清嗓子,开始说:"刘备的的卢马脱了缰,跑向悬崖。看到这个状况,张飞急得大喊'大哥,你快勒马'!"

提到这个,苏在在突然停了下来,比画着说:"'勒'就是'勒索'的那个'勒'。"

张陆让沉默着没说话,静静地看着她。

苏在在想到后面,边笑边说:"然后刘备就生气地骂道:'我一点都不快"勒"!'"

张陆让面无表情。

"哈哈哈,笑死我了,每次想到都觉得好笑。"

没等到他的回应,苏在在停下了笑声,纳闷地说:"不好笑吗?"

他还是没说话。

苏在在又问了一遍,一脸苦相:"真不好笑?"

过了一会儿。

她这副模样反倒像是逗笑了张陆让。

本来还有些阴郁的情绪瞬间一扫而光。

他低笑了声。

铃声响了起来。

与此同时，他从嘴里吐出了一个字。

"傻。"

他的话里全是笑意。

周二晚修第一节下课。

苏在在考虑了很久，每天就 10 分钟，对她来说太吃亏了。以前下课再加上下午的阅览室时间，再怎么着一天也能见他一个半小时吧。

现在才 10 分钟！

苏在在决定跟他谈谈。她思考了下，然后问："我下午去阅览室跟你一起学习好不好？"

"不。"他立刻拒绝。

"可我如果下午不去阅览室，我就会忍不住回宿舍。"

张陆让漫不经心地答："那就回。"

"你看这儿离宿舍那么远，我一来一回一个星期……"

他望了过来。

苏在在一脸凝重："好吧，那你记得来替我收尸。"

张陆让："……"

一片宁静。

张陆让先忍不住："你太夸张了。"

苏在在瞪大了眼，控诉他："你觉得走点儿路没关系，那为什么让我别乱跑。"

张陆让："……"

苏在在突然反应过来，她垂着头，神情似乎有些后悔。

"我懂了，你已经在我身上拿到了你想要的东西了。"

"……"

"你利用完我就跑，你过河拆桥。"

"……什么？"

苏在在下了个结论："我把果冻都给你了，所以你现在不需要我了。"

张陆让："……别犯病。"

见她不说话了。

张陆让垂眼看她，立刻妥协："17点半。"

听到这话，苏在在开了口。

"让让。"

"嗯。"

"你真疼我。"

"……"

"我决定再给你买六排果冻。"

张陆让："……"

11月上旬。

一夜之间，冷风席卷而来。

张陆让一起床就觉得喉咙发痒，到下午的时候，就已经开始咳嗽了。他犹豫了一下，还是决定下午回宿舍睡一会儿。

趁下课时间，他到九班去找苏在在。

苏在在从教室里走出来。见他精神不太好，她轻声问："你生病了？"

张陆让没回答，直接说："我下午不去阅览室了。"

"哦。"苏在在没再问。

把话递到了，张陆让便转身往回走。

后头的苏在在再度喊他，语气里带了些怜爱："病美人。"

张陆让："……"

他一点儿都不想回头。

但苏在在似乎也不需要他回头，很快她就继续说道："回宿舍记得看手机。"

张陆让是被舍友叫醒的，他的脑袋还有些昏沉。站了起来，去厕所里洗了把脸便准备回班里。他的脑子里一片空白，却莫名地想起苏在在的话。

——"回宿舍记得看手机。"

张陆让折回了柜子旁，拿起手机看了一眼。

——那些都是我给的。

没头没脑的一句话。

他有些莫名其妙地回了句：什么？

那头没回复。

张陆让也没在意，把手机放了回去，然后背起书包走出了宿舍。过了一会儿，他又走了回来，把手机从柜子里拿出来，放进口袋里。

回了教室。

张陆让的椅子上放着一张棕色的小毛毯，桌子上是热水瓶，还有一袋药。打开袋子，里面的其中一个药盒上贴着一张便利贴。

上面写着一句话。

——在总的宠爱。

2.

感觉有些不一样了。

但这感觉，真的太好。

——《苏在在小仙女的日记本》

苏在在坐到座位上，满脸惆怅："美人一生病，看起来就柔柔弱弱的，让人心生怜爱之情。"

姜佳："……你放好了？"

苏在在点点头，有些担心："那毛毯是不是太薄了？"

"啊？还好吧。现在也没多冷，足够了。"

"不知道水对他来说会不会太烫，我倒在手上试了一下，好像还好。"

姜佳还在很认真地回答她："倒在手中觉得还好那就应该不会太烫吧。"

"买的药会不会少了？可学校附近的药店就只有那些。"

"……"

"要不我把我宿舍的被子带给他吧。"

姜佳忍不住扶额:"苏在在,张陆让是你儿子吧……"

苏在在瞪大了眼:"当然不是。"而后继续道:"不过我可以帮他生儿子。"

姜佳:"……"

另外一边,张陆让伸手捏住那张字条,稍稍一扯,落到他的指尖。他看着字条上的内容,有些无言以对。随后,他垂下头,盯着椅子上的那张小毛毯。

犹豫了一下,他拿了起来,看了看墙上挂的时钟,已经快18点半了。

张陆让只能叠好放在腿上,坐了下来。他从口袋里拿出手机。一看,已经收到了回复。

苏在在:看到了吗?看到了吗?!

张陆让低头咳嗽了两声,才回道:嗯。

他正想问买药花了多少钱的时候。

苏在在再度道:别跟在总提钱,在总有的是钱。

苏在在:在总的钱都是你的,别跟在总计较那么多。

张陆让:"……"

他真的不知道该怎么回复。

张陆让想了很久,还是决定不回复了。

晚修的铃声刚好响起。

张陆让把手机放进抽屉里。

过了一会儿。

他挠了挠头,再次从抽屉里拿出手机。

看到她又发来两条消息。

——让让。

——不要生病呀。

张陆让盯着那两条消息。直到周徐引拍了拍他的肩膀,示意他老师来了,他才反应过来,把手机塞进了抽屉里。

张陆让拿起笔开始写作业。笔尖一直停着,没有动弹。

几分钟后。

他再度拆开那个袋子,拿了一盒感冒药出来,就着热水瓶里的温水,

119

吃了两颗药。吃完之后，他点亮手机，回复：嗯。

周四，苏在在突然发现自己正常点儿走路好像也不疼，只要伤口不接触到东西，基本没什么感觉了。
下午两个人从阅览室回来的时候，苏在在直接跟他提："我的脚不疼了。"
张陆让低头扫了一眼她的脚，应了声："嗯。"
"所以以后我去找你就行啦。"
张陆让愣了一下，没回答。
没得到他的回应，苏在在凑过去，厚着脸皮问他："那我能去你们班找你吗？"
张陆让没怎么犹豫，直接点头。
苏在在高兴得几乎要跳起来："什么时候都可以？"
张陆让思考了下："除了上课的时候。"
"既然你这样。"
"嗯？"
苏在在厚颜无耻地说："那我也同意你能过来找我。"
不过张陆让好像没觉得不妥，他认认真真地"嗯"了一声。
这样的反应，倒让苏在在有些不好意思。
苏在在扯到别的话题上：
"之前姜佳跟我说，一班有两个男生长得特别好看。"
"嗯。"他漫不经心地应了声。
"一个是你，另外一个是周徐引，你同桌。"
闻言，张陆让转头看她。
苏在在没注意到他的视线，继续道："我昨天去给你送东西的时候看到他……"
他怎么能跟你相提并论呢！
长得还没你的一根头发丝好看！
她这两句话还没说出口。
张陆让就开口道："苏在在。"
突然被打断，苏在在蒙蒙道："啊？"

他的表情变得隐晦不明:"脚还没好就别乱跑。"

莫名受到这样的指责。

苏在在无辜道:"差不多好了呀。"

张陆让抓了抓头发,垂着头。

不知道在想些什么。

苏在在嬉皮笑脸地扯话:"你不让我乱跑,那你来找我啊?"

"好。"他立刻答。

苏在在没反应过来。

张陆让眼神有些不自然,他下意识地别过了眼,问她:"你明天怎么回家?"

苏在在的思绪一下子就被他拉到这上面来。想了想,她答:"应该是跟姜佳一起去茂业大厦坐车吧。"

张陆让转头看她,轻声道:"打的回去吧。"

"……为什么?"

打的要五十块呢!她疯了吗?!

"人太多,会被踩到。"

苏在在低头,乖乖地"哦"了一声。

见状,张陆让垂眸看她,问:"不是说要教我骑单车?"

提到这个,苏在在有些兴奋:"对啊!什么时候?"

"那就快点儿好。"他说。

周五晚上,苏在在写完英语作业后,给张陆让发了条微信。

苏在在:让让。

苏在在:你明天要遛酥酥吗?

过了几分钟,张陆让才回复。

张陆让:嗯。

苏在在:什么时候呀?

张陆让:……

等了几分钟,也没等到他再说话。

121

苏在在不敢相信。

他们现在也算是经历过风雨的关系了,怎么每次他的第一反应就想着拒绝她。

苏在在怒了,放了狠话:你不告诉我,我现在就出门去你家门外等。

苏在在:我明天7点出门,给你跟我偶遇的机会。

张陆让:……

见他这样,苏在在直接丢开手机,将自己埋入被子中。她觉得自己这样一点儿都不好,比之前更讨人厌。

一被拒绝就想生气。

可她明明就没有任何立场去生他的气。

过了一会儿,手机再度响起。

苏在在磨磨蹭蹭地挪过去,拿起手机,锁屏上亮着一句话。

——吃完早餐再出来。

苏在在揉了揉眼睛,慢慢地回复:家里没吃的。

随后,她盯着上面的那句"对方正在输入中……"。

默数着。

1、2、3……

5秒后。

手机响了一声。

——我买给你。

苏在在的坏心情一扫而光,手指在屏幕上点了起来。

苏在在:我想吃菁华旁边那家面包店的红豆包。

张陆让:好。

她忍不住在床上滚了一圈,然后得寸进尺:我想跟你一起吃。

张陆让回得很快。

——好。

隔天一早,苏在在7点准时出了门。她走进电梯里,给张陆让发微信。

苏在在:让让,你在哪儿?

张陆让:你家楼下。

苏在在在原地傻笑。过了几分钟，才发现自己没按楼层键。她眨了眨眼，立刻戳了戳数字"1"键。

出了楼下的大门。

张陆让站在不远处的树荫下。一只手提着一个袋子，另外一只手拿着一条黑色的狗绳。见到她下来了，他对着远处喊了声："酥酥，回来。"

与此同时，一人一狗向他蹦跶了过来。

苏在在厚颜无耻地应道："我来啦。"

脚边的酥酥也"汪"了声。

张陆让："……"

他弯下腰，给酥酥扣上了狗绳。

看着那只萌化了的萨摩耶犬，苏在在问："我能牵它吗？"

张陆让毫不犹豫："不能。"

苏在在蒙了，以为自己听错了，但她还是放低了要求，说："那我能摸摸它吗？"

"不能。"

这下她能确定刚刚自己没有听错了。连着被拒绝了两次，苏在在炸了："你家养的狗是国宝吗！摸一下也不行！"

她突然升高的语调让张陆让愣了一下。

很快他就说："它对陌生人凶。"

苏在在哼唧了声，道："我会怕吗？"

沉默了片刻。

张陆让才开了口："嗯。"

苏在在："……"

"它可能会咬你。"

"那算了，你让它走远点儿。"

"……"

苏在在还是有点儿怕。

想了想，她提心吊胆地威胁：

"它咬我，我就咬你。"

123

苏在在没有别的意思。

主要是她还没想到别的意思。

但张陆让的耳根,莫名地烧了起来。

像是一簇火。

3.

哈哈哈哈,好可爱。

——《苏在在小仙女的日记本》

苏在在说完之后,也觉得不太好。

她想了想,补充道:"……的狗。"

闻言,张陆让耳根的热度渐消,转头看她,眼里毫无情绪。

苏在在怕他没听懂,重复道:"如果你的狗咬我,我就咬回去,咬你的狗。"

张陆让:"……"

沉默了一瞬。

张陆让把手上的袋子塞进她的手里,沉声道:"吃完就回去。"

闻言,苏在在有些不高兴,低声嘟囔着:"我这么早起的目的又不是为了吃早餐。"

"什么?"他没听清。

她没说话,安安静静地解开了那个袋子。

看着里面的东西。

三个红豆包,两块烤吐司,两瓶纯牛奶。

说话的工夫,两人走到小区的一块草坪上。

张陆让蹲下身子,给酥酥解开了狗绳。

苏在在的视线跟随着它,看着它一下子跑到很远。

随后,两人走到树荫下的石椅上坐下。苏在在拿起一瓶牛奶,将吸管插好,献宝似的递给他。

张陆让看了她一眼,接了过来。

看着里头的面包,苏在在抓了抓头发,满脸纠结。

"让让,你吃两个红豆包,一块烤吐司能饱吗?"她问。

张陆让点了点头。

"那一个红豆包,一块烤吐司呢?"

"嗯。"

苏在在不厌其烦地继续问:"如果只有一块烤吐司呢?"

"……嗯。"

听到他肯定的回答,苏在在愉快地做了决定。

"那你就只吃一块烤吐司吧。"

张陆让:"……"

苏在在没有注意到他的反应,暗自想着:这个量,如果她吃慢点儿,估计能吃到中午12点,而且不能只顾着吃,还要说话,这样才能最大限度地放慢速度。

苏在在思考了下,说:"我给你讲个笑话吧,我在网上看到的。"

"……"他不想听。

苏在在也不管他想不想听,直接开口:"期中考试班里很多人考砸,老师怒道:'填空题白送的40分,居然有人考10分、20分?10分到20分的全都给我站起来,把卷子抄10遍!'"

张陆让照旧面无表情,垂着头咬着吐司。

"有个同学就庆幸地说:'好险,我21分。'然后另外一个同学开了口,说:'我也好险,我9分。'"

苏在在说完之后立刻笑出声来。

张陆让毫无反应。

这下苏在在也无语了:"这次也不好笑?"

张陆让顿了顿,才应道:"嗯。"

笑点极低的苏在在开始恼羞成怒,指责他:"你别光顾着吃。"

"……"

"你是不是觉得你吃完了之后,我就会分一点儿给你?"

张陆让刚想否认,就听到她继续说:"想都别想。"

"……"

撒完泼后,苏在在秒怂,连忙递了个红豆包过去:"我当然不可能只分你一点儿,我那么宠你,怎么可能那样对你。"

张陆让:"……"

见他似乎没有拿过去的欲望,苏在在直接将红豆包塞进他的手里。

她突然想起一件事情,问道:"让让,你分科还是要选理科吗?"

张陆让拿着那个红豆包,没动,而后漫不经心地回道:"嗯。"

苏在在有些失望地"哦"了一声。

张陆让侧头看了她一眼:"好好学习。"

不知道他为什么突然说这个,但苏在在还是觉得她很有必要为自己辩解一下。

"我一直在好好学习。"

张陆让没说话。

苏在在忍不住继续为自己说好话:"我这次加上理综成绩还不错哦!"

选文科的话,她肯定能进文科实验班。

闻言,张陆让皱了皱眉。

"张陆让,你不能打击我。如果你不哄我,我估计会一蹶不振,就此颓废下去,并且再也无法变回那个霸道自信的在总,也无法变回那个美丽可爱的在在小仙女。"

张陆让完全不知道该说什么,憋了半天也只憋出了一句:"正常点儿。"

"选吧,哄我和失去我,选哪个?"

"……"

"快选。"

张陆让抓了抓头发,妥协道:"……怎么哄?"

苏在在想了想,嬉皮笑脸道:"你问我,我是谁。"

看着她,张陆让有些犹豫,还是问了:"你是谁。"

"我在在'辣'。"她笑得眼角弯弯,说话的尾音还特地拖长。

张陆让:"……"

过了一会儿,苏在在问:"你是谁。"

"……"张陆让觉得自己快崩溃了。

看到苏在在期待的眼神,他垂下了眼,眼底全是挫败。很快,他的唇轻启,一板一眼地吐出了四个字。

"我让让'辣'。"

这四个字大概能让苏在在的好心情保持1个月,她决定不浪费他那么多时间了。苏在在加快了吃早餐的速度。

余光注意到她快吃完了,张陆让把酥酥喊了回来,给它扣上了狗绳。

苏在在嘴角翘得老高,盯着他,也不说话。

张陆让挪开了眼,冷声道:"回家。"

"你生气啦?"苏在在凑了过去。

他没说话。

"不觉得那样的对话很可爱吗?"苏在在问。

张陆让的下颌僵硬,嘴角平直成线:"不。"

"那你为什么要说?"

"……"

"你说了你还不高兴。"

"……"

"然后我又得哄。"

"……"

苏在在叹了口气,说:"你哄我一句,我得哄你十句。"

他忍无可忍,终于开了口:"没生气。"

苏在在逗够了,扯到别的话题上:"你平时不在家的时候,是你爸妈照顾酥酥的吗?"

张陆让的脚步一顿,慢慢地回答:"不是。"

原本以为一定是肯定答案的苏在在愣了。

"啊?"

"……"

"那、那谁照顾它?"

张陆让轻声答:"我舅舅。"

"哦。"苏在在没再问。

过了一会儿。

苏在在把话题转到别的上面:"让让,我想养狗。"

他皱眉,沉声道:"别养。"

苏在在蒙了:"为什么?"

他看着她,认真地说:"怕你咬它。"

4.

纪念一下,今天光棍儿节。

他刚好把我拉黑了。

——《苏在在小仙女的日记本》

到家后。

苏在在回到房间,看了看手机。

7点40分。

不久后,苏在在在房间里听到了苏父苏母起床的动静。她在床上打了个滚。

想起刚刚张陆让的话,苏在在立刻被气笑了。

不过想起那四个字,苏在在还是决定原谅他。她把自己裹入被子中。想了想,还是给张陆让发了条微信。

苏在在:让让,你明天怎么去学校?

过了好一会儿,张陆让才回复。

——我舅舅开车送我去。

苏在在:你平时都是你舅舅送去的?

张陆让:嗯。

苏在在:那你上次为什么坐公交车?

张陆让:他出差了。

苏在在盯着屏幕上的内容,有些失神。

不知道他为什么不跟父母一起住。

他好像不想说。

那她就不问。

苏在在没再回复，出了房门。她走到客厅，坐到苏父的旁边，说："爸，我想养狗。"

苏父手指一顿，给她倒了杯水："喝杯水冷静一下。"

"我真想养。"苏在在直接拒绝了他的水，"不需要冷静。"

过了一会儿，苏母从厕所里出来。她扫了他们两个一眼："你们两个说什么呢？"

"女儿啊，要冷静。"苏父急得抓耳挠腮。

可这样的话完全阻拦不了她，苏在在立刻开了口："妈，我想养狗。"

苏母愣了下，随后眉开眼笑："乖女儿，真巧，我也想。"

苏父："……"

苏在在一下子兴奋起来，继续道："我想养萨摩耶！"

"不养萨摩耶。"苏母道。

苏在在有点儿小失望："那养什么？"

"柯基。"

苏在在立刻反对："不行！怎么能养柯基！我早上带它出门遛圈，说不定到晚上才走到楼下！"

苏母没理她，转头看向苏父："老苏，别看了，上班了。"

苏在在凑过去，讨好道："妈，养萨摩耶不好吗？微笑天使呢！"

苏母瞟了她一眼，慢悠悠地说："要么养柯基，要么不养。"

"……"苏在在立刻妥协，"那就柯基吧。"

用小短腿来衬托她的长腿也好。

苏父苏母出门后，苏在在也回了房间。她拿起手机，刚想跟张陆让说她要养狗了，就看到他发来一条消息。

跟他上一条消息间隔了5分钟。

——我可以自己去。

苏在在有些莫名其妙。

129

让让想说什么?

跟她炫耀他有多厉害,能一个人去学校吗?

苏在在无言以对,但还是决定顺着他来。

她也很骄傲地回复道:我也能自己一个人去学校,我从小学三年级开始就不用父母接送了呢!是不是跟你一样勇敢。

发送成功后,苏在在盯着手机,期待着张陆让的回复。

过了好一阵子。

苏在在等得快要睡着了,眼睛不受控制地合上。睡意蒙眬之际,她听到了手机响了两声,却挣脱不开困意的"拉扯",直坠一片黑暗之中。

再醒来的时候,苏在在下意识地点亮了手机。解锁后,映入眼中的还是她和张陆让的聊天对话框。

"zlr"撤回了一条消息。

"zlr"撤回了一条消息。

——嗯。

苏在在一脸蒙,连忙问他:你撤回了什么?还两句。

张陆让:没什么。

苏在在懊恼地爬了起来,盘腿坐在床上。用手机托着下巴,想了半天也想不出有什么方法能让他把那两句话吐出来。

她急了,指责道:敢做不敢当!

张陆让:……

苏在在:你不告诉我,我就……

苏在在抓了抓头发,几乎要跪下:我求你了。

另外一头。

张陆让看到她的话,有些无奈。他放下手中的笔,认真地回复。

——真的没什么。

这好奇心就被他吊着,不上不下。

苏在在抿着唇,莫名燃起了火气。

苏在在：哥哥。

苏在在：我没想过你是这样的人。

苏在在：我跟你说，你不告诉我，我一天都过不好。

苏在在：吃不好睡不好学习也学不好，我大概是个废人了。

张陆让：……

见他又发省略号，苏在在更气了。

没看到她在生气吗！不知道这样是火上浇油吗！她正想继续指责他，突然注意到刚刚自己发的话。

最上面两个字：

哥哥。

苏在在："……"

这该死的输入法，这该死的九键拼音。

苏在在立刻补救。

但越着急出错越多。

——不对，我要说的是哥哥啊！

——不是啊不是的！是哥哥！

那头又发来一个省略号。

苏在在深吸了口气，决定冷静下来，然后放慢速度，缓慢地打着"4、3、4、3"。看着上面显示的"哥哥""呵呵""喝喝"。

她仔仔细细地戳中那个"呵呵"。

确认正确无误之后，她松了口气，愉快地摁了下那个绿色的"发送"键。

意外的是，屏幕上显示着一句很长很长的话——

zlr 开启了朋友验证，你还不是他（她）朋友。请先发送朋友验证请求，对方验证通过后，才能聊天。

苏在在："……"

周末下午，张陆让回到班里。他正想起身去装水，一摸水瓶，却发现里头已经装满了水，而且还是温的。

不知道是谁帮忙打的。

张陆让犹豫了下，还是决定去饮水机旁重新装。他站了起来，刚想往

131

外走，苏在在的脑袋就从窗户外探了进来。

看到他到班里了，她笑弯了眼，清脆地喊着："让让。"

张陆让看了她一眼，没开口。

注意到他手里拿着水瓶，苏在在讨好般地开了口："温度不合适吗？我倒在手上试过了呀。"

张陆让收回了脚，重新坐回位置上。

苏在在也从外面走了进来，坐到他前面的位置。

张陆让拿起水瓶喝了一口水。

苏在在盯着他，轻声问道："你感冒好了吗？"

他低低地"嗯"了声。

过了一会儿。

苏在在纠结了半天，还是决定用愤怒的语气。她拍了拍他的桌子，怒道："你居然把我拉黑了。"

张陆让："……"

苏在在干脆直接不要脸了："你太过分了，我们的友谊太容易破裂了。我喊你哥哥怎么了，反正我肯定比你小。"

"……"

"就算你比我小，我看起来也比你小，我怎样都比你小，喊你哥哥怎么了？"

张陆让忍不住了，沉声道："那你会被我再拉黑一次。"

苏在在："……我跟你闹着玩呢。"

张陆让垂下头，提起笔开始写作业。

苏在在的心情瞬间低落，但还是硬着头皮道："那是输入法的锅，你不能推给我。"

"……"

"我又不是故意的，你那么生气干吗……"

"没生气。"他道。

苏在在单手托着腮帮子，闷闷地说："在总今天特地来给你装水，你还给在总脸色看，在总觉得很心塞。"

张陆让："……我没有。"

苏在在还想说些什么。

外头突然走进来一个女生。

她看到自己位置上的苏在在，脸立刻黑了。

叶真欣三步并作两步地走了过来，毫不客气地大喊道："你谁啊？能不能别乱坐别人的位置啊？烦不烦！"

苏在在突然被这样一吼，完全蒙了。她立刻站了起来，下意识地道歉。

叶真欣完全不顾她的示弱，满脸的火气，指着椅子道："给我擦干净，我最讨厌别人坐我的椅子了，恶心死了。"

周围的人望了过来。

苏在在被叶真欣这样激动的情绪搞得有些不知所措，但想想，好像也是自己没经过她的同意就碰了她的东西。

那就擦吧……

想清楚后，她"哦"了一声，然后转头看向张陆让："你能借我点儿纸巾不？"

张陆让没动，脑袋稍稍一偏，视线跟她对上。

沉默了一瞬后，张陆让开了口。

"苏在在，回去。"

苏在在眨了眨眼："你别赶我呀，我擦完就走。"

"我帮你擦。"他轻声道。

苏在在张了张嘴，想要拒绝。

她怎么可能让让让去擦别的女生的椅子！

除非让她死！

过了一会儿，张陆让看了她一眼，眼神带了点儿安抚，随后补充了一句："我晚点儿去找你。"

苏在在被他这个眼神电得晕乎乎的，忘了开口拒绝，她乖乖地点点头，出了一班。

见苏在在出了门，张陆让才起了身，他从讲台上拿了一块抹布，出门，走到厕所水龙头下洗干净。

叶真欣在后头喊他。

他像是没听到那般。

133

回教室后，看着已经坐在她自己位置上的叶真欣。

张陆让的眼神彻底冷了下来。他什么也没说，把抹布放了回去，便走回自己的位置上。

过了一会儿，叶真欣转过头来，轻轻地开口："我刚刚太激动了，不是故意的，应该不会吓到那个女生吧？"

想到苏在在刚刚被骂愣了的表情，他的火气莫名其妙地蹿到了顶端。

张陆让扯了扯嘴角，嗤笑了声：

"走开。"

5.

> 我也很漂亮。
>
> 成绩不错，也不算穷，性格也很好。
>
> 我配得上让让。
>
> ——《苏在在小仙女的日记本》

叶真欣愣了一下，像是没听清，又像是不可置信。她看着他，喃喃地问道："你说什么？"

张陆让倏地站了起来，椅子发出巨大的刺啦声，碰到后面的桌子上，还发出哐当的吵声。他没再理她，冷着脸往外走。

这么大的动静，周围的人再度看了过来。

叶真欣顿时觉得难堪到无地自容。她转回了身子，趴在了桌子上。

想到刚刚的画面。

那女生垂着头说着话。

对面的张陆让手里拿着笔，视线却一直放在她的身上。

一直看着她。

只看她。

叶真欣的眼泪"唰"的一下就下来了。

苏在在回到班里。

等了 10 分钟左右，张陆让的身影就出现在九班门口。

苏在在笑嘻嘻地跑到他的面前，站到他身前才发现他的表情不太好看。她唇边的笑意收了起来，有些不解。

"让让，你怎么了？"

张陆让垂眸，盯着她看，没开口。眼睛带着细细润润的水光，深邃又迷人。

苏在在想了想，立刻反应过来。她气得差点儿跳起来，说："那个女生骂你了？"

张陆让："……"

"怎么骂的？"

不知道她为什么是这样的反应，张陆让也瞬间有些无措。

坏心情一扫而光。

"没有。"他说。

"不过那个女生确实有点儿凶。"苏在在喃喃自语。

"……"

"其实这么说吧，要我去骂她我也有点儿怕。"

"……"

苏在在拍了拍他的肩膀，安抚道："你在这儿等着，我去给你争口气。"

张陆让无言以对，想了想才道："……你要做什么？"

她胡说一通，给自己打气："我跟你说，我骂人可牛了。"

注意到他怀疑的眼神，苏在在继续道："我刚刚就是不想理她，但欺负到我的人头上，我能有一百种折磨她的办法。"

张陆让愣了："什么人头？"

"……"

苏在在盯着他，也有些蒙，但很快就反应了过来，细声解释道："不是我的人头，是我的人的头上。"

说完之后又觉得不对劲，立刻改口："我朋友的头上。"

张陆让："……"

过了一会儿。

135

他叹息了声:"苏在在。"

"啊?"

"以后别过来了。"

闻言,苏在在原本振奋的心情就像是一个瞬间瘪了的气球。她的脑袋耷拉了下来,鞋尖无意识地摩擦着地面,发出沙沙的声响。

她"哦"了一声,声音低到了尘埃里。

不知道她的情绪为什么瞬间就低落了下来,张陆让张了张嘴,刚想补充点儿什么。

苏在在又开了口:"你是不是觉得我很烦人。"

她第一次开口问。

第一次忍不住。

尽管她知道,问出这个问题的她更烦人,却还是那么迫切地想知道答案。

苏在在不知道,她在张陆让心中到底是什么样的人。

是不是死皮赖脸的、缠人的、让人不耐烦到了极点的,这么一个人。

她不敢想。

那样多可怕啊。

所有的丑态,如果在他的眼里都被放大了,那该怎么办?

如果在张陆让的眼里,她是这个样子的。

那她,该怎么办?

苏在在突然有些后悔问了。

她立刻思考着要怎样才能自然地转移话题。

还没等她再开口。

张陆让皱着眉,立刻否认。

"不是。"

苏在在抬起了头,喃喃道:"不是吗?"

"不是。"他重复道。

听到这个答案,苏在在的精神头一下子就上来了。

她嘴角弯了起来,得寸进尺道:"一秒都没有吗?"

"没有。"

没有摸脖子。

他说的是真的。

苏在在真想跳起来给他个亲亲。

见她情绪不再低落,张陆让松了口气,但还是强调着:"一秒都没有。"

苏在在有底气了,立刻噼里啪啦地丢出一连串的话。

"你为什么要拉黑我?怕你不高兴我都不敢加回来。

"而且过去找你你也不跟我说话,就知道赶我走。

"现在连过去都不让我过去了。"

想了想,她掰着手指说:"你是不是觉得自己长得又高又帅,家里有钱,成绩好,就觉得自己特别了不起?"

张陆让真的完全不能理解她的脑回路。

"……我没有。"

"我跟你说,这真的……"没什么了不起的。

后面的话苏在在说不出口。

憋了半天,也实在说不出来。

她只能改了口:"我也不差好吗!我也很漂亮啊!"

张陆让眉角一抽:"……正常点儿。"

苏在在委屈地瞪大了眼:"我说我漂亮就是不正常了?"

"……"

"你平时说我不正常我都能忍,你在我夸了我自己漂亮之后,让我正常点儿,这个我绝对忍不了!"

"……"

"你怎么不在我夸你的时候说我不正常!"

张陆让妥协:"好,你很正常。"

"……"苏在在完全没有赢了的感觉。

沉默了一瞬后,苏在在再次问起那个让她耿耿于怀的问题:

"你为什么要拉黑我?"

张陆让犹豫了一下,很快就开了口:"我没拉黑,我就删掉了。"

没想到会得到这样的答案。

苏在在炸了:"那不一样吗!"

张陆让想解释,话到口中,却变成了:"我在跟你开玩笑。"

几秒后,苏在在才反应过来。

"你说把我删了是跟我开玩笑?"

她这样的反应让张陆让不知道是该点头还是摇头。

"谁教你的?"苏在在一脸蒙,"我跟你说,开玩笑是你删了我之后立刻就加回来了,这才叫开玩笑!"

"……"

"现在距离你删了我已经过了一天一夜了,你还没加回来。"

"我回去就……"

苏在在打断他:"张陆让,你伤了我的心。"

张陆让:"……"

"你得哄哄我。"苏在在说。

"……"

"这次比上次简单,别怕。"

"……"

告诉他怎么哄之后,苏在在突然想起原本的事情:"说了那么多,我差点儿忘了过去帮你报仇。"

张陆让的眉间全是忧愁,不想说话。

"不能打人。"苏在在喃喃自语,"那我人身攻击吧。"

张陆让:"……回去学习。"

"不行,你被骂了,我怎么能不帮你出气!"苏在在怒道。

他无奈到了极点:"被骂的是你。"

不知道她为什么会一直觉得他被骂。

苏在在的火气顿消,疑惑道:"她骂我?"

"……"

"那不算吧……"苏在在眨了眨眼,思考了下,才说,"她估计就是有洁癖什么的,能理解。"

张陆让没再说什么,轻声道:"回去吧。"

苏在在点点头,走了几步又回头看他,抱着期待问道:"我还能去找你吗?"

张陆让站在原地,背脊挺直,身影高而清瘦,蓝色条纹的校服衬得他越发俊朗。

"苏在在,好好学习。"

他再次提起这句话。

苏在在简直要郁闷死:"我一直在好好学习。"

张陆让挪开了视线,随后,他轻声说:"理科实验班和文科实验班是隔壁班。"

回到班里。

没过多久,张陆让就把她加了回来。

苏在在高兴地发了三个字过去。

——嘿嘿嘿。

他没回复。

晚修下课,回宿舍后。

苏在在洗了个澡,看到时间已经快23点了。

她忍不住问:你不会忘了吧?

苏在在:那我提醒提醒你。

很快,那头发来了一条语音。

苏在在看了看周围,弯着唇戴上了耳机。

他的语速又快又急,像是不甘愿到了极点,但咬字却清晰得很,让人听得一清二楚。

——在总美若天仙,让让自愧不如。

6.

　　有时候觉得自己运气不好。

　　但实际上,其实我被幸运眷顾得更多。

——《苏在在小仙女的日记本》

　　苏在在"扑哧"一下,直接笑出声来。

　　宿舍已经安静了下来,其他三人正开着小灯学习,但也没被她影响到。

　　苏在在不太好意思,连忙收住了声。她咬着唇,忍着笑。又戳了一下那个语音条,听了好几遍后,长按后收藏。

　　她把手机扔到一旁,将整个脑袋都埋进被子里。

　　无声地傻笑。

　　过了一会儿,苏在在伸手把手机捞了回来,在屏幕上敲打着字。

　　苏在在:让让。

　　苏在在:你生气了吗?

　　苏在在:生气了要说哈,不然隔着屏幕。

　　苏在在:美若天仙的在总发现不了。

　　另外一边,看到她的回复后。

　　张陆让拉开落地窗,走进了宿舍里。他盘腿坐在床上,思考了一阵子,而后,他抿着唇,犹犹豫豫地打了个"嗯"字。

　　还没发出去,就立刻删掉,重新打了句:没有。在学习。

　　隔天,下午放学。

　　叶真欣拒绝了舍友一起去吃饭的邀请。见周围的同学基本都出了教室去吃晚饭,她起了身,往五楼走去,右转走进办公室。

　　正起身准备去吃晚饭的班主任见到她,挑了挑眉,笑道:"怎么了?"

　　叶真欣站在原地,扫了一眼周围,确定周围没有认识的同学,她才开了口:"老师,张陆让跟九班的苏在在早恋了。"

晚修铃声响起后。

九班的班主任走进了教室，强调了几件事情。

"上周我就说过了，明天有人会过来检查，男生，嗯，基本都剪好头发了，女生明天记得全部把头发扎起来。"

苏在在用食指钩着发尾，一圈又一圈地转动。她垂着头，另一只手拿着笔在写着字，也不知道有没有在听老师说话。

"今天值日的同学把地拖一下。"班主任想了想，继续道，"明天给我好好穿校服，别校服和礼服混搭，被抓到的话，你们就完了。"

最后，他意有所指地说了句：

"还有，你们现在好好学习，别想些别的东西，以后有的是时间，根本不用急在这一时。"

听到这话，苏在在才抬起了头，视线刚好与班主任的撞上。她愣了一下，盯着他的眼睛，没挪开。

反倒让班主任主动移开了眼。

旁边的姜佳突然凑过来，压低了声音说："喂，班主任不会是在说你吧？"

苏在在犹豫了一下："不会吧……"

"你跟张陆让很明显吗？"

"你怎么说得我跟他在一起了一样。"苏在在莫名其妙。

"……我觉得差不多了。"

闻言，苏在在瞪大了眼，一副被冤枉了的模样："哪有！我跟他说话，我们两个之间至少隔着1米，如果这算在一起了，那我……我还是去死吧。"

姜佳："……"

"你是不知道让让有多古板，我无意间说句暧昧点儿的话，他就立刻生气了。"

姜佳完全不信："不至于吧……"

"怎么不至于！比如前天不小心喊他哥哥，他气得直接把我拉黑了。"

"……"

苏在在尿得要死："所以，肢体上的接触，说真的，我没胆。"

"……"

苏在在下了个结论："他像个贞洁烈妇。"
"……"
说出口后，又觉得不太对劲，立刻改口：
"不对，贞洁烈'让'。"
姜佳嘴角一抽："……写作业吧。"

第二天一早，苏在在睁着惺忪的眼，趿着拖鞋走到阳台去洗漱。
外头的天还刚蒙蒙亮。空气又湿又冷，风呼呼地吹。
苏在在一下子就清醒了，边发抖边刷牙。洗漱完后，她直接用手捋了捋头发，随手一束，就绑了起来。
苏在在走回宿舍里，把落地窗关上。
看着要去阳台洗漱的小玉，她提醒了一句：
"穿件外套再出去，冷。"
姜佳刚从厕所出来，看了她一眼，然后用手指了指她的头发，说："你把头发重新梳一下，乱死了。"
听到这话，苏在在拿起放在柜子上的镜子看了看。
"不会呀，有蓬松感，完美。"
"……"
苏在在兴致来了，开始胡说八道："你别看我这样，我的每一根发丝，都是我精心调整、处理过的，不能随随便便改变它们的位置。"
姜佳不理她，走到阳台洗漱。
随后，苏在在也转身，走进厕所里换校服。
出来的时候，姜佳也差不多整理好了。
两个人一起出了门。
6点半，饭堂的人还很少，基本都已经打好早餐找了位置坐下，没什么人站在窗口前排队。
苏在在走到其中一个窗口前，点了两个面包。她找了个位置坐下。

不一会儿，姜佳也走了过来。
苏在在看了看她碗里的面条，叹了口气："突然也好想吃面条。"

姜佳看了她一眼:"那我跟你换?"

"不用。"她拿起面包啃了一口,"面包也不错。"

姜佳没再说什么,垂着头吃早餐。

1分钟后。

"这面包也太干了吧。

"好难咽。

"你说饭堂是怎么做出这样的面包的,不敢相信。

"我感觉我会渴死的。"

姜佳忍不住了:"你少说点儿话,能拖久点儿存活时间。"

苏在在立刻安静下来。

姜佳想了想,说:"我去给你买瓶牛奶?"

苏在在摇了摇头,嘴里嚼着面包。

半分钟后,她看了一眼卖饮料的窗口,才开了口:"人好多,你排回来我都吃完了。好了,你别跟我说话了,不要引诱我说话,我想活久一点儿。"

姜佳刚想说些什么,突然发现坐到苏在在后面那排的人站了起来。单肩背着书包,另一只手拿着餐盘走出了饭堂。

姜佳对着他抬了抬下巴,说:"那是不是你家张陆让?"

闻言,苏在在回头看了一眼,很快就将脑袋转了回来。

"他刚刚坐我后面?"

"是啊。"

"呵。"

"……你干吗?"

苏在在悲愤地分析:"如果他比我先坐下,我肯定能发现他,但我没发现他,说明他是比我晚来的;然后从这个角度,他肯定看到我了,却没有跟我打招呼。"

"可能他认不出你的背影。"

"不可能!"苏在在拒绝承认,"所以我说他是个很无情的人。"

姜佳有些无语:"你家张陆让知道你老是这样说他坏话吗?"

"我哪有说。"苏在在无辜道。

"……"

"这哪算,这件事情很多人都知道呀。"

姜佳垂下头吃面,含混不清地回道:"是吗?"

"当然啊,尽人皆知的事情我为什么不能说!"

"……"

"张陆让就是很无情呀,有时候我都想上去打他一顿,要不是因为他——"

苏在在还没说完,眼前突然现出一只骨节分明的手。

白皙,修长,有力。

他漫不经心地放了一瓶牛奶在苏在在的面前,而后转头就走。

苏在在不抬头都能认出那只手的主人,而且……她也不敢抬头了。

姜佳把面吃完了,才抬起头。

注意到苏在在呆滞的表情,还有一旁多出的牛奶,纳闷地问道:"啥情况?"

"你经历过绝望吗?"她轻声说。

"啊?"

苏在在没再说话,她真的没想过张陆让还会回来,还给她带了瓶牛奶。

看着桌子上的牛奶,苏在在伸手摸了摸。

热的。

这个牌子,好像只有小卖部有的卖。

这样一想,他真的走得挺快的……

苏在在像是不敢面对现实般地不断地在想别的事情。她叹了口气,将吸管插进瓶口,喝了一口。

她觉得她的运气一点儿都不好。

每次说他坏话,都一定会被抓到。

大课间的广播体操,各个班的学生在教室外排好队列,然后便往操场走去。几个女生着急地跟旁人借着橡皮筋,胡乱地把头发扎了起来。

太阳已经出来了,温度并不灼人,只觉得暖意融融,洒在苏在在身上,亮着金灿灿的光。

因为身高,苏在在站在女生队列的最后一个。她的头发天生就是栗棕色的,在阳光的照射下,颜色越发明显。

广播体操的音乐响起。

苏在在刚做出第一个动作，就被人扯出了队列外。还没反应过来，巨大的指责声向她袭来。

"谁让你染头发的？"

苏在在愣了，转头看向来人。

高一的年级主任。

她指了指自己的头发，轻声解释："我没染，天生就这样。"

他板着脸，完全不听她说的话。

"这周回去给我染回黑色。"

"我真的没染啊。"苏在在再次解释。

年级主任的脾气一下子就上来了，声音又大又尖锐："每个学生被我抓到，理由就是天生的。我那么好骗？连换个理由都不会？"

苏在在不说话了。

反正老师已经先入为主了。

她再怎么说，他也不会相信她说的话。

见她不再反驳，教导主任的脸色好看了些。他指了指教学楼的方向，说："回教室去，今天有人要过来检查，别出来丢人现眼。周末赶紧给我把发色染回去。"

苏在在看着他，冷着脸道："我可以回教室，但我不会把头发染黑。"

"你……"

"我凭什么因为你的不相信，就要承受这样的后果？"她的脾气也上来了，一字一句道，"我说了我没染，我就是没染。"

他完全不讲道理，一下子又把话题扯到了别的方向："谁准你这样跟老师说话的？"

苏在在完全不想理他："你不尊重我，凭什么要我尊重你。"

说完她便往教学楼的方向走。

没过多久，教导主任眼前又晃过一个人。

他连忙喊道："哎！你干吗去？！"

张陆让转头，冷声道："染头发了。"

145

苏在在还没走到教学楼,就被人拉住了手肘,她下意识地回头望。

看到是张陆让,她的第一反应就是:"让让,我今早没骂你。"

张陆让:"……"

第二反应。

"你不做操吗?你干吗去?"

张陆让没说话,盯着她的眼睛看。

苏在在想了想,问:"你听到年级主任的话了?"

他点点头。

嗓门太大,他下意识地望过去,就看到她了。

距离太远,听不清她在说什么,只能听到那老师说的"染头发"三个字。

苏在在不在意别人的看法,就在意他的,她有些着急地开了口:"你别听他的,我真的没染。"

张陆让又点了点头。

苏在在松了口气,开始教育他:"让让,我跟你说,遇上这种情况你千万别怕。一般只要比他凶,他就不敢说什么了,典型的欺软怕硬。"

"……"

"以为自己大声就有道理一样,气死我了。"

"……"

他竟然以为她会哭。

"我才不怕他呢,他也不敢打我。如果他敢打我,我爸第一个不干。"

"……"

"他最多就找家长,我妈来了也能给我撑腰。"

"……"

"反正怎样都是他吃亏。"

张陆让突然觉得有些好笑,很想摸摸她的脑袋,毛茸茸的,看起来又软又萌。

苏在在发泄完,火气也散了。

她想起今天早上的牛奶,笑弯了眼。

"让让,你今早给我买牛奶了。"

"嗯。"他轻声应道。

"我要怎么报答你呀？"苏在在苦恼。

"……不用。"

"我把我的全部财产给你吧。"

"……"

"我懂，你大概是嫌少。"

两人走进教学楼，苏在在才突然反应过来。

"你为什么回来？"

"……"他以为她懂。

"你不会也被说染头发吧？你头发这么黑也被说？"

张陆让刚想否认。

苏在在继续开口，满脸同情："你比我更惨。"

"……"

算了。

两人走到三楼。

张陆让正想走进教室，苏在在突然扯住他的衣角，一脸认真，又厚颜无耻："我今早真的没骂你。"

张陆让想说，他全听到了。

还没等他开口，苏在在理直气壮地解释道："我当时还没说完呢，我后面还有一句'要不是因为你帅'没说出来，我前面说的话都是为了烘托这句话。"

"……"

"所以我的目的主要是夸你。"她的眼里全是真诚。

张陆让真的想知道她的脸皮能厚到什么程度。他沉默了一会，才道："……回去吧。"

苏在在回到班里，写了一会儿作业后，姜佳也回来了。她连忙凑了过来，问："你没哭鼻子吧？"

苏在在无语："这哪有哭的必要……"

姜佳松了口气，说："那就好。"

过了一会儿。

147

她问:"刚刚张陆让是不是去找你了?"

想到这个,苏在在又开始不高兴了:"是啊,主任还说了他染头发,唉,有毛病。"

"不是啊。"姜佳压低声音,"我听后排的男生说的,是他自己说他染头发了。"

苏在在:"……怎么可能?"

"那可能是他们听错了吧。"姜佳也不再坚持。

苏在在愣了。

她想,如果是真的。

那她还是,挺幸运的。

晚修铃声响了没多久后。

苏在在被班主任叫到了办公室。她还以为是因为今天头发的事情,也没多想。

苏在在推开办公室的门,走了进去,一眼就看到了站在英语老师和班主任面前的张陆让。

两人的视线撞上。

苏在在心下一紧。她能猜到,老师在怀疑他们两个早恋。

虽然他们真的没有,但苏在在还是慌了。因为不管发生任何事情,她一点儿都不想牵扯到张陆让。

7.

他不喜欢说话。

我一个人能说两人份的话。

——《苏在在小仙女的日记本》

苏在在下意识地捏住拳头,又松开。她缓缓地走到张陆让的旁边。

刚站好,九班班主任王老师单刀直入:

"你们两个最近好像走得挺近的。"

苏在在还在想要怎么说。

张陆让直接开了口："嗯。"

"……"

猪队友。

闻言，一班班主任陈老师皱了眉："再过两个月就分班考了。高中的每一分每一秒都很关键，别把心思放在这上面。"

苏在在舔了舔唇，解释道："老师，不是你们想的那样。"

张陆让似乎有些愣神。过了一阵子，像是想明白了些什么，眼神变得有些不自然，耳根发烫。

王老师完全不信："不管是不是，你们最好少点儿来往，在学校里影响也不好。"

苏在在眨了眨眼，认真地重复道："就是不是呀。"

陈老师叹了口气，软下声音："在在，你最近还有个英语朗诵比赛，张陆让最近也有物理知识竞赛，你们也不小了，应该懂得孰轻孰重。"

张陆让突然开了口："我不准备也能拿第一。"

苏在在突然觉得有些好笑，她弯了弯唇，也说："我也能拿第一。"

王老师："你们……"

"而且我们就是没有啊。"苏在在决定再解释一次，"如果不能交异性朋友，那Z中怎么不办成女校或者男校？"

"……"

苏在在诚诚恳恳地说："老师，如果你觉得我这个意见可行的话，你可以跟学校反馈一下，不然就别一直揪着我俩不放了。"

"苏在在！"王老师火了，指着她的鼻子道，"你明天就给我回家去！什么时候想清楚了再回来！"

见状，张陆让跨了一步，挡在苏在在的面前。他的眼里宛若冒着寒气，又冷又厉，沉着声，一字一句道："她说了没有。"

苏在在从他后面冒出个头："老师，你让我回家也行，不过你得问问我爸妈，他们让回我就回。"

两个人软硬不吃，老师也没辙，只能让他们先回去。

苏在在出了办公室的门,压低了声音,笑嘻嘻地夸他:"让让,你刚刚真帅!"

张陆让:"……"

"一点儿都不像往常那样娇滴滴的。"

"……"

"快回去吧,我晚上微信找你哈,别怕。"

"……嗯。"

晚修下课铃声响起,苏在在收拾好书包,正准备跟姜佳一起回宿舍的时候,班里有个同学喊她:"苏在在!有人找你!"

苏在在下意识地往前门望去。

是那个很凶的女生。

张陆让的前桌。

苏在在跟姜佳说了一声,让她先回去,而后便走到那个女生面前,疑惑道:"你找我?"

因为上一次的事情,叶真欣只觉得苏在在是个软柿子,一来就一副盛气凌人的姿态,怒道:"你们都被老师发现了,你就别再来烦他了行不行?成绩那么差也好意思。"

苏在在:"……"

她想了一会儿,轻声问:"你去跟老师说的?"

叶真欣的表情瞬间僵了一下,硬着头皮继续道:"是又怎样,我说的是事实,又不是瞎掰。"

苏在在笑了下:"你真蠢。"

叶真欣:"……"

"你跟我说了有什么好处?蠢死了,真的,蠢到我都看不过去了。"苏在在完全想不通,"你喜欢张陆让?"

"……"

"你喜欢他,为什么来我面前找存在感?"

叶真欣瞬间涨红了脸:"你、你胡说什么!"

"别想了,回去洗洗睡吧。"

"你……"

"提醒你一句,我肯定会跟张陆让说是你说的。"

"……"

"不过还是谢谢啦,因为你,我被你暗恋的对象护着了呢。"

苏在在看到她的眼泪一下子就涌了出来,她软下声音,细声道:"哭吧,这次哭完就洗心革面,好好做人吧。"

苏在在没再管叶真欣,向前走,转了个弯,下楼。

浪费了好多时间啊。

苏在在洗完澡之后,站在床边,边擦着头发边看着手机。上铺的姜佳探出了头,小声地问:"你辣手摧花了吗?"

"用词不当。"苏在在反驳,"应该是辣花摧手。"

"……"

她仰起头,骄傲道:"我才是花。"

过了一会儿。

苏在在叹了口气,嘟囔着:"最讨厌为难女生了,可她真烦人。"

"她干吗了?"姜佳好奇。

苏在在哼唧了声:"打小报告啊。"

"你今天被老师叫去就是因为她?"

"对啊。"

"天哪,有病吧这女的。"

隔壁床的筱筱转过头来,好奇道:"你们在说什么?"

两人收住了声,道:"没什么。"

宿舍安静了下来。

苏在在戳开跟张陆让的聊天窗口。

苏在在:让让。

大概是因为提前跟他说过,他回复得很快。

张陆让:嗯。

苏在在思考了下:老师可能会叫家长。

她发了两个"流泪"的表情。

张陆让：……

苏在在正想打"别怕"两个字。

那头发来一句话：哭什么？

苏在在："……"

她盯着刚刚发的那两个表情，沉默了很久。

纠结了一阵子，苏在在慢慢地敲着字：我那是个表情……

但最后她还是把那句话删了。

苏在在叹了口气，狠下心，回复：没什么。

她如果澄清了，让让多没面子，显得他多蠢一样。

苏在在：你怕不怕被请家长？

苏在在：其实也不用怕呀，咱俩很纯洁的！

张陆让：嗯。

苏在在无法从这一个字中看出他的情绪。她想了想，小心翼翼地提议：要不在学校我们就保持点儿距离？

苏在在：别被发现就好。

张陆让：……

他的手指在屏幕上滑动了几下，却不知道该回些什么。

几秒后。

苏在在：偷偷培养感情。

苏在在：友情。

张陆让：……

苏在在恬不知耻道：我懒得打字，你应该要懂我。

张陆让不想理她了：学习。

苏在在：让让，我跟你说。

张陆让：嗯。

苏在在：你前桌今天来找我了，跟我说是她跟老师打小报告的。

苏在在：所以我跟你说，你不能老是那么好脾气。

苏在在：适当的时候，你要对那些人冷漠一些。

苏在在：当然我不一样。

苏在在：我是那个很宠你的在总，你当然也得对我好。

苏在在：做人要有良心。

张陆让：知道了。

隔日，早读课后。

叶真欣纠结了好久，才转过头，问："昨天……"

张陆让垂着头，没半点儿反应。

她狠下心，一口气问："那个，苏在在有跟你说什么吗？"

见他不说话，叶真欣有些着急了。

"我是为了你好，普通班的人能好到哪里去。那个苏在在学习不好，我是不想你被她影响了。"

闻言，他终于抬起了头，不耐烦却又认真地反驳她。

"她不算理综，成绩并不差。"

叶真欣被他这话噎到了。

说完之后，他继续低下头写题。

"可我成绩比她好多了啊。"她有些不甘心地说道。

叶真欣昨晚想了很久，按苏在在那个样子，他估计是喜欢主动点儿的女生，所以虽然得不到回应，她还是不断地扯着话题。

1分钟后，张陆让冷着脸，推了推一旁的周徐引。

"换个位置。"

苏在在坐在位置上。

黄媛娟突然走了过来，好奇道："在在，你跟实验班的张陆让在一起了？"

苏在在愣了一下："没有啊。"

"昨天你被班主任叫到办公室，班里靠窗坐的人都看到你跟张陆让一起从办公室出来。"

听到这个话题，坐在苏在在前面的一个女生也转过头来。

"听说张陆让很高冷啊，你跟他在一起不无聊啊？"

苏在在顿时不想说话了。

过了一会儿。

她还是忍不住开了口:"不无聊,一点儿也不。"
他有多好。
她全都知道。

第五章
Chapter 5

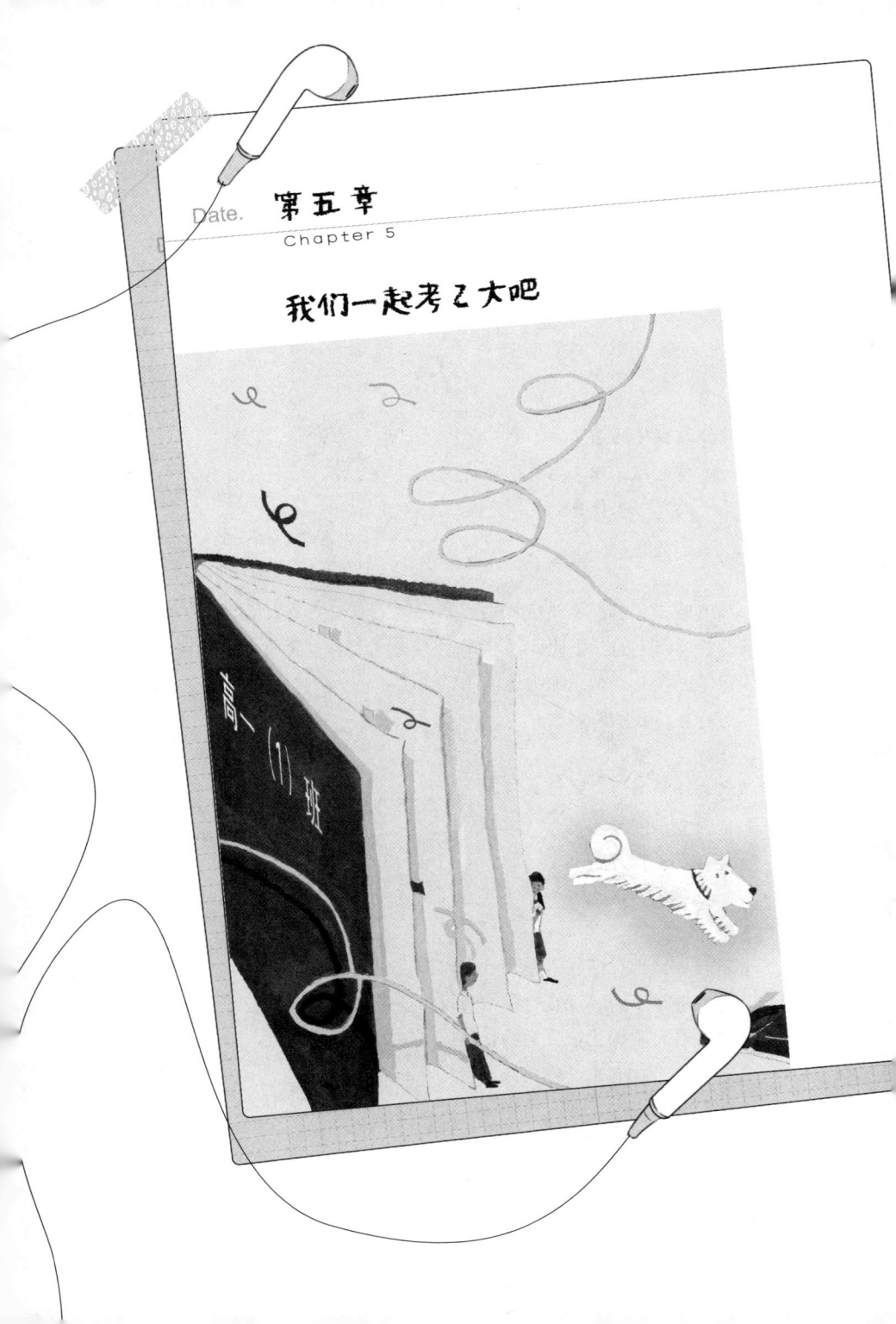

我们一起考之大吧

1.

摸到他的手了。

有些凉，但又感觉很暖。

总之……很爽。

——《苏在在小仙女的日记本》

周五晚上，苏在在洗完澡后，趴在床上，手里拿着手机，双脚一晃一悠。看着屏幕上的"张让让"，她忍不住翻了个身，抱着手机傻笑。

过了一会儿，她乐呵呵地输入：让让。

苏在在：我的脚好啦。

张陆让：嗯。

苏在在：所以去骑单车呀。

他没立刻回复。

苏在在一直盯着那个"对方正在输入中……"。

半分钟后，苏在在有些忍不住了。她咬着唇，不高兴地问：你不会反悔了吧？

苏在在：那你还我六排加一排再减去一个的果冻数量。

苏在在：不对，现在物价上涨了，你得赔我一百倍。

苏在在：我因为被你爽约，造成了巨大的心灵创伤。

苏在在：加起来，你欠我一个亿左右。

张陆让：……

他缓缓地把刚刚打的内容删掉，回复：几点？

隔天下午，苏在在拿着个袋子，手中抱着个骑行头盔，出了门。

站在她家楼下的张陆让看到她手里的东西。

苏在在笑嘻嘻地跑了过去，递给他看。

"我上周就买好啦！"她沾沾自喜道。

"……"

苏在在把袋子递给他，嘱咐道："先把这个穿好，护膝和护肘，可不能摔伤了。"

张陆让抿着唇，接过。

"头盔去那边再戴好了。"她喃喃自语。

张陆让没说话，但明显很抗拒那个头盔。

注意到他的表情，苏在在反应了过来："你觉得这个头盔丑吗？"

"嗯。"

苏在在有些郁闷："会吗？怕你觉得花，我还特地选了个纯黑的。"

见他面上没什么情绪，苏在在也没再坚持。

"不过好像是不好看。那不戴了，就戴护膝和护肘好了。"

张陆让点了点头。

苏在在走到单车棚下，把她的单车推了出来。

两人并肩往小区的一块空地走去。

苏在在突然开了口："让让。"

"嗯。"

"老师有给你家长打电话吗？"

张陆让犹豫了一下，说："不知道。"

苏在在"哦"了一声，扯到别的话题上："你知道正常人学会骑单车要多久的时间吗？"

张陆让认真地想了想，刚想开口。

苏在在厚颜无耻地瞎掰："有天赋的人最少都要半年，像你这种资质平庸的，至少得1年吧。"

张陆让："……"

注意到张陆让的眼神，苏在在无辜道："你不相信我？"

"……"

"我骗你干什么。"

他别开了眼,沉声道:"不知道。"

"你怎么能不相信我?"

"……"

"让让,你不能老提防我。"

"……"

"我对你那么好,怎么可能会骗你?"

他要怎么才会相信学个单车要1年呢?

走到空地的位置,张陆让刚想握住单车的车把,就被苏在在一把拦住。

"不行!哪能那么快就实践!"

"……"

"我们还有理论课呢!"

"……"

"我要给你讲讲。"苏在在指了指那辆单车,"这个叫作自行车,你也可以叫它脚踏车或者单车。"

张陆让完全不想理她了。

"它的英文名是'bicycle'。"

"嗯。"

注意到他一脸敷衍,苏在在拧了眉,没事找事。

"你来给我讲讲,'bicycle'怎么拼?"

"……"

"不会吗?那我教你。"

"学单车。"

"我们就是在学单车呀。"

"……"

给他讲解完那个单词后,苏在在煞有介事道:"现在我们来学单车的构造。"

"苏在在。"张陆让忍无可忍。

"啊?"

"你是不是不想让我学?"

"我哪有。"她满脸无辜。

张陆让垂下头，面无表情地盯着她。

苏在在最受不了被他这样盯着，她立刻挪开了视线，调整着鞍座的高度，随后看向他，妥协道："你试试看高度行不行。"

张陆让单脚撑地，长腿一跨，踩住脚蹬。

苏在在犹豫了一下，还是问："让让，你真的不戴头盔吗？"

"嗯。"

"那我扶着，肯定不让你摔，你别怕。"

"好。"他的眼里闪过一丝笑意。

因为苏在在的自行车没有后座，她只能扶着鞍座下面的撑杆。

张陆让右脚一用力，踩住脚蹬，随后将左脚也放了上去。

苏在在在后头扶着，小声提醒："我扶着，你找下平衡。"

张陆让低低地应了一声。

"放心踩，我不会让你摔的。"她郑重道。

顾及着在后面扶着的苏在在，张陆让骑得很慢。

见他踩得不错，苏在在小心翼翼地松开了手，但双手还是放在撑杆的周围，不敢离太远。

她莫名地走了神。

今天张陆让穿了件黑白条纹的套头卫衣，修身休闲，看不太清楚他的肌肉曲线。

但因为鞍座跟车把差不多高，张陆让骑车的时候，身体会稍稍前倾。一个不小心，就会露出一点点肌肉。

苏在在咽了咽口水。

其中一只手忍不住碰了碰他的腰。

张陆让身体猛地一僵，平衡感瞬间消失，他连忙用其中一只脚撑地。

反应快，没摔着。

苏在在被吓了一跳，见他没摔倒，才松了口气，但她很快就反应过来，连忙道："我没摸你。"

张陆让:"……"

"我绝对没有！绝对没有摸你！"

"……"

苏在在立刻推卸责任:"是你主动把腰扭过来的，我发誓。"

"……"

"我的手好好地放在那儿。"

张陆让沉默着，转头看她。

苏在在立刻闭上了嘴。

过了一会儿，她弱弱地说:"好吧，是我。"

随后面不改色地撒谎:"刚刚有虫子，我帮你拍掉了。"

张陆让没再说什么。

但苏在在莫名有些憋屈:"我碰你一下怎么了？"

"……"

"我又不是有什么龌龊的心理。"

"嗯。"他应得很快。

"那你为什么老是一副宁死不屈的样子。"

"我没有。"

"你别骗我了。"苏在在垂下头，郁闷道，"我又不是不洗澡，你在嫌弃什么啊，我、我澡都白洗了。"

张陆让的脸颊烧了起来，有些窘迫:"胡说什么。"

"你没嫌弃我是吗？"

"嗯。"

苏在在得寸进尺:"那你得证明给我看。"

"怎么证明？"

她伸出自己的手掌，嬉皮笑脸道:"碰碰我的手呀，证明你没有嫌弃我。"

他立刻别开了脸，不自然道:"别闹。"

苏在在瞪大了眼:"就碰个手怎么了。"

"……"

她想了想，决定减轻他的心理负担。

"你没跟女生击过掌吗？"

张陆让点了点头。

苏在在嘿嘿直笑，意有所指道："那你的第一次是我的了。"

"……"

"第一次跟女生击掌。"她解释道。

苏在在举着手，说："快呀。"

张陆让单脚撑地，另一只脚踩在脚蹬上，双手放在车把上，垂着眼。

过了一会儿，他抬起左手，脸颊有些烫，快速地碰了碰她的手心。

立刻分开。

苏在在激动得想跳起来舔自己的手心。她强行忍住自己的冲动，装作毫不在意。

"我们继续学车吧。"她说。

张陆让垂着头，没答。

苏在在想了想，说："让让，你还是把头盔戴上吧，你刚刚都差点儿摔了。"

"不戴。"他直接拒绝。

她有些烦恼："但我不一定扶得住你呀。"

"……"

"戴吧，安全点儿。"苏在在继续劝。

"……"

苏在在凑到他的面前："戴吗？"

她的眼睛像是落了光，清澈又明亮。笑的时候，桃花眼弯成月牙儿，唇边还有一个浅浅的酒窝，看起来可爱又张扬。

张陆让别开眼："……嗯。"

苏在在连忙把放在一旁的骑行头盔抱了起来，递给他。

他接过，直接戴上。

苏在在在旁边盯着他调整束带。半分钟后，她忽然喊了一声："让让。"

张陆让漫不经心地应了一声。

苏在在夸赞道："你拉高了这个头盔的颜值。"

"……"

"让让，你真的好厉害。"

虽然张陆让能猜到她接下来说的话估计不是什么正常的话,但他犹豫了一下还是忍不住问:"什么?"

"我本来也想说这个头盔丑的,但你戴了之后……"

"……"

"我就想说,这是一个美丽的头盔。"

"正常点儿。"

戴好后,张陆让再度开始骑车。

苏在在在后面扶着,这次她怎么都不敢松手了。

10分钟后。

早就已经找到平衡感的张陆让忍不住道:"苏在在,可以松开了。"

"不行。"苏在在立刻反对,"摔了怎么办?"

"……"

15分钟后。

"苏在在,松开。"

"我不敢……我不敢松开。"她苦着脸道。

"……"

20分钟后。

张陆让捏住刹车,轻声道:"很晚了,改天再学吧。"

"是不是很难?"苏在在松开手,一副过来人的模样。

他沉默了一会儿:"……嗯。"

期末考试的前一周,班主任发了文理分科意向表。

一发下来,苏在在立刻填了个"文科"。

旁边的姜佳好奇道:"哎,不是说张陆让选理科吗?你不追随他了?"

"佳佳。"苏在在语重心长,教育道,"我们也要理智点儿。"

"……"

"我选了文科之后,就能当学霸了。"

"……"

"现在的我毫无缺点,完美到无懈可击。"

"……闭嘴吧。"

散学典礼后,苏在在给张陆让发了条微信。
苏在在:让让,明天出来骑车呀。
这次他回复得比往常都要慢。
苏在在等了好一会儿,正想去洗澡的时候。
手机响了两声。
她点亮手机看了看。
——我明天回 B 市。
——我家在那边,开学才回来。

2.

好久没见他,好想他。
不过,他当然也会想我。
因为他喜欢我。

——《苏在在小仙女的日记本》

苏在在盯着那两句话,半天都没反应过来。她把手机丢回了床上,转头拿起睡衣,往浴室的方向走。

很快,苏在在折了回去,拿起手机,再度盯着那两句话。因为完全接受不了这突然的离别,她有点儿生气,却又没那个胆子发火。

苏在在吸了吸鼻子,慢慢地输入:那你路上小心点儿。
还没等她发出去。
那头又发来一句话。
像是绞尽脑汁想了很久,却依然只懂得说这几个字。
——别生气。
苏在在的手指一顿,她立刻把刚刚的话删掉,改成:就生气!
张陆让:"……"
苏在在:我平时去喝杯水,就 1 分钟的事情,都会跟你说。
这句话发送成功后,她没再说话。盯着屏幕,等着对方的回复。
这种时候得少说点儿话,不然对方看不出她有多生气。

但见他半天不回复，苏在在又忍不住了。

——你明天就回 B 市，1 个月的时间啊！你现在才跟我说！还是我找你明天去骑单车你才跟我说，要是我不找你……

她还没发泄完，手机响了一声。

苏在在扫了一眼。

张陆让：我给你买果冻。

她的火气瞬间烟消云散。

苏在在抿着唇，再度打脸般地把刚刚的话删掉，而后轻轻敲打着屏幕，得寸进尺道：我现在就要。

他回得很快。

——好。

——5 分钟后下来拿。

苏在在有点蒙，立刻走到全身镜面前照了照镜子。还穿着蓝白条纹的校服，看起来皱巴巴的，头发因为被她抓过，看起来有些乱，整个人看起来有些颓靡。她用手梳了梳头发，到浴室去洗了把脸便往外跑。

苏母正在客厅看电视，见她走到玄关换了室外的鞋子，皱着眉道："这么晚了你干吗去？"

"我去便利店买点儿东西。"她随口道。

苏母也没再问，提醒道："买完就快点儿回来。"

"知道啦。"

"外面冷，穿多点儿。"

"好。"

苏在在推开门，走进电梯里，下了楼。

走出楼下大门，看着站在不远处树下等她的张陆让。似乎每次，他都是站在那里等。

苏在在走了过去。

一步，两步。

感觉有些不一样了。

这次的感觉，真真切切。

她听到姜佳的声音在耳边回荡。

——"你不觉得张陆让对你特别不同吗？比如把银牌送给你，还有刚刚帮你搬椅子。"

——"你想想啊，张陆让那个前桌都那样了，他一点儿反应都没有。我听我朋友说，真的是完全没受影响……"

——"反正我觉得，张陆让对你做的事情，绝对不会对别的女生做。"

苏在在走到他的面前，看着他手中的牛皮纸袋，没说话。

张陆让犹豫着，也不知道该说什么。

过了一会儿。

苏在在轻声道："你哪来那么多果冻？"

"之前买了很多。"他回道。

苏在在抬头看他，眼里像是盛满了天上的星星，亮晶晶的，闪烁着期待的光芒。

"张陆让，你喜欢吃果冻吗？"

他顿了顿，轻轻地"嗯"了一声，然后别开眼，故作镇定地摸了摸脖子。

苏在在的心跳漏了一拍。

"我上次给你买的果冻你觉得好吃吗？"她问。

张陆让继续摸着脖子，点了点头。

"那你吃完了吗？"

他终于放下了手，乖乖地应道："嗯。"

不喜欢吃，但是吃完了。

不喜欢吃，却买了很多果冻放在家里。

苏在在垂下头。

她不知道该怎么形容现在的心情。

狂喜到，想流泪。

见她不说话了，张陆让微微弯下腰，跟她平视。他扯起嘴角，扬着笑："不够我再去给你买。"

语气带着讨好。

他为什么要对你那么好。

他有什么原因要对你那么好。

苏在在第一次往那个念头去猜。

理直气壮、毫不退缩地想到了那个理由。

苏在在看着他，说："不够。"

见张陆让点了点头，苏在在连忙扯住他的衣角。

"等你回来再给我买。"

苏在在提着那袋果冻回了家。她将袋子放在书桌上，坐在了床边的地毯上，点亮手机，打开了跟姜佳的对话框。指尖有些发颤，慢慢地输入。

——佳佳。

——我觉得，张陆让有点儿喜欢我。

隔天下午，苏在在午觉醒来后，她抓起枕头旁的手机，揉了揉惺忪的眼。微信里只有张陆让发来的一条消息。

——到了。

苏在在眨了眨眼，立刻坐了起来，她想了想，恬不知耻地打了句话。

——让让走的第一天，想他。

张陆让：……

苏在在：唉，难道你不想我吗？

苏在在盯着对话框上的"对方正在输入中……"。

等了一会儿，没等到回复。

苏在在：你知道吗？

苏在在：你打字的时候，我这边上面会显示"对方正在输入中……"的。

张陆让：……

张陆让：我睡觉。

苏在在：让让。

苏在在：我想去旅游。

张陆让：一个人？

苏在在：对呀。

张陆让：别乱跑。

苏在在立刻道：我想去 B 市。

张陆让：……

他又不回复了。

但聊天框上很明显地显示着他正在打字。

苏在在弯着唇，耐心地等待。

半晌后，苏在在终于收到了他的回复。

——别闹。

——路上一个人也不安全。

苏在在把手机扔到一旁，叹息了声。

看她能忍到什么时候吧。

受不了了，她绝对会去B市的。

苏在在就不信她先斩后奏，张陆让会不出来接她。

想着想着，她听到了父母进家门的声音。苏在在爬了起来，打开房门往外走。

还得先跟二老沟通一下才行……

苏在在一走到客厅，就看到茶几旁边放着一个小笼子。里面是一只小小的双色柯基，此时正趴着四处望。

苏在在瞪大了眼，走过去跪坐在笼子旁边，好奇地观察。

苏母也凑了过来，笑道："可爱不？"

苏在在点点头，看着那只小小的柯基，心都要化了。她忍不住打开笼子，伸手摸了摸，完全忘了要跟父母说去B市旅游的事情。

"我跟你爸都要上班，所以你要好好照顾它啊。"苏母道。

苏在在立刻点点头，被小柯基萌得鸡皮疙瘩都要起来了。

"你要给它起什么名字？"

苏在在盯着小柯基，良久后才道："小短腿。"

苏母："……"

家里突然多了个小生命，苏在在想到B市找张陆让的事情也泡汤了。

苏在在往狗盆里倒了点儿奶糕狗粮和羊奶粉，再倒温开水泡开，然后放在小短腿的面前，小声道："快吃。"

它凑过去闻了闻，慢慢地舔。

167

苏在在坐在它前面，跟它说话："你以后就叫小短腿了，知道吗？

"这个是你的小名。

"你的大名叫张小让，就咱俩知道的名字。

"现在你还小，我就不叫你了。

"以后我喊你张小让，你必须回应我。

"就是对我'汪'一声。

"知道吗？'汪'一声。"

小短腿："……"

它吃完之后，便慢慢地爬到窝垫上睡觉。

苏在在看了一会儿，想把它喊起来让它陪她玩，但又不舍得。她躺回床上，找张陆让聊天。

苏在在：让让。

苏在在：我们来玩成语接龙吧。

张陆让回得很快：嗯。

苏在在：那我先说，魂牵梦萦。

张陆让：萦肠惹肚。

苏在在：我就知道你也想我。

张陆让：……

苏在在：想我要说啊，不然隔着屏幕在总发现不了。

张陆让：到你了。

苏在在撇了撇嘴，继续道：度日如年。

张陆让：年少无知。

苏在在：你是不是在骂我？

张陆让：还玩不玩？

苏在在：玩呀。

苏在在：但是你怎么能用这种歪门邪道的方式来骂我。

苏在在：这次我就原谅你了，但得换个词。

苏在在：熟能生巧。

张陆让沉默了一会儿，才回：巧夺天工。

苏在在：功夫熊猫。

张陆让抿着唇，干脆也乱来了：猫和老鼠。

苏在在：这哪是成语，你别乱说！

张陆让：……

张陆让：不玩了。

苏在在：唉，让让，你脾气真不好。

张陆让：……

苏在在：只有我会那么纵容你。

张陆让真的不想理她了。他关掉手机，写了一会儿作业，最后还是心烦意乱地打开手机，打了句：我去写作业。

大年三十的晚上，苏在在跟着父母到爷爷奶奶家吃年夜饭。吃完饭后，几个长辈坐在沙发上聊着天，堂弟堂妹们直接回了房间玩电脑，年龄稍大的也找了个空处坐下玩手机。

苏在在走到院子里闲逛着，冷风一吹，她忍不住缩了缩脖子，走到秋千椅上坐下，屈起腿晃荡着。

她从外套的口袋里拿出手机，手冻得有些僵了。

打字速度比平时慢了些。

她哈了口热气，慢腾腾地敲打着：让让。

苏在在：今天除夕呀，你不给我发红包吗？

原以为他在吃年夜饭，会很久之后才回复。

苏在在退出聊天窗，刚想找姜佳聊天。

手机振动了两下。

苏在在看到张陆让的头像那儿出现了个数字"1"的红圈。

一个微信红包——去买果冻。

苏在在眨了眨眼，戳进去点开。

大大的"200.00"映入眼中。

她的指尖一顿，不知所措道：我跟你开玩笑的。

苏在在干脆用语音说话："让让，这两百块算是我跟你借的。"

"2月18号开学，你早一天回来，我就给你加十块钱，早两天回来，我给你加二十块钱，以此类推。"

169

过了一会儿，他也发来一条语音，声音带了点笑意，说："不用了，自己留着。"

"你是不是嫌少？"她郁闷道。

还没等他回复，苏在在便继续道："那我改成一百。"

苏在在一直在说，那边就一直在听，也来不及回复她。

"我跟你说，小短腿的其中一个耳朵终于竖起来了，一个垂着一个竖着，看起来好傻。

"它老是随时随地拉屎，唉，好疲惫。

"物理好多试卷，不想写。

"你英语作业写完了吗？要不要我教你。"

语音条源源不断地发送了过去。

张陆让戴着耳机，听着她一句话结束后，下一句自动播放。他认认真真地听着，想着她为什么能有那么多话说。

终于播到最后一句。

"让让，如果你还要回B市，那我考B大好不好？"

他正想回复。

房门被敲了三下。

一个跟他差不多大的少年拧开门把，将头探了进来，看着张陆让，轻声道："哥，爸让你出去。"

张陆让垂着头，按了下电源键。

那一连串的语音，立刻从眼中消失不见。

陷入一片黑暗。

很快，他抬头，对着少年说："嗯，我很快就出去。"

少年点点头，退出了房间，把门关上。

张陆让再度点亮屏幕，快速地输入了一句话。

——不考B大，考Z大。

苏在在又发了句语音过来。

很短，只有1秒。

张陆让没有听，他用舌头抵了抵腮帮子，小心翼翼却又期待满满地发了条语音过去。

"一起考 Z 大。"

3.

> 他不在我眼前，我就害怕。
> 怕现在他的周围，是不是有另外一个女生。
> 也像我这样死皮赖脸地缠着他。
> 如果他就这样被缠上了怎么办。
> 患得患失到惶恐不安。
>
> ——《苏在在小仙女的日记本》

看着屏幕上那句话，苏在在毫不犹豫道："好。"

外面的空气又湿又冷，寒意像是刺进了骨里。秋千椅晃荡着，像是引来了风。呼出来的气息化为白雾，在眼前弥漫开来。

几乎是同时，张陆让发来一条语音。

苏在在哆嗦着，戳了下语音条，她觉得很冷，只想听完之后就回到屋子里去。

苏在在将手机的听筒凑近耳边。

少年声音温润低沉，像是潺潺的流水，一字一句，清清楚楚地传入她的耳中。

——"一起考 Z 大。"

可苏在在一时没反应过来，她吸了吸鼻子，表情有些呆滞，再放了一遍。

这次她反应过来了。

张陆让说，一起。

她突然觉得，今年大概会是很美好的一年。

大概不会有比这个瞬间更幸福的时刻了。

那今年就不许愿了。

因为，想得到的东西都已经得到了。

不能再贪心了。

张陆让回到房间里。他抬脚走到书桌前,拿起手机,把耳机拔掉。
苏在在又发来了几条语音。
张陆让点开刚刚没听的语音。
——"好。"
他还没来得及反应,接下来的语音顺势播放了出来。
那头带着风的呼呼声,少女软糯的话还带着轻轻的鼻音。
——"说好了啊,一起考,别反悔。"
——"我觉得今年特别棒,所以就不许愿啦。"
——"你有什么想要的东西吗?可以跟在在小仙女说,她一定会帮你实现愿望的。"
张陆让走到床边躺下,右手拿着手机,手臂放在眼前,挡住了手机的光线。他突然低笑了两声,随后,挪开手,发了两句话过去。
——"不用。"
——"别待在外面了,快回家。"

不知道苏在在在做什么,没有立刻回复。
张陆让站了起来,走到书桌前坐下,把手机放在最显眼的地方,确定对方没再发消息后,他才挪开了视线,伸手拿起笔。
还没等他开始动笔,门再次被打开。张陆礼走了进来,直接坐到他的床上。
房间里依然保持着只有张陆让一个人在时的宁静。
过了一会儿,张陆礼像是犹豫了很久,最后还是下定决心般地开了口。
"哥,你别管大伯他们说的话。"
"嗯。"张陆让应了声。
"我也觉得他们特烦人,有病。"
"……"
沉默了片刻。
张陆礼舔了舔嘴角,换了个话题:"哥,Z市好玩吗?"

张陆让没答。

"刚刚爸说了，要你下个学期开始就回家里这边读高中。Z市和B市的高考卷不一样，题型也不一样。"

张陆让的笔尖一顿，淡淡道："知道了。"

"而且本地生考B大，分数线会低一点儿。我感觉，这样的话你也会轻松点儿。"

"……"

"哥，我跟你说，B大……"

张陆让开口打断他："别说这些了。"

"哦……好。"

见他不再说话，张陆让叹息了声，主动开了口："Z市很好。"

张陆让主动跟他说话，让张陆礼的兴致又起来了："我有个同学的家就在那儿，每次听他形容，我就想过去那边看看。"

"嗯。"

"哥，你开学之后我能去Z市找你吗？"

"……"

"你是不是住宿啊，那我周末的时候过去，你带我玩玩啊。"

听到这话，张陆让恍了神，脑海里浮现出苏在在的笑脸，没心没肺的。任何时候，都笑得像个傻子一样。

他抿了抿唇，轻声拒绝："不能。"

张陆礼哀号了声，不解地问："为什么啊？"

"我没空。"

张陆让敲了敲书房的门。

听到回应后，他才推开门走了进去。

张父正坐在大书桌前看着文件，头也没抬，也不开口。张陆让也没主动出声，安静地站在原地等待。

过了一会儿，张父抬头看他，声音低沉严肃，带了点儿恨铁不成钢："你过去那边有好好学习吗？"

张陆让站得笔直，没说话。

173

"你在那边不会只顾着玩吧？"

"……"

"下学期别过去了，你舅舅也忙，哪有时间看着你。"

闻言，张陆让终于开了口："我住宿，不用舅舅看着。"

"那你高二再回来能跟得上进度？"

"……"

张父从抽屉里拿出他的成绩条，叹息了声。

"年级二十二名，我都不知道该说你什么。"

张陆让想说：

他第一次月考排年级三十二。

期中考试排年级二十五。

这次排二十二。

他每次都在进步。

可那又有什么用，没有人看得见。

"Z市别去了，去那边没人管着你，我心里不踏实。"张父把成绩条扔入了一旁的垃圾桶里，"明天早点儿起来，你妈给你找了英语家教。"

"我不能在Z市高考吗？"他轻声问。

张父没理他，自顾自地说："回去看会儿书，早点儿睡吧。"

张陆让回了房间。他连灯都懒得打开，直接到床上躺下。点亮手机，打开跟苏在在的聊天窗。

她刚好给他回复：到家了。

苏在在：今天去爷爷奶奶家吃饭，唉，长辈们老是提成绩……

苏在在：不过，幸好我是里面成绩最好的，嘿嘿嘿。

张陆让突然很想听到她的声音。

他垂下眼，慢腾腾地打着字：苏在在。

张陆让：你不是要帮我实现愿望吗？

苏在在：你有什么想要的。

苏在在：只要我有，全都给。

张陆让的眼眶有些酸涩。他的喉间一哽，哑着嗓子道："你给我说个笑话吧。"

见他发语音，苏在在直接按了语音聊天。

张陆让愣了下，下意识地按了同意。

接通后，苏在在的声音顺着电流从那头传来。声线听起来跟平时不太一样，但语气却一模一样。

"让让，你听得到我说话吗？"

张陆让伸手把耳机扯了过来，戴上："嗯。"

苏在在似乎有些苦恼，磨磨蹭蹭地开口。

"你要听笑话啊，可我最近没看到什么好笑的。"

"那不听了。"本来就只是想听她的声音。

冷场一瞬。

苏在在小心翼翼地开了口："你心情不好吗？"

"……"

"为什么呀，大年三十就应该开开心心收红包啊。"

张陆让没回答。

她语气闷闷的，有些气馁："你老是什么都不说。"

张陆让的指尖下意识地敲打着被褥，似乎在犹豫着怎么开口。

还没等他说出话，苏在在继续道："唉，突然也好难过。"

"……"

"你的情绪传染给我了。"

"我……"

"你为什么不开心啊？"

张陆让想了想，缓缓地说出其中一个占坏心情比例比较小的原因。

"我期末考试考了年级二十二。"

闻言，苏在在也立刻爆出自己的成绩。

"我考了823哦。"

"……"

"咱俩都进步了，多棒啊。"

听到这话，张陆让笑了一声。

心情瞬间好了一些。

听到他笑了，苏在在再接再厉，疯狂地拍马屁。

"不过你比我厉害点儿，你进步了三名呢。整整三名！我才两名！"

"行了。"他声音里带了笑，听起来不再像之前那般低落。

但苏在在还是觉得不是这个原因，她在心底纠结了一番，还是开口再次问道："所以你为什么不开心？"

张陆让犹豫了下，最后决定实话实说。

"我爸让我回 B 市读书。"

那头立刻安静下来。

张陆让甚至连她呼吸的声音都没听到，他摘下其中一只耳机，点亮屏幕看了看。

没挂断。

张陆让疑惑地"喂"了一声。

对方立刻挂断。

张陆让："……"

苏在在现在的心情就像是大好晴天，莫名打雷，还劈在了她这个乖乖待在家没出门的人身上。

手机振动了几声，张陆让发了消息过来。

苏在在盘腿坐在床上，直接对他设置了消息免打扰。

没胆拉黑。

她也没看张陆让发了什么过来。

戳开跟姜佳的聊天窗。

苏在在：我现在的心情……难以形容。

姜佳秒回：在一起了？

苏在在：呵呵。

苏在在：被甩了。

姜佳：没在一起过说什么甩。

苏在在：他刚刚跟我说了一起考 Z 大，然后现在又跟我说他要回 B 市念高中了，你说他是不是在玩弄我。

姜佳：这两个没矛盾啊。

姜佳：他在 B 市也能跟你一起考 Z 大啊。

苏在在：不行。

苏在在：我不在他面前找存在感他肯定很快就把我忘了。

苏在在突然有点儿想哭。

他远在另外一个省，另外一个城市，她束手无策。

那些纠缠，能被距离轻易地打败。

苏在在将脸埋进被子里，眼泪被棉被吸入，呈现出一点儿又一点儿深色的痕迹。

很快，她抬起了头，上网查了查从 Z 市到 B 市的机票。

但也没用。

早几天还好，现在过年，苏父苏母肯定不让她去。

苏在在郁闷地点开跟张陆让的聊天窗。

——怎么了？

——说话。

——苏在在。

——我会回 Z 市的。

苏在在舔了舔唇，迟钝地打字：真的吗？

张陆让：嗯。

苏在在：你说话只说一半，吓死我。

张陆让：……

苏在在：你就应该说"我爸让我回 B 市读书，但我不同意"，你应该这样说话才对，你绝对是故意吓我。

苏在在：被你吓到精神虚脱。

苏在在：我要去睡觉了。

张陆让：……

尽管张父那样说了，张陆让还是自己私下订了机票。年初七的早上，他便回了 Z 市。

张陆让打开密码锁，进了家门。

177

酥酥的前肢扑到他的身上，摇晃着尾巴撒娇。

他弯起嘴角，揉了揉它的脑袋。

舅舅林茂从厨房里走了出来，手上拿着一杯牛奶喝着。见张陆让回来了，也没惊讶，抬了抬下巴，懒洋洋道："收拾完东西帮酥酥把澡洗了，臭死了。"

酥酥伸着舌头"汪"了一声。

张陆让沉默着点点头。

"我明天送你去学校啊，记得叫我起来。"

"……嗯。"

"别管你爸，脑子有坑。"

"……"

"你妈也是。"

"……"

张陆让也没带什么东西回来，只有一个书包，他放回房间里，随后下楼帮酥酥洗澡，用吹风机吹干。

解决完一系列事情后，张陆让回到房间里，酥酥跟了进来，躺在他的床边。

房间里静谧一片。

人安静，狗也安静。

张陆让再度弯起嘴角，给苏在在发了句话。

——我回 Z 市了。

4.

以前希望他对我好。

现在只希望，他能让我对他好。

只想宠他……

我是不是疯了？

——《苏在在小仙女的日记本》

窗帘紧闭,房间里昏暗一片,唯有手机发着微弱的光。

张陆让耐心地等待着,手机振动了一下,他垂眸扫了一眼,很快就站了起来,走到酥酥的旁边蹲下。

张陆让摸着它的脑袋,笑着问道:"要不要出去走走?"

出门前,张陆让走进林茂的房间。

林茂正抱着电脑打字,注意到他进来了,眼也没抬。

张陆让站了一会儿,轻声开了口。

"舅舅,我想在Z市高考。"

林茂手上的动作停了下来,转头看他。

短暂的安静后。

林茂叹息了声,说:"Z市异地高考要的证明太多了,你的户口在B市,而且父母都不在这边。"

"……"

"我再想想办法吧。"他说。

张陆让沉默了一阵,而后点了点头:"好。"

他正想转身往外走,林茂再度开了口。

"阿让,别太受影响了。"

"……"

林茂收回了眼,郑重道:"你已经做得很好了。"

张陆让扯了扯嘴角,低低地应了声。

"你干吗去?"林茂突然问。

张陆让的脚步一顿,缓缓道:"带酥酥出去走走。"

他以为蒙混过去了。

下一秒,林茂继续问。

"上次教你骑单车那小姑娘是谁?"

"……"

"哦,下班回来刚好看到了。"

"……"

林茂自以为是地下了个结论:"看来是女朋友。"

张陆让终于开了口,表情有些不自然。

"不是。"

"噢。"

苏在在被分进了文科实验班。

新同桌是原本跟她一个班的王南。

王南从门外走了进来,坐回位置上,有些崩溃地开了口:"喂,苏在在,听说下周要军训啊……"

苏在在的笔尖一顿,不可置信地转头看他。

"不是说军训取消了吗?怎么这学期……"

"不知道啊,好像说军训和学农一起,都定好时间了,下周一早上就去。"

"……"

苏在在立刻起身,往门外走。

理科实验班在文科实验班的隔壁。

张陆让坐在第一组的最后一排,靠后门的位置。

苏在在喊了他一声:"让让。"

张陆让转头,望了过来。

苏在在就这样靠在门边跟他说话:"好像说下周要军训。"

张陆让没多大反应,只是点了点头。

"不过现在军训也好,如果是9月的时候军训,那得晒死。"

"嗯。"

苏在在想了想,继续道:"我听说农科所那边好像很晒的,我周末给你带防晒霜,你军训的时候记得涂啊。"

闻言,张陆让皱了皱眉:"不涂,别带。"

苏在在沉默了一会儿,然后说:"你是不是觉得别的男生都不涂,就你涂,会感觉自己特别娘的样子?"

"……"他没答,但明显被她戳中。

"让让,这你就不懂了吧。"

"什么?"

"其他男生不涂,那是因为没有人给他们买。"苏在在笑嘻嘻地说。

"……"

"所以要不要？"

苏在在盯着他，看到他将头转了回去。

随后，闷沉的一声传来。

"嗯。"

到农科所的第一天就开始军训。

教官在前面说了一大堆的狠话之后，开始让学生上交手机。他拿着一个麻袋，站在前面等着。

苏在在乖乖地把手机从书包里掏了出来。走到教官的面前，把手机放了进去。

换好军训服，教官带着文科实验班的人往其中一个场地走去。

到那儿后，苏在在发现张陆让就在他们班隔壁的场地训练。因为这个，她故意站在倒数第二排的位置。

军训的时候最丑了，等有空的时候她得跟让让沟通一下……

不准往这边看。

隔天一早。

苏在在在睡梦中就觉得有些难受，起来感觉腹部下坠，不好的预感传来。

天还早，宿舍的人都还在睡梦之中。苏在在轻手轻脚地下了床，往外走。

到厕所一看，果然来了例假。苏在在例假的时候基本没什么感觉，除了第一天。

第一天痛得能把她折磨死。

她垫了片卫生巾，洗漱完便回到宿舍里。

宿舍的人陆陆续续地起床，苏在在躺回床上休息了一下，不知不觉就睡着了。

跟她一起被分到文科实验班的筱筱从厕所回来，立刻把她摇醒，说："在在，快起来，还有10分钟就9点了，迟到了会被教官记住的啊。"

苏在在有些蒙，立刻爬起来穿鞋。

两人快速地出了门。

快走到场地的时候，筱筱才发现："在在，你的帽子呢？"

苏在在一惊，下意识地摸了摸她的脑袋。

"我……"她有些着急，边走边想，"我好像放在厕所里了……"

"那怎么办啊？"

苏在在犹豫了一下，说："我回去拿吧。"

"来不及了啊。"筱筱把她扯到队列当中，小声道，"看看教官怎么说，第一天呢，可能可以通融一下。"

苏在在点了点头，没吭声。

哨声响起的时候，教官正好走来。他弯腰把水瓶放在地上，而后扫视了一圈，冷声道："站好。"

全班乖乖站好。

"先站15分钟，别动。"

"……"

"要动的喊报告。"

教官边说边绕着他们走了一圈，很快就发现了没戴帽子的苏在在。他的脸色一下子就沉了下来，走到她的面前。

"你的帽子呢？"

"……"

"我昨天说了没有，帽子、上衣、裤子、皮带、鞋子，一样都不能少。"

苏在在喃喃道："说了。"

"那你为什么不戴？"

苏在在因为例假难受得紧，连说话都软趴趴的："……忘记了。"

他的声音越发大："你怎么不把你自己忘了？"

苏在在正想开口说身体不舒服。

还没等她说出话来，苏在在看到眼前跑来一个人。

他的身后有另一个教官在怒吼着："我让你动了吗？"

张陆让跑到苏在在的面前，他微喘着气，把脑袋上的帽子扣在她的头上。

帽子被太阳晒得热乎乎的，被他的汗浸得有些湿润。

苏在在完全愣住了。

张陆让什么都没说，直接往回走。

教官没再为难苏在在，饶有兴致地往张陆让那边看。

张陆让的教官冷着脸看他回来，没让他归队，冷声重复道："我让你动了吗？"

张陆让轻声回："报告，没有。"

随后，教官再度开口，命令道："俯卧撑准备。"

张陆让立刻趴下，伏低身体，保持着姿势不动。

苏在在跟教官请了假，走到一旁的树荫下坐下。

她盯着张陆让。

感动是有，但更多的是觉得难过。

看到张陆让被罚，她觉得很难过。

教官还在他旁边冷笑着，说："你觉得你这样很帅？"

苏在在垂下眼，嘟囔着："就是很帅。"

5.

美好得让我觉得有点儿不现实。

——《苏在在小仙女的日记本》

哨声响起后，短暂的休息时间到了。苏在在看到张陆让站了起来，往厕所那边走。她连忙小跑着跟了上去。

听到后面的脚步声，张陆让停了下来，回头看她。

苏在在站定在他面前，踮起脚尖，把帽子戴回他的头上。他没反抗，轻声道："不舒服就回去坐好。"

苏在在从口袋里把防晒霜拿出来，塞进他的手里。

"让让，你记得涂，你的脸都红了。"

"……"

"太阳好大，不涂会晒伤的，很疼的。"

"好。"

"耳朵也要涂，隔两三个小时就要涂一次，不然没效果了。"

他乖乖地应下："嗯。"

"你别再乱动了,俯卧撑很累的。"苏在在嘱咐道。

"知道了,回去吧。"

苏在在沉默了一瞬,然后说:"我的心理承受力没那么弱。"

"什么?"

"教官骂得更凶些我也不会哭的。"她郑重道。

高兴是因为你,难过也只因为你。

午休时间。

苏在在在厕所里用热水擦了擦身体之后,便回到宿舍里。她正打算爬上床,下铺的筱筱立刻扯着她,八卦地问道:"在在,你跟理科实验班那小帅哥啥情况?"

"没什么。"她怏怏道。

"还不舒服啊?"

"嗯。"

"那你快睡会儿吧。"

睡得迷迷糊糊之际,苏在在隐隐还能听到宿舍另外五人压低着声音,兴奋地在说今天的事情。

"真心帅啊,为什么我没有一个这样对我的男同学!"

"不过有必要那么高调吗?好无语。"

"是有点儿吧……"

她拧着眉,把被子盖在脑袋上,隔绝了外面的世界。

另外一边。

张陆让拿着英语单词本在床上背单词。

同宿舍的李煜德凑了过来,对他比了个大拇指:"让大爷,你真酷。"

另外一个男生半开玩笑道:"被罚个俯卧撑就能俘获大美女的心,张陆让你可真有心机。"

听到这话,张陆让翻书的动作一顿。

李煜德接了话:"对啊,女生就吃这套,唉。"

"不行了,我也要努力了。"

张陆让:"……"

他的心思一动。

脑海里却猛地浮现起一个场景。

夜晚,星空下。

少女的脸涨得通红,满是不知所措。

——"我没想过这些,真的,从来就没有,我发四(誓)……"

张陆让的眉角一抽,他收回思绪,把注意力放回手中的单词本上。

……还是算了。

睡了一觉,苏在在的精神好了不少,她提前了半小时起来,把被子叠成豆腐状。涂完防晒霜她才开始换衣服。

这次,确定自己没落任何东西,她才出了门。

来得算早,班里还有一大半的人没来。

苏在在找了个树荫坐下,把帽子摘了下来,抱膝发呆。

没过多久,旁边凑过来一个男生。他大大咧咧地叉开腿蹲在她的旁边,好奇地问道:"同桌,你不舒服啊?"

苏在在瞟了他一眼,没答。

"你跟隔壁班那男的啥情况?"王南随口问。

"……"

"问你话呢!"

"很多情况。"苏在在敷衍道。

"……"

沉默了片刻后。

王南突然伸手把她垂在耳边的头发拢到耳后,调侃道:"头发这么散着不热?"

苏在在皱着眉,把他的手拍掉:"你干吗?"

说完之后,她也不想再待在这里,直接站了起来。

王南也下意识地站起身,说道:"喂,我就跟你开个玩笑。"

苏在在转头,疑惑道:"那你动什么手?"

"……"

她本来心情就不好,一点儿都不想再跟他废话。

苏在在刚想走到放水的位置把水瓶放好,一转头,就看到往这边看着的张陆让。

苏在在一愣,立刻小跑到他的面前。她小声地问:"你涂防晒霜了吗?"

"嗯。"

"我忘了告诉你,你记得要提前半小时涂啊。"

"好。"

苏在在眨了眨眼,想起刚刚的事情。为了避免造成误会,不管看没看到,她都得解释。

"你刚刚看到了吗?"

张陆让别开了眼,没说话。

"让让,你别吃醋呀。"

"我没有。"他皱眉,抬手摸脖子。

"……"

苏在在突然觉得他好可爱。

心情瞬间好了起来。

"不关我的事情,他突然伸手过来的,我都没反应过来。"苏在在认真地解释,想了想,继续道,"我也觉得你挺吃亏的,要不你也摸一次。"

张陆让:"……"

苏在在厚颜无耻道:"不然我今晚洗完头之后,明天再来献发?"

"……"

"你说话——"

她的话还没说完,面前的张陆让突然抬起了手,像揉酥酥的脑袋那样揉了揉她的头发。

苏在在还没反应过来。

张陆让立刻别开了眼,丢下一句话就走。

"不舒服记得跟教官请假。"

苏在在站在原地,傻乎乎地点了点头。

训练前立正站15分钟。

教官边说着话边绕着班里的人走了一圈。几分钟后，他走到苏在在的面前，用手指敲了敲她的帽檐，板着脸道："谁让你笑了？"

苏在在第一次觉得那么委屈。

她、她忍不住啊！

军训结束的那天，学校租了车把学生统一送回学校，学生再各自从学校回家。

苏在在排在班级的队列里。

班主任突然走过来说："分配给我们班的车有点儿小，位置只有四十个，有十个人得分散到别的班的车上坐。"

苏在在撑着伞，低头玩着手机。

"三个去理科实验班的车坐，还有三个去文科五班，剩下四个……"

闻言，苏在在猛地举起手："老师！我自愿坐理科实验班的车回学校！"

老师被她打断，一愣："……好。"

随后，她给张陆让发了两条消息。

——让让，我一会儿坐你旁边。

——给我占个位啊。

张陆让："……"

苏在在上了车之后，一眼就看到坐在倒数第二排的张陆让。她走了过去，看着他旁边的位置上放着他的书包。

张陆让抬眼，漫不经心地把书包提了回来。

苏在在坐了下去，转头看他。

他的皮肤在阳光下，白得发亮。

张陆让望向窗外，只露出半个侧脸。眼睫向下垂，长而卷，轻颤。嘴唇轻抿，有了些微向上弯的趋势。

苏在在欣赏了一会儿之后，说："你一定是涂防晒霜涂得很仔细。"

张陆让："……"

"等大学军训的时候，我也给你买防晒霜。"她轻声说。

苏在在等了一会儿，没等到他的回应。她也不在意，抱着书包窝在位置上，合上眼。

很快，一旁的张陆让把她书包扯过，叠在他的书包上面，而后轻声道："睡吧。"

苏在在看着他，乖乖地"哦"了一声。她确实也困，很快就睡着了。

张陆让看着窗外，发了一会儿呆。随后，从书包里拿出单词本背单词。

不一会儿，车一晃。

苏在在的脑袋一偏，靠在他的手臂上。

张陆让的身体蓦地一僵，但很快就放松下来。他舔了舔下唇，侧头看她，看着她秀气的脸，突然很轻很轻地开了口。

"我给你买。

"以后，你要什么都给你买。"

张陆让收回了眼，在心里想着，就让她靠10分钟，然后就叫醒她。

10分钟后，他想，再过10分钟吧。

就这样想了一路。

苏在在跟姜佳约好在校门口等，然后一起到车站坐车。

"我刚刚跟张陆让一起坐车回来的。"苏在在嘚瑟道。

姜佳低着头，不知道在给谁发着消息，半晌后才反应过来，说："可以的，追男神小达人。"

苏在在回忆这周，叹息了声："军训太痛苦了，而且还不跟你一个班，顶级的痛。"

"别吹水了，你家张陆让给你戴帽子的事情都传遍整个年级了。"

"……"

"眼光真好。"姜佳调侃道。

苏在在没说话，弯了弯唇。

"跟你说件事。"姜佳挠了挠头，有些不好意思，"我跟关瀚……"

苏在在蒙了，停下了步伐，震惊地看着她。

被她这反应弄得有些窘迫，姜佳拍了拍她的手臂："你干吗呀，太夸张了！"

"你……"苏在在完全不知道该说什么。

"也没多久，就军训前那周。"

苏在在突然垂下头："我觉得自己很失败。"

姜佳："……"

"我追张陆让追了……"苏在在开始掰着手指数，"一、二……六，都快半年了，我的天！"

"……"

"这周，一定得有实质性的进展！"苏在在举起手发誓。

"……你别冲动。"

周六下午，苏在在约张陆让一起出来遛狗。

小短腿已经4个月大了。

苏在在给它拴上了狗绳，带出门，到楼下跟张陆让会合。两人走到草坪处，把狗松开后，找了个位置坐下。

沉默了几分钟，苏在在犹豫着怎么开口。很快，她委婉道："你家酥酥有对象了吗？"

张陆让："……"

她想了想，性别好像还没确定。

苏在在继续道："酥酥是公的还是母的呀？"

"母的。"

苏在在一下子就兴奋起来："我家小短腿是公的耶。"

"……"

"你觉得它俩适合吗？"

"不。"

苏在在瞪大了眼，问："为什么啊！性别多合适啊！"

张陆让沉默了一瞬，有些尴尬："够不着。"

"什……"苏在在立刻反应过来，耳根发烫，"让让，你略污。"

张陆让："……"

"佩服得五体投地。"

"苏在在！"张陆让皱着眉喊她。

她立刻安静下来。

189

冷场片刻。

就在张陆让犹豫着，准备缓和气氛的时候，一旁的苏在在突然开口，说出了一句让他猝不及防的话。

"张陆让，你喜欢我。"

张陆让下意识地侧头看她。

那一刻，周围安静得像是消了声。

她也不再说话，紧张地捏着冒了汗的手，眼神肯定，毫不退缩。

张陆让的脑海里一片空白，想不起任何事情，听不到任何声音。

只能，看到她。

6.

我第一次想让他滚。

但我没胆，我憋着了。

憋着憋着就哭了，实在忍不住。

——《苏在在小仙女日记本》

张陆让的视线向下垂，注意到她握紧了的手心。力道很重，指甲深陷。

张陆让想，如果他否认了，她会觉得尴尬，或者难过吗？还是只是一笑置之？

他再度抬起了眼，撞上她投来的目光。

苏在在抿着唇，表情执拗，等待着他的答复，像个要不到糖果就不罢休的孩子。

张陆让不知道她为什么会问这个问题。

是他表现得太明显，让她觉得困扰了吗？

张陆让忽然……有些心塞。

他沉默了片刻，很快就低低地应了一声。

"嗯。"

喜欢这种事情，不能藏。

藏了的话，对方相信了怎么办？

以后要解释也挺麻烦的。

更何况，他也藏不住。

张陆让收回了眼，面上看不出什么情绪。他不知道接下来苏在在会有怎样的反应。

场面静止了一瞬。

下一秒，苏在在抓住他的手，压抑住口中将要脱口而出的尖叫。

"让让，你真喜欢我？你喜欢我啊？你喜欢我！"

张陆让："……"

因为激动的情绪，苏在在眼睛浮起一层水雾，波光潋滟。就算是得到他肯定的答案，她的眼底还是带了点儿小心翼翼。

张陆让叹息了声，说："嗯，不过我不会影响你的……"

他的话还没说完，立刻被苏在在打断。

"怎么能不影响！必须影响！你不影响我你就不是男人！"

"……"

情绪太激动，让她说话都破了音。

苏在在平复了下心情，装作一副镇定的模样。

"让让，我追了你半年呢！你怎么现在也得给我个名分了吧！"

闻言，张陆让猛地转头看她，脸上满是不可置信，半天都缓不过神。

苏在在被他盯得有些不好意思："……你、你干吗？"

他蓦地沉下脸，半晌后才说："你跟我说不是。"

张陆让这话让苏在在想起了她之前的答复。

——"你喜欢我？"

——"我没想过这些，真的，从来就没有……"

苏在在捏了把汗，面不改色地否认："我没说过。"

"你说过。"张陆让这次格外坚持。

"我真没说过。"

"……"

苏在在投降："好吧，我说过。"

张陆让的脸色还是不好看，但渐渐地浮起了红晕。

跟他想的不一样。

被欺骗的感觉……也挺好的。

"那我、我不好意思啊。"苏在在垂头,低声道。

"……"

没看出她哪里不好意思。

苏在在回想起那时候的场景,还是觉得自己的反应很机智。

"我说了你肯定得拒绝我,我才不给你这机会。"

"……"

"而且你当时要是拒绝了我,你估计就得孤独终老了。这么一想,还是我拯救了你的人生。"

张陆让的眉角一抽:"别胡说。"

"怎么就胡说了,你明明就爱我爱得死去活来的。"

张陆让的脸烧了起来:"苏在在!"

"唉,你说吧,今天在一起,还是明天在一起。"

"……"他沉默下来,没答话。

苏在在耐心地等待着。

瓮中之鳖,逃不掉了,也不急在这一时。

半晌后,张陆让犹豫道:"你现在还小。"

苏在在眨了眨眼,有些郁闷:"咱俩一样大,你不要用这种大我一个辈分的语气跟我说话。"

他没理她,继续道:"你爸妈管得严吗?"

为了放下他的心理负担,苏在在接着胡说八道。

"当然不啊!他们在我小学的时候就鼓励我去认识男同学了。"

张陆让:"……"

苏在在还想说些什么,就听到张陆让开口道:"还是太早了。"

好吧,苏在在也不想影响他学习。

大不了高考后再在一起,她等得起。反正已经互通了心意,也就差捅破那层纸。虽然没有名分,但以后估计可以对他动手动脚了。

苏在在突然觉得好幸福。

但两年……还是觉得好漫长。

她再接再厉道:"那什么时候?"

张陆让想了想，缓缓道："等你大学毕业之后吧。"

苏在在："……"

她侧头看他，以为自己听错了："你说什么？"

"……"

"你刚刚是不是说多了'大学'两个字？"

"……没有。"

反应过来后，苏在在瞪大了眼，不可置信道："张陆让！你疯了吧！"

张陆让被她这激动的反应弄得有些愣："怎么了？"

苏在在决定听他解释："为什么要等大学毕业之后？"

"你还小。"他认真道。

"……"她第一次被人怼得一句话都说不出来。

苏在在的精神开始崩溃，愤怒地分析道："让让，你是不是从哪里穿越来的，上辈子连孙子都有了？"

"……"

"或者说，你是从以前社会过来的。"

张陆让的眉头拧了起来："别胡说八道。"

苏在在立刻炸了："张陆让！你太自私了！"

"……"

"你剥夺了我的权利就算了！你现在还想让我奔三了才开始我的初恋！你做梦吧！你太自私了！"

"我……"

"我不想跟你说话了，你别跟我说话。"

苏在在别开头，站了起来，往小短腿那边走去。她蹲下身子，给它拴上狗绳。

张陆让跟在她的身后，有些不知所措。他顿了顿，软下声音道："苏在在，早恋不好。"

苏在在蹲了半天，给小短腿系好狗绳也没起来。

张陆让犹豫了一下，抬脚走到她的面前，也蹲了下来。近看才发现她眼眶都红了，正吧嗒吧嗒地掉着泪。

张陆让愣了,有些手忙脚乱:"你哭什么?"

"呜呜呜,太可怕了……"苏在在哭出声,"我居然还要单身六年,我不敢想象,你别跟我说话。"

他瞬间哭笑不得。

"那高考之后好不好?"张陆让妥协,轻声哄道。

苏在在瞬间止住了哭声。

被他这么一吓,苏在在突然觉得能高考之后就在一起真的是太幸福了。

两年算什么……

一晃就过去了。

她吸了吸鼻子,严肃道:"那就 2015 年 6 月 8 日下午 5 点。"

张陆让乖乖地点点头,不敢再说别的,只是道:"别哭了。"

苏在在回了家。她全身疲惫地在床上躺了一会儿,随后拿起手机找姜佳。

苏在在:我……

苏在在:唉。

姜佳:干吗?

苏在在:你知道吗?张陆让比我爸还保守。

姜佳:……

苏在在:一般人长了他那张脸,不应该趁年轻的时候多撩点儿妹吗?

姜佳:啥情况?

想到今天的张陆让,苏在在的眼眶又红了。

崩溃地敲了一句话上去。

——希望你四十岁之前能看到我跟张陆让结婚。

第六章
Chapter 6

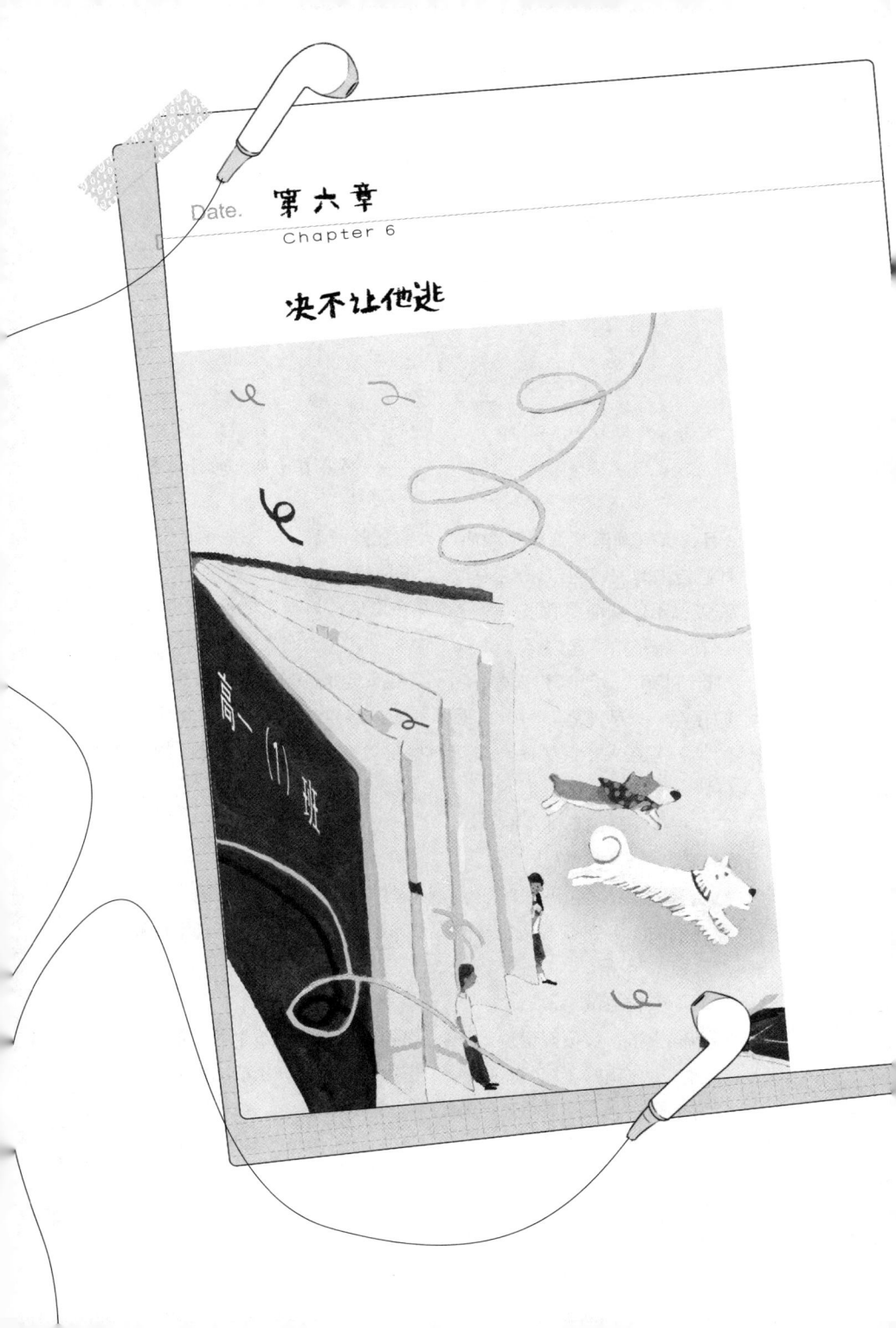

决不让他逃

1.

想跑？想得美。

——《苏在在小仙女的日记本》

6月，天气渐渐从温暖到燥热。天空瓦蓝清澈，水泥地被晒得滚烫发热。耳边传来蝉的鸣叫声，断断续续，很是响亮。

筱筱忍不住从前面转过头来跟苏在在说话，声音压低了些，对着班里其中一个人抬了抬下巴。

"那个陆雨，这次考得很好，居然还在那儿抱怨自己考得不好。"

苏在在一只手托腮，另一只手拿着笔，懒洋洋地在本子上比画着。听到她的话，苏在在抬起了头，表情有些犹豫，很快就开了口："她上次考得更好。"

筱筱把接下来的话咽了回去。

"好吧，学霸的世界我不懂。"

感觉有些冷场了，苏在在扯了个话题："这次第一是谁啊？"

与此同时，苏在在旁边坐着的人回来了。恰好听到苏在在的问题，王南挑着眉道："我啊。"

"噢。"苏在在没再说话。

见他回来了，筱筱好奇道："喂，南神，你这次数学也考了满分？"

"没有。"王南叹了口气，"最后一道题计算错了，粗心大意。"

说完之后，他看了苏在在一眼，刻意地补充道："不过过程都写对了，我觉得不难，挺简单的。"

可她完全没反应。

恰好上课铃响起，王南挫败地垂下头，翻开书。

过了一会儿，苏在在小声地开了口："王南，你知道空调遥控放在谁那儿吗？"

天气一热，教室里便开了空调。教室的空间都不小，因此Z中给每个教室都安了两台空调。因为空调室外机，两台空调都安在最里头那一组的一侧。

苏在在刚好坐在那一组。

"好像在班长那儿吧。"王南转头看她，"但没用啊，他们都调到二十八摄氏度了，不可能再往上调了，不然靠门那组的得热死。"

苏在在吸了吸鼻子，搓了搓手臂："知道了。"

注意到苏在在冻得嘴唇都紫了，王南挠了挠头，忍不住说她："我昨天不是提醒你带外套了吗……"

"忘了。"

他犹豫了一下，说："要不我的借你？"

苏在在转头看了他一眼，表情犹豫。她很快就收回了视线，将自己缩成一团。

这样感觉暖了不少。

苏在在再次搓了搓手臂，让上面被冻出来的鸡皮疙瘩消下去。随后，她瓮声瓮气地拒绝道："不用，我不喜欢穿别人的衣服。"

王南没再说话。

苏在在想了想，继续道："不过还是谢谢了。"

下课后，苏在在拿起水瓶，打算去饮水机那儿装点儿热水。

一出教室，一阵热浪袭来，让苏在在冰冷的身体瞬间舒缓了些。没走几步，就撞上了从理科实验班出来的张陆让。鼻梁撞上他的背，有些酸麻。

苏在在用手揉了揉鼻子，抱怨道："你是不是想谋杀你未来的老婆。"

张陆让："……"

他直接忽略了苏在在的话，转过身，垂头看着她的脸。

确定她没撞疼，他才松了口气。

很快就皱着眉教训她："别乱说话。"

"我乱说什么了？"苏在在不服气地问。

"……"

"我说得不对吗？"

他沉下脸，冷声道："苏在在。"

苏在在一下子就怂了，但还是硬着头皮指责他。

"你干吗，每次说不过我你就凶我。"

"……"

苏在在思考了下，振振有辞道："我哪儿说错了？咱们连什么时候在一起的时间都定好了，谈恋爱的下一步不就是结婚吗？"

张陆让别过头，耳根发烫，不想理她。

"所以我说我是你未来的老婆有什么错？"

"……"

完全得不到他的回应，苏在在郁闷道："你是不是想玩弄我？"

闻言，张陆让转头看她，否认道："没有。"

苏在在才不理他说的话："可你居然连结婚都没想过。"

"……"

"我对你很失望，你是个流氓。"

张陆让忍无可忍，心中的话直接脱口而出："我想过。"

苏在在蒙了，呆呆道："你说什么？"

他表情极度不自然，别扭地挪开了视线。

下一秒，苏在在的脸红了个彻底。

两个人打完水后，见张陆让直接抬脚往回走，苏在在连忙扯住他："我们晚点儿再回去吧，教室太冷了，我得在外头缓缓。"

张陆让的脚步一顿，但还是继续往回走。

苏在在也不再强求。

她走在张陆让的旁边，突然想起一件事情。

"让让，你这次数学考了多少分呀？"

他淡淡答道："150 分。"

苏在在垂下头，替他开心，弯了弯唇。随后，她小声地开口，心情有些低落。

"我才考了90分,刚及格。"

张陆让下意识地侧了头,看着她脸上的表情。很快,他莫名其妙地开了口:"这次数学挺难的。"

苏在在转头。

见他满脸的认真,原本垂在大腿旁的手却又抬了起来,搭在脖子上。

她有些蒙,很快就反应过来,"哦"了一声。苏在在凑到他的面前,嬉皮笑脸地道:"让让,你在哄我耶。"

说这话的时候,两个人刚好走到了理科实验班的门口。张陆让没回她,直接走进了班里,丢出一句话。

"在这儿等我。"

虽然不知道他要干吗,苏在在还是乖乖地站在门口。没过多久,他就拿着件外套走了出来。

苏在在立刻把手背到身后,不肯接。

"你自己穿,你的座位也在空调下面啊。"

"……"

"让让,你生病了才是对我最大的困扰,你别老给我添麻烦。"

他叹了口气,说:"我带了两件。"

闻言,苏在在放在背后的手渐渐放松了,疑惑道:"啊?你干吗带两件?"

张陆让没回答她的话,扯住她的手腕,把衣服塞进她的手里。

"别感冒了。"他轻声说。

日子就这样一天一天地过去。

张陆让出了家门,坐上林茂的车。他将书包放在一旁,侧头看着外面的景色。

阳光刺眼,让人看恍了神。

张陆让收回了目光,稍稍调整了一下坐姿,合上眼。

林茂没有立刻发动车,他的指尖敲打着方向盘,似乎在思考着什么。随后,他叹息了声,开口道:"阿让,你可能下学期还是得回B市读高中。"

199

听到这话，张陆让立刻睁开了眼。

"Z市异地高考要的证明太多了，我没有那个把握能让你在这边高考……"林茂顿了顿，继续道，"我跟你爸说了，他说不会让你去B中读书。"

张陆让没说话。

林茂也不知道该说什么了，默默地发动了车子。

过了许久，张陆让才轻声问："那我寒暑假的时候能过来吗？"

听到他开了口，林茂才松了口气："要过来就过来，你爸妈不让我就过去接你过来。"

张陆让沉默了下来，脑袋一片空白。他莫名地想起了那天，苏在在看着公告栏上的成绩，瞪大了眼夸他，言笑晏晏：

"让让你太厉害了吧！"

他的好，就算别人看不到，苏在在也看得到。

张陆让突然扯了扯嘴角，豁然开朗地说：

"舅舅，就去B中吧。"

张陆让刚走进教室没多久，苏在在从后门走了进来，站在他的位置旁边。

张陆让习惯性地站了起来，坐到同桌的位置上，把自己的位置腾给她。

苏在在坐了下来，自顾自地乐了半天。

张陆让在旁边一脸冷漠。

苏在在笑够了才开口说："让让，你知道物理老师剃光头了吗？天啊，笑死我了……这也太光了吧。"

张陆让："……"

被他盯得有些莫名其妙，苏在在眨了眨眼，问："干吗呀？"

张陆让沉默了一瞬，说："他上周一就剃了。"

"……"

苏在在立刻垂下头，乖乖承认错误："我、我没抬头看过他……"

张陆让皱起眉头，冷声道："苏在在，好好听课。"

苏在在没反驳，乖乖地点头。

张陆让教训完她后，嘴巴又张了张，却还是什么都没说。

高一下学期的散学典礼后,苏在在绝望地躺在床上,动都不想动。

一点儿都不想放假。

一放假就见不到张陆让了。

见不到张陆让,就等同于有了潜在的并且不易被察觉的竞争对手。

她还没往深点儿去想,手机振动了一下。

张陆让发来一条消息。

——现在能出来吗?

出了门,苏在在蹦跶着跑到张陆让的面前。看着他表情不太好,她立刻收起笑脸,问道:"怎么了?"

夜晚,气温有些凉。路上没什么人,空气安静得有些沉。风吹,身旁的树枝晃悠着。

张陆让舔了舔唇,小心翼翼地道:"苏在在。"

"啊?"

他垂头,盯着她的眼:"我下学期要回B市读书了。"

张陆让的语速很慢,咬字清晰。

苏在在听得一清二楚。

她愣了愣,还是装作没听清楚的样子。沉默了一瞬之后,才缓缓地开了口。

"我不知道你在说什么……我要回家了。"

张陆让立刻扯住她的手,说:"我……"

苏在在甩开他的手,眼泪立刻掉了下来。她抬起手,捂住眼睛,忍着哭腔发脾气。

"你每次都这样!"

张陆让站在她身前,喉结滚动着,不知道该做出什么反应。

苏在在垂着头抹眼泪,开始说反话:"算了,你爱怎样怎样,你高兴最好。"

张陆让张了张嘴,还没说出话。

眼前的苏在在突然哭出了声,扯住他的手,呜咽道:"不行,你不准回去,哪有你这样的……我不管……"

"苏在在,别哭了。"他叹了口气,"我没法在这边高考才回去的。"

"不行!"她完全听不进去,只知道拒绝。

"我放寒暑假的时候会回来的。"他说。

听到这话,苏在在才慢慢地止住了哭声。

可她还是受不了。

上学要上 5 个月,寒假才放 1 个月。

差了 5 倍……

"那你什么时候回去?"她红着眼,问道。

他认认真真地回答:"开学前一周我再回去。"

"你不会到那边就交上更好的朋友了吧。"

张陆让肯定地道:"不会。"

苏在在听不进去,思绪还有些混乱,胡乱地说着话。

"你又不肯给我一个名分。"

"……"

她想了想,无赖道:"那你抱我一下我才让你去。"

声音带了点儿鼻音,像是在撒娇。

闻言,张陆让后退了一步,整张脸红得像要滴血。他压低了声音,咬着牙道:"苏在在!"

苏在在的眼眶还是湿润润的,在月光的照耀下泛着光。她立刻扯住他的衣摆,满脸的任性。

决不让他逃,也不想让他逃。

2.

二垒了,嘿嘿嘿。

纪念一下哈,2013 年 7 月 12 日。

——《苏在在小仙女的日记本》

画面像是静止了下来。

张陆让的全身僵硬,动都不敢动。他的喉结滚了滚,眼神沉了下来。

眼眸漆黑如墨，隐晦不明。

苏在在盯着他的眼睛，慢慢地松开了手。她郁闷地垂下了眼，小声道："你怎么老是一副是我占你便宜的样子。"

"……"

"我、我也是那么……"苏在在越说越小声。

沉默了一瞬，她挫败道："好吧，好像确实是我占你便宜。"

见他还是不说话，苏在在有些恼羞成怒。

"不抱就算了，我回家了。"

与此同时，张陆让单手扯住她的手腕，把她带了过来，另一只手瞬间捂住她的眼睛，修长的手指带了点儿凉意。碰触到她的肌肤，却使她脸上的热度越发强烈。

苏在在的呼吸一滞，心脏怦怦直跳，手心紧张地握了拳，轻轻抵在他的胸膛上。

"你别老招惹我。"他的语气有些委屈。

她还来不及说些什么，随后，怀中感受到一片温热。

苏在在的脑袋顿时噼里啪啦直响，像是炸开了花。

张陆让的动作很快，轻轻触碰了一下就分离开来，却让苏在在感觉，皮肤像是被他反复地捻磨捏弄过，火辣辣地烧了起来。

他的手依然放在她的眼睛上，没有松开。

下一秒，苏在在听到他开了口，声音低沉又沙哑，带了一点儿小情绪。

"我会忍不住。"

等他把手松开的时候，苏在在睁开眼，看到他背对着她，闷闷地丢出了一句话。

"我回去了。"

苏在在也不知道该做出什么反应。她表情呆滞，轻轻地"哦"了一声。

听到苏在在的回答后，张陆让才抬脚往回走。

苏在在站在原地，没有立刻回去。盯着张陆让的背影，直到他走到转弯处，然后，向左拐。

苏在在顿时反应过来刚刚发生了什么，她抬起手，试图让脸上的温度降下来。傻乎乎地转身，往家里走。

等待电梯的时候，她突然想起，张陆让的家，不是……该往右的吗？

苏在在走进房间，坐在床上，抱着枕头发呆。

半小时后，她犹犹豫豫地打开手机，给张陆让发了条微信。

——2013年7月12日，我们抱抱啦！

张陆让："……"

他立刻丢开手机，将脸埋入枕头里。

房间里，空调发出"咔咔"的运作声。床下的酥酥正在睡觉，呼吸匀速又浅。光线很暗沉，唯有窗外照射进来的月光，以及床上那手机发出的微弱的光。

许久后，似乎觉得有些闷，张陆让翻了个身。藏在枕头下头的嘴角，早已悄然无声地弯了起来。

似乎猜得到他不会回复，很快，苏在在再度发来两条消息。

——让让，我数学好差呀。

——你帮我补补好不好，我没钱上补习班（她又加了一个可怜的表情）。

他用手背抵着唇，慢腾腾地打了个字。

——好。

隔天下午，苏在在把要用的书塞进书包里，背上，往楼下走，到楼下跟张陆让会合。

两人往菁华附近的一家甜品店走去。

见到她的时候，张陆让的表情还有些不自然。他想当作什么也没发生过，没有说话，可苏在在却厚颜无耻地开口问道："你觉得滋味怎么样？"

张陆让："……"

"你喜欢不？想不想再来一次。"

张陆让停下脚步，面无表情地看着她。

见状，苏在在立刻改口："走吧，学习。"

就算她及时地换了话题，张陆让还是皱着眉教训她。

"你别老想这些。"

苏在在蹦跶到他的面前，跟他面对面，倒退着走。

"你给我个明确的回答。"

张陆让把她扯了回来，说："好好走路。"

"哎，你怎么这么……"苏在在郁闷得要死，"我要说你什么好……"

"……"

"唉，两年，你自己想吧。"苏在在压低了声音，威胁他，"我、我也是有可能碰上别的男生的。"

闻言，张陆让转头看她。

虽然不知道有没有用，苏在在还是心虚地继续说："我跟你说真的，你……"

张陆让打断了她的话："给。"

听到了意想中的答案，苏在在"哦"了一声，没再说话。她垂下头，嘴角翘了起来。

没走几步路，身旁张陆让再度启唇。

"不准跟别的男生玩。"他闷闷道。

两人走进了甜品店里，找了个靠窗的角落坐下。店里的环境很好，暖黄色的灯光显得格外温馨。轻音乐在耳边回荡着，令人心情舒适。

苏在在先坐了下去，然后拍了拍旁边的位置，示意他坐下。

张陆让本想坐到对面，见她这样还是乖乖地坐到她的旁边。

两人点了两杯饮料就拿出了练习册。

苏在在从练习册里抽出期末考试的试卷，翻了翻，然后说："我感觉前面的题我都没怎么错，但是后面三道大题基本都不会……"

张陆让拿过那张试卷，一一扫过她写在上面的答案。期末考试的试卷还没评讲，所以苏在在也不知道她错了多少。

张陆让垂着眼，低声问道："你考了多少分？"

"这次考了 102 分！"她骄傲道。

他提起笔，画出她错了的题："选择题你错了四道，填空题两道，扣 30 分。"

苏在在不敢相信："不可能吧，那我怎么拿的 102 分！"

205

"……"

她不想面对现实,开始把原因放在他的身上,说:"让让,你别以为你的答案就是正确答案。"

张陆让:"……我拿了满分。"

"哦。"苏在在垂头,虚心请教,"哪里错了?"

还没等他开口,苏在在继续道:"这样一算,我选择填空拿了 40 分,这就说明我大题拿了 62 分……"

"……"

"不是吧,我后面三道大题全部乱写的啊!"

张陆让眉角一抽,开始给她讲题。

讲完一遍后,苏在在郁闷道:"这里为什么左加右减?"

他继续讲。

"唉,我还是不会。"

张陆让决定再讲一遍。他刚张嘴,话还没出来。

苏在在嬉皮笑脸道:"你亲我一下我说不定就会了。"

他侧头看她,冷声道:"你是不是想回家?"

"……讲下一题吧。"

等他把最后一道大题讲完,苏在在消化完后才说:"让让,我给你讲英语吧,这次英语可难了。"

张陆让:"……"

"你考了多少呀?"

张陆让犹豫了一下,答道:"80 多分。"

苏在在眨了眨眼:"你怎么进步得那么快。"

他没回答。

苏在在托着腮,不知道在想些什么。

过了一会儿,她突然问了句:"让让,如果我考不上 Z 大怎么办?"

张陆让翻开她眼前的练习册,也没把她的话放在心上。

"好好做题。"

张陆让回B市的前一天晚上,他犹豫了一下,还是把苏在在叫了出来。

苏在在心情很低落,走到他面前也没主动说话。

张陆让扯住她的手腕,把手中的袋子给她:"拿着。"

"哦。"她乖乖接过。

苏在在打开看了一眼。

七排果冻。

很快,她听到张陆让开了口:"你一天吃一个,吃完我就回来了。"

闻言,苏在在抬头看他。

张陆让弯着唇,耐心地哄她:"然后我再给你下次的分量。"

她的心情莫名好了些,小声道:"知道了。"

张陆让犹豫了下,硬着头皮叮嘱道:"不准跟别的男生玩。"

3.

为什么每天只能吃一个果冻?

为什么国庆才能见到让让?

为什么,国庆见到他的时候,

那么幸福的时刻,他却不相信我每天真的只吃了一个果冻?

——《苏在在小仙女的日记本》

下午放学后,苏在在先回宿舍洗了个澡。洗完衣服后,她用搭在脖子上的毛巾擦着头发。走到柜子旁边,拿出手机看了一眼。

苏在在在午休前给张陆让发了一条消息。

——你的新同学怎么样呀,学校环境好不好?

他刚回复:都挺好的。

看到这句话,苏在在虽然觉得松了口气,但莫名其妙地,又有些心塞和不悦。她抿着唇,直接问道:我不在也好?

等了一阵,没等到回复。

苏在在也没在意,把手机放了回去,而后拿起吹风机到洗衣房吹头发。

10分钟后,苏在在回到宿舍里,把吹风机放进了柜子里。

恰好看到屏幕亮了起来。

张让让发来一条消息。

——嗯。

苏在在:"……"

她还没来得及发火,那头再度发来两个字。

——不好。

走出宿舍楼才发现外面下雨了。

苏在在重新回宿舍拿了伞,想了想,她走到柜子前,再给张陆让发了几条消息。

苏在在:Z市这边下雨啦。

苏在在:如果你那边也下雨了,记得带伞。

苏在在:不要淋雨。

她犹豫了一下,最后还是把手机放了回去。拿到教室肯定会忍不住找他聊天,说不定还会影响到他,让他也带手机去教室了。

苏在在没再多想,出了门。

夏天的雨,来得急躁,哗啦哗啦地砸在地上。空气中混杂了些泥土的气息,让人心生躁意。

苏在在小心翼翼地避开路上大大小小的水坑,先到小卖部买了几支笔芯。走出小卖部,她下意识地转头,看向校门口的方向。

想起了第一次见张陆让的时候。

感觉,时间过得好快。跟他待在一起的时间,好像一晃就过了。

她突然觉得好难熬。

苏在在坐回位置上。她放下书包,伸手从桌子侧边挂着的袋子里拿了个果冻出来。

王南单手撑着太阳穴,侧身看她。

"你还真是一天吃一个。"

苏在在撕开上面的那层包装纸,发出"刺啦"一声。

第十一个,第二排还剩一个。

总共还有三十一个。

但离国庆好像只剩二十五天了。

让让是不是给多了一排?

她还没想清楚,旁边的王南开口道:"哎,给我一个。"

苏在在立刻拒绝:"不行。"

"苏在在,你真是越活越抠门。"

"……"

"你最近怎么都不说话?"

苏在在敷衍道:"我要留着精力好好学习。"

过了一会儿,王南还是忍不住,再度道:"我生日的时候你来不,去豪庭唱K。"

闻言,苏在在有些犹豫,想着怎么拒绝。

让让不让她跟别的男生玩呀。

"来吧,我请的都是以前九班的,而且才高二,那么紧张干吗?"

苏在在想了想,问:"什么时候?"

"就10月3号。"

这个时间让苏在在原本动摇的心瞬间稳住,立刻道:"不去,我有事。"

王南沉默了一瞬,说:"那4号?"

苏在在垂下头,把装果冻的塑料壳扔到一旁的垃圾袋里,认认真真地开了口:"国庆七天我都没空。"

不确定他是不是有那个想法,苏在在还是很刻意地补充了一句:

"我要陪张陆让。"

苏在在刷微博的时候,恰好看到姜佳转发了一条微博,还"圈"了她。

@姜佳不吃姜:你看第三张像不像你家那位。@很苏的小仙女 //@小竹已:B大各系系草图,妈妈我要复读!

苏在在直接戳进第三张看了一眼。好像是挺像的,五官的轮廓都差不多,不过还是张陆让长得比较好看。

苏在在把图存了下来,发给张陆让。

苏在在把图片发给他看,聊天气泡前的小圆圈不断转动着,很快就变

209

成了一个红色的圈，里面是一个白色的感叹号。

她滑开通知栏看了一眼。
Wi-Fi 断掉了。
苏在在重新连了一次。
一连上，就收到了他的消息。
——微信红包。
苏在在没点开，觉得有些好笑。她弯着唇，敲打着屏幕。
苏在在：你是我家长吗？还给我零花钱。
1 分钟后，他说：不是。
张陆让：但我想给你。
苏在在的呼吸一滞，她能想象到，如果他现在就站在她的面前，大概会别开脑袋，不敢跟她对视。
可就是，想对她好。

国庆假的第一天，虽然张陆让说了中午才到，苏在在还是早早地起了床，兴奋得根本睡不着。她看了看时间，张陆让现在估计还在飞机上。
但苏在在还是忍不住给他发了条微信：你到了吗？
在床上打了几个滚后，她才起床去洗漱。
到冰箱里找了点儿吃的，苏在在便回到房间里写数学题。写完选择题后，她想了想，再给他发了条消息。
——要不要在总骑单车去接你。
发送成功后，她继续陷入题海中。
苏在在卡在一道题上过不去，在草稿本上涂涂画画着，不知不觉就趴在桌子上睡着了。
半晌后，她被一旁的手机振动声吵醒。
苏在在立刻抬起头，摸起手机看了一眼。
张陆让给她打了个电话。
苏在在连忙接了起来，兴奋地喊了声："让让。"
张陆让的心情似乎不错，声音带了点儿笑意。

"到了。"

她直接从椅子上跳了起来:"你在哪儿?"

听到他的回复,苏在在立刻往外跑,下了楼。

看到张陆让的身影时,她莫名地眼睛一酸。

苏在在没了刚刚那般的急切,慢慢地走到他的面前。

沉默了一瞬后,她垂着头,低声问:"你要不要抱抱我。"

苏在在想,如果他拒绝了,那她就直接扑上去。

还没等她扑上去,张陆让蓦地握住她的手腕,用力一扯,清冷凛冽的气息瞬间扑面而来。

只抱了一瞬,他便松开来。

张陆让抬起手揉了揉她的脑袋,软下声音问:"果冻吃完了吗?"

没想过张陆让会真的抱。

苏在在的心瞬间冒起了粉红色的泡泡,她乖乖地回答:"还有一排。"

想到这个,她有些好奇。

"你怎么多给了我一排呀?"

听到这个问题,张陆让犹豫了一下。

最后还是选择实话实说。

"不相信你会真的一天只吃一个。"

"……"

4.

唉,怪我。

怪我长得不够好看,没有那种能让他一见钟情的能力。

不过,成功当然是靠后天的努力。

我就是个例子。

——《苏在在小仙女的日记本》

注意到苏在在投过来的视线。

张陆让舔了舔唇,破天荒地想改口,但他实在不知道改成什么话,能让她感觉自己一点儿都不刻意。

还没等他说出话来,苏在在语气沉重,慢悠悠地开了口:

"让让,我跟你说。正常来说,这种情况我应该要生你气才对。"

"……"

"不过才七天,我就不浪费时间在这上面了。"

她的声音倏地低了几分,像是在喃喃自语,脑袋也低垂着,宛若在引人去抚摸。

张陆让的心脏瞬间软得一塌糊涂,他张了张嘴,轻声道:"我……"

还没说完,苏在在立刻抬起头,哼唧了声:"那就先欠着吧。"

"……"

"等以后有空了,我再来教训你。"

"……"

她苦口婆心道:"让让,做人不能恃宠而骄。"

"……"

"唉,你真是被我惯坏了。"提到这个,苏在在有些骄傲。

张陆让挪开眼,不想理她。

盛夏时节,闷热无风,柏油路被阳光暴晒,泛出点点银光。路上的行人撑着太阳伞,来去匆匆。

苏在在着急着出门,也没带伞。她摸了摸额头,提议道:"让让,我们去上次附近那家咖啡馆吃东西吧。"

张陆让点点头:"好。"

随后,他从书包里拿出一把纯黑色的遮阳伞,递给苏在在。

苏在在下意识地接过。她拿着伞,没半点儿动作。

张陆让等了半分钟,忍不住问道:"怎么了?"

"没什么。"苏在在叹息了声,"就是突然感觉,以后咱俩结婚了,换灯泡修水管这些事情估计都是我来做。"

张陆让:"……"

苏在在边说话边把伞打开,抬手举高。

"过来,细皮嫩肉的,不能晒。"

"……你自己撑。"

"我刚刚,说骑单车去接你,你拒绝了我。"

"……"

"现在我要给你撑伞,你也拒绝我。"

"……"

苏在在看了他一眼,趁机摸了摸他的手,然后若无其事地说道:"你真像个小公主。"

张陆让眉角一抽,把她手中的伞拿了过来。

伞面一倾,一大半都遮在她的身上。

苏在在侧过头,盯着他握住伞柄的手。白皙修长,温润如玉。

她垂头看了看自己的,有些认真地问道:"让让,你觉得咱俩第一次牵手是我主动还是你主动?"

这种问题是直接问的吗……

张陆让有些不知所措。

他还没想好怎么回答。

就听到苏在在郁闷地开了口。

"唉,不能指望你。"

张陆让莫名有些不悦,沉下声音:"苏在在。"

闻言,苏在在再接再厉。

"我的地位什么时候能从苏在在变成在在。"

"……"

"你看,你又不说话了。"苏在在开始教训他,"除了第一次拥抱是我逼迫着你主动来的,估计以后什么都要我来主动。"

他别开脸,没说话。

苏在在掰着手指,一件一件地说。

"牵手还没试过,还有什么……哦上……"说到这里,她顿了顿,喃喃道,"这样想好像也不错。"

张陆让实在忍不下去了。

"别胡说八道。"

"好吧,都是我主动。"苏在在心情大好,不再跟他计较那么多,"你长得好看就够了。"
"……"
算了,他不说话了。
几分钟后,苏在在又道:"不过我还是挺想看你狂野奔放的样子的。"
场面沉默了一瞬。
"苏在在。"他淡淡道。
"啊?"
张陆让第一次威胁她。
"你再不正常点儿我回家了。"
"……"

两人走进一家咖啡馆里。店里零零散散地坐着几个人,很安静。灯光有些昏暗,氛围暧昧。
找了个位置坐下,张陆让点了杯咖啡。他想了想,给苏在在点了杯鸳鸯奶茶还有一个熔岩巧克力蛋糕。
苏在在托着腮,还在想刚刚的事情。
"让让,你威胁人的方法,我小学就用过了。"
"……"
她笑嘻嘻地模仿:"哼!你再这样我就回家了!"
张陆让面无表情地看着她。半晌后,他轻声道:"你回吧。"
"……"

苏在在立刻转移了话题:"我跟你说,姜佳跟关瀚关系很好。"
"嗯。"
"他们两个刚好都在理科十二班。"
"……"
"我还没尝过跟你待在一个班的滋味。"苏在在闷闷道。
他望了过来。
苏在在弯起唇,开始跟他说之前在脑海里想象的内容。
"想跟你当同桌,然后装作跟你借笔,趁机摸手。"

"……"

"或者是,假装笔掉了,弯下腰捡的时候,假装不经意地碰到你的腿。"

苏在在越想越觉得这方法好,她喜滋滋地问道:"我这种方法是不是更容易追到你。"

张陆让沉默了一瞬,认真道:"我可能会报警。"

苏在在顿时不知道该说什么。看着他那副严肃的模样,她简直要被气笑了。

可她想到未来。

同一所大学,同一个前进的方向。

苏在在恍了神,轻声问:"让让,我们会一直在一起吧?"

她觉得她的喜欢,太过炽热。

好像一生,都燃不尽了。

听到这话,张陆让愣了一下。

两人的视线对上。

苏在在看到他弯了弯唇,小声道:"会的。"

你知道吗?

不是只有你离不开他。

他也离不开你。

把蛋糕吃完之后,苏在在还是不想回家。她托着腮,问道:"那你下次回来是不是就是寒假的时候了。"

"嗯。"他低声应道。

"可是寒假还包括新年啊,这么一算,半个月都不到。"

想到这个,她的心情顿时低落了不少。

张陆让也不知道该说什么。

过了一会儿,苏在在不满地嘟囔着:"我这运气也是……"

"……"

"你学校有什么漂亮的女生吗?"她问。

张陆让认真地想了想:"不知道。"

苏在在瞪大了眼,指责他:"你居然说不知道!你不应该立刻说没有

215

的吗？不管再漂亮的人站在你面前，你都应该觉得我是最好看的啊。"

张陆让看着她，眼底有着不知名的情绪，像是在挣扎着怎么回答。

过了一会儿，他垂下头。

不敢看她。

"我喜欢你。"

苏在在的心跳漏了半拍。

她还没来得及激动，就听到张陆让继续道："不是因为你的脸。"

"……"

为什么她觉得，张陆让回了一趟B市，好像没有以前那么单纯可爱了。

苏在在也不想再说话了。

张陆让叹息了声，主动开口："你要好好学习。"

"……哦。""教导主任"又来了。

"下学期就学业水平测试了。理科别再不听了。"

"嗯。"苏在在开始敷衍。

他安静了下来。

大概是过了几分钟吧。

"我放不下心。"他喃喃道。

将最后一口奶茶喝完，两个人起了身，往家里走。

外头的天气倏地就阴沉了下来，大团的乌云聚集在了一起，密密麻麻的，像是山雨欲来。

见状，苏在在也懒得再撑伞。她走在张陆让的旁边，笑嘻嘻道："让让，你记不记得咱俩第一次见面呀。"

"……嗯。"

"那你什么想法？"

就……第一次见面就被她骂了，是什么感受。

他好像也没因为这个，就对她态度不好。

张陆让没回答。

苏在在突然笑了声，说："我觉得，你当时估计是在想……"

他侧头，耐心地等待着她接下来的话。

"怎么吸引我注意。"

张陆让似乎完全理解不了她为什么会得出这样的结论。他立刻皱了眉头，一字一顿道："别胡说。"

苏在在厚颜无耻道："我哪胡说了。"

"……"

苏在在越想越觉得有道理："你真幸福，什么都不做，就能认识漂亮优秀的我。"

张陆让没说话，任她乱想。

"我为什么不能长成那种，能让你一见就想认识的模样。"她忽然觉得有些可惜。

他忽然笑了下，伸手揉了揉她的头发，说："这样就很好。"

两个人走进小区里，看到路过的一对双胞胎，苏在在突然想起之前在微博上看到的那张照片。她边打开手机，边问道："让让，你有哥哥吗？"

张陆让摇了摇头："没有。"

苏在在顿时没了给他看那张照片的欲望。

过了一会儿，张陆让继续道："只有个弟弟，比我小一岁。"

听到这话，苏在在来了兴致："你有弟弟啊？"

"嗯。"

"你们俩长得像吗？"

张陆让思考了下，也不太确定。

"应该挺像的。"

"性格也像吗？"苏在在爱屋及乌般地继续问。

这次他回答得很快："不。"

苏在在还想继续问。

张陆让主动开口道："他性格很好。"

明朗向上，像阳光一样。不像他，孤僻又寡言。

苏在在眨了眨眼，认真道："你也很好。"

张陆让没说什么。

217

瞬间冷了场。

苏在在半开玩笑道:"你俩谁长得更好看呀?"

他依然回答得很快。

"我弟。"

苏在在"哼"了声,纠正他的话:"我家让让最好看。"

他忽然垂下头,弯了弯唇。

见状,苏在在继续夸他:"帅到让人神魂颠倒。"

张陆让笑出了声。

随后,他认认真真地承认了下来。

"嗯。"

5.

我喜欢她。

我不知道她为什么喜欢我。

但她能喜欢我,我很高兴。

我会一直对她好。

——张陆让

张陆让订了周六上午的机票回去。临走前,他给苏在在送了一套题。

——2014年理综学业水平测试。

苏在在蒙了:"所以果冻呢?"

见她一副快要爆发的模样,张陆让舔了舔嘴角,认真地解释道:"吃太多果冻也不好,你把这些题做完我就回来了。"

与此同时,苏在在看到了封面上那个巨大的"20"。

20套。

一套包括物理、化学、生物三科。

一科六十道选择题,三科加起来一百八十道。

她沉默了一瞬,轻飘飘地丢出了一句话:"你是不想再见到我了吧?"

张陆让:"……"

"而且，"苏在在掰着手指算了算，"还有8个月才学业水平测试，我就算现在写了，到那时候都忘光了。"

他抿着唇，冷声道："三科都要拿C才能上一本。"

苏在在毫不在意："我总不可能连50分都考不到吧，全是选择题呢！我会做二十道，再蒙十道，我就50分了，能有多难。"

"……分值不一样。"

不是说，你做对三十道就能拿50分。

他没把这句话说出来。

苏在在撕开外面那层透明的包装纸，把试卷抽了出来。她垂下眼，随意地翻了翻，还是觉得没什么难度。

苏在在有些困惑："你在担心什么？只有选择题呀。"

上高二后，每周物、化、生都只剩一节课。

她每次想趁着这几节课写别的科目的试卷的时候，想起他的话都会默默地放下试卷，好好听课。

所以苏在在觉得完全没压力。

但张陆让的想法明显跟她的不一样。

"怕你蒙得都不对。"他的眼底有些忧愁，"有大题还能写公式拿分。"

提到她的学习，感觉他就特别认真。

虽然苏在在挺高兴他这么关心她，但是，她还是忍不住问："你为什么那么肯定我一定是蒙的？"

他垂下眸子，凝视着她的眼。

苏在在被他盯得有些不好意思，稍稍侧了头。

金灿灿的光透过树叶间的缝隙洒了下来，其中一束正好投在苏在在的眼上，让她忍不住眯眼。

张陆让下意识地抬起手，挡住那道光。

然后，苏在在听到他开了口，声音温润如玉，像是微风拂过了耳侧。

"啊。"

他恍了神，像是陷入了回忆当中，很快就回过神来，语调带笑：

"——镁铝钠硅磷。"

苏在在一下子就想起了之前在他旁边背的化学元素周期表。

她也不太在意,厚着脸皮将他后面三个字忽略。
"你夸我是美女。"

张陆让愣了下,认真问道:"你分不清 n 和 l 吗?"
苏在在面不改色地点点头。
他垂下眼,像是在回忆着以前她说的话,很快就抬起头,想反驳她说的话。
苏在在适时地开了口,嬉皮笑脸道:"比如,那个让让。"
听到自己的名字,张陆让下意识地看着她的双眼。
她的笑眼弯弯,闪着星星点点的光。红唇轻启,一张一合。
"我会说成,'辣'个让让。"
张陆让眉角一抽,刚想说些什么,口袋里的手机响了声。他拿出来看了一眼:"我得走了。"
苏在在的好心情瞬间荡然无存,她下意识地握住张陆让的手腕,小声问道:"我不能送你到机场吗?"
"不能。"他立刻拒绝。
"哦。"
他叹了口气,解释道:"我不想你一个人回来。"
苏在在沉默了一瞬,很快就开了口,声音软软的,像在撒娇。
"你说的我都听。
"你让我每天只吃一个果冻,让我好好听课,让我别跟别的男生玩,我都做到了。
"题我也一定会认真写的。
"我那么乖,你要不要经常回来看看我。"
张陆让摸了摸她的头,他的喉结滑动了两下,忍不住低下头。
看她。
缱绻至极。

张陆让推开家门,走了进去。房子里很安静,看起来有些冷清。他沉默着换了双室内拖鞋,到冰箱里拿了瓶水,随后便往房间走。

张陆让跟苏在在说"自己到家了"后，直接翻出一套试卷来写。

不知不觉就过了一个下午。注意到窗外天都黑了，他侧头看了一眼手机。19 点了。

张陆让站了起来，出房门，往楼下走。

父母和张陆礼都从外头回来了，此时正坐在餐桌前吃饭。

看到他，张陆礼愣了下："哥，你回来了怎么也不说一声。"

张陆让漫不经心道："刚回来。"

说完后，他走到厨房里装了一碗饭。

刚坐下来，张母皱着眉开口问道："你怎么老往你舅舅那边跑？这个假期我本来都给你安排好家教了。"

张陆礼有些忍不住，打断她："妈，吃饭别说这些行吗？"

张母顿了下，重新问了一遍："阿让，你去你舅舅那边干什么？"

闻言，张父也板着脸道："你之前是因为要去那边上课，你现在过去干什么？你舅舅工作也忙，你别老麻烦他。"

张陆让夹菜的动作一顿，终于开了口。

"我寒假的时候还会过去。"

张母立刻反对："不行！你过去干什么？下学期都高二下学期了，你能不能让我省省心？"

"我要过去。"他难得强硬。

张父叹息了声，对着张陆礼道："阿礼，去把他的身份证拿给我。"

张陆让蓦地抬起头，不可置信地看他。

张陆礼停下了筷子，没动。

张母似乎对张陆让失望至极，再次重复起以往经常说的话。

"你能不能学学阿礼……"

张陆礼立刻侧头，崩溃地大喊。

"妈！你能不能别说了？"

苏在在坐在书桌前，正打算抽出一张试卷来做。手机振动了下，姜佳发来消息。

姜佳：我跟你说。

姜佳：我上次不是"圈"你看那个 B 大系草的微博吗？

姜佳：评论里有人说！第三张！大二了！

姜佳：但是！才！十！五！岁！啊！

姜佳：我天！

苏在在愣了一下。

第三张？

像张陆让的那张吗？

她眨了眨眼，抿着唇回复了句：6666！

莫名其妙地，她想起了前几天跟张陆让的对话。

——"让让，你有哥哥吗？"

——"没有。"

——"只有个弟弟，比我小一岁。"

一个画面倏地涌入张陆礼的脑海中：他敲了敲张陆让的房间，没得到回应。随后，他打开了门，看到张陆让正躺在床上睡觉。

窗没关，风从外头吹了进来。

将桌子上的书吹得哗哗作响，一页又一页地翻着。

正好停在了其中一页上。

他下意识地看了过去。

——如果他们只生了阿礼，那该有多好。

张陆让的字迹。

他哥哥的字。

张母被他吼得一愣，喃喃道："我说错什么了？"

"你跟你妈什么态度说话？"张父皱了眉。

张陆礼红了眼，哽咽道："别说了。"

一个家庭里，有两个孩子。

父母双方同时把爱都给了其中一个孩子，被冷落的那个渐渐变得沉默寡言，而被宠爱着的那个，也开始变得战战兢兢。

这样的家庭，有多不和谐。

连孩子都觉得不妥，父母却觉得没有任何问题。

张陆让就一直生活在这样的地方。

因为弟弟太过优秀，所以他从小就在所有人的失望的声音中长大。

不管他多努力都没有用。

——"喂，张陆让，你弟还比你高三个年级？"

——"你是学霸张陆礼的哥哥？"

——"怎么哥哥比弟弟差那么多啊？"

——"阿让，你在骄傲什么？你弟弟次次都满分啊。"

——"唉，不想说你什么了，不会的你问你弟啊。"

那天，张陆让推开了张陆礼的房间。

张陆让告诉自己，不懂的就要问。

没什么好羞耻的。

张陆让鼓起勇气，把自己手中的练习册放在他的眼前。

"阿礼，这道题你会吗？"

可张陆礼那时候也还小，他也不懂事。他不知道自己说的话，给张陆让造成了多大的伤害。

"会啊。"

张陆让刚想让他讲解一遍，就听到他开口问："哥，为什么这么简单的东西你都不会？"

等到以后，不管过了多少年。

张陆让都忘不了这句话。

像是压死骆驼的最后一根稻草。

因为这句话，张陆让主动打了林茂的电话。

第一次，哭得像个孩子。

第一次，像是无法承受般地，对现实低了头。

"舅舅，我不想待在这边了。

"我能不能，去你那边读书。"

张陆让从 B 市逃到了 Z 市。

然后，他遇见了苏在在。

一个，将他骨子里的自卑……

——剔除的人。

6.

　　她问我，什么时候我能喊她一声"在在"。
　　我得练习一下。

——张陆让

　　场面瞬间安静了下来，张陆让把碗放回桌子上，发出了清脆的声响。他站了起来，轻声道："我吃饱了。"
　　张母扫了一眼他的碗，皱眉道："你这还没吃几口。"
　　碗里的饭几乎还是满着的，根本没吃几口。桌面上的饭菜还热腾腾的。暖黄色的光从头顶照射了下来，却半分都不显得温暖。
　　张陆让正想往楼上走。
　　一旁的张陆礼用手揉了揉眼，讨好般地说道："哥，你吃饭啊。"
　　他的脚步一顿，最终还是坐了回去。
　　餐桌上，张母依然说着话。
　　她的声线很是温柔，传入张陆让的耳中，却像是带了刺。

　　吃完饭后，张陆让回到房间。他打开书桌前那盏台灯，发出"咔"的一声。
　　张陆让坐了下来，拿起手机看了一眼。
　　台灯的光太亮，让他有些看不清手机上的内容。
　　张陆让调高了亮度，瞬间看清了苏在在给他发的话。
　　——我想了想，总不能老是你来找我吧。
　　——要不寒假我去你那边玩？
　　张陆让垂着眸，思考着怎么回答，手指却不受控制般地动了起来，拨通了她的电话。
　　响了一声后，苏在在就接了起来。
　　"让让。"

"嗯。"

"你怎么给我打电话了呀？"

"……"

"你心情不好吗？"

"没有。"

她也没再问，扯开了话题。

"今天姜佳跟我说，一般叠字名的人都长得很好看。"

"是吗？"张陆让闷笑了声。

苏在在认真道："怪不得你叫张让让。"

张陆让："……"

"不过我觉得，"苏在在继续拍马屁，"区区一个名字，根本无法左右你的容貌。"

沉默了一瞬。

张陆让突然问道："你怎么知道我心情不好。"

"因为我不在你身边啊。"她厚颜无耻道。

她原本以为，张陆让会否认。

哪知。

下一秒，他有些疑惑地喃喃低语：

"你怎么都能猜对。"

苏在在那头安静了下来。

很快，张陆让的耳朵里传来一阵"嘟嘟"声。

与此同时，门被敲响，"咚咚咚"三声。他下意识地抬起了眼，轻声道："进来吧。"

张陆礼慢慢地拧开门把，走了进来。他习惯性地走到张陆让身后的床边，沉默着躺了上去。张陆礼侧头，看着张陆让的背影。

灯光照在他的黑发上，发着浅浅的光晕。这个角度刚好能看到他手中拿着手机，认真地敲打着屏幕。

房间里很安静。

敲打手机屏幕没有声音。

没有翻书的声音，床上的人也一动不动，像是沉睡了那般。

两个人，谁都没开口。

半晌后，张陆让翻了翻面前的英语单词本，夹在里头的一张便利贴掉了出来。

淡蓝色，边缘已经有些皱了。

他感冒那天，苏在在贴在药盒上的。

——在总的宠爱。

张陆让启唇，无声地开了口，一字一句："在在。"

他失了神。

很快，听到后面翻身的动静，张陆让才回了头。同时，张陆礼放下了遮挡在眼前的手臂。

张陆让这才发现张陆礼还待在他的房间。

"回你房间。"他淡淡道。

张陆礼坐了起来，脑袋低垂着，没说话。

B市已经开始降温了，冷风顺着开了一个小缝的窗户吹了进来。呼呼地吹着，让穿着短袖短裤的张陆礼忍不住打了个哆嗦。

注意到张陆礼的动静，张陆让起身去关窗。他刚走到窗户前，身后的张陆礼突然开了口，声音低沉沙哑，是想哭的腔调。

"哥，我是不是不应该跳级？"

张陆让愣了下，回头："什么？"

张陆礼不再重复。

下一秒，张陆让就反应了过来，伸手去关窗户，将那唯一的小缝彻底合上。房间里的温度瞬间不再冷到让人发颤。

暖意渐渐袭来。

"阿礼，不关你的事。"他认认真真地答。

张陆礼抬起头，撞上他的眼。那里头满是星光点点。

那是释然后的光。

2009年，林茂因为工作，搬到了Z市定居。临走前，他对张陆让说："不要跟任何人比较。"

张陆让垂着头，没说话。

2010年，林茂请了假，从Z市赶到了B市。

他走进张陆让的房间。

张陆让顺着声音，转头看向他。张陆让的脸上还带着几分稚气，五官的曲线还很柔和，是一个还没长大的孩子。

"不是我要跟他比较……是所有人，都要拿我跟他比较。"

林茂的喉间一哽，瞬间什么话都说不出来。

"你怪阿礼吗？"他问。

张陆让没说话，沉默着摇了摇头。

其实这么细想，张陆让似乎从来没有对张陆礼发过火。

所有人都在夸张陆礼，贬低他。

他也从来没有就此放弃自己，没有就此堕落。

林茂不知道他是从什么时候开始变得这么沉默寡言，慢慢地戴上了一副冰冷的面具。看似对这个世界冷漠，实际上，他却温柔到了极致。

世界对他不够友好，他依然选择以善相待。

多好的张陆让。

苏在在回学校前，带着小短腿出门遛了一圈。

路过张陆让家门前的时候，恰好看到一名青年男子牵着酥酥。姿态有些闲适懒散，穿着短袖短裤，踩着一双灰色的拖鞋。

很快，他也发现了一旁的苏在在。

林茂扯了扯嘴角，像是认出了她的身份。他的眉目舒展开来，轻笑了声。

苏在在莫名有种做坏事被大人抓到了的感觉。她慌张地对他点了点头，立刻往回走。

林茂站在原地，失了神。他想起了那天路过那片空地的时候。

少年踩着单车，少女在后头认真谨慎地扶着。

少年嘴角挂着明朗的笑意。

就像是很久以前的张陆让。

林茂很多年都没再见过张陆让。

7.

> 我想考 Z 大，因为那是她所在城市的大学。
>
> ——张陆让

回到家里，苏在在替小短腿把狗绳解开。束缚一解，它迈着小短腿跑啊跑，一下子跑到角落放置的宠物饮水机旁喝水。

苏在在看了它一会儿，嘲笑道："张小让，你知道不，你该庆幸咱们家有电梯。"

她边说边走到茶几前倒了杯水喝。

随后，苏在在走到小短腿的面前，揉了揉它的脑袋。

"不是说了，这样喊你的时候要'汪'一声吗？"

苏在在蹲在它旁边看了一会儿，很快就站起身，到厕所里洗了把脸，给晒得发烫的脸降降温。

水哗啦啦地流着，苏在在莫名地开始发了呆。她回过神来，关上了水龙头，在一旁抽了两张纸巾擦脸。

苏在在回到房间里，再次从口袋拿出手机，屏幕上还是张陆让昨晚 8 点的时候发来的话。

——怎么挂了。

苏在在犹豫了一阵，也不知道该怎么回复。

昨天听到他那句"你怎么都能猜对"，以为他回答的是自己那句"因为我不在你身边啊"。

一时激动害羞，就把电话挂了。

但想了一会儿，又觉得张陆让的意思好像是……你怎么老是能猜对我心情不好。

苏在在觉得有些丢人。她想了很久，都觉得后面那个猜想才是对的。

而且，听到他心情不好，就把电话挂了……

苏在在完全不敢回复。

但这样一直不回复也不是办法。

苏在在下定决心，发了两句话过去。

苏在在：昨天笑了一下，不小心把电话挂了。

苏在在：然后我就睡着了。

发送成功后，她松了口气，开始收拾东西回学校。

想了想，忽然觉得有些不对劲，苏在在立刻拿起手机重新打了两句话。

——昨晚听到你的话，忍不住痛哭流涕。

——不小心把电话挂了。

张陆让："……"

他无言以对。

张陆让也没太在意，发了条语音过去：

"题写了吗？"

苏在在有些郁闷，也开始发语音：

"没有，你才走了一天，我情绪都没调整过来。"

"好好学习。"他说。

高中毕业之后，他就成年了。

张陆让想一直待在 Z 市，苏在在在的地方。

想一直，有她。

时间的齿轮不断地在转动着，永不停歇。

2014 年 6 月 8 日，高考生从考场走了出来，兴奋地扔书尖叫，抱在一起热泪盈眶。

伴随而来的，是苏在在的高三生涯。苏在在坐到自己的位置上，从其中一本书里抽出自己的成绩条。

视线从左往右扫过。

停在了第二个科目上。

数学：98 分。

苏在在抿着唇，塞了几本数学的辅导书到书包里，随后便出了教室门，往宿舍方向走。

夜晚，周围的温度凉凉的，有些舒适。树叶晃动着，发出沙沙的声响。苏在在的心底却莫名有了几分躁意。她回到宿舍里，快速地洗了个澡。

229

洗完衣服后,她刚想爬上床开小灯学习。

恰好看到下铺的姜佳表情有些恼,重重地把手机扔到床上。

苏在在眨了眨眼,疑惑道:"你怎么了?"

宿舍里的人都知道姜佳和关瀚的关系。

所以姜佳也不在意,叹了口气,直接说出来。

"关瀚啊,不知道怎么想的,烦死了。都高三了啊,还老是抱着手机玩,说也不听。"

因为数学成绩,苏在在的心情有些低落,也不知道怎么安慰她。她犹豫了下,还是说了句:"你好好跟他说说吧。"

姜佳把手机拿了回来,给对方发了几句话,眼眶都红了。

她抹了抹眼睛,轻声道:"没用的,我说了很多次了,他再这样,我跟他根本不可能上同一所大学了。"

小玉看了过来,安慰道:"哎,别哭啊……"

"我是真的觉得很烦啊,他还影响到我,让我不想学习了。"

苏在在发了一会儿呆,突然问:"如果不能上同一所大学,你和他会分开吗?"

姜佳毫不犹豫地点了点头:"绝对。"

苏在在表情一僵,没再说什么。她垂头,看着手机上一闪一闪的呼吸灯。

点亮屏幕。

苏在在:让让。

张陆让:刚下晚修。

张陆让:怎么了?

她没有回复,给苏母发了条微信。

——妈,帮我报个数学补习班吧。

苏在在上了床,再次点开跟张陆让的聊天窗。她想了半天,都不知道该说些什么。

很快,那头再次发来一句话。

张陆让:对方正在输入中……

苏在在笑出了声。

所有沉重而烦躁的心情,只因他的一句话就消失不见。

她想了想，还是问了出来。
苏在在：让让，你上次英语考多少呀？
张陆让：124。
苏在在：！！！
苏在在：你上次不是110吗？好棒啊！
张陆让抿着的唇弯了弯。
随后，他突然有些放心不下，问了句：你数学呢？

那边没再回复。

"我昨天睡一半醒来，看到你的灯还亮着。"姜佳咬了口面包，皱着眉道，"你几点睡的啊？"
"啊，我没注意。"
"你这成绩肯定能上重本线啊。"
苏在在用勺子舀了舀碗里的粥，热气弥漫至眼前。她忽然鼻子一酸。
姜佳有些担忧："你干吗？"
苏在在转移了话题。
"佳佳，你最近跟关瀚怎么样了？"
姜佳耸耸肩，无所谓地说道："就那样呗，我不找他他也不找我。反正不在同一个班了，看不到也不觉得烦。"
"我和他不是你跟张陆让，上大学之后，异地恋是不会有好结果的。"
苏在在捏住勺子的手紧了紧。
如果她考不上Z大，还要有四年的异地恋。
一场聚少离多的恋爱，她不知道，张陆让还愿不愿意。

苏在在今天又没有回复他，张陆让烦躁地抓了抓头发。忍着给她打电话的冲动，翻开了一套理综卷开始做题。
因为心情不好，他也没注意到时间很晚了。
写完之后。
张陆让再度拿起一旁的手机，看了一眼。

和苏在在的对话框上显示着"对方正在输入中……"。

张陆让顿了顿,眼睛一抬,看着屏幕左上角的时间。

凌晨2点。

他的表情瞬间冷了下来,发了一句话过去。

——还不睡觉。

那头的人似乎不敢相信他还没睡。

这下倒是立刻回复了。

苏在在:……

苏在在:我睡一半醒了。

张陆让伸手把眼前的台灯关掉,背靠墙。他的脸被手机的光线照射得荧荧发亮,嘴角抿得发紧,整个人的侧脸紧绷。

张陆让忍不住心中那不断冒起的酸泡。他完全不顾自己问出来的话有多幼稚,只顾将心中的疑问说出来。

那个无法让他接受的事情。

——你是不是不喜欢跟我待在一起了?

那头回复得有些慢。

苏在在:不是。

苏在在:我很喜欢和你待在一起。

因为怕影响舍友休息,张陆让的手机连振动都没调。

他就静静地看着。

那头很安静,又很缓慢地,发了这两句话过来。

张陆让原本紧绷的心情完全没有因此放松。他愣了愣,快速地发了句话过去。

——你怎么了?

苏在在:让让,你不开心吗?

他觉得有些不对劲,但又说不上来。

张陆让只想早点儿高考完,然后,快点儿到她的身边去。他弯了弯唇,回复道:没有。

张陆让:快睡。

张陆让:醒了也别拿手机玩。

苏在在：知道啦，你也早点儿睡。

苏在在：晚安。

张陆让不知道，他手机对面的那个人将手机放下之后，再度拿起笔，继续写题。流着泪，崩溃而不知所措地一味地写题。

异地恋，谁能安心。

谁都安不下心。

Z市的一模恰好是高三上学期的期末考试。

散学典礼的时候，成绩下来了。苏在在知道自己考得不好，也没去公告栏看成绩的欲望。

其他成绩基本都保持在那个程度了。

按去年Z大的录取分数线，苏在在的数学至少得考110。

可她发挥得不稳定，成绩忽高忽低。一考数学就紧张，只要选择填空出现了难题，她的心态就崩溃了。

筱筱到公告栏看了眼成绩，很快就坐到自己的位置上，转头跟苏在在说："在在，你不去看看自己的成绩？"

苏在在沉默了一瞬，轻声问："我数学考多少？"

"啊，我没注意啊。"筱筱往公告栏那边看了看，干脆喊了一个那边的人，"喂，南神，苏在在数学考了多少啊？"

王南走了过来，犹犹豫豫道："好像是92分。"

苏在在的眼睑往下垂，声音微不可闻："谢谢。"

她没有什么大的志向。

如果苏在在是自己想去Z大，那么她会努力一把。

努力之后，还是上不了，她也不会有多难过。

得不到的东西，那就得不到吧。

苏在在从来不觉得强求的东西，能有多好。

但如果张陆让想去那儿。

她就必须也去。

苏在在是第一次觉得人生那么、那么不好过。

她每天熬夜到两三点，没日没夜地刷题。

233

可成绩还是提不上来。

她忽然觉得自己像是个累赘。

苏在在不敢跟他说,自己的成绩一直提不上去。

她怕会影响到他的心情,也怕他会像姜佳那样,选择分开。

更怕,张陆让会说:"考不上 Z 大,我就去你考得上的大学。"

她喜欢他,从来就不是为了拖累他。

学习的压力,未来的未知,几乎将她整个人击垮。

苏在在的眼睛渐渐红了起来,盈满了泪水。她咬着唇,忍不住拿出手机。每打一个字,眼泪随之落下。

——张陆让,我觉得我考不上 Z 大。

苏在在发出去后,立刻就后悔了。她伸手擦了擦眼泪,快速地把那条消息撤回,改成另外一句话:让让,今天放假啦!

苏在在:刚刚打错字了。

发出去后,她才松了口气。

周围的人开始收拾东西回家。寒假不算长,但是苏在在还是想带多点儿书回去看,也因此,她喊了苏父来接她。

苏在在还没开始收拾东西,手机铃声响了起来。

因为在教室里,她还神经一绷。不过很快就放松下来,看到来电显示。

——心上的让让。

她愣了愣,走出教室,走到走廊的尽头。看到周围没什么人,她才接了起来。

苏在在清了清嗓子,喊他:"让让。"

那头有些安静。

几秒后,张陆让才开了口:"你是不是哭了。"

苏在在的喉间一哽,说:"你在说什么呀?"

她蹲了下来,手捂着眼。

"你是不是没考好?"他轻声问。

苏在在忍着哽咽,问:"你看到了吗?"

"——嗯。"

"姜佳说关瀚成绩不好,她说考不上同一所大学就会分开。

"我怕你也这样,我不敢跟你说。

"……但数学成绩就是提不上去。"

苏在在也不知道自己在说什么,只知道一口气把堆积在心底的话说出来。

听她把话说完,张陆让才开了口。

"那就不考了。"

苏在在的呼吸一滞。

张陆让的声音有些沙哑低沉,像是被她的难过感染了。

"考你能考上的,你开心点儿就好。"

"你会不会……"跟我分开?

还没听她说完,他就打断了她的话。

"不可能。"

苏在在的眼里含着泪,一副可怜巴巴的模样。

"那你不会因为我就不上Z大了吧。"

张陆让突然笑了声,说:"不会的。"

短暂的沉默后,苏在在听到他说:"我还要养你。"

8.

不希望我在她面前,有哪点不好。

——张陆让

张陆让的放假时间跟苏在在一样。

隔天中午,张陆让便回了Z市。

张陆让走进家门,把书包放到一旁,直接坐到玄关的台阶上。听到动静的酥酥从楼上跑了下来,兴奋地往他怀里钻。他的眼神柔软,揉了揉它的脑袋,另一只手从口袋里拿出手机。

告诉苏在在自己到Z市了后,张陆让从书包里拿出一套试卷。

刚刚在菁华附近的一家书店买的2015年I省数学文科高考模拟卷。

张陆让垂眸,伸手翻出第一套题,看了几眼。

苏在在很快就回复了他。

——我醒了呀。

——你在哪儿啊,我去找你。

张陆让把酥酥挪开,将试卷放回书包里,出了门。他边往苏在在楼下走,边打着字。

——你家楼下。

还没走到那儿,远远地,张陆让就看到苏在在走出了楼下的大门。看着苏在在的身影,他有些不可置信地眯了眯眼,想要看清楚是不是自己看错了。

苏在在上身穿着一件暗紫色的套头卫衣,刚过臀。

大概是内搭了打底裤,像光着腿,看起来一点儿都不像是活在冬天里的人。

张陆让停下了脚步,对着手机发了条语音。

——"回去穿条裤子再下来。"

苏在在没看手机,看到他便直接小跑了过去。她嘿嘿直笑,扑到他的怀里,抱住他的腰。

张陆让皱着眉,把她的手扯了下来,冷声道:"今天十三摄氏度。"

"是吗?"苏在在无辜地眨了眨眼,"看到你的那一瞬,我的血就沸腾了,根本不觉得冷。"

他完全没被打动:"回去,穿厚点儿再出来。"

"不行!"苏在在立刻拒绝,"我里面穿了一件保暖内衣,还有一件羊毛衫呢!根本不觉得冷。我跟你说,一般上半身穿得厚,下半身就不觉得冷了。"

张陆让盯着她几秒,还是不妥协,说:"那各自回家。"

"……我这就回去换。"

苏在在再从楼上下来,已经是10分钟以后的事情了。她不甘不愿地换了条黑色的铅笔裤,走到他的旁边,没说话。

张陆让主动牵住她的手,哄道:"请你吃蛋糕。"

苏在在反握住他的手,也没不高兴多久,很快她就兴奋道:"让让,你现在感觉像是霸道总裁上身。"

"……"

她故意压低声音，夸张地模仿："女人，不准穿我不喜欢的衣服。"

张陆让沉默着，牵着她往外面那家甜品店走。

没得到他的回应，苏在在有些疑惑。

"你为什么不叫我正常点儿了？"

张陆让犹豫了一下，没答。

"你现在好高冷。"苏在在开始谴责他。

"……"

"是不是当个总裁就了不起了？"

张陆让忍无可忍道："不是，你好好说话。"

苏在在顿了一下，愣愣道："你真背着我当上总裁了？"

他忽然有些无言以对，但莫名地，嘴角扬了扬。

"傻。"

两人走进常去的那家甜品店。

张陆让坐在她的对面，从书包里拿出那套试卷，抽出其中一套给她："你把这套题做一遍，两个半小时。"

苏在在有些蒙。

……她还以为是出来玩的。

苏在在点点头，拿过他递过来的笔，垂头看题。几秒后，她问："那你要做什么？"

张陆让边拿着手机定时，边道："我也做题。"

苏在在没再说话，认认真真地写题。

没注意到，张陆让时不时投过来的视线。

两个半小时后，张陆让的手机在桌面上振动了起来。

苏在在乖乖地停下笔，把试卷递给他。

张陆让拿着答案比对着，画出她错了的题。他在心底默算了下分数，慢慢地开了口。

"大概有110分。"

苏在在眨了眨眼，惊讶道："这么高啊。"

张陆让叹了口气，说："坐过来。"

苏在在起身，走过去坐在他的旁边。

等她坐好，张陆让把试卷放在她的面前，清透低沉的声音款款入耳。

"选择题全对，填空错一道，前三道大题全对。"

"……"

"这题我提前看过，不算容易。"

"是吗……"

张陆让转头看她，问："你做过这套试卷吗？"

"没有。"

沉默半晌。

苏在在盯着那套题，小声道："老师说Z市一模很重要的，她说这个成绩基本与高考成绩一致。"

张陆让没打断她说话，静静地听着她说完。

"我想考好点儿……

"但一着急，算出来的答案都是错的。

"平时自己做没压力，准确率就高一点儿。

"如果我高考也这样……

"我怕会影响到我考英语和文综。"

见他一直不说话，苏在在立刻改口。

"不过现在好很多了，就数学嘛，我才不怕。"

张陆让垂头，看着她放在腿上绞成一团的手，他忍不住伸手握住。

"苏在在，我15号回去。"张陆让认真道，"在那之前，你每天做一套题，解题方法我全部都给你讲一遍。"

苏在在愣愣地看着他。

"你不会的我都会，我都教你。

"所以，不要怕。"

她的眼睛忽然有些酸涩。

张陆让的表情开始变得不自然，但他还是硬着头皮道："你不是说要跟我一起上Z大吗？"

苏在在红着眼，像小鸡啄米那般地点头。

"那你要听我的话。"他说。

——"不要怕。"

2015年的春节来得格外晚。

高三下学期开学的时候,已经快到3月了,距离高考,也只剩三个月。

3月底的一个周六下午,学校组织高三的学生到市中心医院进行高考体检,体检完的便可以各自坐车回家。

因为Z中的学生数量不算少,所以教育局在这天只安排了两所学校体检。

苏在在专门挑人少的队伍,一个半小时就差不多全部检查完。她跟姜佳约好在医院门口等,然后一起坐车回家。

两人一起上了71路车,坐到后排的空位上。

车子向前开着,沿途的风景一晃而过。

苏在在将手放在窗户的小缝旁,感受到外头的寒气。

耳边响起了公交车的报站声。

"各位乘客,城市广场到了,下车的乘客请依次从后门下车,上车的乘客请配合往里走,请不要站在门口。"

苏在在下意识地转过头,提醒姜佳。

"下一站你就到了啊。"

姜佳的表情有些呆滞,轻声道:"我跟关瀚分开了。"

"啊?"

"唉,真麻烦。"

苏在在有些担忧:"你没事吧……"

"其实我之前挺反对你追着张陆让的。

"我怕你这样,张陆让会看轻你。"

苏在在舔了舔唇,小心翼翼道:"你会遇到更好的人的。"

姜佳笑出了声,扬眉道:"那当然。"

报站声再度响起。

姜佳站了起来,认认真真地说:

"在在,毕业后,你要跟张陆让好好的。

"如果以后你们也分开了,那我才会,真的不再相信爱情。"

回到家后，苏在在看了看时间，下午6点多了。

张陆让应该下课了。

想起姜佳的话，苏在在忍了忍，还是控制不住给他打电话的冲动。只响了一声，那头便接了起来。

"让让，你下课了吗？"

"嗯。"

"我今天体检完啦，还抽了血，有点儿疼。"

张陆让笑了声，问："哭了吗？"

"没有呀，你不在我哭有什么用。"苏在在理直气壮。

他没有回答，但苏在在听到了他无声笑时的呼吸声。她忽然也像是被感染般地笑了起来，然后开始跟他分享今天看到的事情。

"我跟你说，我今天看到你高一的同桌啦。"

"……"

"我当时排在他们后面，听到他说自己六十五公斤，结果一称七十公斤，哈哈哈哈……"

"……周徐引？"

"对啊。"

提到这个，苏在在忍不住夸他。

"还是你好，你什么都好。长得好看成绩好，身材也保持得好。"

张陆让的嘴角弯了弯。

苏在在走到床边坐下，单手抱膝。

"有点儿好奇，你发福了是什么样子的？"

那头沉默了一瞬。张陆让一下子改了口，沉着声音提醒她。

"苏在在，学习。"

半小时后，张陆让回到家。

上二楼，路过张陆礼房间的时候，脚步一顿。

张陆让走了进去，看着放在门旁的体重秤。他挣扎了一下，最后还是踩了上去。

看到数字后，张陆让才松了口气。

……没重。

第七章
Chapter 7

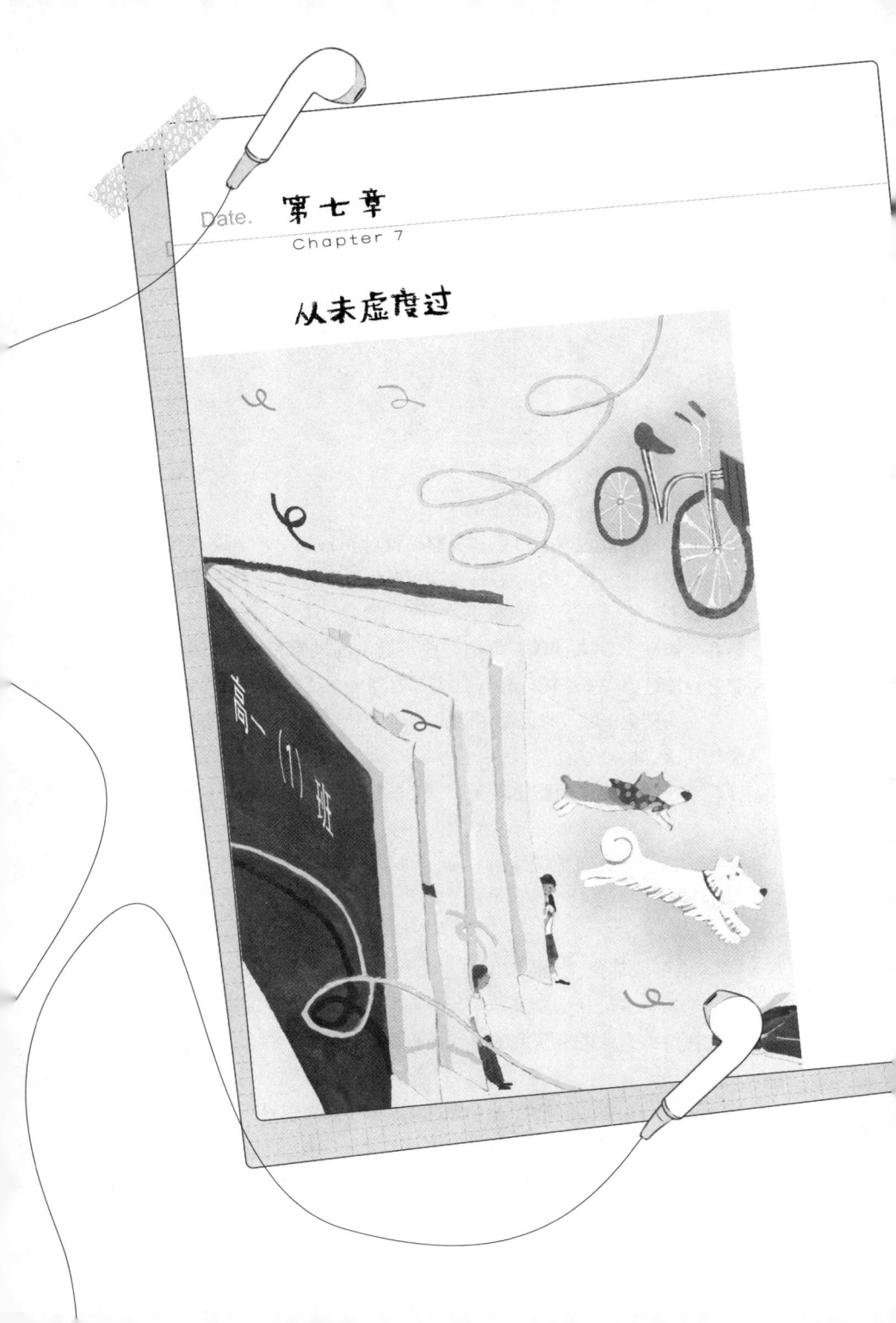

从未虚度过

1.

她抢先了。

——张陆让

高考前一周,高三学生可以选择留校或者回家复习,学校不再限制他们必须留在学校里。因为几天后就要布置考场,所以苏在在决定把大部分的书籍带回去。

苏在在喊了苏父来接她,她把一些不用了的试卷和练习册堆在旁边,打算拿去扔掉。整理本子的时候,她突然看到一本纯白色的草稿本。

苏在在的指尖一顿,打开翻了翻,翻到其中一页,看到那熟悉的字迹。清隽利落,格外好看。

她弯了弯唇,把这一页撕了下来,夹在自己近期用的复习资料里。

……

"那你给我讲下这道题吧。"

"我不会。"

……

"你不会的我都会,我都教你。"

……

苏在在笑出声,还是忍不住给他发了两条消息。

——让让。

——我第一次去你们班给你讲题的时候你什么感受呀?

苏在在看了眼时间,也不指望他能立刻回。她把手机放到书包里,继续收拾东西。把不要的书籍扔完之后,苏在在打了个电话让苏父帮忙把书搬下去。

半个小时后，苏在在才坐上了车。她头靠车窗，看着外头一闪而过的景色。

车子一颠一簸，晃得头晕。

她忽然想起刚刚给张陆让发的话。

苏在在好奇地转过头，从书包里翻出手机，打开看了一眼。

张陆让早已回复了她。

手机屏幕上是很莫名其妙的一句话。

——教室里没开空调。

啊？

苏在眨了眨眼，挠了挠头，回忆着当时的场景。

她说什么了吗？

好像是……

——"呃，好热，进来吹下空调。"

苏在在："……"

高考语文考完之后，苏在在走到班主任提前说好的一个位置。

怕学生把准考证弄丢，苏在在的班主任规定他们考后把准考证交给她，考前再一一发给他们。

苏在在把准考证递给她，随后便和班里的一个女生一起去饭堂吃饭。

吃完饭，回到宿舍后，苏在在从柜子里拿出手机，靠在扶梯旁边，站着消食。

宿舍里并不安静，几个女生聊着天，都在聊着其他的东西。没有人提今天的题是否很难，也没有人说自己发挥得怎么样。

苏在在边听着她们聊天，边在微信上找张陆让。

苏在在：唉，让让。

张陆让：怎么了？

苏在在：进考场前还要脱鞋扫描，我袜子穿错了，好丢人。

苏在在：你们要脱吗？

张陆让：不用。

苏在在：幸好不用。

苏在在：我不能忍受让别人看到你的脚。

苏在在：只有我能看！

张陆让：……

苏在在抽完风，刚想午休补充精神，却忽然想起一件事情。

苏在在：对了，我们考场有个男生

苏在在：喝水的时候水瓶放在桌子上，然后没盖好。

苏在在：快交卷的时候水洒了，试卷都湿了。

苏在在：你要小心点儿，喝完水之后，水瓶记得放地上。

张陆让：好。

考完数学，回到宿舍后，苏在在刚坐到床上，还没坐几秒，立刻站起来，走到柜子前，把手机拿了出来。

第一句又是：唉。

这次张陆让有点儿紧张了。

数学没考好吗？

苏在在：让让，我们班有个男生，下午的时候，身份证不见了。

苏在在：我们班主任都急哭了。

苏在在：不过后来，监考老师在那个男生的考场里找到了。

张陆让瞬间不知道该说什么。

苏在在：让让，你也要小心点儿。

苏在在：身份证和准考证记得都要放好。

她总扯这么多莫名的话让张陆让的心有些慌。

张陆让想了想，还是给她打了个电话。

苏在在笑嘻嘻地接了起来："让让。"

张陆让挠了挠头，疑惑道："你怎么了？"

"啊？"

"……"

苏在在走到宿舍外面，找了个位置蹲下跟他聊天。她鬼鬼祟祟地扫了周围一圈，然后压低声音跟他说："我觉得我数学考得超好。"

张陆让松了口气。

苏在在不知道他打电话过来干什么。她纠结了一下，还是安抚般地开了口。

"没事，你考不好我养你。"

"……不用。"

"那你打给我干吗呀？"

"没事。"

只是怕她，又藏住自己的情绪。

他没及时察觉，到后来发现的时候她又该有多难受。

高考结束后的第二天。

很早前张陆让就订好了机票，从B市回到Z市。

才下午4点，林茂还没回家。

张陆让看了酥酥一眼，他皱了皱眉，半抱半拖地把它弄到厕所里，帮它洗了个澡。

把酥酥的毛用风筒吹干后，张陆让回房间换了套衣服，坐到床边，拿起床头柜上的手机，恰好看到张母给他发了条微信。

——你又跑到你舅舅那儿去了？

张陆让顿了顿，回复：填志愿的时候我再回去。

很快，张母就打了个电话过来。

手机一振一振的，在手中发颤。张陆让的表情有些抗拒，但还是接了起来。

"高考答案你对了没有？"

"……"

"阿让，告诉妈妈。"

"……"

"你老跑你舅舅那儿干什么？你谈恋爱了？"

张陆让没回答，只是说："我大学要报Z大。"

张母那头沉默了一瞬，很快就柔下声音："为什么要报那么远？跟阿礼一起读B大不好吗？"

"……"

"怎么不说话？"

张陆让扯了扯嘴角，轻声道："不好。"

说完他就挂了电话。

房间里恢复了一片安静。

张陆让有些烦躁地抓了抓头发。似乎是感受到了他的情绪，一旁的酥酥凑了过来，把脑袋靠在他的腿上蹭。

张陆让勉强地弯了弯唇，伸手顺它的毛。

几分钟后，张陆让下了楼，恰好看到刚从外头回来的林茂。

见到他，林茂挑了挑眉，笑道："能拿个状元不？"

"不能。"张陆让很有自知之明。

林茂抬脚走到沙发上坐下，漫不经心地倒了杯水。

见林茂没再说话，张陆让也没主动开口。

他到冰箱旁拿了个苹果来啃。

张陆让坐到林茂的旁边，在心里默默想着，吃完就出去找苏在在。他刚把苹果扔进面前的垃圾桶里，旁边的林茂幽幽地开了口。

"外甥都有女朋友了，而我居然单身三十三年了。"

张陆让："……"

林茂将杯子里的水一饮而尽，转过头，也没把刚刚说的话当回事，轻声提醒："想报什么学校就报，别听你爸妈的。"

"嗯。"

过了一会儿，林茂思考了下，继续道："确认志愿之前，记得去学校的教务处再看一遍。"

"……"

"我姐那个人很可怕的。"

"……"

林茂拍了拍他的肩膀，沉重道："万事小心。"

林茂说的话让张陆让小心了些，生怕自己的哪个举动伤了对方的心。也因此，张陆让改变了原本吃完苹果就出去找苏在在的计划。

吃完晚饭，等林茂回到房间里，他才静悄悄地出了门。

两人约在小区的一个凉亭里见面。

苏在在坐在他的旁边,笑嘻嘻地凑了过去:"月黑风高,此处静谧无人,你要不要对我做些什么?"

张陆让皱着眉,把她推远了些:"不要。"

苏在在一下子没了兴致,郁闷道:"我还以为你高考完之后会变得狂放一点儿,看来是我想多了。"

张陆让没说什么,静静地看着她。

见状,苏在在锲而不舍道:"让让,要不要试试舌吻。"

"不可能。"张陆让立刻拒绝。

苏在在没再说话,长长地叹息了一声。

冷场。

张陆让主动开了口,无奈道:"说点儿别的。"

苏在在托着腮,认认真真地说:"没什么想说的。"

夏天的夜晚,气温依旧燥热逼人。周围有蟋蟀的叫声,倒显得没那么冷清宁静,偶尔旁边的道路上还会亮起汽车的大灯,有些晃眼。

张陆让心里突然又闷又躁,像是气温惹的祸,又像是别的什么原因。他有些控制不住般地舔了舔唇,侧了头,刚想将她扯过来。

一旁的苏在在突然转过头,将脸凑了过去。

让他有些猝不及防。

她的一只手放在他的脑后,向下压。

苏在在重重地吻了上去,不餍足般地咬住他的下唇,很快就松了口,用舌头顶开他的牙关,感受到那片湿润柔软就退了出来。

与此同时,她把手放了下来。注意到张陆让那黑如墨、不带情绪的眼,她也毫不畏惧。

苏在在骄傲地弯着眼,满眸的灿光,里头全是尝了甜头般的得意和狡黠。

"就要亲。"她说。

2.

其实可以的吧。

毕竟会一直在一起。

……不能这样想。

——张陆让

夜晚,月亮透过云层的缝隙倾泻光芒,银流倾洒在地。暧昧像是气息那般,弥漫在周围,织成了一张柔软的网,一寸一寸地,将两个人笼罩在内。

张陆让的心情突然变得闷躁,从心脏处生出的感觉,又酥又麻,惹得他心痒痒,甚至,几乎要将他的理智吞噬殆尽。

苏在在还在回味着刚刚的举动。很快她就回过神来,笑嘻嘻地拍了拍他的肩膀。

"别怕,我会对你负责任的。"

张陆让侧过头,静静地看着她。侧脸的曲线流畅分明,表情僵硬又刻板,嘴唇抿成一条线,看起来有些冷峻,目光沉沉的,比那黑夜还要深邃,令人着迷。

他的这副表情让苏在在顿时紧张了起来。周围的温度瞬间像是降了好几度,让人不禁打了个冷战。

苏在在的手心渗出了点点湿润,她刚刚的底气立刻消失得无影无踪。

很快,苏在在故作淡定地站了起来。

"你干吗啊……反、反正迟早得这样的呀。"

见他还是不说话,苏在在也不想哄了。她决定让张陆让冷静一下,明天估计就不生气了,毕竟如果他总这么古板,她也挺憋屈的。

苏在在往后退了两步,建议道:"好晚了,我们回家吧。"

张陆让沉默着站了起来。

见状,苏在在提在嗓子眼处的心终于放了下来。她正想上前牵住他的手,张陆让突然握住她的手腕,往后一推。一瞬间,苏在在的背抵在了凉亭的圆柱上。她有些蒙,疑惑地张嘴。

"你……"干吗?

话还没说完,张陆让的唇温热地贴了上去,急切地、稍带力度地,将苏在在的话全部吞噬在内。

苏在在似乎还听到了,两人牙齿碰撞时发出的声音。

他的动作像是带了点怒气,粗野而剧烈地,啃咬着她的唇,舌头探入她的口中,侵占她的每一个角落。

苏在在还没反应过来,睁着眼,承受着他的吻。

半晌后,张陆让舔了舔她的下唇。

两人的唇齿分离。

苏在在的双眸含水,雾蒙蒙的,看起来有些傻愣。她回过神,下意识地把他推远了些,尴尬地低下头,完全没了刚刚强吻时的飞扬跋扈。

张陆让忽然笑了声,深邃的眼里闪着丝丝亮光。他垂下眼看她,忍不住抬手去摸了摸她的脸,嘴角扬着笑,浅浅灿灿的。

很快,张陆让开了口,声音低沉又喑哑,带了浓浓的克制。

"是不是说过,别招惹我。"

苏在在心虚地垂下头,不敢看他的眼。

下一秒,张陆让捏住她的下巴,向上抬。他低下头,轻吻着她的额头。

苏在在听到他闷笑了声。她还没来得及回应他的笑声,就听到张陆让继续道:"这次把眼睛闭上。"

回去的路上,苏在在一路沉默。

走在她旁边的张陆让,心情好像格外不错,苏在在没有看他都能感受到从他身上传来的愉悦。

走到楼下,苏在在飞快地跟他道了别,上了楼。注意到在客厅看电视的父母,她心虚地打了个招呼便回了房间。

苏在在直接坐到床边的地毯上,抱住放在床头柜旁的一个玩偶。她发了一会儿呆,忽然摸着嘴唇傻笑。

但苏在在有些想不通,怎么突然就——

放荡起来了。

她犹豫了下,还是决定找姜佳谈谈心。

249

苏在在：张陆让今天亲我了。

苏在在：然后他一点儿都不害羞……

苏在在：你觉得科学吗？

姜佳：啊，正常吧……

苏在在：不是啊，那个是张陆让啊！

苏在在：我怀疑他被什么东西附体了……

姜佳：……

姜佳：什么时候亲的啊？

苏在在：就刚刚。

姜佳：那真的正常啊。

姜佳：月黑风高，意乱情迷。

姜佳：张陆让忍不住暴露了本性。

苏在在：……然后明天就恢复原样。

想到这个，苏在在突然有点儿慌了，她立刻退出跟姜佳的聊天窗，给张陆让发了条消息。

——让让，明天还亲吗？

张陆让：……

等高考成绩出来的这段时间，张陆让报了驾校学车，另外还给一个初中生当家教，补习数学。

苏在在原本也想去学车，却突然发现自己年底才满十八岁。

她干脆作罢。

苏在在通过她补习班老师的推荐，给住在附近的一个高一女生补习地理。中途休息的时候，她托着腮帮子，看着小女生面带羞意地跟手机对面的人聊天。

苏在在忽然来了兴致，她从口袋里拿出手机，趁旁边人不注意的时候，快速地给自己拍了照。照片上的她，脸上带着一副故作娇羞的表情。

苏在在发给了张陆让，顺便输入了一句话。

——让让，我好害羞啊，跟你聊天。

张陆让回复得很快。

——正常点儿。

"……"好吧。

张陆让考完科目一之后的第二天,他的高考成绩出来了。B 市的成绩出来得比 Z 市的快。他也没多紧张,反倒是苏在在一直催着他查成绩。

张母也一直打电话过来。

见张陆让一直没动静,苏在在干脆出了门,动身去了他的家。

今天是工作日,林茂不在家,因此,苏在在肆无忌惮地按着张陆让家的门铃。她没提前跟张陆让说,所以屋子里的张陆让也不知道是苏在在。

很快,对讲机里传来了他低沉的声音:"哪位?"

苏在在没说话,再按了一次门铃。

这次,里头的人似乎猜到了。

张陆让打开了门,只开得半大,似乎没有让她进去的意思。

见状,苏在在瞪大了眼:"你不会不让我进去吧?"

张陆让点点头,说:"我送你回去。"

苏在在有些蒙。但这么一想好像确实也是,两年了,她从来没有踏进过张陆让的家门。

同样,他也没有进过她的家门。

"你舅舅不是不在吗?我进去一下怎么了……"苏在在郁闷又疑惑,"你别闹,我要陪你一起看高考成绩。"

张陆让什么都没说,走到玄关处的鞋柜上,拿起钥匙,换了双室外拖鞋便出了门。

在门外等了半分钟,苏在在真的有点儿生气了,她强迫着让自己冷静,看到他出来后,才淡淡道:"你进去吧,我自己回去。"

察觉到她的情绪,张陆让还是没让步,他软下声音,教育道:"苏在在,不要一个人进男生的家里。"

苏在在完全不懂他的脑回路,怒道:"你能一样吗?!"

"我也一样。"张陆让认真道。

看着他的表情,苏在在的火气顿时消尽。

张陆让过来牵住她的手,她也没甩开。

两人站在门前。

苏在在妥协了，说："那你回去查，我在这儿等。"

张陆让弯了弯唇，将她散在脸颊处的头发拢到耳后。

"查了。"

"……什么时候？"

"5分钟前，微信发给你了。"

苏在在愣了一下，迅速地从口袋里拿出手机。

翻出他刚刚发来的消息。

——694。

她还没反应过来，犹犹豫豫地问："所以是好还是不好？"

张陆让安抚般地揉了揉她的脑袋。

"挺好的。"

苏在在松了口气，突然笑了声，抬头吻了吻他的下巴。

"你看，谁敢相信……

"你曾经是一个英语只能考30分的人。"

张陆让没说话，眼神温软，看她。

"哎，我眼光真好。"她骄傲道。

两天后，苏在在的高考成绩也出来了。

苏在在不敢看，把准考证号和密码发给张陆让，让他帮忙查。

等了一会儿，苏在在又有些后悔。毕竟如果她考得不好，张陆让估计也不知道怎么跟她开口。

苏在在爬下床，走到书房里，打开电脑。

还是自己查好了……

她连网站都还没进去，放在电脑旁的手机振动了下。

苏在在的呼吸一滞，咬着牙点开来，看了一眼。

张陆让发了一张图片过来。

上面是她各科的成绩，还有总分数。

苏在在粗略地扫过总分：645。

随后，她抬眼，看着数学的单科成绩。

——121。

苏在在忽然眼热。她想,如果没有张陆让,她大概就只会考上一个普通的重本院校。

如果没有张陆让,苏在在绝对不会那么拼命地、不顾一切地这样折腾自己。

情绪难控,再难坚持,她也坚持下去了。

这一刻,苏在在也能骄傲地对自己说——

她的青春,从未虚度过。

3.

我知道她是故意的。

但还是,想纵容。

——张陆让

两人的分数和排名,按照去年分数线,上 Z 大都挺稳妥的。

苏在在跟父母商量了一番,最后还是选择报 Z 大的新闻传播学。决定好之后,纠结的心情瞬间一消而散。她走到书房里,打开电脑。

等待电脑开启的时间里,苏在在给张陆让打了个电话。她将手机放在耳边,一只手打开填报志愿的网站,输入准考证和密码。

张陆让很快就接了起来。

苏在在拿起一旁的高考填报指南,翻开 Z 大的那一页。

"让让,你要选什么专业?"

张陆让沉默了一瞬,很快就答:"计算机。"

"噢——"苏在在的注意力全放在书上,反应有些迟钝。她的指尖在书上比画着,寻找着新闻传播学的代码。

找到之后,她将几个数字默记了下来,然后才反应过来,再问了一次。

"啊,你刚刚说什么专业?"

张陆让也没生气,耐心地重复道:"计算机。"

"计算机啊。"苏在在想了想,"那个专业秃顶率排第三。"

"……"

"这不是我说的啊，我在微博上看到的。"

张陆让不想对这句话发表什么评价。他走到书桌前，边把电脑打开，边问道："你学什么？"

苏在在笑嘻嘻地答："新闻传播学。"

张陆让打开网站，输入准考证号和密码。输入密码的时候，他的指尖忽然一顿，突然想到，他好像没改密码，就是默认的身份证号码后六位。

还没等他深想，就听到苏在在说："不会秃顶的，放心。"

张陆让眉角一抽："……嗯。"

苏在在继续翻着志愿书："唔，那我第二专业填什么好，那么多个空呢？"

张陆让漫不经心抬了抬眼，进入系统后，在第一志愿输入学校的代码。

"想填哪个就填哪个。"

"那你填什么？"

"没填。"

"你就只填一个？学校也是？"

"嗯。"

苏在在有些不平衡："你不怕报不上吗？"

闻言，张陆让的声音里有了点儿犹豫："会吗？"

"当然啊！专业填满了之后我还要按服从调剂呢！"

"……"

苏在在长长地叹息了一声，声音里透出了几分心酸："我根本没感受到你想跟我上同一所大学。"

然后——

明明就算报了Z大的热门专业也一定能上的张陆让，默默地拿出了他从B市带过来的高考志愿填报指南，认认真真地把所有的空都填满。

隔天，张陆让回了B市。志愿填报完毕后，要回学校一趟，确认志愿和签名。

张陆让原本想让同学帮忙代签,但林茂却一直坚持让他自己回去签。

原话是:"你以后再也没有机会以一个高中生的身份回高中了,不要放弃这次宝贵的机会。"

……其实他现在也不是了。

林茂十分殷勤,甚至还十分主动地帮他订好了机票,开车送他去机场。像是被赶鸭子上架般,张陆让被迫回了 B 市。

进家门前,张陆让在门口站了一会儿,突然向后退了两步,打开书包最外侧的袋子,将身份证拿了出来,有些犹豫地放到口袋里。

周日,张父和张母都在家。张陆礼待在学校,没有回来。

张陆让走了进去,跟他们打了声招呼,随后便安静地往楼上走。

还没走几步,坐在沙发上的张父突然开了口。

"阿让。"

他的声音沉稳淡定,听上去就带了满满的威严,习惯性地带有命令的语调。

张陆让停下了脚步,转过头,面容平静。

下一秒,张父的声音温和下来:"好好休息。"

张母从厨房走了出来,手上拿着一个水果拼盘,递给张陆让。

张陆让没接。

张母的心情看上去不错,笑得温婉:"这次你在省里的排名比阿礼那时候还靠前,你大伯他们都在夸,这下肯定能上 B 大了。"

张陆让的眉头稍蹙,想跟他们说自己不报 B 大,最终还是什么都没说。

张父慢悠悠地拿起茶壶倒了杯茶,问:"你报了什么专业?"

张陆让忍住心中的不耐烦,答道:"计算机。"

"B 大的金融学很好,你毕业后也好帮忙管理公司。"

"嗯。"张陆让点点头,敷衍道,"没别的事我就先上楼了。"

张母再次把手中的托盘递给他:"吃吧,妈妈切了很久的。"

张陆让忽然笑了下,只丢下两个字便往楼上走。

"不吃。"

张陆让洗了个澡,回到房间,刚想回床睡觉,想起刚刚张父说的话。

255

他转身，走到书桌前，打开电脑，却一直连不上家里的Wi-Fi，用手机浏览器也一直登不上高考填报网址。

张陆让焦灼地抓了抓头发，想让苏在在帮忙看，又怕真的被改了，会让她误会。他想了想，给张陆礼打了个电话。

张陆礼很快就接了起来，有些受宠若惊。

"啊，哥？你怎么给我打电话了？"

张陆让没跟他多说什么，单刀直入："你帮我看下我的高考志愿，准考证号是……"

虽然不知道张陆让为什么突然说这个，张陆礼还是乖乖照做。半分钟后，张陆礼明朗的声音从那头传来。

"哥，你要去Z大啊？听说Z大好多美女啊，我这儿全是男人。"

张陆让原本有些紧张的情绪被他这话弄得瞬间消散了不少。他忽然觉得有些好笑，但还是没忘自己的问题。

"是不是只报了Z大一所？"

确认志愿没被改之后，张陆让才松了口气。他跟张陆礼又说了几句便挂了电话，把手机放在一旁。

临睡前，还在想着，自己是不是想太多了。

第二天，张陆让起床的时候，父母已经出门上班了。他收拾好东西，打算去学校签完名便直接去机场。

到B中后，张陆让上了三楼，走进班主任的办公室。

班主任跟他打了声招呼，从面前的一沓A4纸中翻出他的志愿表。

"确认一下，有填错的还能去教务处改改。"

张陆让点点头，刚想看的时候，手机忽然响了。他垂眸看了一眼，拿着表便往外走，出去听。

苏在在打来的。

她的声音无时无刻不充满了生气，每字每句，都带着令人心情愉悦的笑意。

"让让，我昨天，梦到你秃顶了。"

张陆让原本的好心情瞬间消失殆尽。

"——哦。"

注意到他的情绪，苏在在立刻讨好道："不过还是很帅，嘿嘿嘿。"

张陆让完全不想理她。

苏在在换了个话题："明天我去确认志愿，你跟我一起去吗？"

张陆让垂眼，下意识地看着手中的纸："不去。"

没有得到想要的答案，苏在在开始不择手段地撒谎。

"啊，王南也去，他都不知道我有男朋友。"

"……"

"其实我也跟你说过，我在Z中挺出名的，因为太漂亮了。"

张陆让刚想说话，就听到苏在在可怜巴巴地说："唉，你不知道，你去B市读高中之后，你那个前桌老来找我，说我们肯定没结果。"

他愣了一下，立刻道："我下午就回去。"

"那去吗？"

"嗯。"

挂了电话之后，张陆让抿着唇，看着那张志愿表，下颌紧绷，像是气到了极点。

张陆让的眼神冷了下来。

纸张上，第一志愿那里，赫然显示着。

——B大金融学。

4.

> 有时候，我觉得，
> 我像是在跟一个男人谈恋爱。
>
> ——张陆让

张陆让冷着脸，把手中的纸揉成一团，扔进旁边的垃圾桶里。他快速地下了楼，往二楼的教务处走。

里头有两个学生正排队修改着志愿。

张陆让的脚步停了下来，在旁边等待着。他拿起手机，在相册里翻出一张照片，是之前在网站上报考完后，他拍下来给苏在在看的。

很快，其中一个学生修改完，拿着新打印出来的纸往外走。

张陆让走了过去，看着老师帮他打开了网站。他弯下腰，慢慢地输入准考证号和密码。敲回车键的时候，手心还紧张得冒了汗，喉结下意识地滚了滚。

登录成功，进去了。

张陆让松了口气，快速地按照手机上的图片内容修改志愿。填完之后，他耐心地检查了两三遍，才确定下来。

老师握住鼠标，看了一眼，问："这次确定了吧？"

张陆让点了点头，突然问道："老师，我签了字之后，志愿还能再改吗？"

老师正准备帮他将志愿表打印出来，闻言，手上的动作立刻停了下来，皱着眉道："当然不能啊，你还没考虑好？"

听到确切的答案，张陆让提着的心终于放了下来，轻声道谢。

"考虑好了，谢谢老师。"

签完字，交给班主任，张陆让出了办公室，在门外站了一会儿。半晌后，他回过神来，往校外走。

因为没有限定时间来签字，所以学生们都是陆陆续续地来。

B中靠海，长长的石路上，偶尔迎面走来几个学生，脸上都带着愉悦的笑意。靠栏杆的那头，底下的海水拍着石桥，发出哗啦哗啦的声响。

张陆让忽然停了下来，单手撑在栏杆上。他翻出手机，给张陆礼打了个电话。

再次接到张陆让的电话，张陆礼的情绪依然高涨。

"喂？哥！还要我帮什么忙吗？"

张陆让垂眸盯着底下的海浪，沉默了片刻。他想了想，轻声问："你高考志愿有被爸妈改过吗？"

张陆礼的声音停顿了一下，乖乖地回答。

"我的志愿就是他们给我填的啊。"

"……"

"不过我那时候挺想选 T 大的临床医学的。"张陆礼笑嘻嘻地说,"但他们不让,我就觉得算了。"

说了半天,张陆礼突然反应过来:"哥,你的志愿被改了?"

张陆让的指尖下意识地敲打着栏杆。

听到这话,他漫不经心地应了一声:"嗯,我先挂了。"

听到肯定的回答,张陆礼的声音变得着急了起来:"那改回来没有啊?学校还能不能改?昨天是不是截止了啊……"

"阿礼。"张陆让弯了弯唇,答非所问,"我不会再回去了。"

那头沉默下来,很快就"哦"了一声。

张陆让挂了电话。他在原地发了一会儿呆,最后还是忍不住给张母打了个电话。

"喂,阿让?"

张陆让淡淡道:"你改了我的志愿吗?"

张母似乎愣了一下,很快就解释道:"Z 大离家里太远了,你高中那时候去 Z 市那边读书,妈妈天天都放心不下——"

张陆让打断了她的话。

"我跟你说过,我想去那儿上大学。"

似乎有些厌烦他的反抗,张母的声音渐渐沉了下来。

"你自己想想,你从 B 大毕业之后,直接到你爸爸的公司上班。多好的路,我们全帮你铺好了,全是为了你好。"

张陆让像是什么都听不进去,眼底毫无波澜。

"我改回去了。"

电话那头的呼吸一顿,猛然间,张母的声音尖锐了起来:"怎么改了?昨天不是截止日期吗?"

听到这话,张陆让忽然懂了些什么。他有些庆幸,却又自嘲般地问道:"你不知道我为什么要回家吗?"

张陆让突然问这个问题,让张母有些莫名其妙。

"你回家需要什么原因?"

张陆让没说话。

挂电话之前，他想起了昨天那盘水果。

张陆让的手心握紧栏杆，语气像个孩子，带了责怪而委屈的语调，可又并不像是那么在乎。

"阿礼才喜欢吃橙子。"

张陆让在原地站了一会儿，从口袋里拿出家里的钥匙，认真地想了想。他想了很久，都想不到有什么能值得让他再回那个家。

手一抬，翻转，钥匙掉入海里。

轻轻地，悄无声息地——

沉入最深处。

张陆让从不觉得父母不爱他，只不过是比起给张陆礼的，他们分给他的爱少了些，但他一直相信，爱是有的，只不过没有他想要的那么多。

下了飞机，张陆让从容地走出出站口。他下意识地扫了周围一圈，一眼就看到站在外边拿着手机等待着的苏在在。

张陆让愣了一下，大步地走了过去。

苏在在也同时看到了他，兴奋地对他摆了摆手。她直接忽略先前问了他航班号的事情，装作一副给他惊喜的样子。

"感不感动，我可等了好久呢！"

那一瞬，见到她的那一瞬。

张陆让觉得自己缺了一个口的心脏蓦地就被填满了。他忍不住将手中的袋子扔到地上，弯下腰，伸手将她圈入怀中，脸颊贴在她的颈窝处，温热的气息扑面而来。

苏在在觉得有些痒，忍不住动了动，立刻被他揪了回去。她忽然有些慌张，将他往外推。

"你先让我看看，我有没有认错人。"

张陆让："……"

感受到他胸膛的起伏瞬间一顿，苏在在立刻正经道："我怎么可能认错呀，真是好骗的让让。"

冒着粉红泡泡的空气瞬间被她这话吹走。

他松开了手，抬起头，垂眼看她。

张陆让的眼神有些沉，不知为什么，看上去有些难过。

苏在在控制不住自己的欲望，抬手戳了戳他的脸，盯着他看了一会儿，才逗他似的说："好一个国色天香的大美人。"

张陆让默默地把地上的袋子拿了起来，牵着她往外走。

走到一半，苏在在再度问道："你还没跟我说你感不感动。"

闻言，张陆让侧头看了她一眼，嘴角弯了起来，顺从地说："很感动。"

走了一小段路，张陆让忽然开口，像是随口说的话。

"以后我就待在Z市，不回去了。"

苏在在还没来得及说些什么，就听到他继续道："我爸妈不喜欢我。"

如果他们给的爱，代价是要将他的自由捆绑，那么，张陆让宁可不要。

苏在在下意识地看他，握住他手的力道重了些。

她不知道该说什么。

"家"对她来说，是一个很美好的字。

因为苏在在的家庭很美满，父母和睦恩爱，对她也是宠爱有加，所以她从来没有关于这方面的烦恼。

一旁的张陆让忽然道："等我们大学毕业了，我就跟你求婚，好不好？"

然后，他们可以共创另一个家。

一个只属于他们两个的、能将他缺失的爱弥补的家。

苏在在的呼吸一滞，受宠若惊的心情从心底浮了起来，但她下意识地就拒绝了："不好。"

张陆让一愣，突然想起了苏在在之前跟他说的那句话。

——"你是不是想玩弄我？"

想到这个，他的表情瞬间变得十分难看。

张陆让硬着头皮，回忆着在微博看到的情话，刚想一一说出来哄她，就听到她说："这种事情，让我来。"

"……"

一句话，将他接下来要出口的情话全部憋了回去。

5.

"以后",
原来她也有想。

———张陆让

夜色浓稠如墨,点点繁星点缀其上。

房间里,空调的运作声在此静谧中显得格外响亮。床边的闹钟,秒针转动着,发出嗒嗒的声响。梦魇将张陆让困住,怎么都挣脱不开。

梦境里的人的话,像是涂了毒药的针,一根一根地戳在他的心上。毒药一寸一寸地化开,深入骨髓,疼得他连气都喘不过来。

——"早知道有阿礼,我就不生你了。"

那一瞬,疼痛到了一个极端,张陆让猛地被惊醒,感受到背后一片汗涔涔。他坐在床上,平复着心情,调整混乱的呼吸。

张陆让烦躁地抓了抓头发,起身,准备下楼倒杯水喝。

床旁边的酥酥被张陆让的动静吵醒,爬了起来,跟在他的后面。路过林茂房间的时候,发现房间里的灯还亮着。

张陆让犹豫了下,敲了敲林茂的门。

很快,里头传来了林茂略带沙哑的声音。

"进来吧。"

张陆让打开门,走了进去。他坐到林茂面前的椅子上,思考着怎么开口。

下一秒,林茂把面前的文件夹合上,轻声道:"你妈给我打电话了。"

张陆让的脸上没带什么情绪,眉眼垂了下来,他的脊梁挺直僵硬,看上去有些倔,嘴唇绷成一条线,紧得没血色。

林茂叹息了声,说:"志愿改回来就好。"

"舅舅,"张陆让的心里像是堵了口气,闷得难受,"我以后不想回B市了,放假了也不想回去。"

闻言,林茂拿水杯的动作一顿。他转过头,静静地看着张陆让。

注意到张陆让的表情，林茂终是软下心。

"不想回就别回了吧，上大学需要用的证明我会帮你弄来的。"林茂拿起水杯，慢条斯理地喝了一口，"像你高中在这边读一样。"

张陆让沉默了一瞬，强调："毕业之后，我会赚钱还你的。"

林茂刚想拒绝，扫过他的眼神时，瞬间改了口。

"啊，我还等着那钱养老呢，记得还啊。"

张陆让点点头，站了起来："我回去睡觉了。"

他打开门，正想走出去的时候，身后传来了林茂的声音，语气漫不经心，温和而又平静。

"不是每个人生来就知道怎么当父母的。"

张陆让的脚步一顿，握住门把的手紧了些。

林茂的指尖敲了敲杯壁，思考了下，然后说："在你和阿礼小的时候，你父母也不是那样的。"

他叹息了声，语气像是一个过来人。

"虚荣心啊，多可怕的东西。"

苏在在软磨硬泡了很久，张陆让才同意让她陪他练车。

出门前，苏在在翻了翻桌子，将防晒霜塞进书包里，再把抽屉里的迷你风扇挂在脖子上。她走到镜子前，把头发扎了起来，穿上长裤和防晒衣。随后，把桌子上的熊猫条纹鸭舌帽戴上，另一个帽子拿在手上。

工作日，家里空荡荡的，只有她一个人在。

苏在在出了客厅，到冰箱里拿了两瓶矿泉水出来。几分钟后，她回到冰箱前，将其中一瓶放了回去。

苏在在拿起鞋柜上的遮阳伞，这才出了门。

正值盛夏，外头的气温闷到像是带了火。阳光打在树上，在地上映射出斑驳而参差的影子，周围的水泥地像是冒着热气，一团一团地往上涌。

苏在在抬眼，看到站在树荫下的张陆让。

脸颊热得发红，发尖沾了汗水，湿漉漉的。看上去像等了挺久，但脸上并没有什么不耐烦的情绪。

她连忙小跑了过去，抬手将手中的帽子扣在他的头上。

263

张陆让下意识地拿下来看了一眼，立刻皱了眉，冷声道："不戴。"

苏在在将风扇打开，放在他的脸前。

见张陆让满脸的不情愿，她好声好气地哄道："听话，戴着，不然得晒黑。"

"……"

张陆让本来还是想拒绝，突然注意到她头上也戴着一个同款的。他犹豫了一下，默默地戴了回去。

苏在在把伞递给他，忍不住抱怨道："真的好热呀，我等冬天再学车好了。"

听到这个，张陆让的表情又难看了起来："所以叫你别来。"

"但你学跟我学怎么能一样。"苏在在无辜道。

"哪里不一样？"

苏在在没回答他这个问题，她看着风扇的风在他脸上呼呼地吹，突然厚颜无耻道："我现在陪你学车，到时候我学车的时候你不陪我，你就是没良心。"

"……"

"丧心病狂的那种没良心。"

张陆让不想说话，沉默地走在她的旁边。

几分钟后，苏在在忽然有些郁闷："你为什么不跟我说，仙女不需要良心。"

张陆让："……"

到驾校后，张陆让按教练给的车牌号选了平时用的那辆。

两个人并肩走了过去。

苏在在刚想坐到副驾驶座上，就被张陆让赶到后座上。

"前面太晒，坐后面去。"

她也没太反抗，犹犹豫豫地问道："让让，你自己开啊？教练不坐旁边的吗？那不会出事吧……"

张陆让的食指在方向盘上敲了敲，诚实道："我第一天的时候就自己开了。"

闻言，苏在在不可置信地瞪大了眼："这教练太过分了吧！"

她气得像是要立刻去找那个教练理论。

张陆让张了张嘴，刚想开口拦住她，就听到她气愤道："不行！我学车肯定不能来这儿学！"

"……"

他默默地闭上了嘴，将安全带系好，挂挡，推到一挡，踩下离合器踏板。

张陆让认真地练了好一会儿。

半小时后，他停下了车，向后看了一眼。

看着苏在在后头百无聊赖地玩着手机，偶尔看看外头的风景，平时话多的嘴紧闭着，就是不出声打扰他。

张陆让收回了眼，重新发动了车。这次开到拐弯处的时候，他突然开口道："帮我看看右边的轮子有没有压线。"

听到张陆让的话，苏在在高兴地弯了弯眼，立刻挪到右窗，探头看了一眼。

"压了。"

张陆让立刻将车停了下来，扭头看她，似乎对她这话有些不满，他沉声道："认真说，别胡说八道。"

苏在在一脸蒙："就是压了啊……"

张陆让解开安全带，单手撑在副驾驶座上，倾身往外看。看到车后轮确实压了线，他浑身一僵，慢腾腾地坐了回去。

半晌后，张陆让安静地、不发一言地继续练车。

这次轮到苏在在忍不住了："让让，你这是练了一个星期的成果吗？"

他假装没听到。

"要不，"苏在在小心翼翼地提议道，"我们以后请个司机吧？"

张陆让转动着方向盘，假装不介意的样子。

"你别说话了。"

苏在在才不听他的，感慨道："突然想起教你学单车的时候。"

"……"

"我那时候不是说没想摸你腰吗？"

"……"

"怎么可能没想,我早就忍不住了。"苏在在模仿着那时候心里的想法,"哇!小蛮腰露出来啦!"

张陆让真的不想再听她说这个了。他琢磨着,想说些什么转移话题。

后面的苏在在头靠椅背,笑嘻嘻地补充:"我当时心里想的是,我不摸的话真的是太对不起你的美色了。"

"……"

"此机会千载难逢啊。"

张陆让的脸有些热,忍不住回头,低斥:"苏在在!"

苏在在觍着脸,毫不畏惧:"你老婆坐你车上呢!好好开!"

张陆让眉角一抽,不再说话。过了一会儿,他放在副驾驶座的手机响了起来。

苏在在提醒道:"让让,你手机响了。"

张陆让停下车,拿起来看了一眼。

是张母。

他忽然想起前些天林茂说的话。

张陆让抿着唇,没有犹豫分毫,将电话挂掉。很快,他回头看着苏在在。

细碎的阳光打在她的身上,柔和的光晕在她周围扩散。

苏在在打了个哈欠,睁着冒着水雾的眼看他,看起来懒洋洋的。

张陆让忍不住弯了弯嘴角,说:"我们回去吧。"

6.

是不是总有人教坏她。

——张陆让

Z市的夏天格外热,暑气透过水泥地向上蒸腾。不远处的梧桐树像是要化成了绿水,在烈日无风的天气下纹丝不动,不远处的小道上偶尔有几个学生撑着伞路过,对着这边窃窃私语。

大学的军训要半个月,而且强度比高中的军训要高不少。

苏在在站在一团绿色之中,觉得时间分外难熬。额间的汗像是雨一样,一滴又一滴,顺着发丝向下流,流入眼中。

碱性的液体对眼睛有些刺激,酸涩疼痛。

苏在在忍着动手去擦干的欲望。

很快,"吧嗒——"。

又一滴。

苏在在实在忍不住了,刚想打报告,就听到远处的哨声响起。她在心底暗自松了口气。

听到教官说休息后,她直接坐在滚烫的地面上,从口袋里掏出纸巾擦脸。

周围的同学一哄而散,走到旁边去喝水。

同宿舍的崔雨璇替苏在在把水瓶拿了过来,坐在她面前说话:"累死了,这才过了一周……"

苏在在疲惫地抬了抬眼,轻声道:"谢谢。"

另一个舍友张可凑了过来,望着不远处,说:"不过副连真的好帅啊!"

"是好帅!但是太凶了。"

苏在在没有参与这个话题。

喝完水后,她站了起来,把水瓶放了回去。

苏在在捏了捏后颈,抬头,刚好和副连的视线对上。五官硬朗,嘴唇抿得很紧,看上去十分严肃。

……是挺凶神恶煞的。

苏在在收回了眼,慢腾腾地走了回去。

几个舍友还在谈论那个副连。

"——副连好像也是我们系的,大二新闻学。"

苏在在在她们的聊天声里,莫名地走了神。

……不知道让让有没有涂防晒霜。

她给他买的比自己用的还贵呢。

不过量好像不多,不知道够不够用。

今晚再上网买一瓶好了……

下午的训练比上午的轻松些。

苏在在的汗腺像是被热天激活了起来，稍微动一下，汗水就不断向下砸。

趁教官不注意，苏在在快速地伸手，用袖子擦了擦汗。

苏在在擦完汗，还没被教官发现，这感觉简直爽爆了。不过她的窃喜没持续多久，不远处的副连慢条斯理地走了过来。

副连的嘴角含着笑，看起来莫名有些恶劣。他站定在苏在在的面前，没有开口。

这样无声的威压让苏在在捏了把汗。

很快，副连轻笑了声，说："谁让你动了？"

声音不大不小，能让班里的其他人听到，也能让不远处的教官听到。

注意到教官往这边走过来的身影，苏在在咬了咬牙，主动承认错误："报告教官，我刚刚动了，擦汗。"

教官板着脸凶了她几句，也没处罚。

苏在在松了口气，之后不敢再抱有侥幸心理。

军训结束后，苏在在进了系里的学生会新媒体部，策划迎新晚会的活动。

部长恰好是她军训时的副连，谢林楠。

张陆让没报任何部门，每天除了上课、泡图书馆就是找苏在在。

这天，苏在在把最后一个活动视频剪辑完，差不多就到了上课时间。

苏在在靠在椅背上，视线在周围扫了一圈，另外三个舍友都还在床上睡午觉。昨晚熬夜了，这会儿苏在在困得眼睛都快睁不开了。

苏在在的课表和宿舍的其他人不太一样，下午她有一节思修课，可她的舍友们却一节课都没有。

苏在在想起上周没去被记了旷课，她心底万分纠结这次要不要去。如果她不去的话，基本不会有人帮她代答到，而且旷课次数多了，老师会不会以后每节课都点她……

犹豫了良久，苏在在摸了摸良心，还是决定再旷一次。

决定好后，苏在在也不再纠结，立刻爬到床上准备睡觉。睡之前，她先在微信上跟张陆让说好晚饭一起吃，顺便抱怨了下点名的事情。

苏在在：唉，真的好气。

苏在在：我去的时候，老师从来不点我。

苏在在：我一不去，她就一定会点我。

张陆让盯着她发来的话，很快就明白了过来，皱了皱眉。

——你又要旷课。

苏在在已经决定好了，也不怕他说教。

苏在在：让让，你要想想。

苏在在：旷课三次才直接挂科。

苏在在：反正我已经被记过一次了。

苏在在：这样一想，我不旷够两节真的是太对不起自己了。

那头的张陆让似乎被她噎到，半天都没回复。

苏在在越想越觉得有道理，再次提醒他晚饭一起吃，便把手机放在一旁，将被子盖在脑袋上，一瞬间就陷入睡梦中。

另外一边，张陆让叹了口气，从手机里翻出苏在在的课表。

下午第一节，他刚好没课。

张陆让收拾了下东西，拿了本专业课的书，塞进书包里。

宿舍里，窗帘紧闭着，舍友匀速的呼吸声轻而缓。空调运作着，温度稍凉，在这样的盛夏中格外舒服。

张陆让打开宿舍门。门有些老旧，发出"吱呀"一声，再随着"砰"的一声，将张陆让与里头安静舒适的气氛隔绝。

大热天，他要去一个没有空调的大教室……

给他女朋友答到。

张陆让无法描述这种心情，他以前最不喜欢这种"助纣为虐"的事情了。

虽然现在苏在在是这样说，但之后如果她被记了旷课，心情估计又要不好了。

……那还是"助"吧。

到那儿后，张陆让找了后排角落的位置坐下。他将耳机从书包里抽了出来，放在一旁，打算等点完名就戴上，认真看书。

后排的两个女生正压低声音聊着天，说的话清晰地传入他的耳中。

"你看，谢林楠又来了……"

"是啊，你说他老过来干吗，他重修？"

"不可能吧，他拿了奖学金的。"

269

很快，上课铃响起。

一个微胖的女老师站在讲台上，打开点名系统。

张陆让顿时停下了笔，认真地听着她点的名字。

不一会儿，就点到了苏在在。

张陆让摸了摸脖子，低下头，右手举了起来，表情有些不自在。

与此同时，斜前方两排处的一个男生也举起了手。

原本一直低着头点名的老师像是感应到了什么，在此刻抬起了头。她粗略地扫了一圈，一眼就看到两个同时举手的男生。

老师脸色一冷："你们这班有同名的？没吧。"

张陆让侧头，面无表情地看着前面那个男生的背影。

"而且这苏在在，我印象里是个女生吧？"

"没来？那我记旷课了啊。"

"两次了啊，再不来一次直接重修。"

性别这东西，张陆让也没了办法。他烦躁地叹了口气，默默地把耳机拿了起来，戴上。

那个刚刚也帮苏在在举手的男生转过头。他看着张陆让，忽然笑了一下，硬朗俊秀的五官微微舒展开来，嘴角稍稍弯起，带了点儿挑衅。

察觉到他的目光，张陆让也望了过去。

两人的视线对上。

下一秒，张陆让就漫不经心地垂下了眼，继续看书。

谢林楠觉得他的反应有些无趣，耸了耸肩便回了头。

午觉醒来后，已经差不多到晚饭的点了。

苏在在立刻拿起枕头旁的手机，看着张陆让的最新回复。

——不吃。

苏在在有点蒙，疑惑道：为什么不吃？

苏在在：你没时间吗？我打饭过去给你呀。

苏在在：你在上课？

说到这个，苏在在从手机相册里翻出张陆让的课表。

下午第二节有课，之后就没课了啊……

苏在在挠了挠头，有些着急。

——你要吃什么，我打排骨饭给你好不好？

——你没胃口吗？那喝粥？

等了一会儿，没等到他的回复。

苏在在干脆起身，换了身衣服就出了门。

还没走到饭堂，苏在在就接到了张陆让的电话。他的声音低低沉沉的，听不出什么情绪。

"你在哪儿？"

苏在在眨了眨眼，语气明朗道："我去饭堂呀，你要吃什么？"

那头顿了一下，莫名其妙地问了句："你上次说你部长叫什么名字？"

虽然不知他为什么问这个，但苏在在还是诚实地答道："谢林楠。"

张陆让的眼睑低垂，心里又酸又涩，胀得难受。他抓了抓头发，拿着手机和饭卡便出了宿舍。

"我去找你。"

苏在在先到饭堂，到其中一个窗口打了两份饭。

不知道张陆让还要多久，苏在在犹豫了下，到饭堂里的一家奶茶店前排队。想到刚刚张陆让说的"不吃"，她有些惆怅。

大热天的，买点儿柠檬水估计会开胃吧⋯⋯

苏在在还在思考着，突然有人拍了拍她的肩膀，跟她打了声招呼。她下意识地转过头，是同班的一个女生。

恰好，口袋里的手机振动了下。

与此同时，女生开了口："你今天思修课没去？"

对方这样一说，估计是被记旷课了。

苏在在也没太介意，直接承认："啊，对啊⋯⋯"

然而，女生接下来的话像是晴天霹雳。

噼里啪啦地，将她整个人劈得毫无理智可言。

"今天上课的时候有两个男生帮你代点了。一个是谢师兄，另一个好帅，不知道是谁⋯⋯你男朋友？"

苏在在一脸蒙，但想到刚刚张陆让的问题⋯⋯

271

她点了点头,呆呆道:"嗯,男朋友。"

随后,她从口袋里拿出手机。

张陆让回复的。

——到了,你在哪儿?

苏在在向饭堂的门口看了一眼。看到张陆让垂着头看着手机,身姿高而挺拔。背着光,让她看不太真切他的表情。

苏在在也忘了自己在排队买饮料,直接往张陆让那边走。她蹦跶到张陆让的面前,嬉皮笑脸道:"让让,你今天去帮我答到啦?"

张陆让把手机放进裤兜里,低低地应了声。

听到他肯定的回答,苏在在心中的满足感简直要爆满。

下一秒,张陆让垂眸,盯着她的眼,启唇,说出来的话低沉又缓,其中的情绪毫不掩饰。

"被记了,因为另外一个男生也举手了。"

苏在在扯着他往自己放菜盘的方向走:"那可不关我的事,你不能怪在我头上。"

张陆让:"……"

"你现在是不是特有危机感?"苏在在厚颜无耻道。

"……我没有。"

闻言,苏在在下意识侧头,看到他那熟悉的动作。她忍不住弯了弯唇,提议道:"我被记了两次了,以后肯定都要去,要不你跟我一起去?"

张陆让的表情有些犹豫。

还没得到自己想要的答案,苏在在开始恐吓他:"你就不怕你貌美如花的女朋友被人看上,抢走?"

"……"

"不怕?"

张陆让坐到位置上,帮她把一次性筷子掰开。很快,他乖乖地承认:"怕。"声音低低的,有些含混不清。

他这样的回答反而让苏在在愣了下。

苏在在连忙摸了摸他放在桌子上的手,装作一副安抚的样子,自以为没带揩油的意味。

"别怕，我就喜欢你一个。"

张陆让反常地没有生气地教训她。他抬了抬眼，眼睛里有什么情绪在暗涌着。

见他一直没有动筷子，苏在在忍不住开口提醒他吃饭。

张陆让终于开了口，语气有些委屈，声音又哑又沉。

"别吓我。"

隔天，部门聚餐。

干事们愉快地聊着天，气氛十分热烈。

坐在苏在在对面的谢林楠突然开口问道："苏在在，你男朋友是计算机系的？"

苏在在抬眼，"嗯"了一声。她想起昨天那个女生说的，谢林楠帮她答到，心里觉得有些怪异。

"我电脑坏了，能让他帮我修修不？"谢林楠嘴角一扯，弯起一个大大的弧度，"也没多难，就重装个系统。"

提起张陆让，苏在在的智商瞬间下降了，警惕心也起来了。

为什么莫名其妙要找她男朋友修电脑？而且是计算机系的就一定要会修电脑吗？

张陆让还没学多久呢！

想到张陆让那张男女老少通吃的脸，苏在在不可控地探究起，昨天谢林楠帮她答到是不是就是为了引起张陆让的注意……

苏在在越想越觉得可能性很大。她看着谢林楠，认认真真地开了口，答非所问："他有女朋友。"

谢林楠的笑容一僵："……"

12月下旬的某天，苏在在的手肘搭在椅背上，垂眼跟张陆让微信聊着天。

等待对方回复的时候，她抬了抬眸，突然注意到崔雨璇脖子上有细细碎碎的红痕，她盯着看了一会儿，猜测着那是什么。

在心中想了半天，苏在在还是没想出来，忍不住指了指："你这是过敏还是被虫子咬了？"

崔雨璇也没太介意，表情大大咧咧的："这个啊？"

一旁的林可大笑："什么啊，那是吻痕！"

苏在在有点蒙，转头看向崔雨璇，表情有些犹豫。

"你跟你男朋友？不是才认识一个多月吗？"

"也就亲亲嘴和脖子啊，没别的什么。"说到这个，崔雨璇有些好奇，"你跟你男朋友呢？不是在一起两年多了吗？"

苏在在回忆了下，表情有些骄傲。

"我跟他进度也挺快的，在一起第一天就二垒了。"

崔雨璇闪着星星眼："现在呢，现在呢！"

苏在在沉默了一瞬。

"……还是二垒。"

狭小的宿舍里瞬间冷场。

另一个舍友邓琴也忍不住开口道："什么情况啊，在一起两年一点儿进展都没有？"

苏在在无辜地眨了眨眼："什么进展？"

"不说全垒打！也得三垒了吧！"

她直接摆了摆手："不可能的。"

崔雨璇忍不住给她建议："要不你主动点儿？"

苏在在早就死心了。

"我主动也没用的。"

思考着崔雨璇的话，苏在在沉默了下来，表情若有所思。

墨色的天空，深灰色的云朵晕染其上，月光透过薄薄的云层洒了下来，映在无波澜的湖水上。周围的风声很大，寒意有些刺骨。

苏在在被张陆让牵着，围着湖边走。她叽叽喳喳地说着最近发生的事情，一旁的张陆让认真地听着。

两个人一个说一个听，气氛格外和谐。

就快走到宿舍楼下的时候，苏在在突然想起舍友的话。她侧了头，看着他在月光下泛着光泽的唇。

苏在在下意识地咽了咽口水。很快,她停下了脚步,引得张陆让也停了下来。

旁边的人忽然不走了,而且连话都不说,让张陆让有些疑惑。他转过头,垂下眼看她:"怎么了?"

苏在在避开张陆让的视线。她咬了咬牙,将想了一个晚上的、关于张陆让的荤段子说了出来。

"让让。"

听到她开了口,张陆让才松了口气,应了一声。

"以后我跟你说'让开'两个字的时候,意思就是——"

张陆让看着她发顶的小旋儿,淡淡地应了声:"嗯?"

"张陆让,把腿张开。"

"……"

"记得要张大点儿。"

"……"

她说完很久后,张陆让都没说话。

耳边的风声越发得大,像是在嘲笑她的"笑话"。

这个段子她想了很久的啊,感觉又撩人又适合此刻的氛围。就算他不觉得好玩,也不应该生气吧……

苏在在有些慌乱地抬起头,思考着是不是自己还没摆出娇羞的姿态。

还没等她想好,沉默了良久的张陆让终于开了口,声音冷得僵硬,完全没有想笑的意思。

"你自己回去吧。"

苏在在:"……"

7.

　　她说,只有张陆让。

——张陆让

虽然他话是那么说,但握着她手的力道一点儿也没放松。

苏在在没注意到，心思早就被他那冷脸唬住。她立刻怂了，娇羞什么的，在这一瞬间全部被她抛之脑后。

张陆让别过了眼，看着不远处的小湖泊。

像有银流倾泻，在他侧脸的曲线上晕染出浅浅的光泽，脖子上那突出的喉结慢慢地滑动着，在路灯的映衬下格外明显。

苏在在也不知道该说什么。色心一起，还没想好后路就直接把那么下流的话说了出口。

这算不算是口头猥亵？

她怎么能因为内心的欲望就冲昏了头脑，听取了舍友的话！

张陆让和别的男人不一样啊！这对他来说算是什么情趣！

他会不会……

想起张陆让以前说的话，苏在在忽然有点儿怕了。

那种恐惧像是一条又一条的丝线，形成一张网，将她的心脏紧笼。

——"我这种方法是不是更容易追到你。"

——"我可能会报警。"

报、报警……

她下意识地松开了张陆让的手，垂着脑袋解释道："我、我跟你开玩笑的……"

张陆让将头转了回头，低头看她，等待着她接下来的话，脸上没带什么情绪，也看不出他到底有没有生气。

下一秒，苏在在的话让他的冰冻的表情出现了几丝裂痕。

"你别报警，呜呜呜……"

他有些无言以对："谁教你这些的。"

苏在在睁着冒着水雾的眼，内心动摇了片刻，最后还是坚定地没有背叛舍友。

她的脑子飞速地转动着。

她实在不知道怎么回答了！还是用这种粗暴简单又舒爽的方式堵住他的嘴巴最开心。

苏在在舔了舔唇，扯住张陆让卫衣上的绳子，直接凑上去亲。

哪知，张陆让没反应过来。他下意识地仰了仰头，导致苏在在的嘴唇只轻轻地触碰到了他的下巴。

苏在在瞬间有种被人扇了两个耳光的感觉。她沉默了一瞬，同意了他刚刚说的话："……我自己回去吧。"

苏在在确实有点儿受伤了，被他这副避如蛇蝎的模样。

闻言，张陆让将仰着的头归位，垂眸看她。

她的脑袋低垂着，露出一节白皙光滑的脖子，莹莹发亮。从这个角度看去，能看到她小巧的鼻子稍稍皱着，眼睫毛微微颤动。

张陆让的喉结又下意识地滚动了几下。他的手掌握了拳，忍不住将她扯了回来，垂头吻住她。

一吻结束后，他垂下眼，用冰凉的指尖摸了摸苏在在的眼角，表情像是在思索着什么，很快就认真道："别老听别人胡说八道。"

12月11日晚上，苏在在跟张陆让在学校外面的小吃街上闲逛。

两人走到其中一个卖山东煎饼的摊位上。

苏在在侧头问了句："让让，你吃吗？"

张陆让帮她点了一个，拿出手机扫码付款："你吃吧。"

摊主将鸡蛋摊匀后，撒上咸菜、葱花和肉松，将面饼折叠了三分之一，涂上甜面酱，在上面加一块脆饼和生菜，卷起，切断。

分成了两块。

他们两个刚好一人一块。

苏在在把其中一块塞进张陆让的手里，说："这个很好吃。"

张陆让没太拒绝，拿起来咬了一口，咀嚼着。

苏在在也没急着吃，抬头盯着他的表情。

看到他眉头一皱，似乎不太喜欢这个味道。她连忙把那块扯了回来，瞎扯道："算了，我不够吃，你别吃了。"

张陆让："……"

苏在在忽然想起明天就是自己的十八岁生日。她转过头，有些期待地问道："让让，你记得明天什么日子吗？"

张陆让从书包里拿出纸巾，替她擦了擦手指上沾到的甜面酱。

擦干净后,张陆让乖乖地答道:"你生日。"

苏在在厚颜无耻地补充道:"还有,是我拿着身份证就可以去开房的年龄。"

"……"

见他的表情立刻又难看了起来,苏在在眨了眨眼,无辜道:"我就很纯洁地去开个房,没要干别的什么,你别想歪。"

张陆让不自然地别过眼,不理她。

"不过带上你也挺好的。"她笑嘻嘻地说。

"……快吃,要回去了。"

苏在在咬着煎饼,突然道:"明天我们部门的人说要给我庆祝生日。"

听到这话,张陆让皱了眉:"你部长也去?"

"我不知道呀,不过他参不参加也不关我的事。"苏在在吃着东西,声音有些含混不清,"反正我让他们别弄了。"

"……"

"我肯定得跟你待在一起呀。"苏在在理直气壮。

张陆让沉默了一瞬,有些郁闷地开了口。

"你周围怎么老有那么多叫'nan'的男生。"

让他听到这个音就生理性反感。

苏在在认真地想了想:"没有啊。"

闻言,张陆让心中的酸泡泡又冒了起来,让他都无法再维持自己清心寡欲的模样。

还没等他说些什么,苏在在再次道:"只有'让'。"

往年苏在在的生日,张陆让都是直接给她买她需要的东西,之后再买个蛋糕,发个红包,没有想太多的花样。

事实上,他也想不到什么花样。

但这次苏在在的十八岁生日,张陆让花了不少心思。上网查,硬着头皮问舍友,偶尔装作不经意地问苏在在。

犹豫了很久,他决定各种花样都来一遍。

送花、送项链、送化妆品、唱情歌……

两个人也没地方去，开房是不可能的，所以张陆让提前在学校附近的一个咖啡厅里订了一个小包间。

隔天，苏在在被张陆让牵着走进包间里。她一眼就看到了桌子上的蛋糕，上面插着十几根蜡烛，围成了一个爱心，旁边放着一束红玫瑰，上面放着一个精致的礼盒。

桌子上还摆着好几个礼盒袋。

苏在在的第一反应是："让让，那个爱心是你摆的吗？"

张陆让有些不自然地承认道："嗯。"

听到这个回答，旁边的苏在在忽然安静了下来。

张陆让有些疑惑地侧过头。

与此同时，苏在在猛地扯住他的衣领，对着他的唇重重地亲了一口。

两人的鼻梁撞上，力道有些重。

张陆让吃痛地皱了眉，但下意识地就替她揉了揉鼻子，沉声道："你干什么？"

受到这样的待遇，让苏在在心情十分好。

也像是瞬间高了一个地位，霸气地开口道："今天我生日，你再不让我对你为所欲为我也要生气了！我要用行动告诉你，不是只有你会生气的！"

"……"

苏在在边说边把张陆让扯到桌子旁边坐下。她翻了翻桌上的礼盒袋，瞬间愣住："会不会太贵了……"

张陆让摇了摇头："没多少。"

"你不用给我买这些……"

张陆让打断了她的话："这些都是我暑假的时候当家教赚来的钱。"

听到这话，苏在在怔怔地看向他。

"以后我会给你买更多。"他垂着眼，低声说。

说完之后，张陆让拿起桌子上的打火机，慢慢地将蛋糕上的蜡烛点燃。

静谧的包间里，只有打火机开盖的声音不断响起。

"咔嚓——咔嚓——"

生日歌唱完后，张陆让再度启了唇。低沉富有磁性的声音在包间里回荡着，尾音稍扬，带了点温柔缱绻的意味。

是苏在在最近单曲循环的一首歌。

……

"我的宝贝宝贝，

给你一点甜甜，

让你今夜都好眠。"

……

苏在在是张陆让的宝贝。

心上的无价之宝。

8.

她不在，没人逗我开心。

——张陆让

天空像是被浓墨涂抹过，仿佛无边无际的黑海。外头的树叶被寒风吹得沙沙作响，地上的枯叶随着风卷成一团。偶尔天空上会炸出几束烟花，庆祝明天除夕夜的来临。

苏在在洗漱完后，回到自己的房间里。她一骨碌爬到床上，整个人埋在被窝里，给张陆让打电话。

张陆让很快就接了起来。

因为被窝里不透气，苏在在的声音被捂得有些闷："让让。"

他的声音因为咳嗽有些沙哑，带了点儿鼻音，比平时软了不少。

"怎么了。"

"明天除夕你怎么过呀？"

张陆让那头顿了下，似乎在思考，很快就答道："跟我舅舅一起过，他今年不回 B 市。"

"噢。"苏在在将被子掀开来，表情有些踌躇，"我明天要去爷爷奶奶家，每年都是这样的……"

"嗯。"

"不过吃完年夜饭我就回来了，虽然会有点儿晚。"

张陆让这才听出她话里的话，他垂着眸，无声地笑："在在。"

声音透过电流传了过来，莫名带了点缱绻的意味。

难得听他这样叫自己，苏在在有些受宠若惊，她忍不住卷着被子，在床上滚了一圈。动静不小，让电话那头的人一直能听到这窸窸窣窣的声音。

张陆让不免有些脸热，他舔了舔唇，轻声道："等你回来给你新年礼物。"

"什么礼物？"苏在在激动道。

闻言，张陆让犹豫了下，问："你想要什么？"

苏在在毫不犹豫："你的肉体。"

"……"

"说实话，很久之前我就开始想了。"

"……"

"你让我'素'了那么久。"

张陆让保持沉默。

下一秒，苏在在突然改了口："其实应该要'素'十年吧。"

"……"

"十年是不是还算低估你了？"她郁闷道。

张陆让张了张嘴，想要反驳些什么，最后还是什么都没说。他的指尖敲了敲软塌塌的棉被，似乎有些躁。

半响后，苏在在突然厚着脸皮冒出来一句："你梦到过吗？"

这话来得有些突然，让张陆让一时没反应过来，但很快他就想通了，呼吸瞬间一滞，他的喉结滚了滚，有些手忙脚乱地开口道："我睡了。"

苏在在把耳边的手机拿下来，看了下时间。

22点半了。

张陆让的作息向来准时，苏在在也没再烦着他。

她伸手将床头柜上的台灯关掉，笑嘻嘻道："成，你睡吧，晚安哈。"

听到她的话，张陆让忍着心中的冲动，教训道："你也赶紧睡，别老刷微博刷那么晚。"

"知道啦。"

挂了电话后，苏在在打消了刷微博的念头，很听话地把手机放到床头柜上，将窗帘关上，盖上被子便睡了过去。

另外一边，平时这个时间早就入睡的张陆让反常地在床上翻来覆去。不知道在想些什么，整个人看上去莫名有些焦灼。

10分钟后，他坐了起来，摸了摸有些出汗的额头，起身，走到浴室里。

很快，哗啦哗啦的水声传来。

声音在此寂静的夜里显得格外清晰。

除夕夜晚，只有两个人的饭桌上一片安静，偶尔传来餐具碰撞的声音。

林茂将口中的饭咽了下去，说："你去把电视打开。"

张陆让下意识地将筷子放下，正想照做，就听到林茂继续道："有点儿声音是不是感觉就没那么惨了。"

"……"

"唉，小孩子家家的，话也不多说几句。"

张陆让想了想，认真道："不知道跟你说什么。"

林茂被这话一噎："你是说跟我有代沟？"

张陆让没说话，垂头继续吃饭，像是在默认。他冰冷的面容稍稍柔和些，绷直的嘴角也偷着弯起。

林茂挑了挑眉，也没太介意。

过了一会儿，林茂突然想起件事情："你这学期都没跟你爸妈联系过？"

提起这个，张陆让的好心情瞬间消失了："嗯。"

"你不接他们电话？"

"……"

"你不回去过年，你妈给我打了很多个电话来骂我。"

闻言，张陆让忍不住了："骂你干什么？"

"啊，我也没仔细听。"

"……"

"大致说我太纵着你吧，说我管得太多？"

说完这话之后，林茂突然懂了些什么："怪不得你不接她电话。"

张陆让默默地吃饭，没说话。

林茂忽然叹了口气，没再开玩笑："一会儿给他们打个电话。"

张陆让手中的筷子一顿，表情有些不情愿。他看着林茂的表情，最后还是妥协了，点了点头："知道了。"

吃完饭，张陆让回到房间里。

手机铃声恰好响起，是阿礼打来的。张陆让伸手在屏幕上滑了一下，接通，将手机放到耳边。

张陆礼明朗的声音从里头传来："哥！新年快乐啊！"

被他的声音感染，张陆让勾了勾唇："新年快乐。"

说完之后，双方同时陷入了沉默。很快，张陆礼有些怯懦地开口道："你新年真的不回来吗？"

"嗯。"

"最近爸妈总是吵架……"

"我觉得，新年过了之后，妈可能会去Z市找你。"

"你要不给她打个电话吧，今天年夜饭我看她都没吃多少……"

"哥，你也别太……"张陆礼似乎说不下去了，他的声音一下子变得闷闷的，"你也不能说不回来就不回来啊……"

张陆让盯着自己手掌上的纹路，失了神："我知道了。"

挂电话之前，他听到张陆礼再度开了口，声音带了点儿小心翼翼："哥，我想考Z大的研究生……"

张陆让没太在意，淡淡道："你自己决定就好。"

张陆让犹豫了一会儿，很快就拨通了张母的电话。只响了一声，那头就接了起来，却没有立刻开口。

两方像是在僵持，一场无声的拉锯战。

最后还是张母先忍不住，声音因为愤怒而有些尖厉："张陆让，你还当我是你妈吗？平时不接电话，现在连过年也不回来？"

张陆让没说话。

很快，那头的声音低了下来，像是在克制着怒火。

"改你志愿的事情，是我跟你爸做得不对，你要学计算机就好好学。大学期间，我不会再干涉你那么多。"

张陆让的眉心稍稍舒展开来，心底的放松还没维持多久。

下一刻，他就听到张母继续道："节假日必须给我回来！你是不是在你舅舅身边待太久了？根本没把我和你爸放在眼里了？"

张陆让抿了抿唇，轻声道："我——"

张母越说越气，直接将他的话打断："我是你妈，我能害你？B大的金融系不好？毕业之后直接到自己家的公司不好？还不用受别人的气！"

"……"

"你弟当初怎么没你这么多事？初三要转学，考题不同也非要在Z市上一年高中，填志愿这件事情完全没跟我们商量就自己填，你觉得你对？"

张陆让难得见张母发那么大火，他忽然就没了刚刚那想要反驳的情绪，眼睛酸涩难掩。浓浓的无力感向他袭来，将他卷入其中，无法挣脱。

半晌后，张陆让莫名其妙地提起了苏在在。

"我有个很喜欢的女生。"

闻言，张母一愣，声音又沉了下来："你……"

张陆让突然有了脾气，像个孩子一样，提高音量打断了她的话："她每次提到自己的父母，眼底全是骄傲。不论做什么事情，她都无所畏惧，因为她有一对很好也对她很好的父母。"

张陆让的声音低了下来，喃喃低语。

话里像是带了泪。

"……我很羡慕。"

电话那头的张母似乎被他的话戗到一句都说不出来。

张陆让发了会儿呆，很快就回过神来，将电话挂断。他垂着眼，翻了翻手机，看到了几分钟前苏在在发来的微信。

——哈哈哈哈，我今天跟我妈说了！

——我跟她提了你！！

——她说我那么喜欢你，她肯定也会对你很满意，嘿嘿嘿！

张陆让扯了扯嘴角，慢腾腾地回复。

——那就好。

第八章
Chapter 8

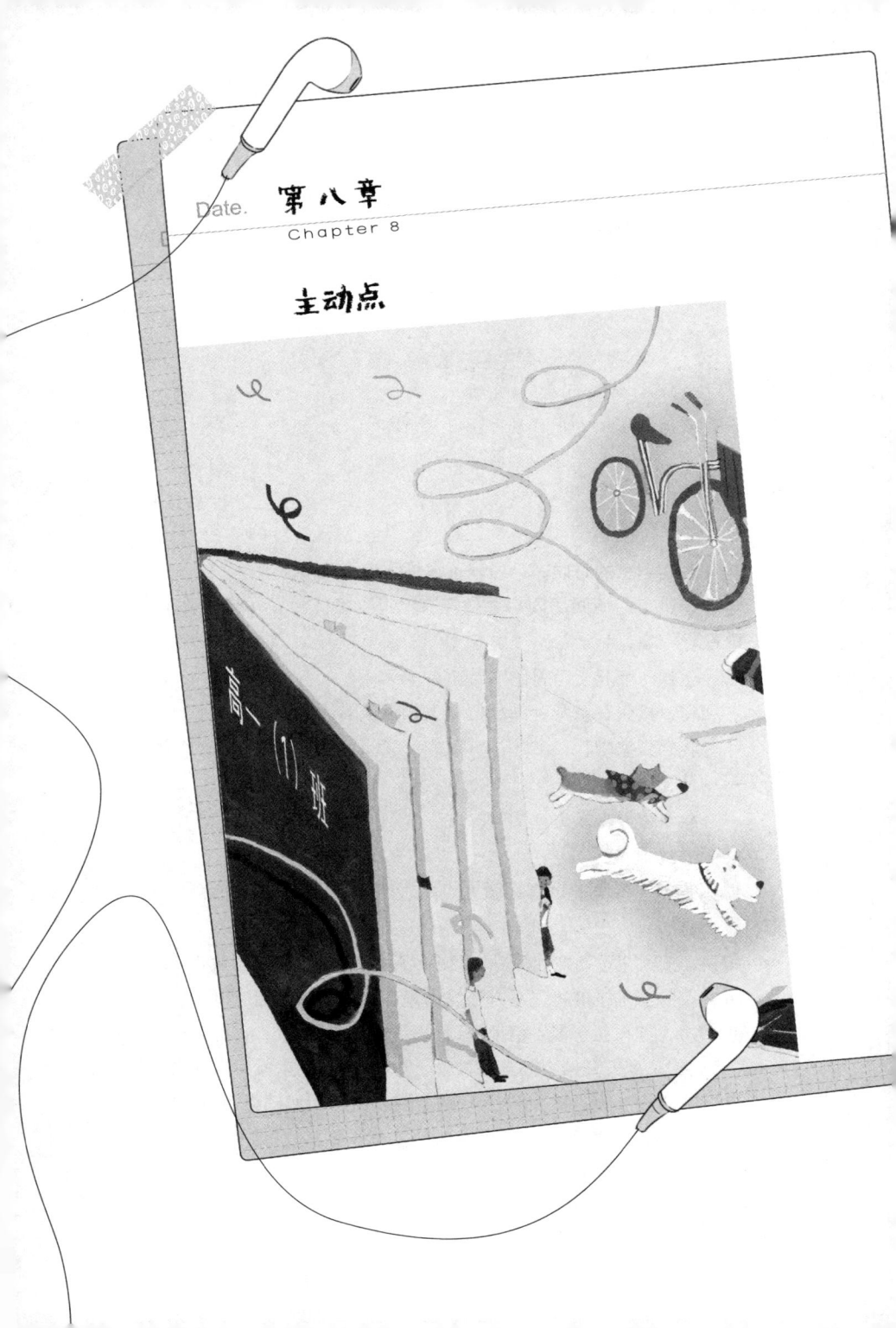

主动点

1.

时间再快一点儿。

等她长大。

——张陆让

苏在在回到家的时候,已经差不多晚上 10 点了。

苏母一进家门便回房间拿了换洗衣服去浴室洗澡,苏父则坐在沙发上打开电视看春晚。

客厅里顿时响起了节目的欢笑声。

苏在在直接坐在茶几旁的小板凳上,给张陆让发着消息。

——我回到家啦!

——让让。

——除夕夜要不要见一面呀?

——你睡了吗?

偶尔听到电视里的声音稍微大点儿,她还会下意识地抬抬眼,但注意力明显没有半分放在那上面。

很快,苏父注意到她的神情,漫不经心地开了口:"你一会儿要出去?"

苏在在看着手机屏幕,对方还没回复,她也不太确定。

想了想,苏在在含混不清地说:"还不一定。"

"我们家从今天开始有门禁了,晚上 10 点前没回来就不准回来。"

苏在在瞪大了眼,视线终于从手机上挪开:"我妈同意了吗?"

电视的声音有些大,苏父拿着遥控器调小了些:"这样,你把你今天收到的压岁钱分我一半,门禁取消。"

苏在在不可置信地看向他。

苏父像是没注意到她的表情，完全不看她："你也对你爸好点儿，你爸都二十多年没收到过压岁钱了。"

与此同时，苏母恰好从浴室出来。

苏在在立刻哀号了声，对着她喊："妈！爸要抢我的压岁钱。"

苏母刚想往房间走的脚步收了回来，转了个方向，向客厅这边走来。她直接坐到苏父的旁边，转头看了他一眼，很快就收回了视线，看向苏在在。

"所以你今天收了多少压岁钱？"

苏在在："……"

苏父刚起身，准备去洗澡的时候，苏在在终于收到了张陆让的回复。

——还没。

——刚刚在洗澡。

看到这个，苏在在立刻站了起来，笑嘻嘻地对着二老说："我要出去啦！"似乎早就料到了，苏父苏母也没说什么。

"爸妈，你们早点儿睡哈。"苏在在想了想，厚颜无耻道，"你们的女儿太能干了，能让你们不费吹灰之力就得到一个极其完美的女婿。"

"……"

苏父默默地走到浴室里洗澡。

苏母嗑着瓜子，没理她。

没得到回应的苏在在有些委屈，她边穿着外套边说："妈，你怎么不理我？你刚刚还说会对他很满意的！"

沉默了半晌后，苏母淡淡地开了口："我现在是对你不满意了。"

苏在在："……"

苏在在走到张陆让家门口才开始回复他。她吸了吸鼻子，冷得有些发抖。打几个字就在原地蹦跶两下，驱去几分寒意。

苏在在：那你现在在哪儿？

张陆让：家里。

苏在在：家里哪里？

张陆让：……

张陆让：房间。

看到这两个字,苏在在抬眼看了看眼前的房子。

复式楼。

苏在在刚想问张陆让房间在一楼还是二楼。还没等她开始打字,面前的门倏地打开来。"咔嚓"一声,伴随着男人高挺的身影。

张陆让刚洗完澡,发尖还有些湿润。手上拿着的手机屏幕亮着,细看的话还能看出上面是跟她的聊天窗。穿着一件暗蓝色薄毛衣和一条灰色的修身长裤,一副室内的装扮,完全无法抵挡外头这接近零摄氏度的气温。

苏在在的眉头一下子就皱了起来,满脸的不高兴:"你先把头发吹干,穿件外套再出来。"

门前的声控灯因为她的声音再度亮起。暖黄色的灯打在他的脸上,像是柔化了他的面部曲线,温润和冷清的气质一下子就融合在了一起。

张陆让盯着苏在在冻得发颤的身子,沉默了一瞬,很快就向她走来,牵起她的手揉搓了两下。随后,他第一次松了口:"你要不要进去待会儿?"

语气很柔和。

想起他以前死活不让她进去的模样,苏在在真的有些受宠若惊……

她本想立刻答应下来,但突然想起这么晚了,张陆让的舅舅肯定在家。

想到这个,她还是有些退却了。

苏在在犹豫了下,诚实道:"你舅舅在,我不敢进去……"

"他不在。"张陆让轻声道,"他刚刚出去了。"

这个回答让苏在在松了口气,刚刚怂了的模样立马消失得无影无踪。

"那快进去吧,别浪费时间了。"

"……"

"让让,春宵苦短啊!你还要我提醒你吗!"

张陆让沉默着,从鞋柜里给她拿了双没穿过的室内拖鞋,蹲下来放到她的身前。

酥酥在他们两个旁边兴奋地转着圈。

苏在在笑嘻嘻地弯下头,摸了摸它的脑袋。

很快,张陆让牵着她往客厅走。

注意走的方向是往明亮宽敞的客厅，苏在在立刻扯着他，停下步伐。

他下意识地回头看。

"你让我待在客厅吗？"

"……嗯。"

"你不怕你舅舅突然回来了吗！"

张陆让有点蒙："怕什么？"

他的嘴里还含着一句："而且他也没那么早"。

还没等他说出来，张陆让就听到苏在在有些小心翼翼地说："就、就我一个人来你家，跟你单独相处……"

听到这话，他的表情瞬间有些不自然。

张陆让下意识地握了握她另一只空着的手，张了张嘴。

"那……"我送你回去吧。

下一秒——

"要是你舅舅误会我要对你做什么怎么办啊……"

张陆让："……"

他垂下眼看她，盯着她的表情。

……看上去好像很认真。好像真的没有半点儿开玩笑的意思。

张陆让顿了顿，很快，他安安静静地、妥协地牵着她往楼上走。

苏在在紧绷的心情终于放松了下来。她抬眼，看着张陆让的背影，莫名觉得似乎变得沧桑了不少。

苏在在顿时觉得，他像是带着视死如归的情绪把她带进他的房间里。她舔了舔唇，忍不住安抚道："你也不用那么怕啊……我会把持住的。"

"……"

上了楼，张陆让牵着她走进右手边的第二个房间。

房间很宽敞，整体的色调偏冷色系。书桌上，电脑和台灯亮着，一旁是几本翻开了的书。

苏在在下意识地看了几眼，说："你刚刚在看书吗？"

张陆让低声应着她，走到书桌前拿起上面的一个袋子，递到她的面前。他垂眸看她，眼里的光璀璨生动："新年快乐。"

苏在在接过，打开看了一眼。

是一条连衣裙，还是她很喜欢的款式。

苏在在愣了愣，轻声问："你自己去买的啊？"

张陆让舔了舔嘴角，表情像个献宝的孩子。

"好看吗？"

"好看啊！超级好看！"

张陆让也忍不住弯了弯唇，抑郁的心情被她全部扫光。

很快，苏在在就松开手来。

因为自己还没洗澡，苏在在直接坐到了床边的地毯上。

张陆让也下意识地跟着坐在了她的旁边。

门关着，外头的酥酥发出撒娇的声音，抓着门。

苏在在盯着看了一会儿，看张陆让没动静，她也没说什么。

半晌后，苏在在小声地说："我没给你买新年礼物。"

张陆让也没太在意，点点头："嗯。"

下一秒，苏在在从自己带来的小包里翻出今天收到的压岁钱。

十几个红艳艳的红包忽然出现在张陆让的眼前。

她得意扬扬地说："出门前我爸妈还要我把压岁钱分给他们，我坚定地拒绝了。"

张陆让看着她这副孩子气的模样，忽然觉得有些好笑。

"加上以前的，我收了十八年的压岁钱了。"苏在在掰着手指算，认认真真地说，"虽然都在银行卡里。"

张陆让的背靠床脚，安静地听着她接下来的话。

苏在在算不清有多少钱，犹豫道："我感觉数目应该不算小吧……"

他本以为，她的下一句话会是："要不你来帮我算吧！"

等了一会儿，张陆让终于等到了她开口。

"我这些钱都没用过，等大学毕业我就用来买戒指。"

闻言，张陆让错愕地扭过头看她。

"这样的话，你就可以当作是，"苏在在突然也有些不好意思，垂下了眼，"我从小到大存钱的目的就是为了要嫁给你呀。"

门外的酥酥已经放弃了抓门的动作，偶尔还能听到它从鼻子里发出的委屈的声音。周围安安静静的,像是能听到空气的流动声。

房间里,在张陆让昨天还在想她的地方——

那个曾经怎么都不让苏在在进家门的男人,突然向前倾了身子。他单手撑着地,侧过头,从下往上,情难自控地吻住她的唇。

苏在在下意识地往后倾,被他抵着后背,固定住。宽厚的手掌慢慢地往上挪,托住她的后脑勺。唇舌不断地深入,侵占她的全部。

他的吻第一次带了欲念。

满满的,全是占有欲。

2.

我也是。

——张陆让

苏在在有些没反应过来,发愣地张着唇,乖乖地承受着他的吻。半晌,她回过神,忍不住反客为主,缠着他的舌头吮了下,互相攫取对方的气息,纠缠不断。

半晌后,张陆让手中的力道慢慢放松。他眷念般地舔了舔她的下唇,用额头抵着她的额头,垂眸盯着她的眼。一室的暧昧向四周扩散开来。

因为长时间的吻,苏在在的嘴唇变得红艳艳的,泛着光泽。她下意识地舔了舔唇,像是在回味着。

苏在在的眼睫一掀,像被他吸引住那般,也看向他。良久,她放在地上支撑着身子的手抬了起来,钩住他的脖子。

张陆让黢黑的眼里一片深邃,最底处似乎还闪着明明灭灭的火。他没动静,像是在放任她的动作。

下一秒,苏在在又凑了上去,咬住他的唇。

张陆让的眼底闪过几丝挣扎,很快就把她扯开来。

苏在在眨了眨眼,无辜道:"你干吗?"

他立刻别过头,表情像是要落荒而逃。

"很晚了,我送你回去。"

这话简直是晴天霹雳。

苏在在蒙了，喃喃道："……我这连'肉末'都没吃到吧？"

张陆让假装没听到，重复道："回家。"

"哪有这样的！"苏在在瞪大了眼，瞬间不高兴了，"我说我会把持住，前提是你别来撩我啊！你怎么能撩了我之后……"

"……"

"我真的不知道该怎么形容我现在的感觉。"

张陆让也不知道该说什么，声音带了点儿讨好。

"……回家吧，快晚上 11 点了。"

"老这样，我怕我以后会变成性冷淡。"苏在在哼了声，嘟囔道，"到时候吃亏的还是你，你自己想清楚。"

"……"

威胁完之后，苏在在认真地看着他。

"所以，你是要让我再多待一会儿，还是吃亏。"

张陆让的喉结滚了滚，双眸定定地盯着她，眸色渐暗。很快，他垂下了眼，咬着牙道："我舅舅要回来了。"

苏在在一下子就怂了："那我回去了。"

她站了起来，想了想，说："你别出去了，刚洗完澡别吹风。"

张陆让像是没听到，也站了起来，往衣柜那头走去。他打开了衣柜门，没了动静。神情有些呆滞，不知道在想些什么。

苏在在有些疑惑道："你怎么了？"

张陆让反应了过来，原本粗重的呼吸渐渐平复了些。

随后，他从衣柜里拿出一件军绿色的大衣穿上，再从其中一个柜子里拿出一条纯黑色的围巾。

张陆让走回苏在在的面前，慢悠悠地将围巾围在她的脖子上。

苏在在乖乖地站在原地，盯着他因为微微弯腰而逼近的眼。湿漉漉的，泛着璀璨的水光。

张陆让沉默着调整着围巾，动作轻柔，怕勒到了她的脖子。表情专注柔和，房间里的气氛瞬间变得温馨又安静。

很快，张陆让捋了捋她的头发，牵着她往外走。门一拉开，趴在门外的酥酥立刻就爬了起来，摇着尾巴撒娇。

张陆让看了它一眼，小声地说："去睡觉。"

走出家门后，寒风一吹，舒缓了张陆让体内的热气。

他忽然想起刚刚的事情，转头看向苏在在。

"以后要来找我提前跟我说一声。"

别在外面吹风。

"那你以后也吹干头发再出来。"

不要生病。

把她送到家楼下，张陆让正想往回走。

苏在在立刻扯住他的手腕，触感温凉又软："让让，我还没跟你说我的新年愿望。"

张陆让扯了扯嘴角，看着她，一副等待的模样。

"在跟你领证之前。

"我每年的新年愿望都是——

"苏在在要嫁给张陆让。"

我日日夜夜都如此期盼着。

希望，上天和你都会帮着我。

几天后，张陆让刚准备出门跟苏在在看电影的时候，接到了张陆礼的电话。他边走出门，边接起了电话。

张陆礼的声音从电话里传了过来，带了点儿疲惫，沙哑又沉："哥。"

听到他这样的语气，张陆让的脚步一顿，轻声道："怎么了？"

"我不考你那儿了。"

"嗯。"

"系里有出国深造的名额，爸妈让我去争取那个。"

张陆让沉默了一瞬，淡淡道："你不应该什么都听他们的意见。"

"其实也不是。"张陆礼苦笑了下缓缓道，"我也没什么想法，一直都是他们帮我决定的，我也懒得自己想。"

"……"

"我知道我这样不好，但我都习惯了。"

张陆让叹息了声:"阿礼。"

"出国也好,至少,"张陆礼顿了顿,"不用过成这样了。"

两人突然都安静了下来。

半晌后,张陆礼开了口,声音带了点儿颤意:"哥,我过得也不是很开心……"

"……"

"他们老什么都管着我,一见到外人就扯着我夸。我做错一件小事情,在他们眼里瞬间就无数倍地放大。"

张陆让的喉结滑动着,忍着心底的酸意。

骨血间的感情,只需一句话就能让人的心彻底失了防线,溃不成军。

"我什么都不敢做错,我也不敢跟你抱怨。

"我怕你觉得我在炫耀……

"我跟他们吵架了,他们说我不能学你那样,什么事情都违逆父母的话。"

张陆礼的声音带了点儿哽咽。

"可我也想,走得远一些。"

按照自己的想法,逃得远一些。

一直都很想。

很快,张陆礼的情绪调整了过来。他的声音一下子又扬了起来,明朗又有感染力:"哈哈哈,哥你别怕妈过去找你,她跟我说了,你不回来也别想她去找你。"

张陆让还没从他刚刚的话里缓过来,低低地应了一声。

"我也不知道他们在想什么,但估计也没想害你,就是方式不对。"张陆礼含混不清道,很快就换了个话题,"估计拿到导师的推荐信后我就准备出国了。"

"知道了。"只一句,不知道在回答哪句话。

片刻的沉默后,张陆礼忽然说了句:"我那时候不是故意的,对不起。"

多年后的道歉。

闻言,张陆让垂下眼,嘴角弯起,装作听不懂的样子。

"什么时候?"

那头的张陆礼释然地笑了声:"没事。"

之前那几年,他们谁都过得不好。

所以,谁都没有资格怪谁。

挂了电话,张陆让平复了下心情,再次抬起脚,往苏在在家楼下走。

远远地就看到她从那头跑了过来,脸上带着明媚的笑。

苏在在扑进他的怀里,笑意洋溢到眼尾。她的心情似乎很好:"让让,去漆黑的电影院里摸小手呀!"

张陆让弯着唇,说了声好。

记忆里那个少年。那个接到父母电话、听到阿礼的名字就开始自卑的张陆让,似乎在不知不觉间就消失得无影无踪。

冥冥中,上天总有旨意。

命运对他的那些不好,全部都是对未来的铺垫。

为了让他遇见一个人。

因为这个,张陆让开始相信,每个人的一生都一定会有一个美好的存在。

他的多简单,就只有三个字。

含在嘴里缱绻地咀嚼多久,都舍不得放开的三个字。

苏在在。

3.

其实她跟别的男生说一句话我都不开心。

但我那样说了,她应该就不会觉得我很小气了吧。

——张陆让

2月底,苏在在迎来了她大一的第二个学期。

开学的前一天,苏在在从衣柜里拿出衣服换好,低头瞟了眼手机,刚好看到张陆让在微信上说已经到楼下了。她连忙把上次他给自己的黑色围巾戴上,拖着笨重的行李箱往外走。

南方的冬天又湿又冷,不管穿得多厚,冷空气都像是能从任何一个角落里钻入你的毛孔里,无处逃脱。

出了门,一阵冷风吹来。苏在在忍不住缩了缩脖子,半张脸埋在围巾里,随后,她走过去牵住张陆让的手。

张陆让只背着个装电脑的书包,其余什么都没带。他反握住她的手,下意识地上下扫了她一眼。

苏在在今天穿了一条米色的毛衣裙,外头穿了一件褐色的羊绒外套,搭着一条围巾,下身是一条黑色的加绒打底裤。

张陆让的脸色一下子就难看了起来。

苏在在被他教训过不少次,注意到他的表情后便立刻道:"你不准批评我,我是一个经不起批评的人。"

闻言,张陆让静静地看着她。

他见过苏在在给他发的表情包里有这句话。

——我是一个经不起批评的人,如果你批评我,我就骂你。

他抿了抿唇,想着等她说完之后,两件事情一起教育。

张陆让垂着眼,默默地在心中斟酌着用词。

冬天不要穿那么少,会着凉。而且,他也没想过要批评,就是……

还没等他斟酌完。

苏在在忽然踮起脚,凑到他面前,嬉皮笑脸:"如果你批评我——"

张陆让停下了思绪,垂头看她,等着她把话说完。

"我就亲你。"

听到意料之外的答案,张陆让愣了一下。他的视线慢慢向下挪动,看着苏在在的唇瓣,涂了一层薄薄的润唇膏,看起来粉嫩又水润,泛着光泽。

张陆让的喉结滚了滚,沉默了下来,不知道在想些什么。等了一会儿,果然没听到他略带冷硬的声音。苏在在心满意足地拉着他往车站走。

走了一半,苏在在突然听到后头的张陆让开了口,声音有些含混不清,像是在心底天人交战后,还是抵不住诱惑般地把话说了出来。

"苏在在,冬天穿那么少不对。"

已经过了几分钟,苏在在已经完全把刚刚调戏张陆让的话抛之脑后了。听到这话,她也没多想,只是乖乖地点点头:"知道了。"

张陆让:"……"

到学校之后，张陆让先帮苏在在把行李箱搬回宿舍。

宿舍里已经回来了两个人了，苏在在跟她们打了声招呼后，把行李箱推到了自己的位置上，准备回来之后再收拾。

临出宿舍前，苏在在看着张陆让背着的书包，忍不住过去扒下来。里面装着电脑，有些重，背久了肯定不好受。

"先放这儿吧，一会儿吃完饭再来拿。"

张陆让垂眸看了一眼被她放在椅子上的电脑，没反对。

天空像被墨水涂抹过，黑黢黢的，将繁星点点淹没在内。周围的树叶被风吹得沙沙作响，石板路上似乎泛着寒气，直逼人战抖。

学生陆陆续续地从家里回来，寒假期间学校附近空旷冷清的小吃街瞬间被挤满，增添了几分生气。

因为天冷，苏在在扯着张陆让进了一家烤鱼店。

里头刚好只剩一桌空位，两个人面对面坐了下来。

苏在在从口袋里拿出手机，快速地敲打着屏幕。

对面的张陆让将包着碗筷的塑料膜撕开，用热水烫了一遍。处理好后，他默默地将碗筷推到苏在在的面前。

苏在在用余光看到他的动作，忍不住抬起头，笑嘻嘻道："贤惠。"

张陆让没说什么，垂眸重复刚刚的动作，把自己的碗筷也洗了。

菜上了之后，苏在在把手机放到口袋里，认真吃饭。

因为被鱼刺卡过喉咙，所以苏在在吃鱼的时候很小心，注意力都放在挑鱼刺上，完全没有开口的欲望。

过了一会儿，她突然问道："让让，要不要我帮你挑掉鱼刺？"

张陆让抬了抬眼，摇头："不用。"

"但好多刺……"

沉默片刻，张陆让顿了顿，心底有了个猜测："你要我帮你挑？"

闻言，苏在在委屈地瞪大了眼："你怎么能这样想我。"

"……"

"就因为今天我让你把行李箱搬上去吗？"

"……不是。"

苏在在盯着他的脸，认真道："你下次不用勉强搬，我小学就能抬起桶装水了，搬个行李箱小菜一碟。"

张陆让没再回她，面无表情地吃饭。

苏在在有些郁闷，小声地问："你怎么不说话了？"

"吃饭。"他说。

"噢。"苏在在继续挑鱼刺，边挑边说，"我一会儿可能要去最时光那边一趟，昨天是部长的生日，他们说今天帮他补生日会。"

张陆让的动作一顿，再度抬起头，静静地看着她。

苏在在没注意到，想了想，继续道："我先陪你回宿舍，顺便把电脑拿给你。"

因为烤鱼有点儿辣，张陆让的声音有些沙哑。他舔了舔唇，火辣辣的，带了点儿刺痛感。

"部长是谢林楠？"

苏在在点点头，把碗里挑好的鱼肉放到他的面前。

张陆让看着那个陶瓷碗以及她白净的手——莹润白皙，笔直纤细，连屈起的弧度都格外好看，让人看着就想伸手握住。

他的眉眼垂了下来，浓密的睫毛掩去了他的情绪。

张陆让不知道该说什么。他把碗推了回去，认真道："电脑明天再拿吧，等会儿我送你过去那边。晚上别一个人走，我不放心。"

苏在在眨了眨眼，指了指那个碗，说："你不吃吗？"

"你吃吧。"说完这句话后，张陆让顿了顿，补充道，"我给你挑刺。"

把苏在在送到最时光 KTV 门口，张陆让叮嘱了她几句话之后，才转头往学校的方向走。

苏在在在原地站了一会儿，看着他的背影，她突然反应过来，喊了张陆让一声，小跑着过去扯住他卫衣的下摆。

张陆让回了头，漆黑的眼沉沉的，看不出情绪。

"你不喜欢的话，我就不去了好不好？"她说。

听到她的话，张陆让伪装出来的无所谓瞬间被瓦解。

苏在在的表情有些不安，手上的力道握重了些。

"你别不开心……"

张陆让刚想说些什么，不远处突然传来了一个女生的声音："喂！在在！你来了怎么不进来啊！"

苏在在下意识地往声源处望去，是副部长。

见到苏在在旁边的张陆让，副部长一下子就懂了，笑道："你男朋友啊？要不一起来？人多也热闹点。"

闻言，苏在在有些犹豫。张陆让不是很喜欢这种吵闹的环境……

她转头看了他一眼，小声地问："你想去吗？不想去我们就回去。"

张陆让扯了扯嘴角，将她缠在他衣服上的手揪了下来，握住，然后抬脚，长腿一迈，向着最时光的方向走，漫不经心道："想的。"

副部长走在前面，推开KTV的门。

谢林楠刚好站在门口的位置倒饮料。他用余光注意到门开了，下意识地抬了抬眼。看到来人，他嘴角的笑意蓦地一僵，很快就收回了视线。

部门的几个干事起哄了几声，很快就又各玩各的。

新媒体部的干事加上部长有十二个人，所以按照人数订了一个大的包间。包间里有两张长桌子，放在沙发中央，其中一张桌子已经围满了人，正玩着摇骰子。

苏在在扯着张陆让往另一张桌子走。

几个女生也坐在这一桌，拿着麦克风唱着歌。

包间里的声音震耳欲聋，谢林楠也没开口，直接端了两杯可乐过来。

苏在在用口形说了声"谢谢"。随后她在桌子上拿起一个空杯子用水冲洗了下，倒了杯白开水放在张陆让的面前。

今天的张陆让格外古怪。他垂着眸，盯着苏在在的动作，然后转头看了看谢林楠的表情，忽然弯了弯唇，长臂一伸，钩住苏在在的脖子，向他的臂弯里一扯。

苏在在整个人一下子就陷入他的怀里，鼻尖差点儿就撞上他的胸膛，清冷的气息扑面而来。

难得见到这么热情的张陆让，她蒙了一下，侧头看他。

"怎么了？"

她本以为张陆让会说"不小心碰到的"，或者是"那边有虫子"什么的。哪知，张陆让盯着她的眼，第一次面不改色地撒谎。

299

"不是你自己扑过来的吗？"

周围的音乐刚好到伴奏部分，所以比之前稍稍安静了些。张陆让的声音不大不小，低沉的声音刚好能让这一桌的人听得清清楚楚。

听到这个回答，苏在在瞪大了眼。她挪了挪视线，注意到他的手完全没有要抬起的意思。

半晌后，苏在在开始怀疑自己。

……刚刚到底是不是她主动扑上去的？

把饮料倒完之后，谢林楠往周围扫了一眼，包间里只剩下张陆让旁边有个空位。谢林楠顿了顿，还是决定坐过去。

张陆让侧头看了他一眼，然后变本加厉，他的眉梢扬了扬，淡淡道："你不就喜欢这样吗？"

"什么？"苏在在蒙了。

张陆让的眼神柔和下来，盯着她的双眸，语气带了点儿诱哄。

"你不就喜欢我一个吗？"

苏在在完全忽略了他诡异的行为，被他这眼神迷得神魂颠倒。她点点头，极其捧场地吐出三个词。

"喜欢，超级喜欢，喜欢到炸。"

张陆让明显感觉到身旁那人身体一僵。

达到了目的，他满足地喟叹了声。

下一瞬，张陆让垂下头，嘴唇附在苏在在的耳边。

"我们回去吧。"

回去的路上，两人一路沉默。

就快到女生宿舍楼下的时候，苏在在忽然开了口，声音幽幽的，像是不敢置信那般："让让，你刚刚……"

劲儿一过，张陆让的表情也有些不自然。

不过他一点儿都不后悔就是了。

苏在在猛地搂着他的脖子蹦跶了下。

"哇！你吃醋了吗？！你刚刚是在宣示主权吗？！"

张陆让任由她抱，单手扶着她的背，没有否认。

激动过后，苏在在收敛了情绪，表情变得认认真真的："不用不开心呀，我们部门的人都知道我有个很帅的男朋友的！"

本以为能安抚到他。可张陆让沉默了下，很快就说："就是不开心。"

苏在在蓦地一愣。

"我不喜欢别人也喜欢你。

"苏在在，我从不跟别的女生聊天。

"你跟别的男生聊天我可以忍着不生气。"

他微微弯了腰，黑亮的眼与她的平视，心中的野兽一下子就冲破了枷锁。

"但你不能跟他们玩。"

苏在在表情还有些呆滞。

面前的张陆让，似乎和高一下学期的他重叠了起来。当时稚嫩的脸蛋硬朗成熟了不少，尾音有些高的少年音也低沉了些。

——"不准跟别的男生玩。"

苏在在乖乖地点头，心底瞬间像是被蜜糖浸泡过。甜蜜的心情让她变得迷迷糊糊，毫无思考的能力。

得到她的回应后，张陆让垂下脑袋，将脸埋进她的颈窝里。他张嘴，轻轻咬住她脖子上的软肉，舔了舔。

张陆让的声音低沉沙哑，伴随着紊乱的气息，放在苏在在后背的手力道重了些。随后，他毫不迟疑、毫无保留地把他整颗心掏出来给她看。

"不然，我心里难受。"

4.

> 她说我以前对她不好。
>
> 那我以后再好一点儿。
>
> ——张陆让

他的脸还埋在苏在在的颈窝处。

寒风从四面八方袭来，与她脖颈处的热度形成了鲜明的对比。

这寒意将苏在在吹得清醒了几分。她忽然有些莫名其妙，侧头，嘴唇贴在他耳边说话:"你说的哪个啊?我没跟谁玩得好呀。"

不等张陆让回答,苏在在立刻就想到了答案:"部长?"

闻言,张陆让抬起了头,垂眼看她。他的嘴唇抿着,眉心聚拢,不悦的情绪很明显。

"你吃他醋?"苏在在舔了舔嘴角,小声地嘟囔着,"还不一定是吃谁的醋呢。"

张陆让没听清,声音还有些沉:"什么?"

苏在在没再说这个,突然提起另外一件事情:"我舍友跟我说,她之前去图书馆的时候看到有女生跟你要联系方式。"

张陆让点点头,想了想,还是诚实道:"每天都有。"

苏在在沉默了一瞬,眼睛一眨不眨地盯着他。很快,她开了口,声音幽幽的:"你为什么要跟我强调'每天'?"

张陆让愣了一下,认真地说:"我没给。"

危机感一下子爆满的苏在在立刻酸酸地追问:

"那你怎么回的?"

"不能。"

"只说了句'不能'?"

"嗯。"

苏在在没再开口,垂着头,思考着。半晌后,她有些好奇地问:"你记得你当初怎么拒绝我的吗?"

听到这话,张陆让的表情僵了下,没答。

"你当时撒谎说自己没微信。"

"……"

想起这个,苏在在完全忘了计较别人跟他要微信的事情:"你那时候整天就知道拒绝我,一天到晚就想着怎么拒绝我。"

张陆让的嘴唇动了动,但还是什么都没说。

"唉,因为你我还偷偷哭过成百上千次。"

这下张陆让忍不住了,疑惑道:"我以前对你那么不好?"

听到这个问题,苏在在毫不心虚,厚颜无耻地承认:"是啊。"

她的表情像是他犯了什么滔天大罪,顿了一下,补充了一句:"你回去好好反省吧。"

张陆让:"……"

回宿舍后,苏在在把拿了一路的围巾挂在衣柜的挂钩上。她忍不住摸了摸脖子,上面的余温似乎还没散去,泛着烫意。刚刚他留下的触感似乎还能清晰地感受到。

幸好出烤鱼店之后没把围巾戴起来。苏在在弯着唇想。

苏在在快速地洗了个澡,打开行李箱,把里头的东西整理好。

崔雨璇坐在椅子上,看着苏在在收拾东西。过了一会儿,她想起了一件事情:"对了,在在,社会实践报告你写了吗?"

"啊,写了。"

苏在在把行李箱里的电脑放到桌子上,按了下电源键,显示电量不足,她正想插上电源,原本光亮的宿舍突然变得漆黑一片。

几个女生下意识地叫了一声。

随后,苏在在打开了手机的电筒,问道:"停电了?"

"我看看。"林可打开宿舍门,探头看了看别的宿舍,"好像就我们宿舍……"

崔雨璇"啊"了声,想了起来:"是不是没交电费。"

苏在在郁闷地看着电脑屏幕陷入一片黑暗,她边点亮手机边问道:"社会实践报告最晚什么时候交?"

"好像今晚 12 点之前吧。"

苏在在点点头,给张陆让发了条微信。

——让让,我用下你电脑,顺便帮你把社会实践报告交了。

张陆让很快就回复:嗯,我放在桌面的文件夹里。

苏在在把自己的电脑放在一旁,把张陆让的电脑放到了桌子上。她将台灯的 USB 接口插在充电宝上,打开,宿舍一下子就变得明亮了起来。

苏在在从书包里拿出自己的 U 盘,插在电脑上。等待读取的时间里,她扫了桌面一眼,点开上面唯一的一个文件夹。

里面有几十个 Word 文档和 Excel 表格,苏在在扫了几眼,在倒数第二行看到了张陆让的社会实践报告。她正想打开,就看到底下的另一个文档。

文档的名字是：UCL 大学申请表。

苏在在愣了一下，她舔了舔唇，下意识地就直接点进去看了。点进去之后，她忽然觉得这样有些不好，刚想关掉直接问张陆让，就看到了申请人的名字。

——张陆礼。

她盯着名字看了两三遍，再三确认不是张陆让之后，才松了口气。

苏在在扫了一眼，将鼠标向右上角移动，眼睛突然停在了上面的申请研究生学位信息。

她的视线慢慢地向下挪。

出生年月：1997 年 9 月。

她的心头一紧。

弟弟，十九岁，研究生。

——"我爸妈不喜欢我。"

苏在在垂下眼，不知道在想些什么。很快，她重新抬起头，静静地把文档关掉。几秒后，她犹豫了下，再次打开。点击文件，打开"最近使用的文档"，把记录删除。

4 月底，气温渐渐上升。天气阴沉沉的，经常落下密密斜斜的小雨。枯枝烂叶被绿叶取代，看起来生机盎然。

学期已经过去了一半，每个协会陆陆续续地开始准备换届大会了。谢林楠在开学初的部门会议中，也给干事们提出了竞选新一任部长的事情。

苏在在没有竞选部长或继续留任的兴趣，她的注意力完全放在了那个部门旅游的事情上。

……怎么跟张陆让说。

这些集体活动，其实苏在在都不大想推托。如果所有人都想着推托，那集体活动的意义就不存在了。

苏在在站在图书馆外面的小道上等他出来，在心底斟酌着一会儿该怎么说。她烦躁地用鞋尖踢了踢面前的小石子，石子咕噜咕噜地向前滚动着，恰好撞到了一个人的鞋子上。

苏在在下意识地往前看，正想道歉，就看到了张陆让的脸，嘴里的一声"对不起"一下子就咽了回去。

他的脚步半点儿没停,走过来牵着她的手往饭堂的方向走。

走了几步后,苏在在突然开口喊他:"让让。"

"嗯。"

"你今天长得真好看!"

闻言,张陆让转头看了她一眼,表情有些疑惑。

"……好吧,你每天都长得很好看。"她弱弱道。

张陆让注意到她纠结的表情,轻声问:"你要说什么。"

苏在在挠了挠头,干脆破罐子破摔,直接道:"不是快五一了吗?部门里说五一假期去 W 市玩,去两天一夜就回来。"

沉默片刻,苏在在被这安静的氛围弄得抓心挠肝。

很快,张陆让点点头,表情没什么变化:"那去吧。"

没得到他强烈的反对,苏在在的心里反而有些不平衡了。

"你怎么……"她的话还没说完。

下一秒,他淡淡道:"我也有事要去 W 市。"

说完之后,张陆让面不改色、泰然自若地摸了摸脖子。

这下苏在在也沉默了。很快,她舔了舔嘴角,得寸进尺道:"如果你要跟我一起去的话,酒店你得跟我住同一间。"

张陆让的表情一僵,不可置信地看着她。

苏在在仰着脑袋,威胁道:"不然免谈。"

5.

关于她的事情,不确定对不对的。

……我干脆不做。

——张陆让

这话一出,场面顿时像是消了音。

张陆让收回了眼,黑眸望着前方,侧脸的轮廓如刀刻般刻板。握着苏在在手的力道加重了些,完全没对她这话发表言论。

苏在在也没急着继续说话,她垂着头,在心里开始默数。

1、2、3……

还没数到10秒,张陆让就开了口,声音轻轻的,像是不经意般地随口一问:"你部门那边订好酒店和高铁票了?"

"还没有。"苏在在拿出手机看了看,"好像说是坐大巴过去。还有几个人没确定,不过部长说了,今晚必须得定下来。"

张陆让用舌头抵着腮帮子,不知道在想些什么。

"如果你要去,车票就一起订,有学生价。"苏在在思考了下,继续道,"酒店的话,我们部门里有七个女生,本来说是三个人挤一个房间,现在我跟你一起就好了。"

他犹豫了下,认真道:"苏在在,订两间房也没多贵。"

苏在在眨了眨眼,睫毛一颤一颤,无辜道:"我知道不贵啊。"

见她似乎有些动摇了,张陆让的面色一松,仿佛如释重负。

很快,苏在在继续开了口,理直气壮道:"但订一间的话,又省钱又能睡到你,我为什么要订两间?"

张陆让:"……"

注意到他没有反对的情绪,苏在在边敲打着手机边说:"那我跟他们说了啊,然后我看看他们订哪家酒店我再去订房。"

沉默了许久后,张陆让妥协:"房间我来订。"

闻言,苏在在的视线从手机屏幕挪到他身上,死皮赖脸地说:"你不会要订两间吧?我不住的啊!我不管!我怕一个人睡觉!你不能这样对我!"

"……不会。"

五一假期的前些天下了几场雨,冲刷掉了几分暑气。苏在在出门的时候,天还阴沉着,地面湿漉漉。

空气格外清新,道路旁的树木显得青翠欲滴,人走在树下,偶尔还会被树枝上积蓄的雨滴砸到。因为一会儿还要坐车,两个人提前出了门,先到饭堂把早餐吃了。

一路上,陆陆续续地被雨点砸到。苏在在忍不住拉开拉链,从胀鼓鼓的书包里摸到雨伞,扯了出来。里面塞满了各种东西,一个不经意,带着另一样东西出来。砸在地上,发出了"啪"的一声。

张陆让站在她旁边,下意识地就弯下腰去帮她捡。一个小小的盒子,某种东西,在超市收银台附近的架子上格外常见的牌子。

注意到那是什么后,他的表情一僵,顿时就不想捡了。

苏在在把伞塞入他的手里,自己弯下腰捡了起来。她的表情有些鬼鬼祟祟,欲盖弥彰地说道:"掉了包纸巾。"

张陆让盯着她看了一会儿,沉默了片刻。很快,他有些挫败地将手摊在她面前,冷声道:"拿过来。"

见瞒不过去,苏在在干脆破罐子破摔,觍着脸道:"你干吗跟我要,不自己买?"

给了他估计下一秒就被扔垃圾桶里了……

张陆让被她噎得一愣,皱了眉:"谁让你买的。"

苏在在垂着眼,可怜巴巴地说:"梦想还是要有的嘛,万一实现了呢。"

听到这话,张陆让想说些什么,将她这样的想法彻底从脑海中洗去。还没来得及说话,就听到她再度开了口,声音低低的,有些小失落。

"让让,你不主动点儿我没安全感。"

他口中的话一下子被这句话刺激得憋了回去。

张陆让侧过头,看了她一眼。

苏在在的脑袋还低垂着,看上去有些可怜。从这个角度能看到她的嘴唇抿着,向下耷拉着,眼睫毛轻轻颤动,像是下一秒就要哭出来。

张陆让舔了舔嘴角,放软了声音:"知道了。"

得到他的回应后,苏在在的精神一下子就饱满了起来。

"哇!说好了啊!那我们走吧!"

张陆让:"……"

部门里有好几个人都带了自己的对象,所以张陆让的存在也不算突兀。一行人先到校门外的公交车站坐车到客运站,然后坐大巴前往W市。

路程大概要一个半小时,刚好够睡一个回笼觉。

因为人多,空气不流畅,混杂着各种味道,所以大巴上的味道不大好闻。

307

苏在在每次坐大巴前都会准备一次性口罩,虽然不能完完全全地将味道隔绝,但还是能减轻不少。她翻了翻书包,拿出两个,递了一个给张陆让。

等他戴上之后,苏在在拿起手机对着他拍了几张照片,随后又扯着他自拍,玩够了才抱着他的手臂睡了过去。她的呼吸声渐渐变得轻而匀,整个人沉入了睡梦当中。

张陆让侧过头看着苏在在的睡颜,失了神。他想起了刚刚苏在在说的话。

——"让让,你不主动点儿我没安全感。"

W市的气温比Z市要舒适些,温度清凉宜人。由于是节假日,街道上人头攒动,行人们肩擦着肩挪动着。很快,一行人决定分散活动,到饭点的时候再聚集。

张陆让牵着苏在在顺着青石路往前走。

远处的湖里,乌篷船上,船夫轻摇船桨,荡起一层层的水波。街道上的卖东西的摊主吆喝着,一声比一声嘹亮。

苏在在在其中一个摊位前停了下来。摊位上铺着一层白布,上面放置着各式各样的水晶手链。她的视线在上面转了一圈,最后停在了其中两条上。

手工编织的绳子上缠着一颗暗红色的珠子,分别刻着"礼"和"让"。

苏在在拿起刻着"让"的那条,弯了弯唇:"给我买这个。"

张陆让问了下价格,从口袋里拿出钱。他本想把两条都买下来,把另一条送给张陆礼。突然注意到苏在在把手链戴到了手上,张陆让顿了下,打消了把手链送人的念头。

苏在在嬉皮笑脸地将她细细的手腕伸到他面前。一片莹白润玉上,点缀着一颗暗红色的珠子。颜色对比鲜明,将她的肤色衬得更加诱人。

其上的"让"字更是让他心上一动。

小桥上,人来人往。她的笑颜将背后那如画的风景衬得黯然失色。

"你花钱把你自己送给我了。"

张陆让也忍不住弯了弯唇,伸手摸着她的眼角。

"嗯，送给你了。"

午饭时间，一行人重新在一家小餐馆里集合。毕竟是集体活动，吃完饭后，他们没再分开行动，一起到湖边租了两艘乌篷船。聊着天，拍着照，度过半个下午。

听着他们说话，苏在在也没怎么开口。她垂着头，把玩着张陆让的手指，偶尔看看他手心上的纹路，忽然有些期待今晚的到来。

旁边的张陆让也不知道她在想些什么，看着她的小动作，眼神柔和。

下了船，一行人坐车到商业街，购买当地的特产。一日的游玩和闲逛后，有几个女生都略显疲惫，提出要回酒店休息一下。几番商量之后，一半人选择回酒店，其余的人各自组队行动。

苏在在的精力还充沛得很，比起白天的景色，她更想看 W 市的夜景。

道路上的灯光打在水面上，与之融为一体。水波漾起，光影交织。斑驳的光随着夜色的暗沉一一亮起，夜市渐渐热闹起来。

苏在在的眼底倒映着光，细细碎碎地发亮。她的注意力全被这景色迷住，正准备拿出手机拍照的时候，忽然感觉自己手心一空。

苏在在下意识地往旁边看。

看到张陆让松开了她的手，手心微张，向上伸，握住了她的手腕。他用力地将苏在在往自己怀里一带，低头，轻吻了下她的唇，声音低沉入耳，慵懒带笑："我主动点儿。"

苏在在愣了一下，很快就反应过来。她舔了舔唇，没有被眼前的小利益诱惑到，表情严肃，语气认真："我说的不是这方面，你别敷衍我。"

今天在车上反思了一路的张陆让也蒙了。

"……那是什么？"

"你应该懂呀，我也不能总说得那么明显，那样的话我成什么了……"

见张陆让似乎又在认真思考，苏在在也憋不住，完全忘了刚刚自己说的话，含蓄地补充道："今晚等你呀。"

张陆让："……"

6.

> 她不为自己考虑,我帮她考虑。
> 我考虑好了,迟早是我的。
> 怎样都是我的。
>
> ——张陆让

随着夜幕被一寸寸地拉下,路灯随之亮起,城市仍然如昼,街道上的行人也越来越多。

两人沿着湖边的青石路向前走。

苏在在瞟了眼许久没吭声的张陆让,建议道:"我们回去了?"

闻言,张陆让往周围扫了一圈,问:"饿不饿?"

苏在在摸了摸肚子,摇头:"不饿。"

"那回去吧。"想了想,张陆让继续道,"饿了我再出来给你买。"

她点头:"好呀。"

张陆让牵着她走到马路旁,拦了辆的士,报了酒店的名字。

上车了以后,张陆让也不怎么说话,视线一直望向窗外,表情淡淡的。

苏在在凑过去用食指戳了戳他的脸,见他转过头看她,她又像是做了坏事那般,讨好似的亲了一口刚刚戳的地方。

张陆让看向她,眼睛黑亮,璀璨的光里像是有什么在涌动着,夹杂着不知名的情绪。他伸手捏了捏她的手指,慢慢地开了口,声音低沉沙哑,满是郑重的意味:"苏在在。"

苏在在下意识地应了声,看着两人交叠在一起的手。

半响后,她抬起眼,看他。

"我有什么做得不好的地方,你要跟我说。"张陆让的视线没有半点儿躲避,盯着她的眼,"我都会改。"

他会一点儿一点儿变好,成为最适合她的样子。

夜晚,车里回荡着缱绻的情歌。前面的司机正等着红灯,食指在方向盘上一下又一下地敲着。很快,绿灯亮起,车子发动,周围的景色飞快地向后移动,令人眼花缭乱。

苏在在的注意力全放在他的话以及他宽厚的手掌上。良久后,她回握住他的手,弯眼笑。

"我也想不到呀。"

张陆让有什么不好。

苏在在说,她想不到啊。

到酒店之后,两个人走到前台办理入住手续。张陆让对工作人员报出自己的名字,把自己和苏在在的身份证递给对方。

交完押金,张陆让拿着房卡,牵着苏在在往电梯走。

等电梯的时候,望着电梯显示屏上不断变化的数字,苏在在像是憋不住了那般,幽幽地问:"你订的标间?"

张陆让刚想点头,突然想起"主动点"三个字。他犹豫了一下,摸着脖子道:"只剩标间了。"

倒是没想过他会说谎,苏在在忍不住盯了他几秒,直到他表情开始变得不自然了才慢悠悠地收回了眼,低下头偷笑。

两人走到房间前。张陆让单手刷门卡,将门推开,把卡插在一旁的节电开关里。他把东西放在一旁的桌子上,往浴室里走。

将热水的温度调好之后,张陆让走了出来。

此时,苏在在坐在其中一张床上,把换洗衣物拿出来。

张陆让站在她旁边,半晌后才道:"洗澡。"

闻言,苏在在抬眼看他,很快就收回了视线。

"你先洗。"

张陆让也没反对,抬脚走到自己的行李前,翻出换洗衣服和洗漱用品,而后便进了浴室。

狭小的房间里,只剩下苏在在一个人。

浴室的门是磨砂的,隐隐能看到里头的人身体的轮廓,清瘦而挺拔。苏在在忍不住过去看了一眼,很快就坐了回去。她听着浴室里传来的淋浴声,莫名觉得有些口干,咽了咽口水。

苏在在看了看自己坐着的这张床,上面还放着自己的书包。她认真地思考了一下，确认自己的想法后，她翻出自己带的那盒东西，掏出一只，走到另外一张床，谨慎地塞到枕头下面。确认好那个位置隐蔽又拿得顺手，苏在在心满意足地爬回原来那张床上玩手机。

10分钟后，张陆让从浴室里出来。他用毛巾擦着头发，眼睫毛上还沾着水滴，皮肤在灯光的照射下显得格外白皙，散发着很淡的沐浴露味道。身上穿着短袖短裤，大概是因为没擦干身上的水就套上了衣服，还能隐隐看到里头肌肉的曲线。

苏在在看晃了眼，耳根一下子就烧了起来，刚刚的张牙舞爪消失得无影无踪。她有些局促地拿起衣服，往浴室里走："那我也去洗澡了。"

张陆让也不知道该说些什么，垂着眼继续擦头发。

半小时后，苏在在洗完澡，吹干头发。她盯着镜子中的自己，确认没有什么不妥之后，才深吸了口气，拧开门把。

苏在在磨磨蹭蹭地走下浴室前的台阶，转过头，一眼看到张陆让双腿交叠地坐在床上，靠在床头玩手机。

……在她放书包的那张床。苏在在眨了眨眼，再三确认自己没看错后，她恍恍惚惚地走到门旁边把灯关上。

这黑暗，让原本就安静的室内更显安静。有什么不知名的暧昧气息在发酵、升腾，成了看不见、摸不着的东西，充斥了整个房间。

怕苏在在摸黑走路会摔，张陆让倾身开了旁边的台灯。

大概是用的时间长了，台灯的光线有些昏暗，视野里的他变得影影绰绰，多了几分梦境的味道。他的半张脸在暗处，显得隐晦不明。

苏在在光脚站在原地，原本想要睡了他的底气瞬间就没了一大半。

她正犹豫着下一步该怎么做。

下一秒，张陆让开了口，声音懒洋洋的："过来。"

听到这话，苏在在松了口气，爬上那张床。随后，她伸手将床头放着的书包丢到另一张床上。

见她乖乖躺好，张陆让把台灯关上，轻声道："睡吧。"

他的视线重新放在手机上，不知道在看些什么。白亮的光在他脸上若隐若现，侧脸被刻画得越发立体分明。

苏在在心底的不甘心猛地又冒了起来。她做完思想建设，像是破罐子破摔那般翻了个身，抱住他的腰，隔着衣服咬了咬他腹肌上的硬肉。

张陆让闷哼了声，身体一僵，握着手机的力道加重了些，声音哑了下来："睡觉。"

苏在在装作没听到，掀起他的T恤，又咬了一口，舌尖在其上打着转。

撩拨完后，她打了个哈欠，回应他刚刚的话："这就睡。"

她正想起身将床尾的被子盖在身上，旁边的人忽然有了动静。

因为她的举动，张陆让的目光明显深邃了。

张陆让直接将手机扔在床头的柜子上，发出重重的"嘭"的一声。

苏在在还没反应过来的时候，他的整个身体就覆盖在她的身上，双臂撑在她的耳侧。漆黑的房间里，苏在在看不清他的表情，只能听到他愈加急促的呼吸声，滚烫的，带着满满的隐忍。

半晌后，张陆让伏低了身子，哑声问："你怕不怕。"

苏在在伸手钩住了他的脖子，舔了舔他的耳垂，张扬道："怕你不来。"

这句话瞬间冲垮了他的理智，张陆让低头噙住她的唇，扫过她口中的每一个角落，搅着她的舌头拉扯着，大力地吸吮。

手渐渐地向下移，抚摸过她身上的每一处，像是播下了火种，一寸寸地点燃。他的唇慢慢地滑动，沿着苏在在的耳郭啃咬着，一遍又一遍。细细碎碎的吻不断落下，动作青涩又带着深深的疼惜。

张陆让将她的上衣向上推，扯了下来。苏在在猛地起身，翻了个身，压住他。她的上半身赤裸着，薄纱似的月光从薄薄的窗帘透了进来，银白色的光洒在她的身上，如凝脂般的皮肤映入张陆让的眼中。

张陆让的气息越发粗野，眼底的清明自持荡然无存。

苏在在跨坐在他的身上，能清晰感受到身下的滚烫。她单手将耳边的发撩到耳后，低头吻住他的喉结。

一路向下……

张陆让的双手握了拳，忍无可忍般地，扶着她的腰重新将她压在身下。他再度吻了吻她的唇，含混不清地吐出了两个字："别闹。"

闻言，苏在在迷乱的眼稍稍睁大了些，喘着气道："不、不是，我看过……教材什么的……我能教你……"

张陆让的动作停了下来，他半跪在苏在在的身上，把自己身上的衣物一件不落地脱了下来。被气氛感染得脑袋晕乎乎的苏在在想学他的动作。

还没等她动手,张陆让猛地扯住她的脚踝,用力一扯,咬住她的小腿肉,细细舔舐,留下痕迹,一寸寸向上。

张陆让将她的裤子连同内裤扒了下来,闷哼了声,声音沙哑诱人,带着浓浓的欲念。

"你别什么都跟我抢。"

她还没来得及说话,就被他狂风骤雨般的吻堵住了所有的言语。

张陆让的手指慢慢地探入,动作生涩轻柔,感受着她的柔软和湿润。

苏在在咬着唇,承受着他的进攻,放在他背上的指尖使了力,带了欢愉的意味。他的唇舌游荡过她身上的每一个角落。

发烫的指尖像是带了火,灼烧着她的感官。

半晌后,张陆让强行停下了动作,半天都没动静。

苏在在难耐地用腿钩住他的腰,撒娇般地喊了声:"让让。"

他依然没动作,身上的肌肉紧绷,硬得像是石头。

苏在在分出几分思绪,迷迷糊糊地思考了下,然后指了指旁边的床:"那边枕头下面我放了一个。"

张陆让:"……"

他单手撑在床头柜上,倾身从枕头下将之翻了出来。

这么一折腾,张陆让的理智回来了不少。他的脸颊上浮着淡淡的红晕,发尖的汗不断地向下砸,躁意丝毫未减。

张陆让平复着呼吸,认真问道:"你想好了?"

他这副磨蹭的样子让苏在在急得想发火:"你快点儿!"

张陆让的眼睛漆黑如墨,里面翻涌着情潮,汹涌而出。他扯住她其中的一只腿,架在肩膀上,垂下头,虔诚般地吻了吻她的额头,哑声道:"我的。"

下一秒,张陆让的腰下猛地一沉。

苏在在眼泪一涌而出。

张陆让咬着牙,将她的泪水一一吻去,带着安抚。她隐忍的呜咽声像是催情剂,吞没了他所有的理智。

一室的旖旎暧昧。

良久，重归平静之后。

苏在在没了劲儿，眼皮重得没法再动弹，就连话都不想再多说一句。她趴在张陆让的胸膛上睡觉，感觉到他的胸腔震动了下，伴随着缱绻的字眼。

可苏在在早已失去了意识，根本听不懂他在说些什么。

"在在，我毕业就娶你……我只想娶你。

"所以你也只想嫁给我，好不好。"

7.

我得让她知道。

我有多期待我们的以后。

——张陆让

翌日清晨，因为生物钟的关系，张陆让很早就醒了。

苏在在的部门说好今早一起到当地著名的一家酒楼喝早茶，但因为时间不算早，苏在在也没有定闹钟。

张陆让陪苏在在在床上躺了一会儿，发现无法再入睡。他坐了起来，帮苏在在把被子掖好，轻手轻脚地到浴室里洗澡。

等到他出来的时候，苏在在正好醒来。身上裹着纯白色的被子，棕栗色的发散在背后，软茸茸的。她揉着惺忪的眼，迷迷糊糊地问："让让，现在几点？"

张陆让挪开了视线，用毛巾擦着头发，轻声道："我没看。"

苏在在在床上翻了翻，声音软软糯糯的："那你看到我手机了吗？我看看部门的人怎么说。"

张陆让伸手拉开书包的拉链，装作漫不经心地在翻东西的样子。

"没看到。"

闻言，苏在在发了会儿呆，恰好看到张陆让放在床头柜的手机。她思考了下，道："那我用你手机给我的手机打个电话。"

张陆让下意识地应了声。

下一秒，他像是想起了什么，忽然转过头，正好看到苏在在倾身去摸他的手机,大片的雪白裸露在外,格外晃眼。

张陆让的喉结滚了滚,往后退了两步,大腿撞到桌子,发出轻微的声响。

苏在在没注意到他的动静,打着哈欠拿起他的手机,熟门熟路地解了锁,忽然注意到眼前的页面。

——《××性学报告》。

苏在在愣了一下,抬头看向张陆让。他的耳根发烫,视线不敢与她的对上。

良久后,苏在在反应了过来,兴奋道:"让让,你为了我看了教材啊?不过你怎么看文字版呀,你跟我要啊,我那好多视频呢!"

张陆让:"……"

"要不我们今早不去喝早茶了吧,多来几次呀,要懂得学以致用。"

张陆让原本心中那点儿羞赧瞬间因她的话而荡然无存。他走过去拿起苏在在的书包,在里面翻了套新的衣服,放在她的面前,冷声道:"12点退房,快点儿去洗澡。"

苏在在看了看时间,无辜道:"这才9点呢,够我们来十几次了。"

听到这话,张陆让顿了下,垂头看着她,眼底黝黑无情绪。

注意到他的表情不对,苏在在立刻改了口。

"一、一次!我刚刚口误……"

张陆让没再理她,坐在旁边的床上,躺了下来,假寐。等了一会儿,没等到旁边的人有动静。他的眉心一动,正想看看她怎么了。

还没睁眼,就听到苏在在小心翼翼又充满渴望的声音。

"那半次……"

张陆让:"……"

早茶喝到一半,苏在在跟部门的一个女生一起去了厕所。路上,女生一副好奇又八卦的模样,忍不住问:"在在,你昨天大姨妈来了?"

苏在在有些莫名其妙:"没有啊。"

"那你男朋友怎么那表情?"

苏在在一瞬间就懂了她话里的意思,沉默了片刻。而后,她想到了张陆让那张冷了一早上的扑克脸,到现在周身的气息都还阴沉着。她思考了下,也不记得早上自己说的话了,但对被他拒绝了的事情却一直耿耿于怀。

"你反过来想就好了。"

"啊?"

刚好走回餐桌前,苏在在没再说话,坐回自己的位置上。

见她回来了,张陆让侧头看了她一眼,伸手替她夹了个虾饺。

苏在在垂着眼,拿起筷子慢悠悠地啃。

……大概是因为她没有来大姨妈。

然后,张陆让现在心里的感受,估计全是失了贞的痛苦。

想到这个,苏在在转过头,抚摸着张陆让的手,一脸郑重:"我会对你负责的。"

张陆让:"……"

回程的路上,大概是因为今天起得不算早,苏在在在车上也没半点儿困意。她百无聊赖地看了会视频,不一会儿便觉得有些晕车。

苏在在放下手机,转头盯着张陆让看。他戴着淡蓝色的口罩,高挺的鼻梁露了半截在外,额前落下几根细碎的发,卷翘的睫毛泛着浅浅的光晕,侧脸的曲线分明,格外好看。

苏在在凑了过去,看着他手机屏幕上的内容。

张陆让也没躲闪,细长的手指继续在屏幕上敲着。表情认真,像是在对待一项重要的工作。

屏幕上,密密麻麻的,全是苏在在的照片。每张他都要备注好拍摄的时间和地点。从她高二到现在,三年,一直都如此。

苏在在托着腮帮子,好奇道:"多少张了呀?"

"三百一十二张。"他淡淡道。

看到其中一张,苏在在有些郁闷。

"这张不好看,你怎么把我拍成这样啊。"

闻言,张陆让顿了顿,盯着那张照片。

几秒后,他的手指滑动了下,翻到另外一张。

"这张好看。"

苏在在看了一眼。

照片里的她垂着眼,牙齿咬着笔盖,眉心皱起,懊恼地想着事情。

暖黄色的光将她的皮肤衬得越发白皙光滑,耳侧的几缕发散在脸颊旁,带了几分小女生的娇俏。

苏在在的眼尾扬起,对他的赞美很是受用。随后,她从自己的手机里翻出一张自拍,递给他看:"虽然那张的我也很漂亮,但是还没把我的美体现得淋漓尽致。"

"……"

"你看这张,大概拍出了我十分之一的美貌吧。"她厚颜无耻道。

这张自拍,算是苏在在百分之百满意的一张了。

听到她的话,张陆让转头看着她的手机屏幕。看到上面的人,他愣了下,半眯了眼,细细地观察,很快就得出了结论:"这不是你。"

苏在在:"……"

见她这副模样,张陆让弯了弯嘴角。他垂下眼,伸手揉了揉她的发顶,认真道:"都好看。"

过了一会儿,苏在在靠在张陆让的手臂上,闭目养神。

旁边的张陆让放下手机,轻声问:"你以后想住在哪儿?"

"什么?"苏在在没听清,眼皮动了动。

张陆让侧头看着她微微颤动的睫毛,声音全是讨好:"如果你不想离你爸妈太远,那我们以后也住在菁华好不?"

闻言,苏在在慢慢地抬起了头,看他。她不懂他忽然在说些什么,呆呆道:"你在说什么?"

"我们的以后。"

他在说,以后啊。

隔着两层口罩布,张陆让用鼻尖蹭了蹭她的脸颊。眼底柔和,眼睛漆黑剔透,像两颗玻璃珠。

"我都听你的。"

第九章
Chapter 9

幸运也来找我了

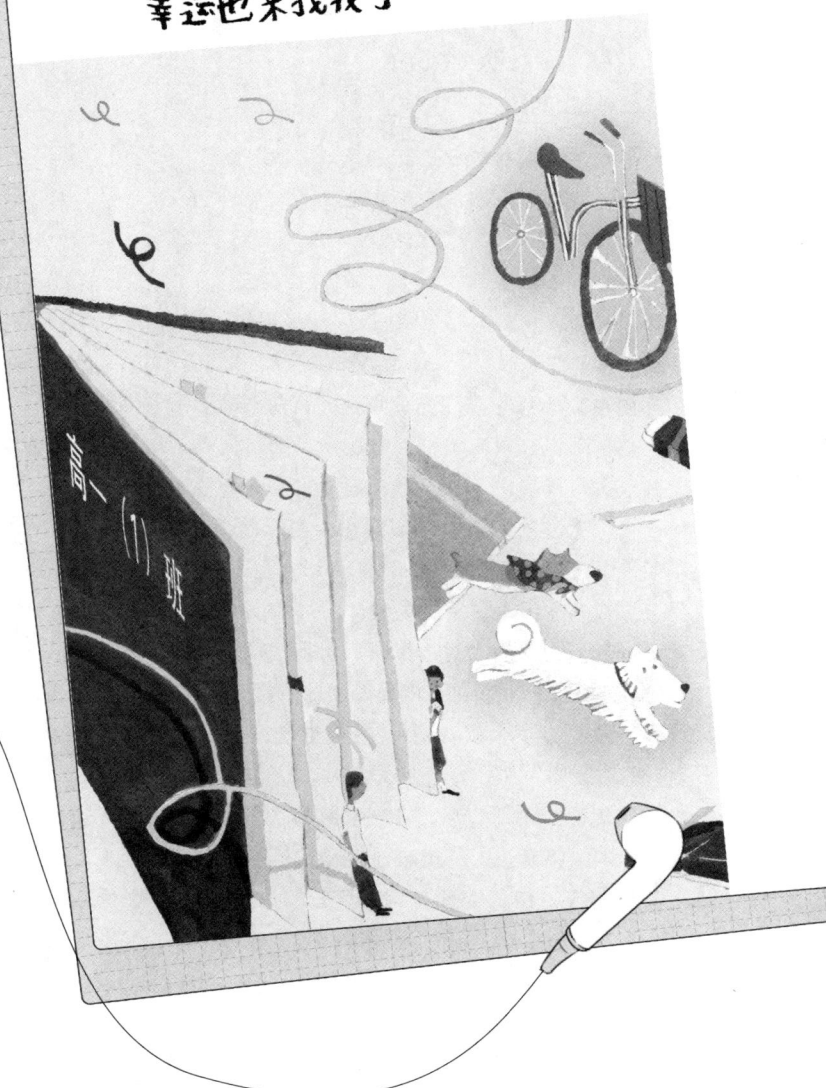

1.

我一点儿都不难过了。

大概是因为她在替我难过。

————张陆让

隔年春节,大二的那个寒假。

除夕夜的前一晚。

苏在在像往常一样,洗完澡后,缩在被窝里给张陆让打电话。她趴在床上,戴着耳机,从床头柜上拿过自己的日记本,用牙齿把笔盖拔出,慢慢地在上边写着字。

很快,张陆让的声音顺着电流,从耳机里传入耳中。声音低沉微哑,偶尔还带了几声咳嗽声:"你在干什么?"

苏在在弯着眼写着字,笑道:"给你写情书呀。"

听到这话,张陆让的声音顿了一下,问:"什么情书?"

苏在在垂下眼睑,细软的发凌乱地散着,有几根落在本子上,被她一一拂开。她挑了挑眉,认真道:"等你出现在我家的户口本后我再给你看。"

张陆让:"……"

将最后一个字写完后,苏在在将日记本合上,放回原处。她伸手将台灯关上,眼前瞬间陷入的黑暗让她感觉有些困倦。

想到明天,苏在在懒洋洋地问道:"让让,你明天跟你舅舅过节吗?"

上大学之后,张陆让回 B 市的次数少得可怜。

苏在在只见他在去年暑假的时候回去了一趟,而且是早上去,晚上就回来了。大概是在张陆礼出国前去见他一面。

闻言,张陆让沉默下来,没答话。

苏在在闭着眼,耐心地重复问了次,声音低低缓缓,像是快睡着了那般:"明天除夕呀,你是不是跟你舅舅过?"

张陆让的眼睛还在盯着电脑,漫不经心地答道:"不是,他回 B 市,跟我外公外婆一起过。"

听到这话,苏在在的双眼猛地睁开,小心翼翼地问:"那你怎么不跟你舅舅一起去你外公那儿。"

跟她聊天,张陆让不太想分心。他起身,走到床边坐了下来,思考了下,认真道:"我回去了没人照顾酥酥。"

苏在在没再问,顺着他的话题道:"你这样让我突然觉得好对不起我家小短腿。"

张陆让闷笑了声。

提起它,苏在在倾身看了眼床边的狗窝垫。

借着窗外的光,隐隐能看到小短腿闭着眼,偶尔会因为她的声音稍稍睁开眼,但很快又陷入睡梦中。

苏在在收回了眼,忽然也不知道该说些什么。

耳机里回荡着他浅浅的呼吸声,和缓,迟滞。

苏在在的嘴唇动了动,她觉得在这种氛围下,她应该要说点儿什么。

不论是什么都好。

很快,张陆让抢先她一步开了口。他的声音清清冷冷的,因为讲电话的对象是她,话里带了几分柔意:"快睡吧,明天不是还要早起走亲戚吗?"

苏在在的话咽了回去,最后问了一句:

"那你明天一个人待在家里吗?"

张陆让重新回到桌子旁坐下,轻轻地应了声。

"嗯。"

隔天晚上,苏在在吃完年夜饭,照旧走到院子里闲逛。以前父亲和自己在这里一起种下的一棵小树苗已经变得粗壮了不少。

苏在在走过去摸了一下,凉意从指尖往里渗透。她回头望了一眼,随后,走到秋千椅上坐了下去,双脚向下一踩,后退使力,晃动了起来。

秋千椅有些老旧了，院子里传来一声又一声"吱呀"的声响。

苏在在想起了三年前，她在这儿给张陆让发微信。那时候，她刚觉得张陆让对她有好感，还在患得患失的情绪中苦苦挣扎。

可他说什么了……

苏在在吸了吸鼻子，点开微信的收藏，向下滑动，滑到其中一条，日期显示"2013-02-09"的那条。

那里面是一个语音条。

苏在在沉默着，点开来听。

——"一起考Z大。"

那时候，苏在在因那短暂的离别十分忧愁。她沉醉在那狂热的爱恋当中，也因此，想去他所在的城市。

不求回报地，想去他所在的地方。

可张陆让却说，一起考Z大。

他说，一起。

屋子里响起了一片欢笑声，热热闹闹的。

在这冬日中，显得暖意融融。

苏在在的眼眶染上了浅浅的红色，在那净白的脸上格外明显。她站了起来，慢慢地推开了院子的小铁栏，往外走。

大概是因为都在家里过节的关系，街道上基本没有人，十分冷清。

苏在在顺着这条路一直往前走，最终还是忍不住跑了起来。

出了小区，一路走过来，偶尔能看到成群结伴的几个人。周围没几家店铺还开着，夜变得越发寂静。

苏在在走到车站，这里没有直达家里的车，而且距离也不算近，大概一个小时的车程。

等待的时间里，苏在在给苏母发了条短信。

半个小时后，她终于拦到了一辆出租车，坐了上去。出租车里有暖气，让她被寒风吹得有些僵硬了的手终于回了暖。

苏在在戳开跟张陆让的聊天窗，思考了下，莫名其妙地扯到了一个话题上。

苏在在：让让，以前别人跟你要微信号，你都是说你没有的吗？

张陆让：什么以前？

苏在在：就是高二之前。

这次张陆让回复得有些慢，似乎是在思考。

半晌后，他回道：没人跟我要，都是直接加。

看到这话，苏在在愣了下，想起了自己那无疾而终的好友验证。

她的心底突然有些不平衡了。

——那你加了？

张陆让：没有，我不看的。

话题被苏在在越扯越远：你为什么不看？！

张陆让：……

苏在在：我高一加过你一次。

苏在在：如果你看到了，你会同意吗？

苏在在知道她这话是自取其辱了……

张陆让肯定会诚实说的，绝对不会为了讨她欢心就撒谎。

如此正直的一个男朋友。

这回那头回复更慢了。

屏幕上一直显示着"正在输入中"，苏在在却迟迟没有收到他的回复。她也不着急，侧头看向窗外，路灯照下一道又一道的光柱。

下一秒，手中的手机振动了一下。她垂下眼，低头看。

——我不知道。

遇上苏在在，张陆让有很多连自己都想不通的事情。

比如撒谎说自己没微信而不是直接拒绝，比如对她怎么都狠不下心的心情，比如……在她问自己名字的时候。

口中那脱口而出的一声"蠢货"。

苏在在把手机放到腿上，再度望向窗外，神情有些呆滞。很快，她弯了弯嘴角，笑出了声。

大概在所有人眼里，都是苏在在很努力地追着张陆让，向他那边赶。

但苏在在自己心底清楚得很，张陆让也一直在往她的方向靠拢。他默认她的所有行为，纵容她对他做的所有事情。

从很久以前就开始了。

苏在在付了款后，下了车。保安认得她，跟她打了声招呼后，给她开了门。

苏在在主动跟他说了声"新年快乐"。

冷风在吹，像刀片一样刮在脸颊上。苏在在脖子一缩，将围巾裹紧了些，向前走。走到尽头，向左转，走到第一栋房子的面前，看着外面的窗户，里面一片漆黑，除了二楼的一个房间还有光。

苏在在重重地跺了下脚，声控灯应声响起。随后，她单手拿着手机，另一只手按了下门铃。

半分钟后，里头传来了动静。

大概是从可视门铃里看到了苏在在，张陆让立刻就开了门。他的表情有些发愣，似乎还没反应过来。

因为室内有地暖，他只穿了短袖短裤，脖子上搭着一条半湿的白色毛巾，显然刚洗完澡。

冷风顺着大开的门吹了进去，但他像是感觉不到冷，完全没有任何动静。

很快，张陆让向后退了一步，给苏在在腾个位置进去。

苏在在身上没多少东西，除了几个收到的红包，只剩下手中的手机。

其余的东西都放在爷爷家。

她把脖子上的围巾取了下来，小声问："你晚上吃什么呀？"

张陆让接过她的围巾，放在沙发上，扯过她的手，用自己的掌心焐了焐。他的双眼低垂着，盯着她冻得发红的手。

张陆让没有回答她的问题，给她倒了杯温水。

看她小口小口地喝着，他轻声问："今天怎么这么早？"

"我先回来了。"苏在在诚实道。

"怎么不跟我说？"张陆让皱了皱眉，"我过去接你。"

苏在在毫不在意，骄傲道："这是新年礼物呀，你有没有很感动——"

张陆让打断她的话，轻轻地喊她："苏在在。"

"啊？"

他的脑袋靠在她的肩膀处，重复了一声，带了撒娇的意味。

"苏在在。"

见张陆让这副模样，苏在在眼中的酸意再度浮起。她扯起嘴角，笑嘻嘻道："看得出你很感动。"

"你怎么那么好。"他喃喃道。

沉默了片刻后。

苏在在舔了舔嘴角，小心翼翼地提出自己的猜测："你爸妈是不是偏心喜欢你弟弟？"

没想过她会提起这个，张陆让顿了一下，很快就答："以前是吧。"

"那他们对你不好吗？"

闻言，张陆让抬起了头，轻声道："也不是。"

大概是因为今晚的氛围，他的声音还带着几丝孩子气。

"苏在在，我弟弟很厉害。"

她安安静静地听着，什么都没说。

"他小学和初中跳级的时候，我真的觉得他很厉害，我也没有觉得自己不如他。每次跟朋友提起他，我都觉得很骄傲。

"就算我朋友说我怎么样样不如他，我从来不觉得难过。

"……可我爸妈，让我很难过。"

张陆让心底最深处的一个伤疤，是他最亲的人给的。

因为他们，张陆让开始介意其他人的看法。

周围那些声音，那些原本对他来说只觉得无关紧要的声音，瞬间像是放大了，不断地抨击着他。

让他无处遁逃。

——"喂，张陆让！你不回家？"

家吗？

张陆让不想回，一点儿都不想。

从很久以前开始，想到要回家。

……他就害怕。

苏在在张了张嘴，话没出来，声音已是一哽。

张陆让愣了下，抹去她眼角的泪，有些胡乱地安慰道："但那都是以前的事情，我不回去只是要准备下学期的移动互联创新大赛。"

苏在在垂着眼，慢慢地说："我不会安慰人。"

"我不难过。"他低笑。

"我只能给你讲个笑话。"

张陆让揉了揉她的发心,说:"那你讲。"

苏在在歪着头,冥思苦想。

他弯着嘴角,静静地看着她。

"我心上有个人,我叫他让让。"

苏在在抬起了眼,与他的对上,眼睛弯弯的。

听到这话,张陆让的眉眼一抬,也笑。

"可他不让。"苏在在补充道。

一直都不肯让。

2.

想给她好的生活。

——张陆让

大年初三的晚上,林茂便从 B 市回来了。他进家门的动静不算小,发出噼里啪啦的声音,让原本在睡梦中的酥酥瞬间跳了起来,跑到卧室门边,呜咽着抓着门。

张陆让正坐在书桌前看电脑,很快就起了身,走过去将门打开。

门一开,酥酥的后腿向后蹬,一个加速往楼下跑,地面打滑,差点摔倒。张陆让轻笑了下,慢条斯理地跟在它后面。

走到楼下,张陆让一眼就看到玄关处堆放着两箱 B 市的特产,旁边的地上倒着一个 24 寸的黑色行李箱,像是被人随手一扔。

林茂懒洋洋地靠在沙发上玩手机。

跑在前面的酥酥把前肢搭在他的腿上,撒娇似的拱了几下。

张陆让自觉地走过去将行李箱扶了起来,抬到林茂的房间里,然后再次下了楼。

林茂的眼皮稍稍抬了抬,轻声道:"把箱子里的东西拆出来放冰箱。"

张陆让看了他一眼："……"

"我有点儿累。"他拍了拍沙发，示意酥酥跳上来，抱着它睡觉闭目养神，"坐了三个小时的飞机，很辛苦。"

张陆让没说什么，点了点头。随后，走到玄关处，把两个箱子一口气抬了起来，往厨房里走。等张陆让整理好，再出来的时候，林茂已经坐起来看电视了。

张陆让："……"

林茂伸手抓起茶几上的花生，剥了几个塞入口中。

张陆让坐在他的旁边，伸手倒了两杯水，一杯放在林茂的面前。

林茂换着台，忽然想起件事情，轻声道："你外公外婆给你的红包我放行李箱里了，还有你爸妈那边的。"

张陆让没说话，拿起透明的玻璃杯，慢腾腾地喝了口水。

"你弟弟今年也没回去过年。"林茂打了个哈欠，把电视关上，"唉，不行，我得去睡一觉，昨天跟朋友通宵打麻将了……"

"……"

很快，客厅里就只剩下张陆让一个人。他在沙发上发了会儿呆，没过多久就走回房间。

张陆让看着手机，叹息了声，正想给家里打个电话的时候，铃声恰好响起。他没怎么犹豫，直接接了起来。

那头没有立刻说话，声音也不像以往那般带了命令的语调："阿让。"

张陆让垂眼，看着桌子上的书，抚平了边缘的褶子。

没得到他的回应，张母也不在意，自顾自地说："你弟弟说他在那边还有课程，时间太匆忙就不回来了。"

"嗯。"

电话里沉默了一瞬。

很快，张母的声音忽然有些哽咽。

"为什么你跟阿礼从来都不会主动给妈妈打电话，你舅舅就过来这边三天，妈妈都听他接过你好几个电话。"

张陆让拿笔的动作一顿，指尖慢慢地收了回去。他早就没了脾气，也

327

忘了自己该有什么情绪，而且，也不知道该说些什么。

张陆让思考了下，想了想，有些生硬地开了口：

"我这边都很好，你不用担心。新年快乐。"

他等了一下，没等到张母说话。

正想跟她打个招呼就挂电话的时候，耳边传来了张父的声音。

张父的声音沉沉的，听起来跟以前差不多："听你舅舅说你大一拿了奖学金？"

张陆让下意识地应了声："嗯。"

那边又没了声响。

张陆让的注意力渐渐放在了电脑屏幕显示的一连串代码上。他放下笔，将通话按了扩音键，手指在键盘上敲打了起来。

良久后，静谧的房间里响起中年男人的一句话：

"挺好的。"

张陆让停下了动作，表情没有什么波动。他拧着眉，似乎在思考着怎么回答，最后只是道："嗯，你们早点儿休息。"

说完他便挂了电话。

随后，张陆让看了眼时间，习惯性地给苏在在打了个电话。

苏在在接得很快，清脆脆的声音在耳边响起："让让。"

"到家了？"

"刚到，明天就不用再去亲戚家了，我们出去玩呀。"

张陆让想了想，问："你想去哪儿？"

闻言，苏在在立刻道："去看电影啊，而且商业街那边的店都开着，我们还能去吃点儿好吃的。"

"好。"

"我这三天收的红包快破万了！"苏在在激动地在床上打了个滚，"我才十九岁啊，你敢相信吗？我十九岁的时候，日收入破三千了。"

张陆让："……"

苏在在在那边偷着乐："让让，你傍大款了。"

听着她的语气，张陆让的嘴角扯了扯，说："差多少破万？"

苏在在重新翻出红包，慢慢地数着："现在好像九千五左右。"

但算完之后，苏在在也不太确定，她犹豫了一下，决定再数一次。

还没等她开始数，苏在在的手机突然响了一声。

苏在在拿过来看了一眼，耳机也因这动静掉了一只，落到身旁。那头传来一声闷笑，似乎心情很好。

"我帮你一把。"

苏在在点开支付宝看了一眼，见他转了五百二十块钱过来。她正想说些什么，张陆让认认真真地补充了一句：

"这样算的话，你还欠我二十块。"

苏在在瞪大了眼，不可置信道："你居然跟我计较那么多。"

见他这么无情，苏在在也开始翻旧账："你还记不记得我上次心情好的时候，给你发的小费。"

"……什么小费。"

"就有一天晚上你伺候得特别好啊，反正我后来不是给你发了个红包吗，你现在还给我。"

张陆让仔细地回忆了一会儿，想到之后，他有些无言以对。

苏在在的话太引人遐想，他回答的时候还有些犹豫："我陪你去上晚课的那次？"

"对呀。"

张陆让抿了抿唇，彻底想了起来。随后，他一字一顿，冷声道："苏在在，那是一分钱。"

"可我那时候微信里就剩一分钱，我把我的全部都给你了。"苏在在毫不心虚，厚颜无耻道，"而你现在刚拿了全额奖学金，却连二十块钱都要跟我计较。"

"……"

她这话让张陆让开始怀疑刚刚自己是给了她五百块还是借了她二十块。

半响后，苏在在下了个结论："让让，你大概是那种典型的飞黄腾达之后就抛妻弃子的男人。"

虽然张陆让已经习惯了她每天都这样一副不正经的模样，但听到这句话的时候，他还是忍无可忍。

还没等张陆让皱眉反驳，苏在在笑嘻嘻地补充了句：

"不过你放心吧,我会努力一直当个有钱人的。"

张陆让口中的话瞬间吞回了肚子中,嘴角弯了弯。

下一秒,他向后往椅背一靠,懒洋洋地喊了她一声:"在在。"

"啊?"

张陆让回忆着,将她以前说的话稍加改动。

"明天下午1点出门,你早1分钟出门,二十块钱就不用还了,早2分钟出门,我给你二十块钱,以此类推。"

苏在在沉默了一瞬。很快,电话里传来她轻飘飘的一句话:"让让,如果我残忍点儿,现在就出门,你大概要宣布破产了。"

张陆让:"……"

大二下学期开学后,两人的生活变得忙碌了起来。

张陆让除了上课就是在准备移动互联创新大赛的事情,要设计一款App,主题和是医疗通信相关的。

张陆让跟同寝室的三个人组队,还要准备答辩。除此之外,他还参加了很多和系里同学合作的 workshop(研讨会),因为这个甚至还逃过几节课,每天忙得焦头烂额。

另一边,苏在在的专业课开始变多了起来。由于大一参加社团,她认识了不少人,也因此跟同系的几个师兄师姐一起参加了校内组织的一个广告大赛。

时间过得飞快。

忙碌期一过去,大二也就结束了。

苏在在的最后一门考试比张陆让早两天。考完之后,她也没着急着回家,陪着张陆让在图书馆里复习。

苏在在打了个哈欠,戴上耳机,打开了个广告视频来看。

注意到她犯困的表情,张陆让思考了下,随后从一旁的书堆里拿出个本子,在上面给她写了句话。

——移动互联创新大赛,我参加的那个队伍,拿了特等奖。

苏在在瞟了一眼,视线顿了一下。下一秒,她猛地抱住他的手臂,兴奋地晃了晃,无声地笑。

张陆让的心情被她感染得很愉悦。他任由她晃,用空着的那只手再度写了一句话。

——但我逃了课,拿不到奖学金了。

看到这句话,苏在在有些骄傲。她松开了他的手,拿过他手中的笔,认认真真地写了一句话上去。

——我拿到了,送给你。

3.

……我也没经验。

——张陆让

暑假有两个月的时间,两人上网看了一下实习招募的信息。找到适合的之后,投了好几份简历过去,之后便是等待答复的时间。

面试时间出来前,张陆让在微信上问苏在在:你想去玩吗?

看到这话,苏在在将腿上的电脑放到一旁,愉快地回:想啊。

回复完之后,她思考了一下,正准备提议去电玩城玩,就看到张陆让再度发了一句话过来。

——那去游乐场?

比较起来,苏在在还是比较想去电玩城,但她想起了某些画面,果断收回了口中的话。

——好啊。

隔天,两人一早就动身,上了开往游乐场的公交车。

因为游乐场所在的位置差不多在终点站,所以苏在在挑了最后一排的位置坐下。张陆让默默地跟着她,坐到她旁边的位置。

苏在在把头上的鸭舌帽摘了下来,顺手也把他的扯掉。随后,她翻了翻书包,拿出自己的防晒霜,挤了一大坨在手背上。

苏在在侧身,钩住他的脖子,往下压了些。

张陆让乖乖配合。

这么近看,她的瞳孔在眼前放大,颜色有些浅,清澈又明亮。目光流盼时,像是有星星在里头流动。她的指尖带了点儿凉意,伴随着轻柔的动作,格外舒服。

苏在在仔细地替他抹着防晒霜,边抹边说:"大热天过去那边肯定很晒的,防晒得弄好,我给你买的都是不油腻的,涂着应该没那么难受。"

张陆让低低地"嗯"了声。

面部涂完后,苏在在又挤了点儿到掌心中,涂抹着他的颈部。

她的动作很轻,之前涂面部的时候,张陆让没什么感觉,但到颈部就产生了点儿若有若无的痒意。一点儿一点儿地挠,从下至上,滑过他的喉结,像是刻意,又像是不经意。

张陆让忍了一会儿,最后还是忍不住将脖子向后倾。

苏在在无辜地眨了眨眼:"你干吗?"

张陆让别过脸,平复了呼吸,缓缓地开口:"涂好了。"

苏在在上下扫了眼,面不改色地继续道:"你锁骨也露出来了,我给你涂。"

下一秒,张陆让一把将衣领向上扯了些,憋了半天,最后只是不自然地说了句:"在外面别这样。"

听到这话,苏在在愣了一下,接着猛地笑出了声。

张陆让被这笑声弄得面色一僵,冷冷地看了她一眼。很快,他将自己的帽子戴了回去,向下一扣,遮住半张脸。

苏在在弯腰,顺着缝隙看他的表情。很快,她将手伸了过去,摸了摸他的脸,声音带着安抚的味道,更多的是在忍着笑。

"好,在外面不这样。"

张陆让:"……"

两个人进了游乐场。

苏在在一只手被张陆让牵着,另一只手拿着地图看。她仔细地扫了一圈,听到张陆让问她"吃不吃雪糕"也没回答。

半分钟后,苏在在终于在地图的其中一个位置看到"鬼屋"两个字。

苏在在连忙扯着他,换了个方向走。

张陆让愣了下,问:"你要玩什么?"

"我们进鬼屋玩吧，"说完后，她回头看了他一眼，"然后再去玩别的。"

张陆让顿了顿，认真道："鬼屋晚上再去比较有氛围吧。"

苏在在瞪大了眼，一副理解不了的模样。

"你在说什么？晚上去鬼屋？大白天跟鬼屋才是标配啊！"

张陆让的眉角一抽："……那去吧。"

鬼屋的位置在游乐场的角落，是一个大型的水泥房子，暗灰的颜色，墙面长了些青苔，还刷上了些红色的油漆，看起来斑斑驳驳。房子里头偶尔响起压抑的怪声和人的尖叫声，烘托出几分恐怖的气氛。

入口处排着长长的队伍，隔一段时间放一批人进去。

苏在在舔了舔唇，牵着他走了过去。

等待的时间里，苏在在从书包里拿出水瓶，拧开，递给他。

听着那毛骨悚然的声音，苏在在忽然有些紧张，小声地问："你怕吗？"

张陆让单手拿着伞，另一只手接过水润了润唇。听到这话，他神情寡淡，漫不经心地摇头。

苏在在小声地"哦"了一声，垂着头，不知道在想些什么。

很快就轮到两个人进去。里面的光线很昏暗，耳边总传来一些窸窸窣窣的声响。苏在在抓住他的手臂，认真道："让让，你别怕。"

张陆让一句"没怕"还没说出来，她一脸严肃，继续道："怕就抱紧我。"

他顿了顿，扯过她的手往前走。

里面的鬼都是人扮演的，固定在其中一个位置，突然扑出来吓人一跳。

苏在在好几次被吓得快叫出来，转头看张陆让时，他都一脸平淡。她想起了自己来鬼屋的目的，心中的那些恐惧瞬间消失得无影无踪。

苏在在低头思考了下，决定改变策略。想通了之后，她猛地扑到张陆让的怀里，觍着脸道："呜呜呜呜，让让，我好怕……"

张陆让："……"

他停下了脚步，抬起她的头，借着微弱的光线看了看她的表情，见她眼中带着星星点点的狡黠，嘴角向上弯着。见他看过来，她很快就抿了抿唇，收敛了自己脸上的笑容。

张陆让的嘴角忽然弯了弯。他也没动，任由她抱着。

半晌后，苏在在心满意足地说道："我们走吧。"

张陆让扯过她的手,很快就又松开,向上挪,搭在她的肩上。

走了几步后,苏在在听到他若有若无地说了句话:

"傻乎乎的。"

她望了过去,正好看到他带了宠溺的眼神。

出了鬼屋,张陆让拉着苏在在走到一旁,给她买了根雪糕。

苏在在咬着雪糕,问:"我们去玩旋转木马?"

他看着地图,点点头。

她眨了眨眼,得寸进尺:"你跟我一起玩吗?"

"嗯。"他淡淡地应了声。

找到位置后,张陆让牵着她去排队。

苏在在舔着嘴角的雪糕,思考了下,然后说:"我之前跟佳佳一起来游乐场,她都不肯跟我一起玩这个,说太幼稚了。"

"……"

"我跟你说,她跟现在的男朋友已经互见家长了。"说起这个,苏在在瞪大了眼,"我们怎么还没见?"

张陆让默默地从书包里拿出纸巾,递给她。

"你不要每次都用行动扯开话题。"苏在在一脸严肃。

见她不接,张陆让直接帮她擦掉嘴角的污渍,轻声道:"我爸妈那边,我想再过一阵子再带你回去。他们都知道你,我跟他们提过。"

说完这句后,他想了想,补充道:"你要不要先见见我舅舅?"

听到他前一句话,苏在在愣了下,好奇道:"你什么时候说的呀?"

张陆让回忆了一会儿,一脸认真。

"之前打电话,他们让我说些这边的事情,然后我就说了你。"

好像也只有苏在在,是值得说的事情。

苏在在忽然有些紧张,小声道:"那他们怎么说?"

张陆让也记不太清,犹犹豫豫地说:"让我带你回去给他们看看。"

沉默片刻后,苏在在幽幽地开口:"让让,你先见我爸妈吧。"

"……"

"让我看看你是怎么做的。"

"……"

"给我点儿经验。"

张陆让:"……"

吃完午饭,两人在周围逛了一圈,消消食。

一小时后,恰好再度走到过山车的游乐设施那儿,苏在在提议:"要不我们去玩过山车吧?"

张陆让看了一眼,差不多 60 米的高度。他抓了抓头发,这次有些犹豫了:"你确定不怕?"

"你不喜欢吗?"苏在在也不在意,"那不玩了。"

"没有,你不怕的话我们就去。"

闻言,苏在在笑嘻嘻地扯着他走了过去:"不怕啊。"

这个过山车是游乐场的热门设施之一。

苏在在和张陆让等了差不多 20 分钟才上去。

工作人员检查完安全带之后,张陆让还有些不放心,仔细地又检查了一遍苏在在的设备。

苏在在笑道:"让让,你不是物理很好吗?"

他没说话,握住了她的手。

很快,过山车慢慢地动了起来。

速度渐渐加快,从低处向高处,到顶端之后,猛地向下落。耳边的风声格外大,盖过了一半的尖叫声。

苏在在淡定地侧过头,看着张陆让那依然没什么波动的脸,她忽然觉得有些好笑,稍稍提高声音喊他:"让让。"

不知道他有没有听到。

苏在在没想太多,正想继续说话。

过山车的速度越发得快,身体也顺着转向开始转动。

苏在在心跳加速,乖乖地闭上了嘴。

1 分钟后,过山车到了终点,速度慢了下来。

苏在在转过头看他,继续说出刚刚没说出来的话:"让让,我们现在也是经历过生死的关系了。"

张陆让沉默着望了过去。

"所以你来我家吧。"

她的话音刚落,过山车随之停了下来,乘客解开安全带,有人还在发出哀号的声音。

张陆让解开安全带,见她没动静,便伸手替她解开。

随后,苏在在扯着他站了起来,继续道:"我让你岳父岳母请你吃顿饭报答一下你。"

4.

她的家那么温暖。

怪不得她也那么好。

——张陆让

两日后,恰好是周日。

张陆让提前跟苏在在说好了时间,一大早就登门拜访。他在门口站了一会儿,眉眼含了几丝紧张。

下一秒,张陆让弯了弯嘴角,伸手按了下门右侧的门铃。

几乎是同时,门从里开,苏在在探了个脑袋出来。她笑嘻嘻地拉着他的手腕,把他往里扯。

张陆让站在玄关,往里边看了一眼。

一个中年男人坐在沙发上,视线往这边看,脸上带着温和的笑意。

中年女人从厨房里走了出来,手上端着一盘水果,恰好看到了张陆让的身影,她笑道:"陆让来了?过来坐。"

张陆让正好脱完鞋子,换上苏在在递给他的室内拖鞋,而后走到茶几前。他伸手将手中带来的礼物递了过去,语气尊重而谦卑:"叔叔阿姨好。"

苏父站了起来,接过他手中带来的礼物,放在茶几上:"坐吧。"

张陆让颔首,坐在了旁边的沙发上。

苏在在像个"小尾巴"一样坐在他的旁边,安安静静的。

场面沉默了一瞬。

张陆让琢磨着,正想开口说些什么。

一直沉默着的苏母突然凑近苏父的耳侧,小声道:"长得比照片好看。"

苏在在立刻开了口,说:"妈,你太大声了。"

听到这话,张陆让的表情一愣,脸有些热。

原本有些尴尬的气氛瞬间缓和了不少。

苏父的声音带了点儿笑意,倒了杯水放在他的面前:"听在在说你家在B市那边?"

"对的。"张陆让思考了下,补充道,"我父母都在那边,我跟着舅舅住在Z市。"

"那以后会回去B市工作吗?"苏父随意地问。

张陆让早就想过这个问题,直接开了口:"不会。会在Z市工作,毕业后会定居在这边。"

"你父母那边知道吗?"

"知道的,我跟他们提过,他们也同意了。"

苏父似乎也没什么要问的了,只是叹息了声,说:"我们家踩在脚底的'掌上明珠'居然也找到对象了。"

听到这话,苏在在忍不住了:"爸,哪有你这样说话的。"

张陆让的重点全放在"掌上明珠"几个字上,他顿了顿,郑重道:"我会好好对她的。"

之后,苏父苏母聊起了别的话题,多是苏在在小时候的事情。

张陆让认真地聆听着他们的话,嘴角全程上扬。

午饭过后,想到两个长辈可能要午休,张陆让也不想打扰太久,便起身告辞了。

苏在在换了身衣服,跟他一起出了门。

路上,张陆让有些沉默。

苏在在眨了眨眼,认真道:"你怎么了?我爸妈很喜欢你呀。"

他不知道在想些什么,盯着远处,脸上没什么表情。

过了一会儿,张陆让开了口:"你觉得我表现得好吗?"

苏在在不知道他说这话是什么意思,只觉得他是求表扬和赞同。她十分捧场地夸他:"你那简直是标准女婿的做法了,超级棒啊!不知道的以

337

为你见过几百次家长了。"

张陆让的嘴角扯了扯。

他转过头，垂眸看了她一眼，眼中带了笑意和期待。

"那你有经验了吧？"

完全没想过他会说这个，苏在在愣了下，呆滞地点头。

"下周见我舅舅？"张陆让舔了舔唇，继续道，"过几天你可能就要面试了，也赶不及去B市去见我爸妈，等寒假或者明年暑假我们再去？"

他的语气有些急切，让苏在在有些反应不过来。

"寒假好不好？等你这边没事了我们就过去。"

见他这副模样，苏在在忽然扬了扬嘴角，抑制不住唇边的笑意。她看着张陆让，郑重道："好啊。"

都在拼命地想让对方融入自己的生活。

那又有什么不好。

隔年寒假，苏在在在过年之前跟张陆让一起去了B市。

张陆礼也刚从国外回来。

空旷的房子里一下子增添了几个人，热闹了不少。因为这个，张父张母的心情看上去都很好。

吃完晚饭后，几个人都坐在沙发上聊天。

张母面带微笑，牵着苏在在的手问："你和阿让都大三了吧？听他说要直接工作，你呢？是读研还是工作？"

苏在在低头思考了下，说："我也打算直接工作。"

张陆让拿起桌子上的茶壶，慢慢地倒茶，再次强调："我们两个的工作地点都在Z市，以后也会在那边定居。"

张父没有提出什么意见，只是道："有空记得要回家。"

闻言，张陆让的动作顿了顿，轻轻地应了声："嗯。"

一旁的张陆礼拿起一杯茶，小小地喝了口："过两年我也回来了啊。哥，你什么时候举办婚礼啊，要我当伴郎吗？怕抢你风头啊。"

张陆让认真地想了想："那算了。"

客厅猛地响起一阵笑声。

半晌后，张母边拉着苏在在往房间走，边道："在在，来，我给你看看阿让小时候的照片。"

张陆让下意识地站了起来，也想跟过去。

张父突然喊住他，生硬道："茶没了。"

"哥，你这也黏得太紧了吧。"张陆礼一副嫌弃的模样。

张陆让的眉心一动，没说话，坐了回去。他低喃着，表情有些疑惑。"会吗？"

"根据我的经验，女生不喜欢男生太黏人。"

张父也难得开了口："是这样。"

张陆让舔了舔唇，低声道："她应该挺喜欢吧。"

房间里，张母带着苏在在坐到床边，从书柜上拿出两本厚厚的相册。她的兴致很高，翻到其中一张的时候，指着笑道："阿让和阿礼两个人年龄差得不远，就一岁半，所以以前很多人都问我他们两个是不是双胞胎。"

苏在在看了看。

照片上的张陆让七八岁，嘴角几乎要咧到耳根。张陆礼站在他的旁边，表情一模一样，这样一看，确实像了个十足。

苏在在好像没见过表情这么浮夸的张陆让。她像是被感染了，莫名地弯了弯嘴角。

"阿让以前特别不爱学习，"张母陷入回忆中，"他整天跟同学去外面玩到 20 点左右才回来，他弟弟想跟他一起去他都不愿意。

"后来，他弟弟四年级的时候开始跳级，当时我和他爸爸的心态可能开始变了，阿让的性格也开始慢慢地变化。

"他弟弟十五岁就考上 B 大，当时还上了新闻。"

苏在在沉默着，认真地听她的话。

"很多亲戚就打电话来夸，我也不知道当时怎么想的，他舅舅跟我说了很多次，我也没觉得我哪里做得不对。"

"阿让上大学之后，一次家都没回过。"张母的声音渐渐哽咽，目光盯着相册里的照片，"阿礼也是，我以为他很亲近我，可他从来不给我打电话。"

她的眼泪掉了下来，终是忍不住用手捂住了眼。

"原来我一直做得都不对。"

苏在在将手搭在她的手上,也不知道该说些什么:"阿姨……"

"我的两个孩子,因为我和他爸爸,一直都过得不开心。

"我还以为给了他们很好的生活,原来根本不是……

"原来只有我和他爸爸觉得好……"

苏在在鼻子一酸,伸手轻轻地拍了拍她的背。

"阿姨,张陆让现在变得很好。

"你不用不开心,一切都会好的。"

所有一切。

时间也不早了,苏在在跟张父张母道了别,准备回酒店住。

张陆让拿了张父的车钥匙,跟她一起出了门。

两人上了车,张陆让没立刻发动车子。沉默片刻后,他忍不住问:"我妈跟你说什么了?"

"没说什么呀,她给我看了你小时候的照片。"提到这个,苏在在瞪大了眼,"让让,你小时候嘴巴超级大。"

张陆让:"……"

他瞟了她一眼,发动了车子。

苏在在的手肘靠在车窗上,看着窗外一晃而过的景色。

天已然暗沉了下来,带了几许的压抑。沉闷中,苏在在忽然开了口,轻声问道:"你还怪你爸妈吗?"

听到这个,张陆让明显一愣,不过很快就回答道:"谈不上吧。"

谈不上责怪,也说不上原谅,但大概是,再也亲近不起来了吧。

苏在在没发表什么意见,扯到另一个话题上。

"以后我们不生孩子了吧。"她半开玩笑。

张陆让没说话,似乎在等待她接下来的话。

"因为我肯定会只偏心你啊。"

闻言,张陆让的嘴角勾起,也道:"那他(她)真的是没爸妈疼。"

5.

她病得不轻,却喜欢我。

那我就姑且认为她没有病吧。

——张陆让

听到这话,苏在在愣了一下。她的视线重新放回车窗外,弯了弯嘴角,但还是认真道:"那都分一半出来吧。"

张陆让没反对,声音里带了笑意:"好。"

车里又安静了下来。

片刻后,苏在在看到外面一晃而过的一所学校。

黑大加粗的楷体,名字是:B市中学。

苏在在的注意力被其吸引住,她忍不住转过头,说:"我们去你高中看看?你去过我的高中我都没去过你的。"

张陆让转着方向盘,下意识道:"这么晚了,进不去。"

苏在在没太介意,想了想,认真地说:"我人生最大的遗憾是你造成的。"

"……"

"都怪你要回B市读书,让我们'热恋期'的时候就直接异地了。"

张陆让张了张嘴,有些莫名其妙:"但……"

"不过你长得好看。"苏在在舔了舔嘴角,有些羡慕,"长得好看就是不一样,不会被另一半冷落。"

与此同时,张陆让恰好把车停在了海边附近的停车场。

苏在在往四周看了看,问:"去哪儿?"

"去不了学校,带你去周围走走。"他说。

说完之后,张陆让牵着苏在在往海边的方向走。

风很大,有些清爽,带了淡淡的海腥味。

苏在在侧头看了看,下面的沙滩上,几对情侣牵着手散步。

远处的海水在月光的照耀下泛了光,跟天空的衔接格外明显。

张陆让还在想苏在在刚刚说的话,一直沉默着。

走了一路，好不容易看到了个入口，能从上面下楼梯到沙滩上。苏在在有些兴奋，忍不住扯着张陆让换了方向。

张陆让也恰好在此刻开了口，似乎有些疑惑："在在。"

"啊？"苏在在垂眼踩着沙子，应了声。

他别开眼，表情有些不自然："你为什么喜欢我？"

闻言，苏在在抬起头看他，没怎么考虑就说了出来，很诚实的模样。

"你长得好看。"

张陆让抿了抿唇，看起来不太满意这个回答："就这个？"

她思考了下，继续道："还因为你是让让呀。"

张陆让僵硬的面部曲线瞬间柔和了些，生硬地问："你还觉得谁好看？"

"我整天对着你的脸我能觉得谁好看啊。"苏在在想想也觉得有些委屈，"我都不敢照镜子了好吗？"

海风乱吹一通，将她的发丝全数吹到脑后。

张陆让伸手替她捋了捋，心情看起来很好。他垂下眼，稍稍弯了弯腰，盯着她的脸看了一会儿。

很快，张陆让下了个结论："你好看。"

听到他的夸奖，苏在在嘿嘿直笑，抱住他的手臂，一脸好奇："你第一次见我觉得我长得好看吗？"

张陆让回忆了下，沉默了下来。

苏在在一下子就懂了，唇边的笑意收敛了些。她觉得有些憋屈，闷闷地问："那你对我什么印象？"

张陆让舔了舔嘴角，犹豫了一下，还是决定诚实说："觉得你有点儿奇怪。"

苏在在瞪大了眼，觉得有些冤枉："哪里奇怪？"

这次张陆让安静了下来，没再说话。

苏在在回忆了下高一的时候自己的行为。

……好像确实。

她决定不再提过去的事情，改口问："那现在呢？"

一旁的人依然沉默着。

等得有些着急的苏在在正想跟他撒泼，就听到他开了口：

"没觉得了。"

两人在海边走了一圈之后，没多久就回到停车场，开车回酒店。

苏在在走到前台办理入住手续，报了自己的名字后，把身份证递了过去。

工作人员看着他们两个，提醒道："如果是两个人入住，都要提供身份证。"

闻言，张陆让从口袋里拿出钱包，抽出了身份证。还没等他递过去，就听到一旁的苏在在轻声道："没有，就我一个人住。"

张陆让被她打了个措手不及，猛地转头看向她。

拿到房卡后，苏在在将张陆让扯到旁边说话。

"让让，你想想，你那么久没回家了，你还跟我一起住酒店，而且咱俩还没结婚呀，你爸妈要怎么想我啊。"

张陆让看了她一眼，沉声道："那我回去了。"

"嗯，这次不要任性。"

"……"

"下次再来'献身'。"苏在在厚颜无耻地补充。

张陆让懂她的顾虑，也没再说什么。他把她送到房间，不放心地嘱咐了她几句。

见张陆让出了门，苏在在忽然道："你不开心就过来哈。"

张陆让"嗯"了一声，看她把门锁上了才出了酒店。

回到家时，张氏父母和张陆礼都还待在客厅，有一搭没一搭地聊着天。

张陆让很久没回来过，此刻也有些不习惯。他在玄关处站了一会儿，正想跟他们打个招呼就回房间的时候，坐在沙发上的张陆礼恰好看到他，喊了他一声："哥！"

张陆让终于有了动作，走了过去。

"阿让，你寒假待在这边吧？"张母忽然问。

闻言，张陆让诚实道："过两天我就回去，等除夕的时候跟舅舅一起过来。"

张母似乎有些不满，还想说些什么，但想到前两年空荡荡的房子，很快就缄口了。

343

旁边的张父翻了翻手中的报纸，也没开口。

张陆让跟他们打了声招呼便回了房间。

没过多久，张陆礼门都没敲，直接进了他的房间。

张陆让正坐在床上，见张陆礼进来时只是抬了抬眼，很快就收回了视线。

张陆礼上了他的床，盘腿坐下："哥，我打算毕业之后在那边工作几年再回来。"

"嗯。"

"我跟爸妈说了，他们不同意。"

听到这个，张陆让才有了反应，皱眉道："你……"

没等他说完，张陆礼继续道："我不会听他们的，我就是想待在那边，我已经决定好了。"

张陆让点点头，看着手机没说话。

张陆礼也不介意他的冷漠，继续说道："哥，爸妈的态度是不是变了？我去年没回家就是为了这个。"

张陆让看了他一眼，有些莫名其妙。

"以前我在的时候，他们就只觉得是你的问题，因为觉得你很叛逆不听话。"张陆礼振振有辞地分析，"不过哥，你居然能三年不回家，有些无情。"

张陆让没理他。

"你毕业之后真在Z市那边工作啊？"

张陆让被他烦得不行，抬脚踢了他一下："回你房间。"

"所以你在Z市工作吗？"张陆礼继续问。

"嗯。"张陆让终于回答，顺带补充了句，"就在那儿了。"

半年后，两人开始准备大四实习。

苏在在和张陆让实习的公司离得有些远，车程一个半小时左右。两人的职业本就是熬夜和加班较多，所以见面的时间比以前少了很多。

苏在在的工作地点在Z大附近的一家广告公司。她意外地发现，谢林楠也在这家公司上班，两人恰好在同一个部门。不过自从上了大二，苏在在也没怎么跟他说过话，见到他也只是生疏地打了个招呼，之后就被她抛之脑后。

张陆让在菁华附近的一家大型软件公司实习，不加班的时间他都会开着林茂的车到Z大那边找苏在在吃晚饭或者给她带饭。

硬挤的话，一个星期加上双休两人能见四面左右。

实习两周后的某天。

苏在在从公司里出来，在门外等了一会儿，坐上张陆让的车。

张陆让的身上穿着衬衫西装裤，领带正经地系着。嘴角平直，见到她的时候稍稍地向上翘了翘：「想吃什么？」

他边说边习惯性地凑过来帮她系安全带。

苏在在乖乖地坐着，仔细地想了想：「吃烤肉吧。」

张陆让"嗯"了声，思考了下那家店的位置，很快便发动了车子。

苏在在百无聊赖地在车窗上哈了口气，一笔一画地写了个"让"字。

半响后，她突然转过头，叹了口气：「让让，你说咱俩这段时间老是熬夜，要不要比比谁先秃顶？」

刚好红灯，张陆让停下了车。闻言，他眉角一抽，说：「不比。」

苏在在也没说什么，心情看上去有些低落。

烤肉店离苏在在的公司并不远，开车差不多5分钟就到了。

张陆让找了个位置停车，停好后，他没急着下车。

苏在在低头解安全带，正想下车的时候，一旁的张陆让扯住她的手腕，将她带了过来，轻声问：「怎么了？」

苏在在看着他，忍了忍，还是没忍住：「刚刚又被总监骂了。」

张陆让顿了下，伸手揉了揉她的脑袋：「怎么骂你？」

"他说我写的文案很烂，说了很多遍改出来的东西都很烂。"大概是因为张陆让在身旁，苏在在的情绪彻底爆发，"我也想像你那样，什么都做得很好……"

她像是回到了高考的时候，一步一步地磨砺，其中的多少辛酸崩溃，都是成长的代价。

但幸好的是，每次都有张陆让在她的身边。

张陆让的双眸暗沉沉的，喉结上下滑动，像是在压抑着什么。很快，他凑过去将她整个人抱到自己的腿上,垂眸看她,声音带了哄人的腔调。

"说你文案哪里做得不好?"

苏在在吸了吸鼻子,将眼泪蹭在他的衬衣上。

"说我写得太死板了,太书面化。"

张陆让用鼻尖蹭了蹭她的额头,半开玩笑地说:

"你怎么可能写得出死板的东西。"

听到这话,苏在在用泛了红的眼看着他,没说话。

"别太把别人的话放在心上。"想了想,他补充道,"我也经常被骂,各种原因都有,我没有什么都做得很好。"

苏在在很认真地反驳他,瓮声瓮气地:

"你就是什么都很好,骂你的人都是嫉妒你。"

张陆让原本还有些沉重的心情瞬间变好,被她逗得闷笑了声。他低头吻了吻她的眼,嘴角弯着。

"以后有人骂你我就给你送礼物好不好?"

苏在在的心情已经好了不少了,顺着他的话说:"哪用礼物,被骂了你就亲我呀,要那种特别粗暴的吻。"

"不行。"张陆让果断拒绝。

苏在在一愣。

还没等她继续说话,张陆让的唇瓣向下挪,与她的嘴唇贴合。他咬了咬她饱满的唇,像是把她刚刚的话听进去了,力道有些重。

苏在在听到他含混不清地说了句:"要是没人骂你了怎么办?"

她的眼睛稍稍瞪大了些,听到他补充了句:

"我也觉得你什么都好。"

两人在车里耳鬓厮磨了一阵子才进了烤肉店。

张陆让拿着夹子,平铺了几块肉到烤盘上,仔细地翻转。

苏在在咬着他烤好的肉,忽然想起了件事情:"让让,还有不到一年我们就毕业了耶。"

张陆让腾开手帮她调了点儿酱料,放在她面前。

听到苏在在说的话,他的眉眼一动,沉下了声音:"苏在在,别什么都跟我抢。"

苏在在眨了眨眼，无辜道："我没抢什么呀。"

张陆让瞟了她一眼，没说话。

苏在在盯着他看了一会儿，有些疑惑："我怎么感觉你总是在生气。"

他叹息了声，认真地问："你不想我对你好点儿吗？"

"啊？"苏在在仔细地想了想，"你……"对我很好了啊……

没等她说完，张陆让继续道："你也得给我点儿机会。"

他的声音带了几丝懊恼。

苏在在呆呆地"哦"了声，低头继续啃肉。

过了一会儿，她终于反应过来。

"我不跟你求婚就是了，不过我想了好多个方式呀。"提到这个，苏在在忽然有些不甘心了，"不行，我也想要，要不我们一人求一次。"

张陆让又往她碗里夹了几块肉，淡淡道："你什么时候能正常点儿。"

苏在在笑嘻嘻的，厚颜无耻地反问："你不喜欢？"

张陆让的眉眼抬了抬，稍稍地看了她一眼，眼中的情绪没有什么大的波动，顶着一张面瘫的脸。声音温润如玉，像是窗外零落的雨点。

"喜欢。"

6.

原来，我一直做得都不够好。

只是她没说出来。

——张陆让

烤肉店里吵吵闹闹的，暖黄色的灯光照射下来，与周围的声音融合在一起，带了几分温馨的感觉。周围的世界像是离他们很远很远。

眼前的张陆让，因为年龄的增长，面部的曲线越发硬。以前能遮盖住眉毛的发丝剪成了短短的，少了几分慵懒，看起来利落分明。

整个人虽置身于这片喧嚣之中，但像是不食人间烟火。清晰明显的距离感。

可这样的人，前一秒却还板着脸跟她告着白。

苏在在的心上一暖，忽然喊了他一声："让让。"

听到她的声音，张陆让抬了抬眉眼，像是在等着她接下来的话。见苏在在没继续开口，他看着桌上空着的好几个盘子，问："还饿吗？"

一句话将所有的隔阂全部打破。

"你把你微信给我。"苏在在莫名其妙地扯到另一句话。

张陆让愣了下，也没多问，下意识地把桌子上的手机递给她。

苏在在笑弯了眼，没接，回复了他刚刚的话："饿。"

张陆让疑惑地看了她一眼，很快就"嗯"了声。

把手机放回了原处，又夹了几块肉放在烤盘上。

苏在在托着腮，盯着他的动作。

修长的手指拿着铁刷，动作慢条斯理，刷掉烤架上的残渣。偶尔用夹子将肉块翻个面，在其上刷些烧烤油。

注意到他基本没怎么动过的碗筷，苏在在垂下头，伸手夹起碗里的一块肉，放到他的嘴边。

张陆让一口咬下，慢腾腾地嚼着。

随后，苏在在拿起另一个夹子，把烤盘上烤好了的肉夹到他的碗里，开口道："让让，你想好时间了吗？"

张陆让的动作顿了顿，没反应过来："什么时间？"

她没解释，继续说："你提前跟我说啊，我得穿好看点儿。"

苏在在这句话加上两个人之前说的话题，让张陆让瞬间明白了。他犹豫了下，问："这个要提前说的？"

"你说呀，我还能教教你。"

张陆让原本还是认真询问的状态，听到她这句话，顿时收回了思绪。他看了她一眼，沉声道："不用你教。"

苏在在也没在意他的回答，一副笑嘻嘻的模样，心情看起来格外好。

"感觉我们这样就挺好的。

"找个时间你把婚求了，不然我来也行。

"然后毕业了之后我们就领证啊，慢慢存钱举办婚礼和买房。"

说到这儿，她顿了顿，看起来好像十分向往。

"我们两个的名字就一直捆绑在一起了。

"就这样，一辈子。"

张陆让突然说不出话来。

他盯着苏在在的眼，嘴唇动了动。

"那样的话，你就得跟我一起过租房子的生活。"

苏在在愣了一下，不知道为什么不是像以前那样得到他肯定的回复。她也没多想，很认真地看着他的眼睛："那也很好啊。"

怎样她都觉得很好。

张陆让沉默了下来，喃喃道："如果我比你大几岁就好了。"

如果那样，他现在就可以理直气壮地等着她毕业，给她一个好的未来，让她做什么都觉得毫无负担，因为有他这样一个后盾。

如果是那样就好了。

他想让她一辈子都活得快乐。

不会因为脱离了校园，步入了竞争强的社会，就将她的张扬和灵动一点儿一点儿地磨灭。

"啊？你是比我大一岁呀。"

张陆让的喉结滚了滚，认真地说："毕业后，你给我两年时间。"

闻言，苏在在的表情一愣，莫名其妙道："你要做什么？"

"别人有的，我都想给你。"他的声音有些哑，像是怕她不高兴，带了点儿小心翼翼，"别人没有的，我也全都想给你。"

听完他的话，苏在在瞬间懂了他的意思。视线慢慢地落了下去，浓密的睫毛遮去了她的情绪。

她第一次理解不了他的想法。

苏在在用筷子戳着碗里的肉，声音有些冷淡："我没觉得那样有什么好，那些好的生活为什么非得要你一个人来努力……"

张陆让不知道该怎么说出自己的想法。

场面沉默了下来。

苏在在忍受不了这样压抑的气氛，她咬了咬唇，把筷子放在了桌子上。再抬眼时，眼眶已经晕染了一片红色，蓄满了泪水。

她忍住哭腔，问："是不是只有我想？"

过去的每一个画面在她脑海里一一扫过。

——"你又不肯给我一个名分。"

——"那你抱我一下我才让你去。"

——"如果你要跟我一起去的话，酒店你得跟我住同一间。"

张陆让急了，立刻抽了几张纸巾，站了起来走到她旁边。

还没等他开口，苏在在就站起身，呜咽道："什么都是只有我想。"

说完她就推开他往门口的方向走。

她的语气，她的反应，她的两句话。

像是积蓄已久的情绪，却也像只是一时的爆发。

张陆让的呼吸一滞，心脏像是被虫子在啃咬，又像是被人重重地掐住，疼得难受，连气都喘不上来。他拿起苏在在放在椅子上的包，立刻跟了上去。

苏在在的方向感不太好，出了门直接左拐，低着头往前走。刚好是一条人流量很大的街道，她挤开人群，一味地向前走。

张陆让很快就追了上去，抓住她的手腕往怀里扯。

她没反抗，也没说话。

张陆让的手掌放在她的后脑勺上，低声哄道："别哭啊。"

人太多，张陆让犹豫了下，牵着她往回走。

苏在在乖乖地跟在他后面。

一到人少的地方，苏在在猛地甩开他的手，走到马路旁准备拦车。

张陆让重新把她抓了回来，声音里带了恳求："在在……"

苏在在的眼泪依然吧嗒吧嗒地掉着，动作却慢慢地停了下来。她安静着，像是在等待他的解释。

张陆让伸手帮她擦着眼泪，无措地说："别哭了，那就一毕业就结婚好不好？不等两年了……我……"

他再努力一点儿就好。

他过得不好没关系，但他得让她过得好。

可张陆让的话完全没让苏在在开心起来。

苏在在吸了吸鼻子，伸出一只手，把他的手扯开。一字一句，带了浓浓的情绪：

"张陆让。"

"什么都是我逼你做的。"

张陆让的嘴唇动了动,解释的话还没出来。

面前的苏在在单手捂住了眼睛,再度开了口:

"你不愿意主动,我来,我觉得没关系。

"我知道你做不来这些,所以全部都让我来,我真的觉得没关系。

"可是时间久了,我也不知道我这样到底对不对。"

苏在在的眼泪顺着指缝涌了出来。声音平静得像是什么都没有发生,却卑微到了尘埃里。

"我也会想……"

她哽咽了一声:"你是不是根本就不情愿。"

7.

> 原来人的生活,真的会因为少了一个人,
> 仅仅是少了那样一个人,
> 就会变得那么无所适从。
>
> ——张陆让

听到她的话,张陆让的瞳孔一缩,表情茫然无措。

他第一次见到这样的苏在在。

无从下手,不知道该怎么办。

张陆让小心翼翼地握住她的手腕,将她脸上的手扯了下来,露出那双红通通的眼,里头带了满满的怯懦和崩溃。

他的心头一涩。

"我怎么可能不情愿?"张陆让的喉结上下滑动着,语气低沉晦涩,"是我做得不好,我以后会……"

苏在在没听他说完,从他手中拿过自己的包。她的脑袋下意识地垂着,用手擦了擦眼睛,打断了他的话。

"你回去吧。"

张陆让还抓着她的手，固执地说完："我以后会改的。"

苏在在压抑着情绪，声音带着浓浓的鼻音："我没想让你改，是我自己心态不好。你回去吧，明天还要上班。"

下一刻，她掰开了他的手，轻轻说："我今天想自己回去。"

张陆让的掌心一空，下意识地在空气中虚握了一下。

苏在在往马路那边看了一眼，伸手拦了辆的士。她往那边走了两步，很快就转了头，看他。

苏在在的表情已经恢复了平静，唯有那双眼睛还泛着红。她似乎有些失望，嘴唇动了动，想说些什么，最后还是没有说出来。

苏在在揉了揉眼睛，低喃着："你早点回去，注意安全。"

声音又低又轻，顺着风飘入他的耳中。不知怎的，竟让他一时却了步。

说完之后，苏在在便上了车。

张陆让沉默着，记下了出租车的车牌号。他看着车子发动，向前移动着，泛着红光的后尾灯越来越远。

张陆让回过神来，走回停车场去取车。他坐在驾驶座上发着呆，心中的恐惧越来越剧烈。随后，张陆让发动了车子，往Z大的方向开去。

车子开不进学校，张陆让在附近找了个位置停下。他下了车，往女生宿舍的方向跑，边跑边给苏在在打电话。

苏在在很快就接了起来，没出声。

张陆让喘着气，眼睛不知是因为风吹还是别的什么，又酸又疼。他的脚步慢慢地停了下来，轻声问："你到宿舍了吗？"

苏在在"嗯"了一声，声音带了点鼻音："快了。"

之后是短暂的沉默。

张陆让听到她那边响起了几个女生嬉笑的声音，还有上楼梯的脚步声。

电话里只剩下两个人浅浅的呼吸声。

张陆让忽然开了口，说："我在Z大。"

那头依然安静着，完全不像平时那般鲜活明朗。

气氛也随之沉闷了起来。

张陆让的脚重新抬了起来，继续往前走，声音脆弱得不堪一击，像是下一秒就要碎落一地。

"苏在在,除了分手,别的什么你都能想。"

想骂他,想打他,想对他不好。

什么都可以。

苏在在干了的眼睛又浮起了一层薄薄的雾气。她安静地走进了宿舍里,打开灯。

舍友都在外面实习没有回来,狭小的房间里空荡荡的。

苏在在走到阳台,趴在栏杆上向下看。一眼就看到了站在楼下的张陆让,他似乎也感应到了什么,抬头往上看。

苏在在视线一直放在楼下的张陆让身上,距离有些远,看不清他的表情。

听到"分手"那两个字,苏在在的胸口像是被什么堵着,闷得难受。

"我没有想过这个,你为什么要那样说?"

苏在在的眼前一片水雾,模模糊糊的,再度抽噎了起来:"让让,你这次能不能好好哄一下我……我想要你哄哄我……"

听着她的哭声,张陆让的喉结滚了滚。眼里一片暗涌,语气苦涩难掩,一时也说不出话来,良久后才开了口:"我……"

苏在在等了半分钟,也没听他说出什么话来。她吸着鼻子,恼怒地打断了他的话。

"你回去吧,我现在不想跟你说话。"

说完她便挂了电话。

张陆让抬起了眼,盯着上面的人影。

苏在在挂了电话后,依然没有离开那个位置,揉着眼睛看着楼下的他。

他的眼睛像是充了血,红得吓人。声音沙哑,一字一板地将刚刚想说的话说完。

"……我让让辣。"

接下来的几天,恰好遇上了公司最忙的时候,张陆让被硬性要求加班到晚上10点或11点。时间太晚,他怕会把苏在在吵醒,只能给她发短信联系。

苏在在基本到隔天中午的时候才回复,像是故意置气那般。

353

空暇时间给她打电话,也只能得到很安静很安静的呼吸声。

两人关系像是进入了一个冰冻期。

以前被苏在在的话填满的微信聊天窗也只变成了张陆让寥寥无几的几句话。

她的情绪像是堆积了很久,迟迟都散不去。

那头的人不说话,张陆让便耐心地说着自己今天经历的事情。

张陆让走到办公室的茶水间里,边打着电话边垂头倒着咖啡粉。

过了一会儿,不知道苏在在今天发生了什么,居然主动开了口。

"你今天怎么还是没有叫我……"

很快,她又把口中的话咽了回去:"算了,没事。"

张陆让神经一绷,紧张地问:"怎么了?"

苏在在没有继续刚刚的话,扯到了另外一个话题上。

"我的好多朋友,见过你之后,都觉得我的运气太好了。

"其实不光是他们,就连我也是这样想的。

"你多好啊,因为我,从来不跟别的女生说话,给足了我安全感。"

那头的她呼吸顿了顿,很快就问:"是不是我太得寸进尺了?"

以前希望他能不讨厌她就好了。

现在呢?

似乎对什么都不满足了。

好像得到的越多,就越来越惶恐。

"为什么不呢?"张陆让手上的动作停了下来,声音低低哑哑的,"谁说不让你得寸进尺了吗?"

苏在在吸了吸鼻子,细细地思考着:"好像没有。"

"你觉得是你运气好,那你怎么不想想……"张陆让的表情失了神,慢条斯理地按住饮水机的开关。看着热水坠入杯中,升腾起一大片热气。

"幸运找过你之后,下一秒,它也来找我了。"

那头沉默了下来,隐隐能听到她的呼吸声,比原来急促了些,但还是没有开口。

张陆让抿着唇,嘴角渐渐变得僵硬平直,再次提起了最近几天一直在说的话。

"我今天下班之后去找你。"

"你不是要加班吗？"她低声说。

张陆让有些烦躁地抓了抓头发："不加了。"

苏在在思考了下，认真道："等你有空了再说吧，我今晚可能也要加班。"

他的嘴角扯了扯，直接拆穿她："你不想见我。"

"……"

张陆让重复了一遍，语气有些委屈："你是不是不想见我。"

"我不是跟你说了吗？我最近……"

苏在在的话还没说完，电话里响起了一个男人的声音："喂！苏在在，我们去外面吃饭，要不要给你打包？"

格外熟悉的声音。

张陆让在电话这边听着她在跟那边的人说话。他听着那个男人的声音，和脑海里的人物一一对比。

终于出了个结果。

谢林楠。

张陆让握住杯把的手紧了些。

很快，苏在在有些距离感的声音又回到了耳边。

"我先去吃午饭，晚点儿给你打电话。"

张陆让的脸上看不出什么情绪，轻轻地"嗯"了声。

下午，张陆让直接拒绝了主管说的加班。一到点就出了公司，开车到苏在在的公司楼下。他翻出手机，看了看时间。

已经18点半了，也不知道她走了没。

张陆让正想给她打电话的时候，眉眼一抬，就看到她从大门那儿走了出来。他正想下车喊她，就看到跟在她身后的谢林楠。

张陆让的目光一顿，直接下了车。

两人边往这边走边聊着天，没注意到张陆让的到来。

张陆让走了过去，轻声喊："在在。"

苏在在下意识向声源望了过去，见到他的时候，眼睛稍微睁大了些，像是带了情绪对他瞪着眼。她转头跟谢林楠道了别,直接往张陆让这边走。

还没走几步,张陆让就到了她的面前,牵着她往车的方向走。手中的力道格外重,像是按捺着什么情绪。

苏在在低着头没看他,嘟囔着:"你怎么这么早?"

张陆让打开了副驾驶门,没说话。

苏在在看了他一眼,很快就坐了进去。旁边响起了关门的"嘭"的一声。

苏在在垂着眼,低头系着安全带。驾驶座那边的门被打开,灌进了一阵风。

苏在在也没看他,转头看向窗外:"我在公司吃了饭,如果你吃了的话,把我送回宿——"

话还没说话,耳边又响起了巨大的关门声。

她的下颌猛地被人捏住,转了个方向。

重重的吻伴随而来,带着撕咬。

苏在在瞪大了眼,下意识地张了张嘴,方便了他的掠夺。她从来没遭到过他这样粗暴的对待,忍不住把他往外推。

张陆让用一只手压制住她,加深了这个吻。

很快,他停下了动作。黑如墨的眼盯着她,用带了些凉意的指尖摸了摸她的眼角。

"在在。"他低喃。

苏在在的表情有点儿蒙,对这样的他有些反应不过来。

下一秒,张陆让忽然笑了下,轻声道:"毕业就结婚。"

苏在在别过脸,想说些什么。

张陆让捏着她的手,语气有些强硬。

"我明天就去找你爸妈。"

Date. 完结章

很荣幸。

——张陆让《苏在在小仙女的日记本》

听到这话,苏在在抬了抬眼,静静地看着他,双眸渐渐变得黯淡了下来,失了神采。很快,她挪开了视线,轻声道:"如果你来就是要跟我说这个——"

张陆让猛地打断她的话:"在在。"

苏在在顿了下,低低地应了声。

张陆让的喉结滚了滚,似乎也有些紧张:"前两年我陆陆续续接了好几个私活,毕业后办婚礼的钱大概是够的。"

"……"

"我跟你保证,毕业两年内,我一定会赚够房子首付的钱。"

苏在在看着窗外往来的行人,忽然红了眼。她转过头,看着张陆让,表情和五年前的她重合在了一起。

苏在在突然哭出了声,扯住他的手,呜咽道:"哪有你这样的……"

那时候,她的脸上不施粉黛,稚气未脱,稍稍说个话都像在撒娇,任性地抓着他的手不放,不让他回B市。

而这次,她化着精致的妆容,穿着工作装,却依然像个孩子一样抓着他的手,控诉他的所作所为。

他们认识了六年,在一起五年了。在彼此的眼里,似乎还是最初的那个模样。

张陆让抬起另一只手,替她擦着眼泪,哑着嗓子:"别哭了。"

苏在在睁着满是水雾的眼看他,抽抽噎噎地发泄自己的情绪。

"我说,我想自己一个人回去,你就真的让我一个人回去。明明我走到那辆的士前还要十几步的距离，你都不拦着我！

"我说，让你别来找我，你就真的不来。"

"我就生这么一次气，你不能多哄一下我吗……"

张陆让被她说得哑口无言，良久后才道："我怕让你更不高兴。"

苏在在把他的手拍开，提高了音量："那你这次真的是惹毛我了。"

闻言，张陆让凑过去盯着她的眼睛，视线专注，带了流转的光。

苏在在任由他盯，也不再主动开口。她吸了吸鼻子，垂下头往包里翻了翻，拿出纸巾。

张陆让猛地轻吻了下她的唇，嘴角弯了弯。

苏在在的手上还拿着未开包装的纸巾，被他打了个措手不及，皱着眉说："你干吗！我……"还生气呢。

他思考了下，认真道："可爱。"

苏在在愣了下。

随后，张陆让继续开口，像是没皮没脸。

"想亲。"

苏在在看了他一眼，抿着唇没说话。下一秒，她还是忍不住了："你干吗？"

张陆让用鼻子蹭了蹭她的鼻子，温声道："亲你啊。"

苏在在心中的委屈和怒火慢慢地散去，她揉了揉眼睛，小小地"哦"了一声。

见她不开口，张陆让也不介意，继续道："带你去买果冻？"

"你上次给我买的我还没吃完。"苏在在诚实道。

张陆让点点头："嗯，再给你买。"

他边说边发动了车子，往附近的一家进口零食店开。

苏在在在一旁看着他的动作，忽然开了口："你说要等两年也行，但我就只等两年。"

说完之后，她又觉得威慑力不够，闷闷地威胁道："超过两年我、我就找别人去了。"

可能是因为在开车，张陆让没有回答她的话。

很快就开到了零食店，张陆让找了个地方停车，快速地下车买了袋果冻放在后座上，然后继续开车。

苏在在的方向感不好，也不知道他要去哪儿。

"你往哪儿开啊？"

恰逢红灯，张陆让停下了车，侧头看她："我在Z大附近租了套房子。"

苏在在满脸疑惑："你租来干什么？"

"想每天都见到你。"他轻声说。

话毕，张陆让收回了视线，重新发动车子。

苏在在看着他的侧脸，有些恍惚："你什么时候租的？"

"实习的时候就租了。"他也不再像往常一样什么都憋着，平静地回答，"但不想让你跟我未婚同居，就一直放着。"

"那你现在……"

"苏在在，我对你太冷静了。"张陆让开进某个小区里，找了个停车位，"我总觉得你年龄还小，什么都不懂得为自己考虑。"

可他想得太多，却反而成了她没安全感的源头。

"但好像是我想太多了。"张陆让解开安全带，侧头看她。

苏在在张了张嘴，忽然也有些不好意思："也不是……"

张陆让凑了过去，咬住她的耳垂，舔了舔，声音有些含混不清："对你，只有冷静是多余的。"

苏在在被他的话弄得有些迷糊，却是忍不住弯了弯眼。

随后，两个人下了车。

张陆让牵着她往其中一栋楼走。

苏在在看着他的后脑勺，忽然喊了声："让让。"

张陆让回头看她，弯了弯唇："怎么了？"

她任由他牵，憋了几天的话也终于一下子涌了出来："你真的太过分了，我那天还故意回了下头你都不冲过来抱着我。"

张陆让听着她的话，认真地说："好，下次我怎么都不让你走。"

"那个司机还跟我说分手只是小事，不用哭得那么惨。"苏在在愤愤道。

张陆让皱了眉，有些不高兴："别听他的，这是大事。"

苏在在乖乖地点头，声音带了点鼻音："我也觉得，这很严重的。"

很快就走到了张陆让租的房子前。他的脚步顿了下来，把钥匙递给了苏在在。

"你先进去。"

苏在在疑惑地看了他一眼,也没拒绝,捏着钥匙开了门。

里头的光线很暗,看不清里面的装饰。苏在在下意识地摸了摸旁边的墙,找着灯的开关:"让让,开关在哪儿……"

与此同时,她摸到了开关,白亮的灯随之亮起。

苏在在的声音霎时停了下来。

面前是一片白色的墙,贴着上百张她的照片。她的喉间一哽,慢慢地往前走,看着每张照片下写的字。

——2013年10月1日,在在说:"我家让让最好看。"

——2015年8月13日,在在说:"你老婆坐你车上呢!好好开!"

——2017年1月27日,在在来我家了,我亲了她。

身后响起了张陆让的声音。

声音低沉缱绻,满满的温柔和期待。

"苏在在。"

她转过头,看着张陆让缓缓地单膝下跪,手中拿着戒指盒。

"你爸妈说你是掌上明珠,我也知道你从小就没受过什么委屈,一直过得很好。"张陆让郑重地看她,"我想给你好的生活,但你说你愿意跟我一起吃苦……"

说到这里,张陆让顿了顿,语气有些发涩。

"我唯一能回报给你的就是,我绝对不会让你吃一点儿苦。"

苏在在的视线从戒指移到了他的脸上,眼眶又红了起来。

"我可以等,你不用……"

"苏在在,是我等不了了。

"我怕你跑了。

"所以,嫁给我好不好。"

他的表情紧张又充满了期盼,像是得不到她肯定的回答就安不下心。

苏在在的嘴角终是忍不住向上翘了翘,她将手伸到他的面前,同样郑重地点点头:"好。"

她的心思散漫,没有什么大的志向,却因为他不断地奋进向上。

他的性格孤僻寡言，不懂得如何表达自己的情绪和爱，却因为她不断地努力表达自己。

他们都在为了彼此，成为更好的人。

一年后，苏在在和张陆让结束了两个人的大学生活，也结束了六年的恋爱长跑，步入民政局领了结婚证。

当天晚上，苏在在从床头柜里拿出一个本子。因为用的时间长了，封面都有了几丝裂痕。她伸手翻了翻，也没看几眼，直接扔到坐在书桌前的张陆让面前。

"新婚礼物，之前说要给你的情书。"

苏在在快速地扔下一句话之后，直接拿着换洗衣物小跑到浴室里。

张陆让愣了愣，将手从键盘上放了下来，拿过那个本子。

封面上写着几个字：

苏在在小仙女的日记本。

字迹很清秀。

他忍不住弯了弯嘴角，小心翼翼地打开，认真地看着。

2012 年 10 月 9 日。

我在小卖部外面见到一个男生，长得太好看了。

没有巴卫的耳朵，但还是让我整颗心一颤。

我这么一个绝世大美女，居然被区区一美男子扰了心神。

呜呜呜呜，我要怎么找到他啊……

瞬间变了理想型。

喂，觉得荣幸不？

就算你没有猫耳朵，我还是看上你了。

……

……

2012 年 11 月 3 日。

今天我摔跤了，让让送我去医院。

回来的路上，他问我："还饿吗？"

然后……下一句,他说:"你把你微信给我。"

啊啊啊啊啊啊啊啊啊!

永生难忘的一天。

不知道他忘不忘得了。

总之,我忘不了。

……

……

2019年6月17日。

今天,我嫁给他了。

张陆让翻到最后一页的时候,苏在在恰好从浴室里出来。他对她伸出了手,柔声道:"过来。"

苏在在乖乖地走了过去,缩进他的怀里。她看到张陆让拿起笔,认真地在她的话后面补充了一句。

——今天,她嫁给我了。

随后,张陆让翻到第一页。因为心情的愉悦,他忍不住笑出了声,胸腔震动着,让她回头看了他一眼。

再回过视线的时候,就看到他那力透纸背的字迹。一笔一画地,认真地,写了三个字。

——很荣幸。

两年后,苏在在坐在办公室里,正准备收拾东西回家的时候,接到了张陆让的电话。她弯了弯眼,立刻接了起来:"让让!"

张陆让的声音也带了笑意:"下班了吗?"

"下了呀,我准备走了。"

"你再等个10分钟再下来,我现在开车过来接你。"

苏在在"哦"了一声,突然记起来:"我们今天去看房子呀?"

"嗯,外面下雨了,出来记得带伞。"

苏在在往一旁看了看,皱了眉:"我没带伞。"

张陆让也没太在意,轻声道:"那我过去接你。"

363

他在开车，苏在在也不想影响他，很快就挂了电话。她往窗外看了看，莫名地恍了神，随后开始收拾东西下楼。

苏在在走出公司的大门，在门口等着。

不一会儿，她看到张陆让的车开到了附近的停车位上。随后，他打开一把纯黑色的伞下了车。

苏在在盯着他从雨幕中走来，像是回到了九年前的Z中。

张陆让的五官硬朗，身姿挺拔，全身都散发着成熟的气息。像是九年前的张陆让，却又不再像是他。他缓慢地，却又大步地走到她的面前，眼睛里全是温暖的光。

苏在在站在台阶上，看着台阶下的他。两人的视线对上，像是回到在小卖部外的那一刻。

那惊鸿的一瞥。

就是那么一眼。

仅仅是那样的一眼，似乎就把他们的一生给定下来了。

如此确切地。

Date. 番外

番外一·婚后

【1】

新买的房子在市中心,离两个人工作的地点都挺近,回菁华也只需10多分钟的车程。房子是三室两厅,苏在在对一切都很满意,两人便定了下来,找设计师画了设计图,装修了两个月左右便完工了。

三个房间分别是主卧、书房,还有一个作为将来的婴儿房。两个人已经做下了在这里长居的准备。

这天,苏在在洗完澡,从主卧的卫生间里走了出来,用毛巾搓着头发。她的发量不算多,发质细软,只擦了几下便半干,看起来蓬蓬的,有些可爱。

此时张陆让正坐在床上,因为刚洗了澡,发尖还有些湿润。他的背靠床头,大腿侧边放着笔记本电脑,手上拿着一本书,视线低垂着,听到动静才转过头看向她,眉梢动了动,提醒道:"吹头发。"

说完之后,他的视线再度垂了下来,侧了身,双手扶着电脑,想将其放在腿上。

苏在在走了过来,笑嘻嘻地把脑袋枕在他的大腿上,软软糯糯地说了句:"让让,你不打算帮我吹吗?"

张陆让的动作一顿,缓缓地将电脑放回了原处。她的湿发蹭在他的皮肤上,有点儿冰又有点儿痒。他转过头,盯着苏在在的眼睛,有些无奈:"那你起来,我去拿吹风机。"

苏在在没听他的,黏得更紧。她转了个身,双手环住他的腰,脸颊隔着衣服在他的腹肌上蹭了蹭:"什么起来,我起不来,要不你用嘴给我吹。"

张陆让:"……"

张陆让没再说什么,顺手把电脑合上,放在床头柜上。他闷笑了声,托住苏在在的腿弯和肩膀,将她抱了起来,往浴室里走。

苏在在没反应过来,下意识地环住他的脖子。

张陆让把她放在洗手台上,从顶上的柜子里把吹风机拿了出来,插上电源,轻车熟路地帮她吹着头发。他垂着头,嘴角微微扬着。

吹风机的声音太大,苏在在也没有说话。

过了一会儿,张陆让确认苏在在的头发全干了之后,才把吹风机关上。

苏在在眨了眨眼,将吹风机拿了过来,再度打开,弯着眼帮他吹头发。他一愣,唇边的笑意更深,稍稍弯了腰,让她不用太费劲。

张陆让的头发短,很快便吹干了。他将吹风机放回了原位,这次换了个抱姿,托着苏在在的臀部,像抱孩子一样把她抱了回去。

苏在在钩着他的脖子,在他的耳侧小声道:"下次轮到我抱你。"

"……"张陆让把苏在在放到床上,看着她一下子把自己卷入被子中,而后走到一侧把房间的灯关上,轻声道,"睡觉了。"

苏在在也有点儿困了,盯着他放在床头柜上的电脑,电源的指示灯还亮着。她思考了下,拍了拍旁边的位置:"过来陪睡。"

"……"

张陆让上了床,躺在她的旁边。

苏在在很自觉地转了几圈,滚入他的怀里,脑袋枕在他的手臂上,撒娇般地喊了声:"让让。"

张陆让低头吻了吻她的额头,哑着嗓子道:"睡觉。"

房间里很快就安静了下来,与黑夜融成一片寂静。

但没过多久又响起了苏在在的声音,她的脸窝在他的怀里,声音显得闷闷的,说的话像是百无聊赖的问话:"让让,你看看你有那么多东西,如果上天要剥夺你一样东西,在我和帅之中,你只能选一个,你选什么?"

"你。"张陆让毫不犹豫。

苏在在点点头,继续问:"那我和高,你选哪个?"

"……你。"

"我和有钱呢?"

张陆让有些憋不住了:"你问这个干什么?"

听到他的问话,苏在在猛地抬头,不可置信地说:"你想选择钱,我在你心中连钱都不如。"

"……"

"好。"下一瞬,苏在在坐了起来,单手撑着床,想去拿自己放在张陆让那侧床头柜上的手机,"我把我的钱都给你……私房……"

张陆让把她扯了回来,眉眼弯弯的,看起来心情似乎很不错,清朗的声音带着满满的笑意。

"都选你。"

闻言,苏在在的嘴角也扬了起来,看上去有些骄傲,她亲了亲他的下巴,厚着脸皮问:"让让,你高富帅的属性都没有了呀,那我可能会不喜欢你了,怕不怕?"

张陆让蒙了下,半响后才喃喃道:"不是只剥夺一样吗?"

苏在在低低地"嗯"了声,说了半天,浓重的困意聚集成团,眼皮在这一瞬有些厚重,沉沉地向下垂。

看着她这副模样,张陆让忍不住弯起唇,替她掖了掖被子,单手撑着头,盯着她的脸,亲了亲她的鼻尖,低声道:"不怕的。"

过了一会儿,空气里再度响起一句话:

"你可喜欢我了啊,你只喜欢我。"

见苏在在陷入了睡梦之中,张陆让正想起身到书房把剩下的工作做完,一旁的苏在在突然挣扎着把眼睛睁开,嘟囔了句:"让让,你别老加班和熬夜了……"

张陆让一愣,还没来得及开口,就听到她继续道:"在总很有钱的呀,哪里需要你费心费力赚钱……"

这下张陆让真的笑出了声,清洌的气息浅浅的。他看到苏在在说完之后,又闭上了眼,呼吸变得匀速平缓。

张陆让侧过身,将她全部身体拥入怀中,弯着唇,用气音道:"好的呀。"

他的嘴唇贴在她的耳边,带了温温热热的气息。

"美若天仙的在总。"

【2】

从认识到现在，苏在在基本没看过张陆让生气。

有时候被她惹恼了，也只是默默地不说话。等她再次闹他，他就会口是心非地说："没有生气。"苏在在每次都要被他这副模样可爱死。

直到有一天，张陆让真的生气了……

前天晚上，苏在在的例假来了，疼得半死不活。

张陆让刚从公司加班回来，手上还拿着一杯给她买的焦糖奶茶。

见她这副模样，张陆让皱了眉，想去给她泡杯红糖水，但家里的红糖刚好没了。他想了想，倒了杯热水塞进她的手里，叮嘱了一句："奶茶别喝了，一会儿去床上躺着。"

随后张陆让便出了门，等他回来的时候，便看到桌子上的奶茶杯口上插着吸管，里头的液体已经少了一半，而沙发上的苏在在疼得一直掉眼泪。

张陆让沉默地过去给她擦了擦眼泪，弯腰把她抱到卧室里。而后到厨房里泡了杯红糖水，端到她的面前小口小口地喂给她。

全程一句话都没有说。

苏在在嘴馋，没听他的话，搞得身体越发不舒服，现在心虚得很。她舔了舔唇，弱弱地说："让让，你别生气呀……"

张陆让勉强地扯了扯嘴角，哄道："快喝，喝完就睡觉。"

苏在在盯着他的脸，犹豫了下，问了句："你没生气吗？"

下一秒，张陆让把碗放到床头柜上，垂头吻了吻她的唇："睡吧，明天起来就不疼了。"

苏在在一下子就被这吻安抚了情绪，乖乖地闭上了眼。

结果第二天，苏在在的例假不疼了，张陆让也瞬间变了表情。送她去公司的一路上都没有开口，不论她怎么讨好他，他的下颌都绷得紧紧的，一副宁死不说话的模样。

张陆让只在苏在在下车的时候开了口，声音硬撅撅的："记得吃午饭。"

苏在在还想说些什么，就看到他很刻意地将头转了过去，发动了车子。她站在原地,用鞋子踢了踢地上的石头,闷闷道:"生气就生气,生气有什么了不起的!

"……大不了我跪着哄。"

下班之后,苏在在给张陆让打了个电话,知道他要晚一个小时下班,她便自己一人到超市买了肉和菜,准备亲自做顿晚饭哄他开心。

苏在在刚把猪肉放进水里洗干净,正准备切的时候,便听到门开的声音。

张陆让冷着脸走了过来,将衣袖挽了起来,洗了洗手,而后接过她手中的刀,默默地切着肉。

苏在在戳在一旁,见他把刀放下了才猛地从后头抱住他,发泄般地将手上的水蹭在他的衬衫上:"张陆让!你在生气!"

闻言,张陆让沉默了半晌,随后低低地应了一声:"嗯。"

"……"苏在在用手指掐了掐他腰间的硬肉,噼里啪啦地说出一大堆话,"哪有你这样的,昨天我问你有没有生气,你都不理我,今天就跟我发脾气,你、你太过分了!"

还没等他开口,苏在在便着急地补充道:"但我不介意,我就喜欢你这副模样,来吧,告诉我,你喜欢我用什么姿势哄你。"

张陆让:"……"

下一刻,张陆让绕过她,再次洗了把手,转身,猛地把她抱了起来,往房间里走。

苏在在愣了下,眨了眨眼,很快就高兴地钩住他的脖子,蹭了蹭他的颈窝。

张陆让瞬间没了火气,把她放在床上,单膝压在她旁边的床单上,倾身咬了咬她脖子上的软肉。

"下次再敢这样,"张陆让的声音有点儿委屈,低低沉沉的,像在赌气,"我就一天都不跟你说话。"

苏在在还没反应过来,就听到他继续道:"……就知道欺负我不舍得气你。"

【3】

两人结婚两年之后，苏在在的肚子都还没有什么动静。

今年年初，苏母苏父来他们家的时候，有些委婉地提出了孩子的事情，当时苏在在在厨房切水果，张陆让一时也不知道该怎么回答，便认真地撒谎道："在准备了。"

苏在在刚好从厨房端出一盘水果，恰好听到他的话，下意识地望了过去。此时，张陆让正好倾身去拿茶盘上的茶壶，另一只手空着，没有动作。

苏在在愣了一下，走过去把果盘放在桌子上，问道："你们在说什么？"

苏母喝了口茶，说："说你们什么时候生个外孙给我玩。"

闻言，苏在在转头看向张陆让，问："你怎么说的？"

张陆让垂下眼帘，不知道在想些什么。很快，他抬起手，摸了摸脖子，轻声道："我们在准备了。"

下一秒，苏在在收回了眼，附和道："对呀，我们在准备了。"

过了一会儿，两个人把苏父苏母送上了车，便手牵手在小区里散步。

苏在在沉默着，在想刚刚的事情，她挠了挠头发，突然松开了张陆让的手，在他面前转了一圈，问："好不好看？"

张陆让盯着她，没有回答。

苏在在也不介意，像是高中时候那样，换了一种问法："不好看吗？"

张陆让扯了扯嘴角，仿佛被人识破了那样，他伸手把苏在在扯了回来，含着笑应了一声："嗯。"

随后，他看着苏在在的眼睛，慢慢地把手抬了起来，放在后颈的位置。

苏在在顿了顿，弯了弯眼，故意哼了声："你品位真差。"

她本以为这是一个只有她知道的秘密，可原来张陆让也知道。

就算后来发现自己有这个习惯的时候，他也不曾在她面前改掉这个习惯，他心甘情愿、毫无保留地把自己的全部都放在她的眼前。

除了她，别人都没有的特权。

番外二·张又又

【1】

医院里很安静,人来人往却没发出什么动静。

苏在在拿着 B 超单坐在一旁的椅子上,神情愣愣的,几秒后,突然笑了出声,像个小傻子。她将手中的单子放进了包里,起身往外走。

恰好手机铃声响了起来,苏在在边接起来边往外走,声音里带着满满的笑意,几乎要从中溢出来:"让让!"

那头的声音温温和和的,冷硬中带了点儿暖意:"你在哪儿?"

苏在在看了看身后的医院大门,视线转了转,看着不远处的地铁站,反问道:"那你在哪儿?"

"刚出公司。"说完这句,他顿了顿,继续道,"上车了,现在打算去接你。"

苏在在弯了弯唇,往前走了几步,下楼梯走进地铁站里:"那你来家附近那个地铁站接我好不好?我现在准备上地铁啦。"

"好。"他应得很快。

10 多分钟后,苏在在下了地铁,走出站口,一眼就看到站在不远处的张陆让。她一愣,连忙小跑了过去,扑进他的怀里。

此时正是下班高峰期,周围的人并不少,看到他们亲密的举动,都若有若无地把视线投了过来。

张陆让也没觉得不自在,下意识地搂住她的腰,用下巴蹭了蹭她的头发,轻描淡写地问:"去哪儿了?怎么没在公司待着?"

苏在在的脸闷在他的怀里,声音低低弱弱的:"医院。"

张陆让的身体一僵,连忙松开了手,双手扶着她的脸,向上一抬,皱着眉问:"怎么去医院了?"

苏在在挣扎了下,将他的手挣脱开,继续把脸埋在他的怀里。

张陆让的整颗心一下子就提了起来,悬在半空中,他的拳头捏紧了些,喉结滚了滚:"你……"别吓我。

还没等他说完,苏在在就开了口,气息喷在他的胸口,有点儿痒:"让让……"

听出她声音中的愉悦,张陆让松了口气,耐心地问:"嗯,怎么了?"

想到那个好消息,苏在在再也忍不住了,抬起了头,喜滋滋地说:"我怀孕了。"

"……"

看着他的表情瞬间就像是停滞了下来,苏在在有些郁闷地戳了戳他的脸,再次强调:"我们有宝宝啦!"

几秒后,张陆让终于反应了过来,盯着她的眼睛,脸色沉沉的,看不出情绪。

苏在在正想再说一遍的时候,张陆让终于开了口,深邃黝黑的眼底一片光亮涌动:"宝宝?"

两个字一字一顿,从喉咙、唇齿间卷过,带了浓浓的缱绻和温柔。

下一刻,张陆让突然闷笑了声,猛地抱着她的腰转了一圈,引来她的一声惊呼。

等苏在在反应过来的时候,双脚已经重新与地面接触,额心随即感觉到一片温热,伴随着男人低沉润雅的声音:

"我的宝宝有了我们的小宝宝了。"

他们的家,要更加完整了。

【2】

苏在在怀孕期间并没有其他人说得那么痛苦,除了第3个月的时候有些反胃,还有肚子日益在变大,基本没有别的症状。

她的脾气没有变差,整天依旧一副笑嘻嘻的样子,倒是比以前缠人了些,见到张陆让就窝在他的怀里,半天都不走。食欲很好,食量比之前变大了些，脸也因此圆润了一圈，比起之前的艳丽多了几分可爱。

预产期在9月，还有1个月的时间。

苏在在的肚子已经很大了，有时候半夜起来，会觉得耻骨疼得厉害，腿也抽筋得难受。

张陆让很浅眠，能察觉到她的动静，每次都立刻起身帮她按摩，让她的疼痛舒缓些。

苏在在要再度入睡的时候，也会强忍着困意，抬头亲亲他的唇，撒娇般地说："让让你真好。"

张陆让的心脏突然有些发酸。

之前因为一点儿小擦伤都会流半天泪水的苏在在，因为他们的孩子，似乎什么都不怕了，一夜之间像是坚强了无数倍。

他垂下头，用鼻尖蹭了蹭她的鼻子，引来她的一阵嘟囔声。而后，他替她掖了掖被子，轻声开了口：

"我的在在真好。"

【3】

两人经过和父母商量，决定顺产。

听到这个决定，苏在在的心情很好，牵着张陆让的手，一脸的期待："让让，顺产多好呀，对我和宝宝都很好的。"

张陆让捏了捏她的指尖，点了点头："怕不怕？"

闻言，苏在在转头看向他，似乎有些不理解："怕什么呀？生个孩子，就像电视上那样号几声就过去了啊，你等我20分钟，我肯定给你个孩子。"

"……"

"让让，你现在已经二十五岁了，要成熟一点儿，不要连这点儿小事都承受不起。"

"……晚上想吃什么？"

当天晚上，苏在在从梦中惊醒。梦境中的内容她已经记不清了，就是心口堵得慌，乱成一团。

张陆让很快就发现了她的动静，立刻坐起了身，声音沉沉的："又疼了？哪儿疼？"

苏在在坐着没有动，也没有说话，眼泪啪啪啪地直掉。下一秒，她忽然像是个孩子一般地哭了出来，抽抽噎噎的："让让，我怕……"

张陆让的表情一愣，眼中的睡意一扫而光，他凑过去用手指擦了擦她的眼泪，"嗯"了一声，也说不出话来。

"顺产好痛的，光是看那些视频我都觉得怕……"苏在在抹着眼泪，因为太久没哭了，一哭眼睛就通红，"还说什么宫缩的时候要剪开……呜呜呜呜，还不打麻药……"

张陆让的眼睛也红了，他垂下了头，跟苏在在平视，眼中水雾蒙蒙。

"我们就生这一次。"

她的痛苦，张陆让无法帮她分担。他只能陪着她，在她疼的时候替她舒缓疼痛，在她崩溃的时候安抚她的情绪。

"以后宝宝出生了，我们不用他对爸爸好了。"张陆让哑着嗓子，将她抱入怀中，"妈妈那么辛苦，就对妈妈好就够了。"

这样，一切就足够了。

苏在在的哭声停了下来，将眼泪蹭到他的衣服上，小声地说："爸爸也很辛苦的，所以要分一半的好给你。"

张陆让的喉结滑动着，盯着她的发顶。

她心中的恐慌与不适感一下子就荡然无存，苏在在吸了吸鼻子，郑重道："我们都要公公平平的，得到一样多的爱。"

都得到那么多的爱。

【4】

2023年9月，张家多了个新成员，一个小姑娘，张又又。

又又遗传了苏在在的大眼睛，脸蛋肉乎乎的，笑起来露出一口小白牙，又甜又萌。嘴巴甜甜的，总令人忍不住想去逗她玩。

按她外公外婆的说法，就是和苏在在小的时候一模一样。

两人之前对对方说的"那她真的是没爸妈疼"这句话，似乎早就已经将其抛之脑后,在孩子出生的那一刻。

这天,张陆让去市幼儿园接又又回家。她刚满三周岁,说出来的话还有些不连贯,听起来软软糯糯的:"爸爸,爸爸。"

"嗯。"张陆让单手抱着她,声音软了下来,"怎么了?"

下一秒,又又用肉嘟嘟的小手指戳了戳他的脸颊,嘿嘿地笑出了声,眼睛弯成一个小月牙:"爸爸,好看!"

张陆让弯了弯唇,侧头看了她一眼,顺手拿着车钥匙打开车门,边将又又放在后座的安全座椅上,边问:"爸爸怎么好看?"

又又咧着小嘴,正经地答:"妈妈说,'爸爸,好看'!"

"妈妈还说什么了?"

又又歪着脑袋,似乎在思考着他的话,很快就答:"妈妈,漂亮!"

闻言,张陆让笑出了声,坐到驾驶座上,继续问:"还有吗?"

又又的小腿儿在空中一蹬一蹬的,说出来的词有些不清楚,听起来格外可爱:"还有还有,妈妈说,'又又可爱'!"

张陆让还想说些什么,转过头,还没开口,就看到又又把双手举了起来,得意扬扬地重复了苏在在的话:"都要夸一遍!"

张陆让愣了愣,很快就倾身揉了揉她的脑袋,眼中的光彩夺目刺眼,口中说出温和的话:"嗯,妈妈和又又说得都对。"

【5】

又又一年级的时候,老师布置了一个家庭作业,写一篇100字的作文,题目可以选择写自己的爸爸或者妈妈。她纠结了好一阵子才动了笔。

晚上,又又睡着之后,苏在在习惯性地拿出她的作业检查着,很快就翻到了那篇作文。

上面用铅笔写着字,看起来歪歪扭扭的——

我的爸爸话很少,很温柔,对我和妈妈都很好,会给我们买好吃的。我的妈妈话很多,也很温柔,对我和爸爸很好,她会给我们买好看的衣服。我的话也很多,经常逗他们开心,我的家很幸福。爸爸妈妈都很好,我也很好,所以不能只写一个人。

苏在在眼中含笑,把本子放回了书包里,走到床边吻了吻又又的额头,而后便轻手轻脚地出了房间。

张陆让刚从浴室里出来,用淡蓝色的毛巾揉搓着头发,湿润的眼直直地看着她,轻轻问:"又又睡了?"

苏在在点点头,走过去站在他的面前,盯着他的脸,认真道:"又又长得像我,性格像你。"

闻言,张陆让立刻摇头,也很认真:"都像你。"

苏在在哼了声,窝进他的怀里,他的胸膛宽厚有安全感,有些滚烫:"我爸妈都记错了……我小时候哪有那么乖。"

张陆让揉着她的脑袋,没有说话。

"好喜欢又又,我们的小宝贝。"苏在在突然道。

张陆让"嗯"了声,亲了亲她的头发,带了点儿湿意的毛巾耷拉下来,触感有点儿冰凉。

因为,她像你,又像我。

【6】

有了又又之后,苏在在的性格成熟了不少,比起之前的欢脱多了几分沉稳。苏在在会细心地帮又又准备好她需要的东西,也会在她不明白和难过的时候替她一一解决困难。

又又再长大几岁之后,总会听到外公外婆或者是妈妈的朋友们说,妈妈的性格很像个孩子,幼稚又让人无可奈何。

她一点儿都不相信,因为她从来都没有见过那样子的妈妈。

直到有一天,张又又路过父母卧室的时候,听到了里面传来的声音——

"让让,你今天还没有抱我……

"哪有你这样的!你明天要出差怎么不跟我说呀!

"才说五遍怎么够,我会忘记的,我不管,我会忘记的,呜呜呜呜,我想跟你一起去……你要去两天呢,呜呜呜呜……"

张又又:"……"

番外十三·张陆让

张陆让第一次见到苏在在的那一天，天气并不好。

没有带着暖意的阳光，也没有碧蓝澄澈的天空作为背景，没有白云在其上晕染，没有任何美好的事情来祝贺他们的遇见。

那就是一个很普通的雨天，天空也雾蒙蒙的，像是一层层的压抑不断堆积起来，下一秒就要蓄势待发。

那是一个令他觉得心情很闷躁的雨天。

广播体操结束后，张陆让想去小卖部买瓶冰水降降温。他从人群中挤过，被人撞到了下巴，力度还不小。当时人潮汹涌，不经意的碰撞其实也不为过，但他正想转头继续往前走的时候，却被人握住了手腕。

被那个撞到自己的女生。

她似乎也很紧张，只扯了一下便立刻松开，之后也没有开口解释。

张陆让皱了皱眉，转头看她，视线慢慢地向下垂，注意到她的眼睛，眉目间本已结起的冰碴儿一下子就消融了，不知缘由。

他看到她的表情带了点儿怯意，说出来的话也软软糯糯的，和那天的声音重叠在了一起。

"……你叫什么名字？"

——"蠢货，下雨了就跑起来啊，还走着淋雨。"

那一刻，张陆让也不知道自己在想些什么，明明他可以直接不回答就走，可他却愣是吐出了两个字："蠢货。"

那样的冲动，让他完全没有抵抗的能力。

让他有这辈子都想不透的冲动。

之后，很奇怪的是，他和她的遇见似乎开始多了起来。

一个开学以来他只在小卖部前方见过一面的女生，频频地在他的视线范围内不断地出现。

她的性格十分张扬，也异常欢脱，总做出一些让人啼笑皆非的事情，看起来傻乎乎的。

张陆让只知道有这么一个人的存在，却不知道她的任何信息，不知道她叫什么名字，也不知道她在哪个班级。

后来，张陆让听到另一个女生喊了她的名字。

"苏在在。"

他就站在前面，正想回头确认一下到底是不是她，就听到她开了口，语气生硬迅速，像是背书一样地在给另一个女生讲解物理题："我觉得那道题不是这样子的。你看，汽车刹车过程是匀减速直线运动，采用逆向思维将其看作反向的由静止开始的匀加速直线运动……"

张陆让打完水，转身往班级的方向走，视线一扫，看到苏在在身后排着几个他同班的男生，此时正憋红了脸在偷笑。他的脚步一顿，很快就继续向前走。

回到班里，没过多久那几个男生也回来了，吐槽着苏在在把加速度的单位说错的事情，一阵哄笑声扩散开来。

张陆让突然有些烦躁，抿着唇，食指在桌子上敲打着。

前桌的叶真欣也刚从那几个男生堆里过来，扬着笑跟他重复着苏在在的那件糗事，他们都不知道苏在在的名字，只用着"有个女生"这四个字来替代。

他走了神，不知道在想些什么，眉眼低垂着，看起来带了点儿顺从的意味。

见张陆让不说话，叶真欣张了张嘴，正想继续开口，就看到他的嘴角向上弯了弯，一个很小很小的幅度。

叶真欣一愣，脸颊冒起一片红晕，低声道："是不是很挺有趣的？"

与此同时，张陆让的眼睑抬了起来，疑惑道："什么？"

"……"

苏在在再一次来实验班的时候，张陆让正拿着草稿本思考着一道数学题的解题思路，叶真欣回头趴在他的桌子上，拿着笔在本子上涂涂画画，苦恼道："我感觉这道题……"

张陆让下意识地向后倾身，没过多久，班里的一个男生的声音传来："喂，张陆让，你不行了啊，这周有三个来找周徐引的，你才两个！"

他缓缓地抬起了眼，看到站在门口的苏在在，表情有些无措。

来找周徐引的。

张陆让微不可闻般地"哦"了一声，顿了顿，突然把手中的本子放在桌子上，有些烦躁地挠了挠头。

再抬眼时，门口已经没了人影。

跟苏在在有真正意义上的接触，是从她给自己送伞的那天开始。

她的性格和张陆让猜测的一样，明朗外向，连笑声都暖融融的，意外的是有点儿……厚颜无耻，但似乎又有些敏感。

苏在在可以面不改色地说他的冷漠是"冷暴力"，但又会在下一瞬紧张地问他应该知道她是在开玩笑的吧。

张陆让不想理她，也不想回答，可看到她那小心翼翼的模样的时候，却还是忍不住应了一声。

他觉得自己很反常，可又觉得他该说话，哪怕仅仅是回应她一下下都好。

张陆让觉得她的脸上不应该有那样的表情：卑微、恳求、求之不得的，他觉得莫名其妙，也觉得心里有点儿……不舒服。

苏在在就这样以一种强势而又孩子气的方式进入他的生活，点点渗透、融合，直至再也无法有丝丝的分离。

像是已经融入了骨血之中。

张陆让觉得自己一遇上苏在在就特别反常，做出来的事情没有一样能让自己理解。

也因此，在公交车站遇到她的那一次，她跟自己要微信的时候，张陆让的第一反应就是撒谎。直接拒绝可能会让她尴尬，但他不能跟她有太多的接触，不然会越来越奇怪。

可最后好像还是让她难过了。

车发动后，张陆让还是若有若无地把视线放在她的身上，看到她强忍着泪的表情，蓦地一愣。他垂下眼，摸了摸胸口，有些懊恼。

张陆让本以为苏在在不会再出现在他的面前了，可第二天去阅览室的时候，她还是来了，坐在他的旁边。

原本认真写题的他一下子就被分了神，听着她背着化学元素周期表，原本一直堵着的心似乎一下子就疏通开来。

在听到她声音的那一刻。

真正让他忍不住的时刻，是校园会的前一天晚上，苏在在来班里找他。

张陆让觉得两人的关系越来越近，让他觉得愉快……又有些焦灼和惶恐不安。

苏在在说的每一句话，其实他都听得清清楚楚，比如那一句："让让你太厉害了吧！"她装作没喊他让让，可他听得一清二楚，只是装作不知道。

他觉得自己该做出点儿什么了，用来克制自己，也用来保持两个人的距离。因为不管要发展成什么样的关系，都不应该是这个时候。

张陆让觉得自己猜对了苏在在的心思，所以他问了："你喜欢我？"

然后……算了。

那是他觉得最窘迫和无地自容的一个晚上。

但每一次跟苏在在的相处，其实都让他觉得十分愉快和期待。

无论做什么，她的举动都像是在顾及他的情绪，但张陆让很清楚，她完全无心，就是下意识地这样做了。

张陆让真的不知道为什么苏在在会对他这么好。

她给了他全身心的信任和鼓励，也将所有的喜爱都给他，从来没有吝啬过。她将他从小缺失的爱一一填补，就连不经意的举动，都带了甜腻腻的味道。

所以，他怎么能不喜欢她呢？

怎么能呢？

张陆让曾经在本子上写了这样一句话：如果他们只生了阿礼，那该有多好。

可如果命运能提前告诉他，它已经决定好了，会让他遇见这么一个人，命中注定会让他遇见苏在在。

那么他，可不可以活得长一些。得到了这样一个赏赐，他们可不可以，都活得长一些。

到后来，很久以后，张陆让再想起那天的时候，脑海里已经想不清晰当时的场景了，记忆里唯一的片段就是——

撑着暗红色雨伞的少女缓缓地抬头，小脸蛋白净，嘴唇抿着，乌黑明澈的眼骨碌碌地望向他，仿佛被空气中的雾气沾染了几分湿气，看起来却格外明亮。

那一眼，像是在暗示着他。

你的光来了。